WITHDRAWN

WORN, SOILED, OBSOLETE

LAS 52 PROFECÍAS

Mario Reading

Las 52 profecías

Traducción de Victoria Horrillo Ledesma

Umbriel Editores

Argentina • Chile • Colombia • España
Estados Unidos • México • Perú • Uruguay • Venezuela

Título original: *The 52*
Editor original: Thomas Dunne Books
Traducción: Victoria Horrillo Ledesma

1.ª edición: Julio 2010

Copyright © 2010 *by* Mario Reading
All Rights Reserved
© de la traducción 2010 *by* Victoria Horrillo Ledesma
© 2010 *by* Ediciones Urano, S.A.
   Aribau, 142, pral. – 08036 Barcelona
   www.umbrieleditores.com

ISBN: 978-84-89367-86-9
Depósito legal: B-26.062-2010

Fotocomposición: Pacmer, S.A.
Impreso por Romanyà Valls, S.A. – Verdaguer, 1 – 08786 Capellades (Barcelona)

Impreso en España – *Printed in Spain*

Para mi hijo Lawrence, con todo mi cariño

Agradecimientos

Escribir y documentar un libro como éste puede ser una experiencia solitaria abrumadora, de modo que uno agradece aún más que alguien, fuera de su familia inmediata, se tome algún interés por él. Mi agente, Oli Munson, de Blake Friedmann, defendió el libro desde el principio: desde su fase larvaria hasta la de mariposa hecha y derecha, pasando por la de crisálida. Me siento profundamente en deuda con él por su amistad y su apoyo inquebrantable, así como con todo el personal de Blake Friedmann por su polifacético talento colectivo. Ravi Mirchandani, mi editor en Atlantic, vio también desde muy pronto cualidades en el libro, al igual que mi editor alemán, Urban Hofstetter, de Blanvalet, la primera gran editorial internacional que lo respaldó al cien por cien: les estoy hondamente agradecido a ambos. Gracias, también, al departamento comercial de Atlantic, y en especial a su director ejecutivo, Daniel Scott, cuyo informe personal elogiando el libro me animó considerablemente. Y también al anónimo *bouquiniste* de la ribera izquierda del Sena que pasó casi toda una tarde de verano compartiendo generosamente conmigo sus conocimientos sobre los gitanos *manouches*. Por último, quiero dar las gracias a la British Library y la Bibliothèque Nationale de France por su sola existencia. Los escritores de todo el mundo están en deuda con ellas.

Epígrafes

«Como no se le ocurrió dejar nota alguna, lloraron su muerte hasta que, ocho meses después, llegó su primera carta desde Talcahuano.»

Tifón, JOSEPH CONRAD

«Nuestra misión en la vida no es triunfar, sino seguir fracasando con el mejor de los ánimos.»

ROBERT LOUIS STEVENSON

«Quizás una prueba de hasta qué punto es aleatorio el concepto de nacionalidad resida en el hecho de que tenemos que aprenderlo antes de reconocerlo como tal.»

Diario de lecturas, ALBERTO MANGUEL

Prólogo

De Bale inclinó la cabeza y el verdugo empezó a tirar de la polea. El *chevalier* de la Roche Allié llevaba puesta la armadura completa, y el aparato se tensó y chirrió antes de que saltara el trinquete y el mecanismo empezara a elevarle. El verdugo había advertido a De Bale de las consecuencias que podría tener tanta carga, pero el conde no quiso ni oír hablar del asunto.

—Conozco a ese hombre desde niño, *maître*. Su familia es de las más antiguas de Francia. Si quiere morir con su armadura, está en su derecho.

El verdugo se guardó de llevarle la contraria; quienes se enfrentaban a De Bale solían acabar en el potro, o rociados con alcohol y abrasados. De Bale tenía el sello de la Iglesia y la gracia del rey. En otras palabras, aquel canalla era intocable. Lo más parecido a la perfección que podía alcanzar un mortal.

De Bale miró hacia arriba. Por ser sus delitos de lesa majestad, a De la Roche Allié se le había sentenciado a ser izado hasta una altura de cincuenta pies. De Bale se preguntaba si los ligamentos de su cuello aguantarían la tensión de la cuerda y las cien libras de acero a las que le habían atado sus escuderos antes de la ejecución. No estaría bien visto que se partiera en dos antes de ser arrastrado y descuartizado. ¿Había pensado De la Roche Allié en aquella eventualidad al hacer su petición? ¿Lo había planeado todo? De Bale no lo creía. El hombre era un inocente de vieja casta.

—Ya está a cincuenta, señor.

—Bájalo.

De Bale vio descender hacia él el fardo de la armadura. Estaba muerto. Era evidente. Llegado a aquel punto, casi todas sus víctimas se retorcían y pataleaban. Sabían lo que venía después.

—El *chevalier* está muerto, señor. ¿Qué queréis que haga?

—Bajar la voz, para empezar. —De Bale miró a la multitud. Aquella gente quería sangre. Sangre de hugonote. Si no la tenían, se volverían contra el verdugo y contra él, y los despedazarían miembro a miembro—. Arrástralo de todos modos.

—¿Disculpad, señor?

—Ya me has oído. Arrástralo de todos modos. Y asegúrate de que se retuerce. Chilla por la nariz, si hace falta. Falsea la voz. Y haz mucho teatro cuando lo destripes. La muchedumbre tiene que creer que lo está viendo sufrir.

Los dos jóvenes escuderos fueron a desabrochar la armadura del *chevalier*.

De Bale les indicó con un gesto que se apartaran.

—El *maître* lo hará. Volved a vuestras casas. Los dos. Habéis cumplido con vuestro deber para con vuestro señor. Ahora es nuestro.

Los escuderos retrocedieron, pálidos.

—*Maître*, quítale sólo la gola, el peto y la escarcela. Deja en su sitio las grebas, los quijotes, el yelmo y los guanteletes. Los caballos se ocuparán del resto.

El verdugo se puso manos a la obra.

—Estamos listos, señor.

De Bale asintió y el verdugo hizo el primer corte.

Casa de Michel de Nostredame, Salon-de-Provence, 17 de junio de 1566

—Viene De Bale, señor.

—Lo sé.

—¿Cómo lo sabéis? No es posible. Hace diez minutos que una paloma mensajera ha traído la noticia.

El viejo se encogió de hombros y colocó su pierna hinchada más cómodamente sobre el escabel.

—¿Dónde está?

—En Orleáns. Dentro de tres semanas estará aquí.

—¿Sólo tres semanas?

El criado se acercó. Empezó a retorcerse las manos.

—¿Qué vais a hacer, señor? El *Corpus Maleficum* está interrogando a todos aquellos cuya familia haya profesado alguna vez la fe judía. Marranos. Conversos. Y también a los gitanos. A los moros. A los hugonotes. A cualquiera que no sea católico desde la cuna. Aquí ni siquiera la reina puede protegeros.

El viejo hizo con la mano un ademán de indiferencia.

—Poco importa ya. Me habré muerto antes de que llegue el monstruo.

—No, señor. Claro que no.

—¿Y tú, Ficelle? ¿Preferirías estar lejos de aquí cuando llegue el *Corpus*?

—Me quedaré a vuestro lado, señor.

El viejo sonrió.

—Me servirás mejor haciendo lo que te pido. Necesito que hagas un viaje en mi lugar. Un viaje largo y lleno de obstáculos. ¿Harás lo que te diga?

El criado bajó la cabeza.

—Haré cualquier cosa que me pidáis.

El viejo se quedó mirándole unos segundos, como calibrándole.

—Si fracasas en esto, Ficelle, las consecuencias serán mucho más terribles que cualquier cosa que De Bale, o el Diablo al que sirve sin saberlo, pueda inventar. —Vaciló con la mano apoyada sobre su pierna grotescamente hinchada—. He tenido una visión. Una visión de tal claridad que empequeñece la obra a la que hasta ahora he dedicado mi vida. He dejado sin publicar cincuenta y ocho cuartetas por razones que no voy a explicar y que sólo me atañen a mí. Seis de esas cuartetas tienen un propósito secreto. Te explicaré cómo usarlas. Nadie debe verte. Nadie debe sospechar. Las cincuenta y dos cuartetas restantes hay que esconderlas en un lugar determinado que sólo tú y yo podemos conocer. Las he guardado dentro de este cilindro de bambú. —El viejo metió la mano bajo su sillón y sacó el cilindro sellado y envuelto—. Lo pondrás donde te diga y exactamente de la manera que te ordene. No te apartarás de mis instrucciones. Has de cumplirlas al pie de la letra. ¿Entendido?

—Sí, señor.

El viejo se recostó en el sillón, agotado por la intensidad de lo que intentaba comunicar.

—Cuando vuelvas, después de mi muerte, irás a ver a mi amigo y albacea, Palamède Marc. Le hablarás de tu misión y le dirás si has tenido éxito. Luego él te dará una cosa. Una cosa que asegurará tu porvenir y el de tu familia durante generaciones. ¿Me has entendido?

—Sí, señor.

—¿Confías en mi juicio y seguirás mis instrucciones al pie de la letra?

—Sí.

—Entonces serás bendecido, Ficelle. Por un pueblo al que nunca conocerás y por una historia que ni tú ni yo imaginamos ni siquiera remotamente.

—Pero vos conocéis el futuro, señor. Sois el más grande vidente de todos los tiempos. Hasta la reina os ha honrado. Toda Francia conoce vuestro don.

—Yo no sé nada, Ficelle. Soy como este tubo de caña de bambú. Abocado a transmitir cosas sin comprenderlas nunca. Lo único que puedo hacer es rezar por que detrás de mí vengan otros que hagan mejor las cosas.

Primera parte

1

París. Quartier Saint-Denis, en la actualidad

Achor Bale no disfrutaba matando. Hacía tiempo que no sentía ningún placer. Miraba al gitano casi con afecto, como podía mirarse a un conocido que se bajara de un avión.

Había llegado tarde, desde luego. No había más que mirarle para ver brotar la vanidad por cada uno de sus poros. El bigote años cincuenta, al estilo de El Zorro. La reluciente chaqueta de cuero comprada por cincuenta euros en el mercadillo de Clignancourt. Los finísimos calcetines granates. La camisa amarilla con estampado de penachos y enormes cuellos de punta. La medalla de oro falso con la imagen de santa Sara. El hombre era un dandi sin gusto, tan fácil de reconocer para los de su especie como un perro para otro perro.

—¿Has traído el manuscrito?

—¿Es que crees que soy imbécil?

No, desde luego, pensó Bale. *Un imbécil rara vez se avergüenza de sí mismo. Éste lleva su venalidad como una insignia en el pecho.* Bale se fijó en las pupilas dilatadas. En la pátina de sudor que cubría sus facciones bellas y afiladas como cuchillas. En el tamborileo de sus dedos sobre la mesa. En el golpeteo de sus pies. *Un drogadicto, entonces. Cosa rara, siendo gitano. Será por eso por lo que necesita tanto el dinero.*

—¿Eres *manouche* o *rom*? ¿O calé, quizá?

—¿A ti qué te importa?

—Por tu bigote, yo diría que *manouche*. Un descendiente de Django Reinhardt, quizá.

—Me llamo Samana. Babel Samana.

—¿Tu nombre gitano?

—Eso es secreto.

—Yo me llamo Bale. No es ningún secreto.

El tamborileo de los dedos del gitano sobre la mesa se aceleró. Miraba a todas partes: sus ojos volaban de un cliente del bar a otro, vigilaban las puertas, calibraban las dimensiones del techo.

—¿Cuánto quieres por él? —Directo al grano. Así tenía que ser con tipos como aquél. Bale vio que el gitano sacaba la lengua y se humedecía la boca de labios finos y virilidad prestada.

—Medio millón de euros.

—Ni más ni menos. —Bale sintió que una profunda calma se apoderaba de él. Bien. Era cierto que el gitano tenía algo que vender. No era todo un cuento—. Por esa suma, tendríamos que inspeccionar el manuscrito antes de comprarlo. Asegurarnos de su viabilidad.

—¡Y memorizarlo! Ya. He oído hablar de esas cosas. Tengo una cosa bien clara. En cuanto se sepa lo que contiene, no valdrá nada. Es su secreto lo que le da valor.

—Tienes razón. Me alegra mucho que te lo tomes así.

—Hay otra persona interesada. No creas que eres el único.

Bale cerró los ojos. Ah, así que tendría que matar al gitano después de todo. Torturarlo y matarlo. Era consciente de que un tic sobre su ojo derecho le delataba.

—¿Nos vamos a ver el manuscrito?

—Primero voy a hablar con el otro. A lo mejor tenéis que pujar.

Bale se encogió de hombros.

—¿Dónde vas a encontrarte con él?

—No voy a decírtelo.

—¿Qué quieres que hagamos, entonces?

—Tú quédate aquí. Yo me voy a hablar con el otro. A ver si va en serio. Y luego vuelvo.

—¿Y si no va en serio? ¿Me bajas el precio?

—Claro que no. Medio millón.

—Me quedo aquí, entonces.

—Eso es.

El gitano se levantó tambaleándose. Respiraba trabajosamente, el sudor le mojaba la camisa a la altura del cuello y el esternón. Cuando se dio la vuelta, Bale vio la marca de la silla en el cuero barato de su chaqueta.

—Si me sigues, lo sabré. No creas que no.

Bale se quitó las gafas de sol y las dejó sobre la mesa. Levantó la vista con una sonrisa. Conocía desde hacía tiempo el efecto que sus ojos cuajados surtían sobre las personas fácilmente impresionables.

—No voy a seguirte.

El gitano se quedó boquiabierto de asombro. Miró horrorizado la cara de Bale. Aquel hombre tenía el *ia chalou*, el ojo del diablo. La madre de Babel le había advertido contra aquella gente. Cuando uno los veía, cuando clavaban en ti sus ojos de basilisco, estabas perdido. En algún lugar, en lo más recóndito de su inconsciente, Babel Samana se estaba dando cuenta de su error. Se estaba dando cuenta de que se había equivocado al dejar entrar en su vida a ese hombre.

—¿Vas a quedarte aquí?

—Descuida. Te estaré esperando.

Babel echó a correr en cuanto salió del café. Se perdería entre la gente. Se olvidaría del asunto. ¿En qué estaba pensando? Ni siquiera tenía el manuscrito. Sólo una vaga idea de dónde estaba. Cuando las tres *ursitory* [Parcas] se posaron sobre su almohada siendo un bebé para decidir su destino, ¿por qué eligieron las drogas como debilidad? ¿Por qué no la bebida? ¿O las mujeres? Ahora *O Beng* se le había metido dentro y le había mandado aquel basilisco como castigo.

Babel aflojó el paso. No había rastro del payo. ¿Serían imaginaciones suyas? ¿Había imaginado la malevolencia de aquel hombre? ¿El efecto de aquellos ojos terribles? Tal vez estaba alucinando. No sería la primera vez que le entraba el canguelo por culpa de una droga mal cortada.

Miró la hora en un parquímetro. De acuerdo. Quizás el otro todavía estuviera esperándole. Y tal vez fuera más benevolente.

Al otro lado de la calle, dos prostitutas se enzarzaron en una acalorada discusión sobre sus territorios respectivos. Era sábado por la tarde. Día del chulo en Saint-Denis. Babel se vio reflejado en un escaparate. Se lanzó una sonrisa trémula. Si el trato le salía bien, quizás él también pudiera llevar a un par de chicas. Y tener un Mercedes. Se compraría un Mercedes color crema con asientos de cuero rojo, posalatas y aire acondicionado, e iría a que le hicieran la manicura en uno de esos sitios en los que payas rubitas con delantal blanco te miran con cara de deseo desde el otro lado de la mesa.

Chez Minette estaba a dos minutos andando. Lo menos que podía hacer era asomarse y echarle un vistazo al otro. Picarle, a ver si le daba una señal en prueba de su interés.

Y luego volvería quejándose al campamento cargado de dinero y regalos y haría las paces con la *hexi* de su hermana.

2

Adam Sabir había deducido hacía tiempo que su búsqueda estaba abocada al fracaso. Samana llegaba cincuenta minutos tarde. Lo único que le mantenía en su sitio era la fascinación que le producía el turbio ambiente del bar. Mientras observaba, el barman empezó a bajar los cierres metálicos de la entrada.

—¿Qué pasa? ¿Va a cerrar?

—¿A cerrar? No. Voy a encerrarnos aquí dentro. Es sábado. Hoy bajan todos los chulos al centro en tren. Arman jaleo en la calle. Hace tres semanas me rompieron las lunas. Si quiere irse, salga por la puerta de atrás.

Sabir levantó una ceja. Bien. Aquélla era una forma ciertamente novedosa de conservar la clientela. Echó mano de su tercera taza de café y la apuró. Notaba ya el aguijoneo de la cafeína en el pulso. Diez minutos. Daría a Samana otros diez minutos. Luego, aunque técnicamente todavía estaba de vacaciones, se iría al cine a ver *La noche de la iguana* de John Huston y pasaría lo que quedaba de tarde con Ava Gardner y Deborah Kerr. Otro capítulo que añadir a su libro (invendible, no había duda) sobre las cien mejores películas de todos los tiempos.

—Una caña, por favor. No tengo prisa.

El barman se dio por enterado con un ademán y siguió bajando los cierres. En el último momento, un tipo delgado y ágil se deslizó bajo la puerta y se irguió apoyándose en una mesa.

—Hola. ¿Qué quieres tomar?

Babel hizo caso omiso del barman y miró frenético a su alrededor. Tenía la camisa empapada bajo la chaqueta, y el sudor le chorreaba por la barbilla angulosa. Achicando los ojos para defenderse del reverbero de la luz del bar, fue fijando la mirada en cada mesa con intensidad obsesiva.

Sabir levantó un ejemplar de su libro sobre Nostradamus, como habían acordado, con su fotografía a la vista. Así pues, el gitano había llegado por fin. Ahora llegaría el chasco.

—Estoy aquí, *monsieur* Samana. Venga a sentarse conmigo.

Babel tropezó con una silla en su afán por llegar hasta Sabir. Se enderezó y siguió cojeando con la cara vuelta hacia la entrada del bar. Pero estaba a salvo de momento. Los cierres estaban bajados del todo. Se había librado de aquel payo mentiroso con ojos de loco. El payo que le había jurado que no le seguiría. El payo que luego le había seguido hasta *Chez Minette*, sin molestarse siquiera en ocultarse entre la gente. Babel todavía tenía una oportunidad.

Sabir se levantó con expresión inquisitiva.

—¿Qué ocurre? Parece que haya visto un fantasma. —De cerca, la brutalidad que creía haber detectado en la mirada del gitano se había transformado en una hueca máscara de terror.

—¿Usted es el escritor?

—Sí. ¿Ve? Ese soy yo. El de la solapa del libro.

Babel alargó el brazo hacia la mesa contigua y cogió un vaso vacío de cerveza. Lo rompió sobre la mesa, entre ellos, y aplastó con la mano los cristales rotos. Luego su zarpa ensangrentada se apoderó de la mano de Sabir.

—Lo siento. —Antes de que Sabir tuviera tiempo de reaccionar, el gitano le apretó la mano contra los cristales rotos.

—¡Dios! Serás cabrón... —Sabir intentó retirar la mano.

El gitano se la sujetó con fuerza y le obligó a pegarla a la suya, hasta que las manos de ambos quedaron unidas entre el engrudo que formaba la sangre. Después se dio un golpe en la frente con la palma ensangrentada de Sabir, dejando una mancha difusa sobre la piel.

—Ahora escúcheme. ¡Escúcheme!

Sabir se desasió de la zarpa del gitano. El barman salió de detrás de la barra blandiendo un palo de billar cortado.

—Dos palabras. No las olvide. Samois. Chris. —Babel retrocedió para apartarse del barman y levantó la palma manchada de sangre como si lanzara una bendición—. Samois. Chris. ¿Se acordará? —Arrojó una silla al barman y aprovechó la confusión para orientarse respecto a la salida—. Samois. Chris. —Señaló a Sabir con los ojos desquiciados por el miedo—. No lo olvide.

3

Babel sabía que corría para salvar la vida. Nunca había estado tan seguro de una cosa. Tan convencido de algo. Sentía en la mano un pálpito doloroso y violento. Le ardían los pulmones, y cada bocanada de aire le desgarraba por dentro como si fuera cargada de clavos.

Tras él, a cincuenta metros de distancia, Bale le observaba. Tenía tiempo. El gitano no tenía adónde ir. Nadie con quien hablar. La Sûreté le pondría una camisa de fuerza al primer vistazo. La policía de París no era muy caritativa con los gitanos, y menos aún con los gitanos cubiertos de sangre. ¿Qué había pasado en el bar? ¿A quién había visto? Bueno, no tardaría mucho en descubrirlo.

Vio la furgoneta Peugeot blanca casi inmediatamente. El conductor estaba pidiendo indicaciones a un limpiacristales. El limpiacristales señaló hacia Saint-Denis y encogió los hombros con desconcierto galo.

Bale arrojó al conductor a un lado y subió al taxi. El motor seguía ronroneando. Metió la marcha y aceleró. No se molestó en mirar por el retrovisor.

Babel había perdido de vista al payo. Se volvió y miró hacia atrás mientras corría de espaldas. Los transeúntes se apartaban, repelidos por su cara y sus manos ensangrentadas. Se detuvo. Se quedó parado en la calle, resollando como un ciervo acorralado.

El Peugeot blanco se subió al bordillo y golpeó su muslo derecho, aplastándole el hueso. Babel rebotó en el capó y cayó a plomo en la acera. Casi inmediatamente sintió que unas manos fuertes lo agarraban de la chaqueta y la culera de los pantalones y lo levantaban en vilo. Se abrió una puerta y fue arrojado dentro del taxi. Oía un chillido agudo y terrible; comprendió entonces que aquel ruido procedía de él. Levantó los ojos en el instante en que el payo lo golpeaba debajo de la barbilla con la parte inferior de la palma de la mano.

4

Lo despertó un dolor horrendo en piernas y hombros. Levantó la cabeza para mirar alrededor, pero no vio nada. Sólo entonces se dio cuenta de que tenía los ojos vendados y de que estaba atado en posición vertical a una especie de bastidor metálico del que colgaba hacia delante, con las piernas y los brazos en cruz y el cuerpo combado en un semicírculo involuntario, como si proyectara hacia fuera las caderas en una danza obscena. Estaba desnudo.

Bale le tiró del pene otra vez.

—Bueno. ¿Por fin me haces caso? Bien. Escúchame, Samana. Hay dos cosas que debes saber. Primera, que vas a morir. No puedes convencerme para que te suelte, ni conseguir que te perdone la vida a cambio de información. Segunda, que tu forma de morir depende completamente de ti. Si te portas bien, te cortaré el cuello. No sentirás nada. Sé hacerlo de tal manera que te desangrarás en menos de un minuto. Si me haces enfadar, te haré daño, mucho más del que te estoy haciendo ahora. Para demostrarte que pienso matarte, y que no tienes forma de escapar de ésta, voy a cortarte el pene. Luego te cauterizaré la herida con un hierro candente para que no te desangres antes de tiempo.

—¡No! ¡No lo hagas! Te diré todo lo que quieras saber. Todo.

Bale posó el cuchillo sobre la piel tersa del miembro de Babel.

—¿Todo? ¿Tu pene por lo que quiero saber? —Bale se encogió de hombros—. No lo entiendo. Sabes que no vas a volver a usarlo. Te lo he dejado claro. ¿Para qué quieres conservarlo? No me digas que todavía tienes esperanzas.

Un hilillo de saliva caía por la comisura de la boca de Babel.

—¿Qué quieres saber?

—Primero, el nombre del bar.

—*Chez Minette*.

—Bien. Es correcto. Te vi entrar. ¿A quién viste?

—A un americano. Un escritor. Adam Sabir.

—¿Para qué?

—Para venderle el manuscrito. Quiero dinero.

—¿Se lo enseñaste?

Babel soltó una risa fragmentada.

—No lo tengo. Nunca lo he visto. Ni siquiera sé si existe.

—Oh, vaya. —Bale soltó el pene de Babel y empezó a acariciarle la cara—. Eres guapo. Gustas a las mujeres. La vanidad es la mayor debilidad de un hombre. —Le cruzó la mejilla derecha con el cuchillo—. Ahora no estás tan guapo. Por un lado, todavía sí. Por el otro... qué desastre. Mira, por este agujero me cabe el dedo.

Babel empezó a gritar.

—Para. Para o te marco el otro lado.

Babel se calló. El aire se colaba entre los colgajos de su mejilla.

—Anunciaste el manuscrito. Dos interesados respondieron al anuncio. Yo soy uno. Sabir es el otro. ¿Qué pensabas vendernos por medio millón de euros? ¿Aire caliente?

—Te he mentido. Sé dónde está. Te llevaré.

—¿Y dónde está?

—Está escrito.

—Recítamelo.

Babel sacudió la cabeza.

—No puedo.

—Pon la otra mejilla.

—¡No! ¡No! No puedo. No sé leer...

—Entonces, ¿cómo sabes que está escrito?

—Porque me lo han dicho.

—¿Quién tiene ese escrito? ¿Dónde está? —Bale ladeó la cabeza—. ¿Lo tiene escondido un pariente tuyo? ¿O es otra persona? —Hubo un silencio—. Sí. Eso me parecía. Te lo noto en la cara. Es un pariente, ¿no? Quiero saber quién. Y dónde. —Cogió el pene de Babel—. Dame un nombre.

Babel dejó caer la cabeza. Del agujero practicado por el cuchillo de Bale manaba sangre y saliva. ¿Qué había hecho? ¿Qué había revelado por culpa del miedo y la confusión? Ahora el payo iría en busca de Yola. La torturaría a ella también. Sus difuntos padres lo maldecirían por no haber sabido defender a su hermana. Su nombre quedaría manchado; sería un *mahrimé*. Lo enterrarían en una tumba sin marcar. Y todo porque su vanidad era más fuerte que su miedo a la muerte.

¿Había comprendido Sabir las dos palabras que le había dicho en el bar? ¿Sería acertada su intuición respecto a aquel hombre? Babel sabía que había llegado al final del camino. Se había pasado la vida levantando castillos en el aire; conocía muy bien sus propias flaquezas. Treinta segundos más y su alma se iría al infierno. Sólo tendría una oportunidad de hacer lo que se proponía. Sólo una.

Dejó colgar todo el peso de su cabeza, levantó la barbilla hacia la izquierda cuanto pudo y la torció brutalmente describiendo un sermicírculo hacia la derecha.

Bale dio un paso atrás involuntariamente. Luego alargó el brazo y agarró del pelo al gitano. La cabeza colgaba floja, como si se hubiera soltado de sus amarras.

—No. —La dejó caer hacia delante—. Imposible.

Se apartó unos pasos, contempló el cuerpo un segundo y luego volvió a acercarse. Alargó el brazo y le cortó con el cuchillo una oreja. Le quitó luego la venda y le subió los párpados. Los ojos estaban vacíos. No había en ellos un solo destello de vida.

Limpió el cuchillo en la venda y se alejó meneando la cabeza.

5

El capitán Joris Calque, de la *Police Nationale*, se pasó el cigarrillo apagado bajo la nariz y volvió a dejarlo de mala gana en su pitillera rojo bronce. La guardó en el bolsillo de la chaqueta.

—Por lo menos el cadáver está fresco y en buen estado. Me extraña que no siga goteando sangre de esa oreja. —Calque clavó el pulgar en el pecho de Babel, lo retiró y se inclinó hacia delante para ver si había algún cambio—. Casi no hay lividez. Este hombre no lleva muerto más de una hora. ¿Cómo es que le hemos encontrado tan pronto, Macron?

—Por la furgoneta robada, señor. Estaba aparcada fuera. El dueño llamó para denunciar el robo y un guardia que estaba de patrulla se la encontró cuarenta minutos después. Ojalá todos los crímenes fueran tan fáciles de descubrir como éste.

Calque se quitó los guantes.

—No lo entiendo. Un asesino secuestra al gitano en plena calle, a la vista de todo el mundo, y en una furgoneta robada. Luego le trae aquí, le ata a un somier previamente clavado a la pared, le tortura un poco, le rompe el cuello y deja la furgoneta aparcada en la calle como si fuera un poste indicador. ¿Para usted tiene sentido?

—También tenemos una sangre que no cuadra.

—¿Qué quiere decir?

—Aquí. En la mano de la víctima. Estos cortes son anteriores a las otras heridas. Y hay sangre de otra persona mezclada con la de la víctima. Se ve claramente en el espectrómetro portátil.

—Ah. Así que, no contento con dejar la furgoneta como poste indicador, el asesino nos ha dejado también una marca de sangre. —Calque se encogió de hombros—. O es un imbécil o es un genio.

6

La farmacéutica acabó de vender la mano de Sabir.

—Debía de ser cristal barato. Tiene suerte de no necesitar puntos. ¿No será usted pianista, por casualidad?

—No. Soy escritor.

—Ah. Entonces no le hace falta ninguna habilidad.

Sabir rompió a reír.

—Podría decirse así. He escrito un libro sobre Nostradamus. Y ahora escribo críticas de películas para una cadena de periódicos regionales. En fin, eso es todo. La suma total de una vida malgastada.

La farmacéutica se llevó una mano a la boca.

—Perdone. No quería decir eso. Claro que los escritores son hábiles. Me refería a destrezas manuales. De ésas en las que hay que usar los dedos.

—No pasa nada. —Sabir se levantó y se puso la chaqueta—. Los escritores de poca monta estamos acostumbrados a que nos insulten. Ocupamos el escalón más bajo de la jerarquía, no hay duda. A no ser que escribamos *best-sellers* o que consigamos hacernos famosos, claro. Entonces alcanzamos la cumbre por arte de magia. Después, cuando no damos más de nosotros, volvemos a hundirnos hasta el fondo. Es una profesión embriagadora, ¿no le parece? —Ocultó su amargura tras una amplia sonrisa—. ¿Qué le debo?

—Cincuenta euros. Si está seguro de que puede permitírselo, claro.

—Ah. Me conmueve. —Sabir sacó su cartera y hurgó en ella en busca de billetes. Una parte de él seguía luchando por entender el comportamiento del gitano. ¿Por qué atacaba alguien a un perfecto desconocido? ¿Y más aún a un desconocido al que esperaba venderle algo de valor? No tenía sentido. Algo le impedía acudir a la policía, sin embargo, a pesar de que el barman y los tres o cuatro clientes que habían presenciado la agresión le habían animado a hacerlo. Allí había algo más de lo que se veía a simple vista. ¿Y qué o quiénes eran Samois y Chris? Le dio a la farmacéutica su dinero.

—¿La palabra Samois le dice algo?

—¿Samois? —La farmacéutica sacudió la cabeza—. ¿Aparte del sitio, quiere decir?

—¿El sitio? ¿Qué sitio?

—Samois-sur-Seine. Está a unos sesenta kilómetros al sureste de aquí. Justo encima de Fontainebleau. Todos los aficionados al jazz lo conocen. Los gitanos celebran allí todos los años un festival en homenaje a Django Reinhardt. Ya sabe, el guitarrista *manouche*.

—¿*Manouche*?

—Es una tribu gitana. Emparentada con los sinti. Proceden de Alemania y del norte de Francia. Eso lo sabe todo el mundo.

Sabir hizo una reverencia burlona.

—Pero olvida usted, *madame*, que yo no soy todo el mundo. Sólo soy un escritor.

7

A Bale no le gustaban los camareros. Eran una especie detestable; se alimentaban de las debilidades ajenas. Pero, aun así, estaba dispuesto a hacer concesiones con tal de reunir alguna información. Volvió a guardarse el carné robado en el bolsillo.

—Entonces, ¿el gitano le atacó con un cristal?

—Sí. Nunca he visto nada igual. Entró chorreando sudor y se fue derecho al americano. Rompió un cristal y lo aplastó con la mano.

—¿Con la del americano?

—No. Eso es lo raro. Lo aplastó con su propia mano. Fue después cuando atacó al americano.

—¿Con el cristal?

—No, no. Le cogió la mano y se la apretó contra los cristales, como había hecho con la suya. Luego se la pegó a la frente. Había sangre por todas partes.

—¿Y eso fue todo?

—Sí.

—¿No dijo nada?

—Bueno, no paraba de gritar. «Recuerda estas palabras. Recuérdalas.»

—¿Qué palabras?

—Eh, bueno, ahí me ha pillado. Sonaba algo así como *Sam, moi et Chris*. Puede que sean hermanos.

Bale reprimió una sonrisa exultante. Asintió con la cabeza sagazmente.

—Hermanos. Sí.

8

El barman levantó las manos melodramáticamente.

—Pero si acabo de hablar con uno de sus oficiales. Ya se lo he contado todo. ¿Quieren que también les cambie los pañales?

—¿Y qué aspecto tenía ese oficial?

—El que tienen todos. —El barman se encogió de hombros—. Ya sabe.

El capitán Calque se volvió hacia el teniente Macron.

—¿Como él?

—No. No se parecía en nada.

—¿Como yo, entonces?

—No. Como usted tampoco.

Calque suspiró.

—¿Como George Clooney? ¿Como Woody Allen? ¿Como Johnny Halliday? ¿O llevaba peluca, quizá?

—No, no. No llevaba peluca.

—¿Qué más le dijo a ese hombre invisible?

—No hace falta ponerse sarcástico. Estoy cumpliendo con mi deber cívico. Intenté defender al americano...

—¿Con qué?

—Bueno... con mi palo de billar.

—¿Dónde guarda esa arma ofensiva?

—¿Que dónde la guardo? ¿Dónde cree usted que la guardo? Detrás de la barra, claro. Esto es Saint-Denis, no el Sacré-Coeur.

—Enséñemela.

—Mire, no di a nadie con él. Sólo amenacé al gitano.

—¿Y el gitano le respondió?

—Ah, *merde*. —El barman rajó un paquete de Gitanes con el picahielo de la barra—. Supongo que ahora me denunciarán por fumar en un lugar público. Qué gente. —Expelió una nube de humo desde el otro lado del mostrador.

Calque le cogió un cigarrillo. Dio unos golpecitos con él en el dorso del paquete y se lo pasó lánguidamente bajo la nariz.

—¿No va a encenderlo?

—No.

—La puta. No me diga que lo ha dejado.

—Estoy mal del corazón. Cada cigarrillo que me fumo me quita un día de vida.

—Pero vale la pena.

Calque suspiró.

—Tiene razón. Déme fuego.

El barman le ofreció la punta de su cigarrillo.

—Mire, acabo de acordarme. De lo de ese oficial.

—¿De qué se ha acordado?

—Tenía algo raro. Muy raro.

—¿Y qué era?

—Bueno, no va a creerme si se lo digo.

Calque levantó una ceja.

—Póngame a prueba.

El barman se encogió de hombros.

—No tenía blanco en los ojos.

9

—Se llama Sabir. S - a - b - i - r. Adam Sabir. Un estadounidense. No. No puedo darle más información en este momento. Búsquenlo en sus ordenadores. Debería bastar con eso. Créame.

Achor Bale colgó el teléfono. Se permitió una breve sonrisa. Aquello solventaba lo de Sabir. Cuando la policía francesa acabara de interrogarle, él ya se habría marchado haría tiempo. Siempre era conveniente sembrar el caos. El caos y la anarquía. Fomentándolos, se obligaba a las fuerzas de la ley y el orden a ponerse a la defensiva.

La policía y los poderes públicos estaban entrenados para pensar linealmente: en forma de reglas y normativas. En lenguaje informático, lo opuesto a lineal era «hiper». Muy bien. Bale se enorgullecía de su capacidad de *hiperpensar*: saltando y brincando de acá para allá cuando se le antojaba. Hacía lo que quería y cuando quería.

Cogió un mapa de Francia y lo desplegó pulcramente sobre la mesa, delante de sí.

10

Adam Sabir se enteró de que la policía le buscaba cuando encendió el televisor del piso alquilado de la Île-Saint-Louis y vio su cara en primer plano mirándole desde la pantalla de plasma.

Sabir era escritor y periodista ocasional: tenía que mantenerse informado. En las noticias acechaban historias. Bullían ideas. El estado del mundo repercutía en el estado de su clientela potencial, y aquello le preocupaba. En los últimos años se había acostumbrado a un tren de vida muy confortable, gracias a un libro que se había convertido en un fenómeno de ventas excepcional, titulado *La vida privada de Nostradamus*. Su contenido original era prácticamente nulo; el título, en cambio, había sido un golpe de genio. Ahora necesitaba urgentemente una continuación, o el grifo del dinero se cerraría, aquel lujoso tren de vida se agotaría y su público acabaría por disolverse.

Así pues, el anuncio de Samana en aquel ridículo periodicucho, dos días antes, había captado su atención por ser no sólo estrafalario sino también absolutamente inesperado:

Necesito dinero. Tengo algo que vender. Los versos perdidos de Notre Dame [sic]. Todos escritos. Vendo en metálico al primer comprador. Auténticos.

Sabir había soltado una carcajada al ver el anuncio: era tan evidente que lo había dictado un analfabeto... Pero ¿qué sabía un analfabeto de los versículos perdidos de Nostradamus?

Era de dominio público que el vidente del siglo XVI había escrito un millar de estrofas de cuatro versos, ordenadas y publicadas en vida del autor, y que había predicho, con precisión casi sobrenatural, el rumbo de la historia. Menos conocido era, en cambio, el hecho de que Nostradamus había retirado en el último momento 58 cuartetas que nunca llegaron a ver la luz. Si alguien encontrara aquellos versos, se haría millonario en el acto: las ventas serían potencialmente estratosféricas.

Sabir sabía que, para asegurarse un negocio así, a su editor no le dolerían prendas: adelantaría cualquier suma. La noticia del hallazgo generaría por sí sola cientos de miles de dólares en exclusivas periodísticas, y garantizaría una cobertura de primera plana en todo el mundo. ¿Y qué no daría la gente, en estos tiempos de incertidumbre, por leer los versículos y descifrar sus revelaciones? Era una idea alucinante.

Hasta ese día, Sabir imaginaba un grato escenario en el que, como los libros de Harry Potter, su manuscrito se guardaría en el equivalente editorial de Fort Knox, para ser desvelado ante las hordas impacientes y esclavizadas el día de su publicación. Él ya estaba en París. ¿Qué le costaba comprobar si la historia era cierta? ¿Qué podía perder?

Tras la tortura y brutal asesinato de un varón cuya identidad se desconoce, la policía busca al escritor estadounidense Adam Sabir para interrogarle en relación con el crimen. Se cree que Sabir está de visita en París, pero los ciudadanos de a pie no deben acercarse a él bajo ningún concepto, puesto que podría ser peligroso. El crimen es de índole tan grave que la Police Nationale ha dado prioridad a la identificación del asesino, que se cree podría estar preparándose para asestar un nuevo golpe.

—Santo Dios. —Parado en medio de su cuarto de estar, Sabir miraba el televisor como si éste pudiera de pronto soltarse de sus ataduras y arrastrarse por el suelo, hacia él. La pantalla mostraba en toda su extensión una foto promocional suya, de hacía tiempo, en la que sus rasgos aparecían tan exagerados que hasta él mismo casi se convenció de que representaba a un criminal buscado por la policía.

A continuación venía una fotografía acompañada de la leyenda «¿Conoce usted a este hombre?» en la que Samana aparecía muerto, con la mejilla y la oreja cortadas y los ojos abiertos y vacíos, como sometiéndose al juicio de los millones de mirones de sillón que extraían un consuelo fugaz del hecho de que otro y no ellos apareciera así mostrado en pantalla.

—No es posible. Tiene sangre mía por todas partes.

Sabir se sentó en un sillón, boquiabierto, mientras el latido doloroso de su mano replicaba extrañamente, como un eco, a la sintonía electrónica que acompañaba los titulares de cierre del telediario nocturno.

11

Tardó diez minutos frenéticos en recoger todas sus pertenencias: el pasaporte, el dinero, los planos, la ropa y las tarjetas de crédito. En el último momento rebuscó en el escritorio por si había allí algo que pudiera serle útil.

El piso se lo había prestado John Tone, su agente inglés, que estaba de vacaciones en el Caribe. El coche era también de su agente y, por tanto, imposible de identificar. Su anonimato bastaría, al menos, para sacar a Sabir de París. Para darle tiempo para pensar.

Se guardó apresuradamente en el bolsillo un carné de conducir británico antiguo a nombre de Tone y unos cuantos euros sueltos que encontró en el cilindro vacío de un carrete fotográfico. El carné no tenía foto. Podía serle útil. Cogió una factura de la luz, y también los papeles del coche.

Si la policía le detenía, fingiría no saber nada: se disponía a emprender un viaje de investigación a Saint-Rémy-de-Provence, el pueblo natal de Nostradamus. No había escuchado la radio ni visto la televisión: no sabía que la policía andaba tras él.

Con un poco de suerte, podría llegar hasta la frontera suiza y pasar de incógnito. Allí no siempre revisaban los pasaportes. Y Suiza seguía estando fuera de la Unión Europea. Si lograba llegar a la embajada de Estados Unidos en Berna, estaría a salvo. Si los suizos le extraditaban, sería a Estados Unidos, no a París.

Sabir había oído contar cosas sobre la policía francesa a algunos periodistas colegas suyos. Si caías en sus manos, estabas perdido. Tu caso podía tardar meses o incluso años en abrirse paso por el sistema judicial francés, aquella pesadilla burocrática.

Se paró en el primer cajero que encontró y dejó el motor en marcha. Tenía que arriesgarse a sacar algún dinero. Metió la primera tarjeta en la ranura y empezó a rezar. De momento, todo bien. Intentaría sacar mil euros. Así, si la segunda tarjeta fallaba, al menos podría comprar algo de comer y pagar el peaje de las autopistas en dinero contante y sonante, imposible de rastrear.

Al otro lado de la calle, un jovencito con una sudadera con capucha le miraba. Santo Dios. Mal momento para que le atracaran. Y con las llaves de un flamante Audi familiar puestas y el motor en marcha.

Se guardó el dinero y probó con la segunda tarjeta. El chico echó a andar hacia él, mirando a su alrededor de esa forma peculiar con que miran los delincuentes juveniles. Cincuenta metros. Treinta. Sabir aporreó los números.

El cajero se tragó la tarjeta. Le estaban cerrando el grifo.

Corrió hacia el coche. El chico había echado a correr y estaba a cinco metros.

Sabir se arrojó dentro del auto y sólo entonces recordó que era un coche inglés, con el volante a la derecha. Se lanzó por encima de la división central y perdió tres segundos preciosos buscando el cierre centralizado.

El chico tenía la mano en la puerta.

Sabir metió marcha atrás haciendo crujir la transmisión automática y el coche retrocedió con una sacudida, desequilibrando al chico un momento. Siguió retrocediendo, con un pie doblado hacia atrás, sobre el asiento del copiloto, mientras con la mano libre sujetaba el volante.

Irónicamente, se descubrió pensando no en el atracador (era la primera vez que le pasaba algo así), sino en el hecho de que, gracias a la tarjeta que se había visto obligado a abandonar, la policía tenía ahora sus huellas dactilares y una idea exacta de su paradero a las 22:42 h de una noche de sábado clara y estrellada, en el centro de París.

12

Cuando hacía veinte minutos que había salido de París y le faltaban cinco para llegar al nudo de Évry, Sabir se fijó en un indicador: treinta kilómetros a Fontainebleau. Y Fontainebleau estaba sólo a diez kilómetros río abajo de Samois. Se lo había dicho la farmacéutica. Hasta habían hablado un rato, con cierto coqueteo, sobre Enrique II, Catalina de Médici y Napoleón, quien al parecer se había despedido allí de su Vieja Guardia antes de partir hacia su exilio en Elba.

Era una locura pensar siquiera en ir a Samois. Mejor meterse en la autopista y tragar todos los kilómetros que pudiera mientras todavía fuera de noche. Pero ¿no tenían lectores de matrículas en las autopistas? ¿No lo había oído en alguna parte? ¿Y si ya le habían seguido el rastro hasta el piso de Tone? Tampoco tardarían mucho en relacionarle con el Audi. Y entonces iría listo. Sólo tendrían que poner unos cuantos coches patrulla en el control de salida del peaje y le pescarían como a una trucha.

Si conseguía que aquel tal Chris le diera las cuartetas, tal vez al menos pudiera persuadir a la policía de que era, en efecto, un escritor de verdad y no un psicópata al acecho. Pero ¿por qué iba a estar relacionada la muerte del gitano con los versos, de todas formas? Esa gente siempre andaba metiéndose en peleas, ¿no? Seguramente había sido una riña por dinero, o por una mujer, y él sólo se había metido en medio. Visto así, el asunto tomaba un cariz mucho más tranquilizador.

De todos modos, tenía una coartada. Seguro que la farmacéutica se acordaba de él. Le había contado cómo se había portado el gitano. Era simplemente inconcebible que le hubiera torturado y matado con la mano hecha jirones. La policía lo entendería, ¿no? ¿O pensarían que había seguido al gitano para vengarse de él después del altercado en el bar?

Sabir sacudió la cabeza. Una cosa estaba clara. Necesitaba descansar. Si seguía así, empezaría a sufrir alucinaciones.

Obligándose a dejar de pensar y a ponerse en acción, se salió de la carretera y enfiló un camino boscoso.

13

—Se nos ha escapado.

—¿Qué quiere decir? ¿Cómo lo sabe?

Calque levantó una ceja. Macron estaba mejorando, de eso no había duda. Pero imaginación... Y a fin de cuentas, ¿qué podía esperarse de un marsellés de dos metros de altura?

—Hemos buscado en todos los hoteles, las pensiones y las agencias de alquiler. Cuando llegó no tenía motivos para ocultar su nombre. No sabía que iba a matar al gitano. Es estadounidense, pero de madre francesa, acuérdate. Habla perfectamente nuestro idioma. O se ha escondido en casa de un amigo, o ha volado. Yo creo que ha volado. Y que yo sepa, hay pocos amigos dispuestos a acoger a un torturador.

—¿Y el que llamó en su nombre?

—Encuentre a Sabir y le encontraremos a él.

—Entonces, ¿vigilamos Samois? ¿Buscamos a ese tal Chris?

Calque sonrió.

—Que alguien le dé a la niña una muñeca.

14

Lo primero que vio Sabir fue un galgo solitario cruzando el camino delante de él, desorientado por sus andanzas del día anterior. Allá abajo, entrecortado por los árboles, el río Sena brillaba al primer sol de la mañana.

Sabir salió del coche para estirar las piernas. Cinco horas de sueño. No estaba mal, dadas las circunstancias. Esa noche se había sentido alterado y nervioso. Ahora estaba más tranquilo, menos angustiado por el aprieto en que se hallaba. Había sido un acierto tomar el desvío a Fontainebleau, y más aún parar a dormir en el bosque. Quizá la policía francesa no lograra atraparle tan fácilmente, después de todo. Aun así, convenía no correr riesgos innecesarios. Se quitaría de la cabeza la idea absurda de bajar a Samois y se iría directamente a la frontera por carreteras convencionales, camuflado entre el tráfico de hora punta.

Cuando había recorrido cincuenta metros con las ventanillas del coche abiertas, sintió un olor inconfundible a grasa de cerdo frita y humo de leña. Al principio le dieron ganas de no hacer caso y seguir su camino, pero luego venció el hambre. Pasara lo que pasase, tenía que comer. ¿Y por qué no allí? No había cámaras. Ni policías.

Se convenció enseguida de que era perfectamente lógico ofrecerse a pagar por el desayuno a quien estuviera cocinando. Tal vez aquellos misteriosos campistas pudieran decirle dónde encontrar a Chris.

Dejó el coche y atajó por el bosque a pie, dejándose guiar por el olfato. Notaba cómo se estiraba su estómago hacia el olor del tocino. Era una locura pensar que estaba huyendo de la policía. Quizás aquella gente, estando de acampada, no tuviera televisión ni periódicos.

Se quedó un rato al borde del claro, observando. Era un campamento gitano. Bien. En realidad, era una suerte haber dado con él. Debería haberse dado cuenta de que nadie en su sano juicio acampaba en un bosque señorial del norte a principios de mayo. La época de las acampadas era agosto; el resto del año, si uno era francés, se quedaba en un hotel con su familia y cenaba a gusto.

Una de las mujeres le vio y llamó a su marido. Unos niños se fueron corriendo hacia él y luego se detuvieron, formando una bandada. Dos hombres dejaron lo que estaban haciendo y echaron a andar hacia él. Sabir levantó una mano para saludar.

Alguien tiró violentamente de su mano hacia atrás y se la levantó hasta la nuca. Sabir sintió que caía de rodillas.

Justo antes de perder el sentido, vio la antena de televisión en una de las caravanas.

15

—Hazlo tú, Yola. Estás en tu derecho.

La mujer estaba de pie delante de él. Un anciano le puso un cuchillo en la mano y la animó a acercarse. Sabir intentó decir algo, pero descubrió que le habían tapado la boca.

—Eso. Córtale los huevos.

—No. Sácale los ojos primero. —Un coro de mujeres mayores la azuzaba desde la puerta de la caravana. Sabir miró a su alrededor. Aparte de la mujer del cuchillo, estaba rodeado completamente por hombres. Intentó mover los brazos, pero se los habían atado con fuerza a la espalda. Tenía también los tobillos atados, y le habían colocado un cojín estampado entre las rodillas.

Un hombre lo incorporó y le bajó los pantalones.

—Hala. Así ves el blanco.

—Méteselo por el culo, ya que estás. —Las mujeres se estiraban para ver mejor.

Sabir empezó a sacudir la cabeza en un vano intento de quitarse la cinta aislante de la boca.

La mujer empezó a acercarse despacio, con el cuchillo extendido delante de ella.

—Venga, hazlo. Acuérdate de lo que le hizo a Babel.

Sabir empezó a emitir una especie de gemido desde el interior de su boca amordazada. Fijó los ojos en la mujer con diabólica concentración, como si de ese modo pudiera persuadirla de que abandonara su propósito.

Uno de los hombres le cogió del escroto y tiró de él, dejando una fina membrana de piel que cortar. Una sola pasada del cuchillo sería suficiente.

Sabir miraba a la mujer. El instinto le decía que era su única oportunidad. Sabía que, si se desconcentraba y apartaba la vista, estaba acabado. Sin comprender del todo por qué lo hacía, le guiñó un ojo.

El guiño la sacudió como una bofetada. Alargó el brazo y le arrancó la cinta aislante de la boca.

—¿Por qué lo hiciste? ¿Por qué mutilaste a mi hermano? ¿Qué te había hecho?

Sabir tomó una gran bocanada de aire por entre los labios hinchados.

—Chris. Chris. Me dijo que preguntara por Chris.

La mujer retrocedió. El hombre que sujetaba los testículos de Sabir los soltó y se inclinó hacia él, ladeando la cabeza como un perdiguero.

—¿Qué has dicho?

—Tu hermano rompió un vaso. Lo aplastó con la mano. Luego me apretó la mano contra los cristales. Pegó mi mano a la suya y se dejó la huella de la mía en la frente. Entonces me dijo que viniera a Samois y preguntara por Chris. No fui yo quien le mató. Pero ahora me doy cuenta de que le estaban siguiendo. Creedme, por favor. ¿Por qué iba a venir aquí, si no?

—Pero la policía... Te están buscando. Lo hemos visto en la televisión. Reconocimos tu cara.

—Tenía sangre mía en su mano.

El hombre lo arrojó a un lado. Sabir creyó por un instante que iban a degollarlo. Después sintió que le quitaban el vendaje de la mano y que inspeccionaban los cortes. Los oyó hablar entre sí en una lengua que no entendía.

—Levántate. Y súbete los pantalones.

Estaban cortando las cuerdas, a su espalda.

Uno de ellos le dio un codazo.

—Tú, dime quién es Chris.

Sabir se encogió de hombros.

—Uno de vosotros, supongo.

Algunos de los de más edad se echaron a reír.

El del cuchillo le guiñó un ojo, en una réplica inconsciente del guiño que dos minutos antes había salvado los testículos de Sabir.

—No te preocupes, que pronto le vas a conocer. Con huevos o sin ellos. Tú decides.

16

Por lo menos me están dando de comer, pensó Sabir. *Cuesta más matar a un hombre con el que has compartido el pan. Seguramente.*

Se comió la última cucharada de estofado y bajó las manos esposadas para coger el café.

—La carne estaba buena.

La anciana asintió con un gesto. Se limpió las manos en las voluminosas faldas, pero Sabir notó que no comía.

—Es limpia. Sí. Muy limpia.

—¿Limpia?

—Por las espinas. Los erizos son los animales más limpios. No son *mahrimé*. No como... —Escupió por encima del hombro—. Los perros.

—Ah. ¿Ustedes comen perros? —A Sabir ya le costaba asimilar lo de los erizos. Empezaba a notar un principio de náusea.

—No, no. —La mujer rompió a reír a carcajadas—. ¡Perros! ¡Ja, ja! —Señaló a una de sus amigas—. ¡Je! El payo se cree que comemos perros.

Un hombre entró corriendo en el claro. Enseguida le rodearon los niños. Se dirigió a un par de ellos, y se fueron a avisar a los del campamento.

Sabir observó atentamente mientras cajas y otros objetos desaparecían a toda prisa en los bajos y el interior de las caravanas. Dos hombres dejaron lo que estaban haciendo y se acercaron a él.

—¿Qué? ¿Qué está pasando?

Le cogieron entre los dos y le llevaron con las piernas abiertas hacia un cajón de madera.

—Por Dios, ¿no iréis a meterme ahí? Tengo claustrofobia. En serio. Os lo juro. No soporto los sitios estrechos. Por favor, metedme en una caravana.

Los hombres le metieron en el cajón. Uno de ellos se sacó un pañuelo sucio del bolsillo y se lo metió en la boca. Luego le hicieron agachar la cabeza y cerraron la tapa.

17

El capitán Calque recorrió con la mirada al disparatado grupo que tenía delante. Aquella gente iba a darle problemas. Lo notaba en los huesos. Los gitanos siempre se cerraban en banda cuando hablaban con la policía, hasta cuando era uno de los suyos quien había muerto asesinado, como era el caso. Siempre se empeñaban en tomarse la justicia por su mano.

Le hizo una seña a Macron con la cabeza. Macron levantó la fotografía de Sabir.

—¿Alguno ha visto a este hombre?

Nada. Ni siquiera un gesto de asentimiento.

—¿Alguno sabe quién es?

—Un asesino.

Calque cerró los ojos. En fin, al menos uno le había dirigido la palabra. Le había hecho un comentario.

—No necesariamente. Cuantas más cosas averiguamos, más da la sensación de que puede haber una tercera persona implicada en el crimen. Una tercera persona a la que aún no hemos conseguido identificar.

—¿Cuándo van a darnos el cuerpo de mi hermano para que podamos enterrarlo?

Los hombres hicieron sitio a una joven que se abría paso entre las filas cerradas de mujeres y niños, avanzando hacia el frente del grupo.

—¿Su hermano?

—Babel Samana.

Calque le hizo una seña a Macron y éste empezó a escribir vigorosamente en una libretita negra.

—¿Y usted se llama?

—Yola. Yola Samana.

—¿Y sus padres?

—Están muertos.

—¿Algún otro familiar?

Yola se encogió de hombros y señaló la multitud de caras que había a su alrededor.

—¿Todos?

Ella asintió con una inclinación de cabeza.

—¿Qué estaba haciendo su hermano en París?

Volvió a encogerse de hombros.

—¿Alguien lo sabe?

Hubo un encogimiento de hombros colectivo.

Calque sintió por un momento ganas de romper a reír, pero la convicción de que posiblemente aquella gente le lincharía si lo hacía le impidió ceder al impulso.

—Bueno, ¿puede alguien decirme algo sobre Samana? A quién iba a ver, aparte de a ese tal Sabir, claro. O por qué estaba en Saint-Denis.

Silencio.

Calque esperó. Treinta años de experiencia le habían enseñado cuándo insistir y cuándo no.

—¿Cuándo van a devolvérnoslo?

Calque fingió un suspiro.

—No puedo decírselo exactamente. Puede que necesitemos el cuerpo para hacer más análisis forenses.

La joven se volvió hacia uno de los gitanos de mayor edad.

—Tenemos que enterrarle antes de que pasen tres días.

El gitano sacó la barbilla mirando a Calque.

—¿Pueden dárnosle?

—Ya se lo he dicho. No. Todavía no.

—¿Pueden darnos un poco de pelo, entonces?

—¿Qué?

—Si nos dan un poco de pelo suyo, podemos enterrarle. Junto con sus posesiones. Hay que hacerlo antes de que pasen tres días. Luego pueden hacer con el cuerpo lo que quieran.

—No hablará en serio.

—¿Hará lo que le pedimos?

—¿Darles un poco de pelo suyo?

—Sí.

Calque sintió los ojos de Macron taladrándole la nuca.

—Sí. Podemos darles un poco de pelo. Manden a alguien a esta dirección... —Calque le dio una tarjeta al gitano—. Mañana. Pueden identificarle y cortarle el pelo al mismo tiempo.

—Iré yo. —Era la joven, la hermana de Samana.

—Muy bien. —Calque se quedó parado en medio del claro, sin saber qué hacer. Aquel lugar era para él tan ajeno, tan alejado de su noción de lo que constituía una sociedad normal, que podría haber estado en medio de la selva hablando de ética con una tribu de indios americanos.

—¿Me llamarán si Sabir, el americano, intenta contactar con ustedes de la forma que sea? Mi número está en la tarjeta.

Recorrió al grupo con la mirada.

—Me lo tomo como un sí, entonces.

18

Sabir estaba al borde del delirio cuando le sacaron del cajón de madera. Más tarde, cuando intentó ordenar las emociones que había experimentado al verse encerrado en la caja, descubrió que su mente las había bloqueado por completo. Para protegerse, supuso.

Porque no había mentido al decir que era claustrofóbico. Años atrás, siendo niño, unos compañeros de clase le gastaron una broma consistente en encerrarle en el maletero del coche de un profesor. También entonces perdió el conocimiento. El profesor le encontró tres horas después, medio muerto. Y montó un escándalo. La historia apareció en todos los diarios locales.

Sabir dijo no recordar quién había perpetrado la travesura, pero casi una década después logró desquitarse. Trabajando como periodista había adquirido cierto talento para la insinuación, y lo había usado con eficacia. Pero la venganza no le había curado la claustrofobia, que, si acaso, había empeorado en los últimos años.

Sintió ahora que se mareaba. Le dolía la mano, y sospechaba que se le había infectado en el transcurso de la noche. Las heridas habían vuelto a abrirse y, como no había tenido con qué limpiárselas antes de volver a colocar el vendaje, supuso que habían atraído a unas cuantas bacterias por el camino; el encierro en la caja debía de haber agravado el problema, sencillamente.

Su cabeza cayó hacia atrás. Intentó levantar una mano, pero no pudo. En realidad, parecía no tener ningún control sobre su cuerpo. Sintió que le llevaban a un lugar a la sombra, que le subían por unas escaleras y le metían en una habitación en la que la luz entraba por hojas de cristal coloreado y se aposentaba suavemente sobre su cara. Lo último de lo que guardó recuerdo fue un par de ojos marrones oscuros que le miraban intensamente, como si su dueño intentara sondear el fondo de su alma.

Se despertó con una jaqueca mortecina. Hacía bochorno y le costaba respirar, como si tres cuartas partes de sus pulmones se hubieran llenado de gomaespuma mientras dormía. Se miró la mano. Estaba recién vendada. Intentó levantarla, pero sólo consiguió girarla flojamente antes de volver a dejarla caer, inerme, sobre la cama.

Vio que estaba dentro de una caravana. La luz del día entraba a raudales por las ventanillas de cristales de colores que había a su lado. Intentó levantar la cabeza para mirar por la única ventana transparente que había, pero el esfuerzo pudo con él. Volvió a desplomarse sobre la almohada. Nunca se había sentido tan desgajado de su cuerpo; era como si se hubiera escindido de sus extremidades, y la llave para recuperarlas se hubiera perdido.

Bueno. Al menos no estaba muerto. Ni en un hospital bajo custodia policial. Había que verlo por el lado bueno.

Cuando volvió a despertarse era de noche. Justo antes de abrir los ojos, notó una presencia a su lado. Se hizo el dormido y dejó caer la cabeza a un lado. Luego entornó los ojos e intentó mirar a la mujer sentada en la oscuridad sin que ella se diera cuenta. Porque era una mujer, de eso estaba seguro. Notaba el aroma denso del pachulí y un olor más esquivo que le recordaba vagamente el de la masa de harina. Tal vez aquella mujer hubiera estado amasando pan.

Dejó que sus ojos se abrieran. La hermana de Samana estaba sentada al borde de la silla, junto a la cama. Se inclinaba hacia delante como si rezara. Pero sobre su regazo brillaba un cuchillo.

—Me estaba pensando si matarte.

Sabir tragó saliva. Intentó parecer tranquilo, pero aún le costaba respirar y echaba el aire en cortos e incómodos jadeos, como una parturienta.

—¿Vas a hacerlo? Pues entonces más vale que acabes cuanto antes. No puedo defenderme, está claro; igual que aquella vez que me teníais atado y pensabas castrarme. Corres tan poco riesgo como entonces. Ni siquiera puedo levantar la mano para intentar detenerte.

—Igual que mi hermano.

—Yo no maté a tu hermano. ¿Cuántas veces tengo que decírtelo? Sólo le vi una vez. Fue él quien me atacó. Sabe Dios por qué. Y luego me dijo que viniera aquí.

—¿Por qué me guiñaste el ojo así?

—Fue el único modo que se me ocurrió de decirte que era inocente.

—Pero me puso furiosa. Estuve a punto de matarte en ese momento.

—Tenía que arriesgarme. No había otra salida.

Ella se recostó en la silla, pensativa.

—¿Eres tú quien me ha atendido?

—Sí.

—Curioso modo de tratar a alguien a quien vas a matar.

—No he dicho que vaya a matarte. He dicho que me lo estaba pensando.

—¿Y qué harías conmigo? ¿Con mi cadáver?

—Los hombres te descuartizarían como a un cerdo. Y luego te quemaríamos.

Se hizo un silencio incómodo. Sabir se preguntó cómo se las había arreglado para acabar así. ¿Y por qué?

—¿Cuánto tiempo llevo aquí?

—Tres días.

—Madre mía. —Bajó el brazo y con la mano buena se levantó la mala—. ¿Qué me ha pasado? ¿Qué me pasa?

—Un envenenamiento de la sangre. Te he curado con hierbas y cataplasmas de caolín. La infección se te había extendido a los pulmones. Pero no te vas a morir.

—¿Seguro? —Sabir notó enseguida que su intento de ponerse sarcástico le pasaba completamente desapercibido.

—Hablé con la farmacéutica.

—¿Con quién?

—Con la mujer que te curó las heridas. El nombre del sitio donde trabaja venía en el periódico. Fui a París a recoger un poco de pelo de mi hermano. Ahora vamos a enterrarle.

—¿Qué te dijo la farmacéutica?

—Que habías dicho la verdad.

—Entonces, ¿quién crees que mató a tu hermano?

—Tú. O puede que otro.

—¿Todavía crees que fui yo?

—Puede que fuera el otro. Pero tú tuviste algo que ver.

—Entonces, ¿por qué no me matas y acabas de una vez? ¿Por qué no me descuartizáis como un cerdo asqueroso?

—No tengas tanta prisa. —Se guardó el cuchillo bajo el vestido—. Ya verás.

19

Esa noche le ayudaron a bajar de la caravana y a salir al claro. Dos hombres le subieron a una camilla que habían construido y le llevaron al bosque por una senda iluminada por la luna.

La hermana de Samana caminaba a su lado como si fuera su dueña, o como si tuviera algún otro interés personal en él. *Y supongo que así es*, se dijo Sabir. *Soy una póliza de seguros para no tener que pensar.*

Una ardilla cruzó corriendo el camino delante de ellos y las mujeres empezaron a hablar animadamente entre sí.

—¿Qué pasa?

—Las ardillas traen buena suerte.

—¿Y qué trae mala suerte?

Ella le lanzó una mirada y luego decidió que no se estaba burlando de ella.

—Los búhos. —Bajó la voz—. Las serpientes. Pero lo peor son las ratas.

—¿Y eso por qué? —Sabir notó que él también bajaba la voz.

—Son *mahrimé*. Están contaminadas. Es mejor no hablar de ellas.

—Ah.

Habían llegado a otro claro adornado con velas y flores.

—Entonces, ¿vamos a enterrar a tu hermano?

—Sí.

—Pero no tenéis su cuerpo. Sólo su pelo.

—Chist. Ya no hablamos de él. Ni mencionamos su nombre.

—¿Qué?

—La familia cercana no habla de sus muertos. Eso sólo lo hacen los otros. Durante un mes no mencionaremos su nombre.

Un viejo se acercó a Yola y le ofreció una bandeja en la que había un fajo de billetes, un peine, una bufanda, un espejito, trastos de afeitado, una navaja, una baraja de cartas y una jeringuilla. Otro hombre llevaba comida envuelta en un paquete de papel encerado. Otro llevaba vino, agua y granos de café verdes.

Dos hombres estaban cavando un agujero junto a un roble. Yola hizo tres viajes y fue colocando pulcramente las cosas unas encima de otras. Unos niños se acercaron a esparcir granos de maíz sobre el montón. Luego los hombres llenaron la tumba.

Fue entonces cuando las mujeres comenzaron a gemir. A Sabir se le erizaron atávicamente los pelos de la nuca.

Yola cayó de rodillas junto a la tumba de su hermano y comenzó a golpearse el pecho con puñados de tierra. A su lado, algunas mujeres se desplomaron entre convulsiones y sacudidas, con los ojos en blanco.

Cuatro hombres entraron en el claro llevando una gran piedra y la colocaron sobre la tumba de Samana. Después, otros llevaron la ropa y el resto de las posesiones del muerto. Lo amontonaron todo sobre la piedra y le prendieron fuego.

Los gritos y las lamentaciones de las mujeres se agudizaron. Algunos hombres bebían licor en botellitas de cristal. Yola se había desgarrado la blusa. Se estaba embadurnando los pechos y la tripa con la tierra y el vino de la libación mortuoria de su hermano.

Sabir se sintió desvinculado como por milagro de las realidades del siglo XXI. La escena que se desarrollaba en el claro había adquirido los tintes de una bacanal enloquecida, y la luz de las velas y las hogueras alumbraba la parte inferior de los árboles, reflejándose en los rostros transidos que había bajo ellos como en un cuadro de Ensor.

El hombre que había ofrecido los testículos de Sabir al cuchillo se acercó y le ofreció un trago de una taza de barro.

—Anda, bebe. Esto ahuyenta a los *mulés*.

—¿Los *mulés*?

El gitano se encogió de hombros.

—Están alrededor del claro, por todas partes. Malos espíritus. Intentan entrar. Quieren llevarse... —Vaciló—. Ya sabes.

Sabir apuró la bebida. Notó cómo el licor le quemaba la garganta. Sin saber por qué se descubrió asintiendo.

—Sí, lo sé.

20

Achor Bale observaba la ceremonia fúnebre desde su puesto, al abrigo de una pequeña arboleda. Llevaba un traje de camuflaje muy usado, gorra de legionario y un velo moteado. Ni siquiera a un metro de distancia se le distinguía de la maleza que había a su alrededor.

Por primera vez en tres días estaba completamente seguro de quién era la chica. Antes no había podido acercarse al campamento principal lo suficiente para tener una perspectiva clara. Ni tan sólo cuando la chica salió del campamento había podido cerciorarse de su identidad a su entera satisfacción. Ahora, en cambio, ella misma se había identificado gracias a sus escandalosos lamentos por el alma inmortal del loco de su hermano.

Bale dejó vagar su pensamiento hasta la habitación en la que había muerto Samana. Nunca, en sus muchos años de experiencia dentro y fuera de la Legión, había visto a un hombre lograr la hazaña, aparentemente imposible, de matarse estando totalmente inmovilizado. El viejo cuento de tragarse la lengua planteaba en realidad dificultades físicas insuperables, y nadie, que él supiera, podía matarse con el pensamiento. Pero usar la gravedad de esa forma, y con tanta convicción... Para eso hacían falta huevos. Así pues, ¿por qué lo había hecho Samana? ¿Qué intentaba proteger?

Volvió a enfocar la cara de la chica con los prismáticos de visión nocturna. ¿Era su mujer? No. No lo creía. ¿Su hermana? Probablemente. Pero era imposible asegurarse con aquella luz y con las contorsiones que imprimía a sus rasgos faciales.

Fijó los prismáticos en Sabir. Ése sí que sabía hacerse indispen-

sable. Al principio, cuando se había cerciorado de que el estadounidense estaba en el campamento, Bale había sentido la tentación de hacer otra de sus malévolas llamadas a la policía. De
quitarle de en medio de una vez por todas sin tener que recurrir
innecesariamente a la violencia. Pero Sabir tenía tan poca conciencia de sí mismo y era, por tanto, tan fácil de seguir, que le pareció
un despilfarro.

Sabía que la chica planteaba un problema mucho más arduo.
Pertenecía a una comunidad bien definida y cohesionada que rara
vez se aventuraba fuera de su territorio. Todo, sin embargo, se volvía muchísimo más sencillo si tenía que cargar con un Sabir lleno
de buenas intenciones.

Bale observaría y esperaría, por tanto. Su momento llegaría,
como llegaba siempre.

21

—¿Puedes andar?

—Sí. Creo que puedo arreglármelas.

—Entonces tienes que venir conmigo.

Sabir dejó que la hermana de Samana le ayudara a levantarse. Notó que, aunque no le importaba tocarle con las manos, ponía gran cuidado en no entrar en contacto con su ropa.

—¿Por qué haces eso?

—¿El qué?

—Apartarte de mí cada vez que me tropiezo, como si tuvieras miedo de que te contagie algo.

—No quiero contaminarte.

—¿Contaminarme? ¿A mí?

Ella asintió con la cabeza.

—Las gitanas no tocamos a ningún hombre que no sea nuestro marido, nuestro hermano o nuestro hijo.

—¿Y se puede saber por qué?

—Porque a veces somos *mahrimé*. Soy impura hasta que me convierta en madre, y también en ciertos momentos del mes. Te ensuciaría.

Sabir meneó la cabeza y se dejó llevar hacia la entrada de la caravana.

—¿Por eso siempre vas detrás de mí?

Ella asintió con un gesto.

A esas alturas, Sabir casi estaba agradecido por las perversas y misteriosas atenciones que le dispensaban en el campamento; porque los gitanos no sólo le habían ocultado de la policía francesa y curado de una enfermedad que, si hubiera tenido que seguir huyendo, muy bien podría haberle causado la muerte por septicemia, sino que habían subvertido por completo su noción de lo que era un comportamiento sensato y racional. *Todo el mundo tendría que pasar una temporada en un campamento gitano*, se dijo con sorna, *para sacudirse la complacencia burguesa.*

Se había resignado, por tanto, a descubrir lo que querían de él sólo cuando y donde a ellos les conviniera sacarle de su ignorancia. Y mientras salía de la caravana apoyándose en la barandilla emparrada, tuvo el presentimiento de que ese momento había llegado.

Yola le indicó que la acompañara y echó a andar hacia un grupo de hombres sentados en taburetes, cerca del límite del campamento. En una silla mucho más grande que las demás, presidiendo la reunión, se sentaba un hombre tremendamente gordo, con la cabeza enorme, el pelo largo y negro, espeso bigote, dientes de oro y un anillo en cada dedo. Llevaba un traje cruzado de corte clásico y hechuras generosas que sólo destacaba por una estrafalaria hilera de listas moradas y verdes intercaladas en la tela y por las enormes solapas de la chaqueta estilo años treinta.

—¿Quién demonios es ése?

—El *bulibasha*. Nuestro jefe. Hoy le toca hacer de *kristinori*.

—Yola, por Dios...

Ella se detuvo, colocada todavía detrás de él y a la derecha.

—El Chris que buscabas, ése del que te habló mi hermano. Ahí lo tienes.

—¿Qué? ¿Ése es Chris? ¿El gordo? ¿El jefe?

—No. La *kris* se reúne cuando hay que decidir algo importante. Se avisa, y viene gente de muchos kilómetros a la redonda. Se elige a un *kristinori*, o juez de la *kris*. En los casos importantes, es el *bulibasha* el que hace de *kris*. Luego hay otros dos jueces: uno para el acusador y otro para el acusado. Se eligen entre los *phuro* y las *phuro-dai*. Los mayores.

—¿Y éste es un caso importante?

—¿Importante? Para ti, de vida o muerte.

22

Sabir fue conducido con cierta formalidad a un banco empotrado en el suelo, a los pies del *bulibasha*. Yola se sentó en el suelo, detrás de él, con las piernas dobladas. Sabir dedujo que le habían asignado aquel sitio para que le tradujera el proceso, pues era la única mujer de la asamblea.

Las mujeres y los niños se habían congregado detrás del *bulibasha* y hacia la derecha, en la misma posición que ocupaba siempre Yola con relación a él. Sabir notó que las mujeres se habían puesto sus mejores galas y que las de más edad y casadas lucían pañuelos en la cabeza y cantidades prodigiosas de joyas de oro. Se habían pintado los ojos con kohl, cosa rara, y bajo los pañuelos no llevaban ya el cabello suelto, sino recogido en tirabuzones y elaboradas trenzas. Algunas llevaban *henna* en las manos, y algunas abuelas estaban fumando.

El *bulibasha* levantó una mano para pedir silencio, pero todos siguieron hablando. El debate en torno a Sabir parecía estar muy avanzado.

Impaciente, el *bulibasha* mandó acercarse al hombre que había tirado de los testículos de Sabir para ofrecerlos al cuchillo.

—Ése es mi primo. Va a hablar contra ti.

—Ah.

—Le caes bien. No es nada personal. Pero tiene que hacerlo por la familia.

—Supongo que, si salgo perdiendo, me descuartizarán como a un cerdo. —Sabir intentó que sonara como una broma, pero la voz se le quebró a mitad de la frase y le delató.

—Te matarán, sí.

—¿Y la contrapartida?

—¿Qué es eso?

—¿Qué pasará si salgo ganando? —Sabir sudaba copiosamente.

—Entonces te convertirás en mi hermano. Serás responsable de mí. De mi virginidad. De mi boda. Ocuparás el lugar de mi hermano en todos los sentidos.

— No entiendo.

Yola suspiró, impaciente. Bajó la voz y susurró ásperamente:

—Si sigues vivo es sólo porque mi hermano te hizo su *phral*. Su hermano de sangre. También te dijo que vinieras aquí y pidieras una *kris*. Y eso hiciste. Así que no nos queda más remedio que cumplir su último deseo. Porque a un hombre que va a morir hay que darle lo que pide. Y mi hermano sabía que iba a morir cuando te hizo esto.

—¿Cómo lo sabes?

—Él odiaba a los payos franceses, más aún que a los extranjeros. No le habría pedido a uno que fuera su hermano, a no ser que estuviera en una situación extrema.

—Pero yo no soy francés. Bueno, sí, mi madre es francesa, pero mi padre es americano y yo nací y me crié en Estados Unidos.

—Pero hablas francés perfectamente. Mi hermano te habrá juzgado por eso.

Sabir sacudió la cabeza, asombrado.

El primo de Yola se estaba dirigiendo a la asamblea. Pero a pesar de que dominaba el francés, a Sabir le costaba entender lo que decía.

—¿Qué idioma es ése?

—Sinto.

—Estupendo. ¿Puedes decirme que está diciendo, por favor?

—Que mataste a mi hermano. Que has venido a robarnos algo que pertenece a nuestra familia. Que eres malo y que Dios te mandó esa enfermedad para demostrar que estás mintiendo sobre lo que le pasó a Babel. Dice también que por tu culpa ha venido la policía y que eres un discípulo del diablo.

—¿Y dices que le caigo bien?

Yola asintió con la cabeza.

—Alexi cree que estás diciendo la verdad. Te miró a los ojos cuando estabas a punto de morir y vio tu alma. Parecía blanca, no negra.

—¿Entonces por qué dice todas esas cosas sobre mí?

—Deberías estar contento. Está exagerando mucho. Hay muchos que creen que no mataste a mi hermano. Esperan que el *bulibasha* se enfade por lo que está diciendo y te declare inocente.

—¿Y tú crees que yo maté a tu hermano?

—Eso sólo lo sabré cuando el *bulibasha* dé su veredicto.

23

Sabir intentó apartar la mirada de lo que estaba sucediendo ante él, pero no pudo. Alexi, el primo de Yola, estaba dando una clase magistral de histrionismo aplicado. Si aquel hombre estaba secretamente de su parte, Sabir prefería cenar con el diablo y acabar de una vez por todas.

De rodillas delante de los jueces de la asamblea, Alexi gemía y se mesaba el cabello. Tenía la cara y el cuerpo cubiertos de tierra y su camisa desgarrada dejaba al descubierto tres cadenas de oro y un crucifijo.

Sabir miró la cara del *bulibasha* buscando algún indicio de que empezaba a impacientarse con los aspavientos de Alexi, pero parecía estar tragándoselo todo. Una niña pequeña, a la que Sabir supuso una de sus hijas, se había subido a su espacioso regazo y brincaba arriba y abajo, llena de emoción.

—¿Puedo defenderme?

—No.

—¿Cómo que no?

—Otra persona va a hablar por ti.

—¿Quién, por el amor de Dios? Aquí todo el mundo parece tener ganas de matarme.

—Yo. Yo hablaré por ti.

—¿Por qué?

—Ya te lo he dicho. Fue el último deseo de mi hermano.

Sabir se dio cuenta de que Yola no quería que siguiera indagando.

—¿Y ahora qué pasa?

—El *bulibasha* está preguntando si la familia de mi hermano se conformaría con que le pagues en oro por su vida.

—¿Y qué dicen ellos?

—Que no. Quieren cortarte el cuello.

Sabir dejó que su mente divagara un momento, imaginando que escapaba. Como estaban todos mirando a Alexi, tendría al menos cinco metros de ventaja antes de que le cazaran al borde del campamento. Acción, no reacción, ¿no era así como entrenaban a los militares para responder a una emboscada?

Alexi se levantó del suelo, sacudiéndose, y pasó junto a Sabir con una sonrisa. Hasta le guiñó un ojo.

—Parece creer que lo ha hecho muy bien.

—No bromees. El *bulibasha* les está hablando a los otros jueces. Les está preguntando su opinión. En este momento es muy importante lo que empiece a pensar. —Se levantó—. Ahora me toca a mí hablar por ti.

—¿No vas a darte golpes de pecho?

—No sé qué voy a hacer. Ya se me ocurrirá.

Sabir apoyó la cabeza sobre las rodillas. Se negaba en parte a creer que alguien se estuviera tomando aquello en serio. Quizá fuera una broma gigantesca que le estaba gastando un grupo de lectores descontentos.

Levantó la vista al oír la voz de Yola. Iba vestida con una blusa de seda verde, abotonada a un lado del pecho, y un grueso vestido de algodón rojo que le llegaba justo por encima de los tobillos, con numerosas enaguas intercaladas. No llevaba joyas, por ser soltera, y su pelo destapado se amontonaba en tirabuzones por encima de sus orejas y se recogía a la altura de la nuca en un moño entreverado de cintas. Sabir sintió una extraña emoción al mirarla, como si de algún modo fuera de su familia, y como si aquella intensa sensación de reconocimiento tuviera una importancia que escapaba a su comprensión.

Yola se volvió hacia él y señaló. Luego se señaló la mano. Le estaba preguntando algo al *bulibasha*, y el *bulibasha* estaba respondiendo.

Sabir recorrió con la mirada los dos grupos que le rodeaban. Las mujeres estaban pendientes de las palabras del *bulibasha*, pero algunos hombres del grupo de Alexi le miraban atentamente, aunque sin aparente malevolencia, casi como si fuera un rompecabezas que les habían obligado a resolver contra su voluntad, o una cosa rara que les habían impuesto desde fuera y que pese a todo se veían obligados a incluir en la ecuación que regía sus vidas, fuera cual fuese ésta.

Dos hombres ayudaron a levantarse al *bulibasha*. Uno de ellos le pasó una botella y el *bulibasha* bebió de ella; luego vertió parte del líquido delante de él, describiendo un arco.

Yola volvió junto a Sabir y le ayudó a ponerse en pie.

—No me lo digas. Es la hora del veredicto.

Ella no le hizo caso; se quedó allí, un poco apartada de él, a su espalda, mirando al *bulibasha*.

—Tú, payo, ¿dijiste que no habías matado a Babel?

—Eso es.

—Pero la policía te está buscando. ¿Cómo es que están equivocados?

—Encontraron sangre mía en el cuerpo de Babel, por razones que ya os he explicado. El hombre que torturó y mató a Babel debió de hablarles de mí, porque Babel sabía mi nombre. No he cometido ningún crimen contra él ni contra su familia.

El *bulibasha* se volvió hacia Alexi.

—¿Crees que este hombre mató a tu primo?

—Hasta que otro confiese el crimen, sí. Matadlo, y la deuda de sangre quedará saldada.

—Pero ahora Yola no tiene hermano. Su padre y su madre están muertos. Dices que ese hombre es *phral* de Babel. Que ocupará su lugar. Y ella está soltera. Es importante que tenga un hermano que la proteja. Que se asegure de que no la deshonran.

—Eso es cierto.

—¿Estáis todos de acuerdo en acatar la decisión del *kristi-nori*?

Un asentimiento colectivo recorrió el campamento.

—Entonces dejaremos que sea el cuchillo el que decida.

24

—Dios mío, ¿no querrán que me pelee con alguien?

—No.

—¿Qué demonios quieren, entonces?

—El *bulibasha* ha sido muy sabio. Ha decidido que sea el cuchillo el que decida el caso. Van a traer un tablero. Tú pondrás encima la mano con la que mataste a Babel. Alexi representará a mi familia. Cogerá un cuchillo y te lo tirará a la mano. Si la hoja o cualquier parte del cuchillo te da en la mano, significará que O Del dice que eres culpable. Entonces te matarán. Si el cuchillo no te da, eres inocente. Y te convertirás en mi hermano.

—¿O Del?

—Así llamamos nosotros a Dios.

De pie junto al *bulibasha*, Sabir vio cómo dos hombres levantaban el tablero que iba a decidir entre su vida o su muerte. *No podrías escribirlo*, se dijo. *Nadie en su sano juicio se lo creería. No en el siglo veintiuno.*

Yola le dio un vaso de infusión.

—¿Para qué es esto?

—Para darte valor.

—¿Qué lleva?

—Es secreto.

Sabir se bebió a sorbos la infusión.

—Oye, ese tipo, Alexi, tu primo... ¿Es bueno con el cuchillo?

—Sí. Puede dar a cualquier cosa. Es muy bueno.

—Por Dios, Yola, ¿qué intentas hacer conmigo? ¿Es que quieres que me maten?

—Yo no quiero nada. O Del decidirá si eres culpable. Si eres inocente, echará a perder la puntería de Alexi y tú quedarás libre. Y entonces te convertirán en mi hermano.

—¿Y crees que me matarán de verdad si el cuchillo me da en la mano?

—Te matarán, no hay duda. Tiene que ser así. El *bulibasha* no permitirá que quedes libre después de que la *kris* haya decidido que eres culpable. Iría contra nuestras costumbres, contra nuestro código *mageripén*. Sería un escándalo. Su nombre se volvería *mahrimé*, y tendría que presentarse ante el *baro-sero* para dar explicaciones.

—¿El *baro-sero*?

—El jefe de todos los gitanos.

—¿Y dónde está?

—En Polonia, creo. O puede que en Rumanía.

—Ay, Dios.

—¿Qué pasa si no me da en la mano, pero me da? —Sabir estaba de pie delante del tablero. Dos gitanos estaban sujetándole la mano al tablero con una fina tira de cuero que pasaba por dos agujeros practicados en la madera, por encima y por debajo de su muñeca.

—Eso querrá decir que O Del ha decidido por nosotros y te ha castigado él mismo.

—Lo sabía. —Sabir sacudió la cabeza—. ¿Puedo ponerme de lado, por lo menos?

—No. Tienes que estar derecho, como un hombre. Tienes que fingir que te da igual lo que está pasando. Si eres inocente, no tienes nada que temer. A los gitanos les gustan los hombres que se portan como hombres.

—No sabes cuánto me anima oír eso.

—No. Tienes que escucharme. Es importante. —Estaba delante de él, con los ojos fijos en los suyos—. Si sales de ésta, serás mi hermano. Llevaré tu nombre hasta que lleve el de mi marido. Tendrás un *kirvo* y una *kirvi* entre los mayores, y ellos serán tus padrinos. Te convertirás en uno de nosotros. Y para eso tienes que comportarte como nosotros. Si te comportas como un payo, nadie te respetará, y yo no encontraré marido. No seré madre. Lo que hagas ahora, cómo te portes, le demostrará a mi familia lo que vas a ser para mí, si las *ursitory* dejaron que mi hermano eligiera bien, o si eligió como un tonto.

Alexi acercó la botella a la boca de Sabir y luego la apuró él mismo.

—Me caes bien, payo. Espero que el cuchillo falle. De verdad.

Achor Bale sonrió. Estaba en un pequeño promontorio, a unos quince metros del claro, en un hoyo que había cavado en la arena. Un arbusto de aulaga ocultaba el hoyo a la vista de los niños que merodeaban por allí, y Bale se había tapado con una manta de camuflaje cubierta con helechos, palos y ramitas prendidas.

Ajustó el *zoom* electrónico de sus prismáticos y los fijó en la cara de Sabir. El estadounidense estaba rígido de miedo. Eso estaba bien. Si sobrevivía, Bale podría aprovecharse de su miedo para encontrar el manuscrito. Podía venirle bien. Un hombre así era fácil de manipular.

La chica, en cambio, era más problemática. Procedía de una cultura definida, con costumbre fijas. Igual que su hermano. Habría parámetros. Líneas que no cruzaría. Preferiría morir a decirle ciertas cosas que consideraba más importantes que su propia vida. Bale tendría que abordarla de otro modo. Usando su virginidad. Su deseo de ser madre. Sabía que los gitanos *manouches* valoraban a las mujeres exclusivamente por su capacidad para tener hijos. Sin esa capacidad, la mujer no tenía centro. Ni significado. Y eso era algo que Bale tendría que recordar.

El primo de la chica se alejó de Sabir con el cuchillo en la mano. Bale volvió a enfocar los prismáticos. El cuchillo no era apropiado para arrojarlo. Y eso era malo. Sería difícil calcular su peso. No tendría equilibrio. Se desviaría demasiado.

Diez metros. Quince. Bale se pasó la lengua por los dientes. Quince metros. Cuarenta y cinco pies. Una distancia absurda. Sería difícil que acertara desde tan lejos. Pero quizás el gitano fuera mejor de lo que creía. Llevaba una sonrisa en la cara, como si estuviera muy seguro de sus habilidades.

Bale fijó de nuevo los prismáticos en Sabir. Bien. Por lo menos el estadounidense estaba aguantando el tipo, para variar. Estaba muy erguido, de cara al lanzador del cuchillo. La chica estaba a un lado, mirándole. Todos le miraban.

Bale vio que el gitano echaba la mano hacia atrás. Era un cuchillo pesado. Hacía falta fuerza para arrojarlo tan lejos.

Alexi se inclinó hacia delante y lanzó el cuchillo, que, girando sobre sí mismo, describió un largo arco en dirección a Sabir. Los espectadores sofocaron un gemido de expectación. Concentrado, Bale sacó la lengua entre los dientes.

El cuchillo se clavó en el tablero, justo encima de la mano de Sabir. ¿La había tocado? La hoja era curva. No podía haber muchas dudas.

El *bulibasha* y algunos de sus acólitos se acercaron con parsimonia al tablero para inspeccionar la posición del cuchillo. Todos los gitanos convergían hacia él. ¿Matarían a Sabir allí mismo? ¿Lo harían entre todos?

El *bulibasha* sacó el cuchillo. Lo blandió tres veces por encima de su cabeza y, acercándose al brazo de Sabir, cortó las tiras de cuero. Después arrojó el cuchillo lejos de sí con desdén.

—Ah, un chico con suerte —dijo Bale en voz baja—. Un chico con mucha suerte.

25

—La policía te está vigilando.

Sabir levantó la cabeza de la almohada. Era Alexi. Pero estaba claro que, si Sabir confiaba en que Alexi mencionara el incidente de esa mañana (o incluso en que se disculpara), tendría que esperar mucho tiempo.

—¿Vigilándome a mí? ¿Qué quieres decir?

—Ven.

Sabir se levantó y siguió a Alexi fuera de la caravana. Fuera esperaban dos críos, un niño y una niña, con las caras tensas por la emoción reprimida.

—Éstos son tus primos Bera y Koiné. Quieren enseñarte una cosa.

—¿Mis primos?

—Ahora eres nuestro hermano. Éstos son tus primos.

Sabir se preguntó un momento si Alexi le estaba tomando el pelo. Pero cuando logró reponerse de la impresión y se dio cuenta de que no había ninguna intención sarcástica en sus palabras, era ya demasiado tarde para estrechar la mano de sus nuevos parientes, porque los niños habían desaparecido.

Alexi había echado a andar hacia el límite del campamento. Sabir apretó el paso para alcanzarle.

—¿Cómo sabes que es la policía?

—¿Quién iba a vigilarte, si no?

—Sí, ¿quién?

Alexi se paró en seco. Sabir vio cambiar poco a poco la expresión de su cara.

—Mira, Alexi, ¿para qué iba a molestarse la policía en tenerme vigilado? Si supieran que estoy aquí, vendrían a buscarme. Me buscan por asesinato, no lo olvides. No veo a la Sûreté jugando al gato y al ratón conmigo.

Habían llegado a la loma que se alzaba detrás del campamento. Los niños estaban señalando un matorral de aulaga.

Alexi se agachó y se metió entre el matorral, arrastrándose.

—¿Me ves?

—No.

—Entra tú.

Alexi le hizo hueco y Sabir se metió bajo el espino. Justo delante de sí vio un hoyo que le permitió deslizarse bajo el matorral y salir, con la cabeza por delante, al otro lado.

Enseguida comprendió adónde quería ir a parar Alexi. El campamento entero quedaba ante su vista, pero era prácticamente imposible que nadie que estuviera en el campamento le viera a él. Salió del hoyo retrocediendo con torpeza.

—Los niños estaban jugando a *panschbara*, que es cuando dibujas unos cuadros en la tierra y luego tiras dentro una cadena de bici. Bera tiró la cadena muy lejos y encontró este sitio cuando vino a cogerla. Ya ves que está recién hecho. No se ve ni una brizna de hierba.

—¿Comprendes por qué no creo que sea la policía? —Sabir se descubrió intentando calibrar a Alexi. Estimar su inteligencia. Juzgar si podía serle de utilidad más adelante.

Alexi asintió con la cabeza.

—Sí. ¿Para qué iban a esperar? Tienes razón. Tienen demasiadas ganas de echarte el guante para eso.

—Tengo que hablar con Yola. Creo que debería explicarnos algunas cosas.

26

—Babel era drogadicto. Tomaba *crack*. Algunos amigos de sus amigos parisinos pensaron que sería divertido hacer adicto a un gitano. Nuestra gente pocas veces toca la droga. Tenemos otros vicios.

—No veo qué tiene eso que ver...

Yola se llevó el puño al pecho.

—Escúchame. Babel también jugaba a las cartas. Al póquer. Apostaba mucho. A los gitanos los vuelven locos las cartas. Babel no podía dejarlas. En cuanto tenía algún dinero se iba derecho a Clignancourt, a apostárselo con los árabes. No sé cuánto perdió. Pero estas últimas semanas tenía mala cara. Estábamos seguros de que iba a acabar en la cárcel, o que iban a darle una buena paliza. Cuando nos enteramos de que le habían matado, al principio pensamos que tenía que haber sido por el juego. Que debía dinero y que los moros habían querido darle un escarmiento y se les había ido la mano. Luego apareciste tú. —Transformó su puño en una mano tendida.

—Cuando escribió ese anuncio, ¿tenía de verdad algo que vender?

Yola se mordió el labio. Sabir notó que luchaba íntimamente con un problema que sólo ella podía resolver.

—Ahora soy tu hermano. O eso dicen. Y eso significa que a partir de ahora velaré por tus intereses. Y también que prometo no aprovecharme de nada de lo que me digas.

Yola le devolvió la mirada. Pero tenía una expresión nerviosa, y sus ojos volaban sobre la cara de Sabir sin detenerse en ningún sitio.

Él comprendió súbitamente lo que la muerte y la traición de su hermano suponían en realidad para ella. A pesar de que no había cometido ninguna falta, Yola se hallaba de pronto abocada a mantener una relación con un perfecto desconocido, una relación formalizada por las leyes y costumbres de su pueblo y a la que, por tanto, no era fácil que pudiera poner fin por propia voluntad. ¿Y si su nuevo hermano era un delincuente? ¿Un violador? ¿Un tramposo? Había muy pocas posibilidades de que ella pudiera recurrir a una justicia imparcial.

—Ven conmigo a la caravana de mi madre. Alexi nos acompañará. Tengo una historia que contaros.

27

Yola les indicó que se sentaran en la cama. Ella ocupó su lugar en el suelo, a sus pies, con las piernas flexionadas y la espalda apoyada en un baúl pintado de colores vivos.

—Mirad, hace muchísimas familias, una de mis madres se hizo amiga de una paya, una chica del pueblo vecino. En aquella época veníamos del sur, de cerca de Salon-de-Provence...

—¿*Una* de tus madres?

—La madre de la madre de su madre, pero muchas más veces. —Alexi miró a Sabir con el ceño fruncido, como si se viera obligado a explicar cómo ordeñar una vaca a la criada encargada de hacerlo.

—¿Y cuánto tiempo hace de eso?

—Ya te lo he dicho. Muchas familias.

Sabir comprendió enseguida que no iba a llegar a ninguna parte si se tomaba las cosas demasiado al pie de la letra. Tendría que dejar en suspenso la vertiente pedante y racional de su naturaleza y dejarse llevar.

—Perdona. Continúa.

—La chica se llamaba Madeleine.

—¿Madeleine?

—Sí. Fue en la época de las purgas católicas, cuando a los gitanos nos quitaron los privilegios que teníamos antes, el de movernos libremente y pedir socorro al señor del castillo.

—¿Las purgas católicas? —Sabir se dio una palmada en la sien—. Perdona, pero es que no me entero. ¿Estamos hablando de la Segunda Guerra Mundial? ¿O de la Revolución Francesa? ¿De la Inquisición, quizás? ¿O de otra cosa un poco más reciente?

—De la Inquisición. Sí. Así es como la llamaba mi madre.

—¿La Inquisición? Pero eso fue hace quinientos años.

—Hace quinientos años. Muchas familias. Sí.

—¿Hablas en serio? ¿Me estás contando una historia que pasó hace quinientos años?

—¿Y qué tiene de raro? Nosotros tenemos muchas historias. Los gitanos no escriben las cosas, las cuentan. Y estos cuentos pasan de unos a otros. Mi madre me lo contó a mí, lo mismo que a ella se lo contó su madre y yo se lo contaré a mi hija. Porque éste es un cuento de mujeres. Sólo te lo estoy contando porque eres mi hermano y porque creo que Babel murió por culpa de la curiosidad que tenía por este asunto. Y, como tú eres su *phral*, ahora tienes que vengarle.

—¿Tengo que vengarle?

—¿Es que no te has enterado? Alexi y los otros hombres te ayudarán. Pero tienes que encontrar al hombre que mató a tu *phral* y matarlo. Por eso te estoy contando nuestro secreto. Nuestra madre habría querido que te lo contara.

—Pero yo no puedo ir por ahí matando gente.

—¿Ni siquiera para defenderme?

—No entiendo nada. Las cosas van demasiado deprisa.

—Tengo algo que ese hombre quiere. El hombre que mató a Babel. Y ahora sabe que lo tengo yo, porque tú lo has traído hasta aquí. Alexi me ha contado lo del agujero que hay en el cerro. Mientras esté aquí, en el campamento, no me pasará nada. Los hombres me defienden. Están vigilando. Pero algún día ese hombre conseguirá entrar y vendrá a buscarme. Y entonces hará conmigo lo que intentó hacerle a Babel. Tú eres mi hermano. Tienes que impedírselo.

Alexi asentía con la cabeza como si lo que Yola decía fuera perfectamente normal: una manera absolutamente normal de comportarse.

—Pero ¿qué es? ¿Qué tienes que quiere ese hombre?

Yola no respondió; se inclinó hacia delante, puesta de rodillas, abrió un pequeño cajón oculto bajo la cama y sacó un cinturón de mujer, ancho y de cuero rojo. Con habilidad de costurera, comenzó a deshacer las puntadas del cinturón con una pequeña navaja.

28

Sabir sostenía el manuscrito sobre las rodillas.

—¿Esto es?

—Sí. Esto es lo que Madeleine le dio a una de mis madres.

—¿Estás segura de que esa chica se llamaba Madeleine?

—Sí. Dijo que su padre le había pedido que le diera esto a la mujer del jefe de los gitanos. Que si este papel caía en las manos que no debía, seguramente sería la perdición de nuestra raza. Pero que no debíamos destruir los papeles, sino esconderlos, porque estaban sujetos a la voluntad de Dios y contenían otros secretos que algún día podían ser importantes. Que su padre le había dejado estos papeles y otros en su testamento. En una caja sellada.

—Pero éste es el testamento. Es una copia del testamento de Michel Nostradamus. Fijaos en esto. Está fechado el 17 de junio de 1566. Quince días antes de su muerte. Y con un codicilo fechado el 30 de junio, sólo dos días antes de que muriera. Yola, ¿tú sabes quién era Nostradamus?

—Sí. Un profeta.

—No, un profeta no exactamente. Nostradamus habría rechazado ese nombre. Era más bien un vidente. Un adivinador. Un hombre que a veces, y sólo con permiso de Dios, claro, veía el porvenir y predecía acontecimientos futuros. El vidente más famoso de la historia, y el que ha tenido más éxito. He pasado mucho tiempo estudiándole. Por eso me dejé tentar por el anuncio de tu hermano.

—Entonces podrás decirme por qué ese hombre quiere lo que

tienes en las manos. Qué secretos contiene ese papel. Por qué está dispuesto a matar por él. Porque yo no lo entiendo.

Sabir levantó las manos.

—No creo que contenga ningún secreto. Ya se conoce muy bien, es de dominio público. Por el amor de Dios, si hasta se puede encontrar en internet. Sé de al menos dos copias originales más que están en manos de particulares. Vale algún dinero, claro, pero no tanto como para matar por él. Es un testamento como cualquier otro. —Frunció el ceño—. Pero hay una cosa en él que atañe a lo que me estás contando. Nostradamus tenía una hija que se llamaba Madeleine. Tenía quince años cuando murió su padre. Escucha esto. Forma parte del codicilo, una anotación que se añadió después de que se escribiera el testamento y de que firmaran los testigos, pero que de todas formas era vinculante para los herederos.

Et aussy a légué et lègue à Damoyselle Magdeleyne de Nostradamus sa filhe légitime et naturelle, oultre ce que luy a esté légué par sondict testament, savoir est: deux coffres de bois noyer estant dans l'estude dudict codicillant, ensembles les habillements, bagues, et joyeaulx que ladicte Damoyselle Magdeleyne aura dans lesdicts coffres, sans que nul puisse voyr ny regarder ce que sera dans yceulx; ains dudict légat l'en a faict maistresse incontinent après le décès dudict codicillant; lequel légat ladicte Damoyselle pourra prendre de son aucthorité, sans qu'elle soyt tenue de le prendre par main d'autruy ny consentement d'aulcun.

—«Y asimismo ha dejado y deja en herencia a *mademoiselle* Madeleine Nostradamus, hija suya legítima y natural, además de lo que le lega en su testamento, dos baúles de madera de nogal que están en el despacho del testador, junto con las ropas, sortijas y joyas que encontrará en dichos baúles, a condición de que nadie salvo ella mire o vea las cosas que el testador ha puesto en ellos; así pues, conforme a este legado, ella será dueña y señora de los baúles y de su contenido tras la muerte del testador; del cual legado, de acuerdo a la autoridad de este escrito, dicha *demoiselle* tomará posesión sin que nadie pueda impedírselo ni negarle consentimiento para ello.»

—No lo entiendo.

—Es muy sencillo. Verás, en su testamento original, del que esto forma parte, Nostradamus dejaba a su hija mayor, Madeleine, seiscientos escudos de oro que debían pagársele el día que se casara, y a sus hijas pequeñas, Anne y Diana, quinientos escudos de oro *pistolletz* a cada una que debían entregárseles por el mismo motivo, también como dote. Luego, de pronto, cambia de idea dos días antes de su muerte y decide dejarle un poquito más a Madeleine. —Sabir dio unos golpecitos en el papel que tenía delante—. Pero no quiere que nadie vea lo que le deja, así que lo mete en dos baúles, como dice aquí, y los sella. Pero para evitar envidias y que nadie piense que le deja más dinero, incluye una lista de lo que Madeleine puede encontrar en ellos. Joyas, ropas, sortijas, y qué sé yo. Pero eso no tiene sentido, ¿no? Si le deja cosas de familia, ¿por qué esconderlas? Madeleine es su hija mayor y, según las costumbres medievales, tiene derecho a ellas. Y si pertenecían a su madre, todo el mundo las habría visto ya, ¿verdad? No, tuvo que dejarle otra cosa. Algo secreto. —Sabir sacudió la cabeza—. No me lo has contado todo, ¿verdad? Tu hermano mencionaba en su anuncio unos «versos perdidos», así que sabía algo más sobre lo que Nostradamus les dejó indirectamente a tus antepasadas. «Todos escritos.» Ésas eran sus palabras. Así que ¿dónde están escritos?

—Mi hermano era un idiota. Me duele decirlo, pero no estaba en su sano juicio. Las drogas le cambiaron.

—Yola, no estás siendo sincera conmigo.

Alexi bajó el brazo y le clavó un dedo.

—Vamos, tienes que decírselo, *luludyi*. Ahora es el cabeza de familia. Se lo debes. Recuerda lo que dijo el *bulibasha*.

Sabir notó que Yola seguía sin confiar en él.

—¿Serviría de algo que me entregara a la policía? Si juego bien mis cartas, puede que hasta pueda convencerlos de que se olviden de mí y busquen al hombre que de verdad mató a tu hermano. Así estarías a salvo.

Yola fingió escupir.

—¿De verdad crees que harían eso? En cuanto te tengan en sus manos, dejarán que caves tu propia tumba con la llave de tu celda y luego se cagarán en el hoyo. Si te entregas, dejarán que nos las apañemos como podamos; eso es lo que les gustaría hacer ahora. Babel era gitano. A los payos no les importan los gitanos. Nunca les han importado. Mira lo que hicieron con nosotros en la guerra de los *ghermans*. Corrieron a encerrarnos antes de que empezara. En Montreuil y Bellay. Como ganado. Luego dejaron que los *ghermans* mataran a un tercio de nuestro pueblo en Francia. Un loco hace muchos locos, y muchos locos hacen la locura. Eso es lo que dice nuestro pueblo. —Dio una palmada por encima de su cabeza—. No hay ningún gitano vivo, ni *manouche*, ni *rom*, ni calé, ni *piemontesi*, ni *sinti*, ni *kalderash*, ni *valsinaké,* al que no le hayan matado a parte de su familia. En tiempos de mi madre, todos los gitanos de más de treinta años tenían que llevar un *carnet anthropométrique d'identité.* ¿Y sabes qué ponía en ese carné? La altura, la anchura, el color de la piel, la edad y el largo de la nariz y la oreja derecha. Nos marcaban, nos apuntaban y nos mandaban al matadero como a animales. Dos fotografías. Las huellas de los cincos dedos. Y todo lo comprobaban cuando llegábamos a algún pueblo. Nos llamaban *bohémiens* y *romanichels*, insultos para nosotros. Y eso sólo paró en 1969. ¿Y tú te preguntas por qué tres cuartas partes de nuestra gente no sabe leer ni escribir, como mi hermano?

Sabir se sintió como si una manada de búfalos en estampida hubiera pasado por encima de él. El tono amargo de Yola era tan crudo que resultaba incómodo, tan sincero que crispaba los nervios.

—Pero tú sí sabes. Tú sabes leer. Y Alexi también.

Alexi movió la cabeza de un lado a otro.

—Dejé de ir a la escuela a los seis años. No me gustaba. ¿Para qué quiere uno saber leer? Ya sé hablar, ¿no?

Yola se levantó.

—¿Dices que esos dos baúles eran de madera de nogal?

—Sí.

—¿Y que ahora eres mi *phral*? ¿Que aceptas voluntariamente esta responsabilidad?

—Sí.

Señaló el baúl pintado de colores que había detrás de ella.

—Pues ahí tienes uno de ellos. Demuéstramelo.

29

—Es el coche, sí. —El capitán Calque dejó que la lona volviera a tapar la matrícula.

—¿Pedimos que se lo lleven? —Macron ya estaba desenfundando su móvil.

Calque hizo una mueca.

—Macron, Macron, Macron... Mírelo de este modo: o los gitanos han matado a Sabir, en cuyo caso a estas alturas probablemente habrá trozos de su cuerpo esparcidos por siete departamentos, alimentando la fauna y la flora autóctonas, o, lo que es más probable, Sabir ha conseguido convencerlos de su inocencia y por eso están escondiendo su coche y aún no lo han repintado para vendérselo a los rusos. Dado que vigilar el campamento principal no parece una opción práctica, sería preferible mantener vigilado el coche y esperar a que Sabir vuelva a buscarlo. ¿O sigue creyendo que deberíamos llamar a los de la grúa con su camión, su sirena y sus megáfonos para que se lo lleven, como usted dice?

—No, señor.

—Dígame, muchacho, ¿de qué parte de Marsella es usted?

Macron suspiró.

—De La Canebière.

—Creía que eso era una carretera.

—Es una carretera, señor. Pero también un lugar.

—¿Quiere volver allí?

—No, señor.

—Entonces vaya a París y pida un dispositivo de seguimiento. Cuando lo tenga, escóndalo en el coche, en alguna parte. Después pruébelo a quinientos metros, a mil y a mil quinientos. Y, Macron...

—¿Sí, señor?

Calque sacudió la cabeza.

—Nada.

30

Achor Balc se aburría profunda, sistemática, indiscutiblemente. Estaba harto de vigilar, de espiar, de tirarse entre la maleza y acechar bajo matas de aulaga. Había sido divertido, durante unos días, ver a los gitanos ir de acá para allá ocupados en sus quehaceres cotidianos. Diseccionar la estupidez de una cultura que, en pleno siglo XXI, se negaba a seguir el ritmo del resto del mundo. Observar la conducta absurda de aquellos seres semejantes a hormigas que discutían entre sí, se engañaban, se querían, se gritaban, se timaban y se embaucaban los unos a los otros en un intento fallido por compensar las malas cartas que les repartía el mundo.

¿Qué esperaban aquellos necios, cuando la Iglesia católica seguía culpándolos de forjar los clavos que atravesaron las manos y los pies de Cristo? Según entendía él la historia, antes de la Crucifixión, dos herreros se negaron a hacerles el trabajo sucio a los romanos, y fueron asesinados por dar problemas. El tercer herrero al que se lo pidieron los romanos era un gitano que acababa de forjar tres grandes clavos.

—Aquí tienes veinte denarios —le dijeron los legionarios borrachos—. Cinco por cada uno de los tres clavos, y cinco más por el cuarto, que forjarás mientras esperamos.

El gitano aceptó acabar el trabajo mientras los legionarios daban cuenta de unas jarras más de vino. Pero en cuanto empezó a forjar el cuarto clavo, los fantasmas de los dos herreros muertos se aparecieron y le advirtieron de que no trabajara bajo ningún concepto para los romanos, pues pensaban crucificar a un hombre justo. Los soldados, aterrorizados por la aparición, salieron pitando sin acordarse del cuarto clavo.

Pero la historia no acababa ahí. Porque el gitano era un hombre diligente y, pensando que le habían pagado bien por su trabajo, se puso manos a la obra otra vez, sin hacer caso de las advertencias de los dos herreros muertos. Cuando acabó por fin el clavo, y mientras todavía estaba al rojo vivo, lo hundió en un baño de agua fresca. Pero poco importó cuántas veces lo sumergiera o de qué profundidad sacara el agua: el clavo seguía estando casi blando. Espantado por las consecuencias de lo que había hecho, el gitano recogió sus pertenencias y se largó.

Huyó durante tres días y tres noches, hasta que llegó a un pueblo encalado en el que nadie le conocía. Allí se puso a trabajar para un hombre rico. Pero la primera vez que acercó el martillo al hierro, un grito terrible escapó de sus labios. Porque allí, en el yunque, estaba otra vez el clavo candente: el clavo perdido de la crucifixión de Cristo. Y cada vez que se ponía a trabajar, de cualquier forma y en cualquier lugar, sucedía lo mismo, hasta que nadie estuvo a salvo de la aparición acusadora del clavo al rojo vivo.

Y eso, al menos según el folclore romaní, explica por qué los gitanos están condenados a vagar eternamente por el mundo buscando un lugar seguro donde montar sus forjas.

—Idiotas —masculló Bale—. Deberían haber matado a los romanos y echado la culpa a las familias de los herreros muertos.

Ya había localizado a los dos hombres que montaban guardia en el campamento. Uno estaba tumbado bajo un árbol, fumando, y el otro estaba dormido. ¿En qué pensaba aquella gente? Tendría que darles caña. Cuando Sabir y la chica tuvieran que echarse a la carretera, sería mucho más fácil atraparlos.

Sonriéndose, Bale abrió la cremallera de la funda de cuero plana que llevaba en el bolsillo oculto de su cazadora y sacó la Ruger Redhawk. La pistola de doble acción, fabricada en acero inoxidable satinado con empuñadura de palisandro, estaba provista de un

cañón de 18,75 cm, cargador de seis balas Mágnum y mira telescó-
pica ajustada a 24 metros. Con sus 33 centímetros de largo y poten-
cia suficiente para parar a un alce, era el arma de caza preferida de
Bale. Últimamente, en el campo de tiro de París, había conseguido
hacer, a una distancia de 29 metros, series de blancos agrupados
de siete en siete centímetros. Ahora que tenía cebo vivo al que disparar, se preguntaba si tendría tanta puntería.

La primera bala dio cinco centímetros por debajo del talón del
gitano dormido. El hombre se despertó de un respingo, y su cuerpo tomó inadvertidamente la forma de una escuadra. Bale dirigió
la segunda bala al lugar exacto en el que dos segundos antes repo-
saba su cabeza.

Luego fijó su atención en el otro. El primer disparo se llevó por
delante la petaca del gitano; el segundo, parte de una rama, justo
encima de su cabeza.

Los dos hombres echaron a correr hacia el campamento, dando voces. Con la primera bala que dirigió a la antena de televisión,
Bale erró el tiro, pero con la segunda la partió en dos. Mientras
disparaba, vigilaba la puerta por la que veinte minutos antes habían desaparecido Sabir, la chica y el lanzador de cuchillos. Pero
no salió nadie.

—Bueno, ya está. Hoy, sólo un cargador.

Volvió a cargar el Ruger, lo guardó en su funda y metió ésta en
el bolsillo cosido en la parte de atrás de la chaqueta.

Luego comenzó a descender por la loma, hacia su coche.

31

—¿Eso que suena es un coche? —Alexi había ladeado la cabeza—. ¿O es que ha tosido el diablo? —Se levantó con expresión inquisitiva e hizo como si fuera a salir.

—No, espera. —Sabir levantó una mano a modo de advertencia.

Se oyó un segundo estampido al otro lado del campamento. Y luego un tercero. Y un cuarto.

—Yola, échate al suelo. Tú también, Alexi. Son disparos. —Torció el gesto, evaluando el eco—. Desde aquí parece un rifle de caza. Lo que significa que una bala perdida podría atravesar fácilmente estas paredes.

Un quinto disparo rebotó en el techo de la caravana.

Sabir se acercó con cautela a la ventana. En el campamento, la gente corría en todas direcciones, chillando o llamando a sus seres queridos.

Se oyó un sexto disparo y algo se estrelló contra el techo y se deslizó luego con estrépito por el exterior de la caravana.

—Eso era la antena. Me parece que ese tipo tiene sentido del humor. No tira a matar, en todo caso.

—Adam, por favor, agáchate. —Era la primera vez que Yola le llamaba por su nombre.

Sabir se volvió hacia ella, sonriendo.

—No pasa nada. Sólo intenta hacernos salir. Estamos a salvo, mientras no salgamos. Esperaba que pasara algo así desde que Alexi me enseñó su escondrijo. Ahora que ya no puede espiarnos, es lógico que quiera hacernos salir a campo abierto, donde pueda darnos caza a su antojo. Pero sólo nos iremos cuando estemos listos.

—¿Irnos? ¿Por qué tenemos que irnos?

—Porque, si no, acabará matando a alguien. —Sabir se acercó al baúl—. ¿Recordáis lo que le hizo a Babel? Ese tipo no es un moralista. Quiere lo que cree que tenemos en este baúl. Si descubre que no tenemos nada, se pondrá furioso. De hecho, me parece que no nos creería.

—¿Por qué no te has asustado cuando ha empezado a disparar?

—Porque me pasé cinco años de voluntario en el 182º Regimiento de Infantería de la Guardia Nacional de Massachusetts. —Sabir puso acento de chico de campo—. Me enorgullece decirle, señorita, que el 182º se creó sólo setenta y cinco años después de la muerte de Nostradamus. Yo mismo soy nacido y criado en Stockbridge, Massachusetts.

Yola parecía desconcertada, como si la repentina frivolidad de Sabir sugiriera un lado inesperado de su carácter que hasta ese momento ella desconocía.

—¿Eras militar?

—No, reservista. Nunca entré en servicio activo. Pero hacíamos muchas maniobras, y muy realistas. Y llevo toda la vida cazando y usando armas.

—Voy a salir, a ver qué ha pasado.

—Sí. Creo que ya se puede. Yo voy a quedarme aquí y a echarle otro vistazo al baúl. ¿No tendrás el otro, por casualidad?

—No. Sólo éste. Alguien lo pintó porque le parecía soso.

—Ya me lo imaginaba. —Sabir empezó a dar golpecitos por la parte exterior del cajón—. ¿Alguna vez habéis mirado si tiene un falso fondo, o un compartimento secreto?

—¿Un falso fondo?

—Ya me parecía.

32

—Recibo dos señales.

—¿Qué?

—Recibo dos señales del localizador. Es como si hubiera una sombra en la pantalla.

—¿No lo comprobó, como le dije?

Macron tragó saliva audiblemente. Calque ya le creía idiota. Ahora estaba convencido de que lo era.

—Sí, lo comprobé muy bien. Hasta lo probé a dos kilómetros, y estaba claro como el agua. Si pasa por un túnel o deja el coche en un aparcamiento subterráneo, perdemos la señal del GPS, claro, pero es el precio que hay que pagar por la retransmisión en vivo.

—¿De qué está usted hablando, Macron?

—Digo que, si le perdemos, puede que tardemos un rato en recuperar la señal.

Calque se desabrochó el cinturón de seguridad y empezó a relajar los hombros como si, con cada kilómetro que se alejaban de París, fuera quitándose peso de encima.

—Debería dejárselo puesto, señor. Si tenemos un accidente, el airbag no funcionará bien sin él. —En cuanto dijo esto, Macron se dio cuenta de que acababa de cometer otro error no forzado en la larga lista de los que ya sazonaban su cada vez más deteriorada relación con el jefe.

Pero por una vez Calque no aprovechó la ocasión para administrarle la consabida reprimenda mordaz. Por el contrario, levantó la barbilla pensativamente y se quedó mirando por la ventanilla, ignorando por completo la metedura de pata de Macron.

—Macron, ¿se le ha ocurrido pensar que tal vez haya dos localizadores?

—¿Dos, señor? Pero si sólo puse uno. —Macron había empezado a pensar en lo feliz que podría haber sido trabajando de ayudante en la panadería de su padre en Marsella, en vez de hacer de burro de carga de un capitán de policía gruñón a punto de jubilarse.

—Me refiero a nuestro amigo. A ése al que le gusta llamar por teléfono.

Macron revisó de inmediato lo que estaba a punto de decir. Nadie podía acusarle de no aprender en el trabajo.

—Entonces él también estará recibiendo las dos señales, señor. Sabrá que hemos puesto un localizador y que vamos en paralelo a él.

—Muy bien, chico. Bien pensado. —Calque suspiró—. Pero sospecho que no le preocupará mucho. A nosotros, en cambio, debería preocuparnos. Empiezo a hacerme una idea de lo que pasa, y no me gusta mucho. No puedo probar nada, claro. De hecho, ni siquiera sé si ese tipo que no tiene blanco en los ojos existe de veras, o si sólo estamos invocando a un demonio y deberíamos centrarnos en Sabir. Pero a partir de ahora tenemos que andarnos con pies de plomo.

—¿Invocando a un demonio, señor?

—Es sólo una figura retórica.

33

—¿Adónde vamos?

—Adonde pone en el fondo del cofre.

Alexi se inclinó hacia delante desde el asiento trasero y tocó a Sabir en el hombro.

—Así se habla. Eh, *luludyi*, ¿qué te parece ahora tu *phral*? A lo mejor te deja un montón de pasta cuando ese loco le mate. ¿Tienes mucha pasta, Adam?

—Encima, no.

—Pero ¿tienes pasta? ¿En América, a lo mejor? ¿Puedes conseguirnos una tarjeta verde para residir y trabajar en tu país?

—Puedo ponerte un ojo morado.

—Eh, ¿has oído eso? Tiene gracia. Yo le pido una tarjeta verde y él me ofrece un ojo morado. Este tío tiene que ser moro.

—¿Nos sigue alguien?

—No. No. He mirado. Y sigo mirando. No nos sigue nadie.

—No lo entiendo.

—Puede que no encontraran el coche. Los chicos lo escondieron bien. Me debes una por eso, payo. Iban a desguazarlo y a vender las piezas, pero les dije que les pagarías si lo cuidaban.

—¿Pagarles?

—Sí. A ellos también tienes que dejarles dinero cuando te mueras. —Alexi se irguió de pronto—. Eh, payo, para detrás de ese coche. El que está ahí aparcado, en el arcén.

—¿Por qué?

—Tú para.

Sabir apartó el Audi del camino y paró en el arcén.

Alexi salió y se puso a dar vueltas en torno del coche, ladeando la cabeza.

—No pasa nada. No hay nadie. Estarán por ahí, dando un paseo.

—¿No irás a robarlo?

Alexi hizo una mueca de fastidio. Se agachó y empezó a desatornillar la matrícula.

—Se ha parado.

—No se pare enseguida. Siga conduciendo. Adelántele. Pero si ve otro coche parado, fíjese bien en él. Llamaremos para pedir refuerzos.

—¿Por qué no detenemos a Sabir y acabamos de una vez?

—Porque los gitanos no son tontos, sea lo que sea lo que piense usted de ellos. Si no han matado a Sabir es por algo. —Calque lanzó una mirada al camino—. ¿Ha visto qué estaba haciendo ahí abajo?

—Qué estaban haciendo. Eran tres. —Macron carraspeó, indeciso—. Si estuviera en su lugar, yo cambiaría la matrícula. Sólo por si acaso.

Calque sonrió.

—Macron, nunca deja usted de asombrarme.

—¿Qué esperas conseguir con eso? En cuanto vuelvan al coche verán que has cambiado las matrículas.

—No. —Alexi sonrió—. La gente no mira. No ve las cosas. Tardarán días en darse cuenta. Seguramente no se enterarán de que les hemos cambiado la matrícula hasta que estén rodeados de un montón de policías armados con metralletas... o cuando metan el coche en el aparcamiento de un supermercado y no se acuerden de dónde lo han dejado.

Sabir se encogió de hombros.

—Da la impresión de que no es la primera vez que haces esto.

—Pero ¿qué dices? Si soy como un cura.

Yola pareció espabilarse de pronto.

—No me extraña que mi hermano supiera lo del papel. Mi madre le mimaba mucho. Le habría contado cualquier cosa. Le habría dado cualquier cosa. Pero ¿cómo es que sabía Babel lo que había al fondo del baúl? No sabía leer.

—Pues buscaría a alguien del campamento que sí supiera. Porque usó parte de la frase en el anuncio.

Yola miró a Alexi.

—¿Quién pudo ser?

Alexi se encogió de hombros.

—Luca sabe leer. Y haría cualquier cosa por Babel. O por un puñado de euros. Además, es muy astuto. No me extrañaría que todo esto lo hubiera planeado él, y que le tendiera una trampa a Babel para que actuara en su lugar.

—Ese Luca... —siseó Yola—. Si descubro que fue él, le echaré un maleficio.

—¿Un maleficio? —Sabir miró a Yola—. ¿Qué quieres decir con que le echarás un maleficio?

Alexi se rió.

—Es una *hexi*, la chica. Una bruja. Su madre era bruja. Y su abuela también. Por eso nadie quiere casarse con ella. Creen que, si le dan una paliza, los envenenará. O les echará mal de ojo.

—Y haría bien.

—¿Qué dices? A una mujer hay que darle una paliza de vez en cuando. Si no, ¿cómo vas a controlarla? Sería como una de esas payas. Con huevos del tamaño de granadas. No, Adam. Si alguna vez, por milagro, se busca un marido, tendrás que hablar con él. Decirle cómo manejarla. Dejarla preñada. Eso es lo mejor. Si tiene niños de los que cuidar, no le fastidiará.

Yola se tocó los dientes de arriba con el pulgar, como si intentara quitarse un trozo de ternilla que le molestara.

—¿Y tú qué, Alexi? ¿Por qué no te casas? Yo te diré por qué. Porque tienes la polla partida por la mitad. Una mitad tira para el oeste, para las payas, y la otra la tienes siempre en la mano.

Sabir sacudió la cabeza, asombrado. Los dos sonreían, como si aquellas bromas los reconfortaran. Sabir sospechaba que en el fondo reforzaban su unión, más que resquebrajarla. De pronto sintió celos, como si él también quisiera pertenecer a aquella comunidad tan desenfadada.

—Cuando dejéis de discutir, ¿os digo lo que había escrito, o más bien quemado, al fondo del baúl?

Se volvieron los dos hacía él como si de pronto se hubiera ofrecido a leerles un cuento para dormir.

—Está en francés medieval. Como el testamento. Es una adivinanza.

—¿Una adivinanza? ¿Como ésta, quieres decir? «Tengo un hermano que silba sin boca y corre sin pies. ¿Quién es?»

Sabir se estaba acostumbrando a la falta de lógica de los gitanos. Al principio, la brusquedad con que perdían el hilo de la conversación perturbaba su sentido del orden, y se esforzaba por volver al camino recto. Ahora sonrió y se dio por vencido.

—Está bien. Me rindo.

Yola golpeó el asiento, a su espalda.

—Es el viento, idiota. ¿Qué creías que era? —Alexi y ella rompieron a reír a carcajadas.

Sabir sonrió.

—¿Queréis oír lo que encontré o no? Así veremos si sois tan buenos resolviendo adivinanzas como planteándolas.

—Sí, dínoslo.

—Bueno, el original en francés dice:

Hébergé par les trois mariés
Celle d'Egypte la dernière fit
La vierge noire au camaro duro
Tient le secret de mes vers à ses pieds.

»Al principio, cuando lo leí, me pareció que significaba:

Los tres casados lo cobijaron
Y la egipcia fue la última.
La Virgen Negra en su cama dura
guarda el secreto de mis versos a sus pies.

—Pero eso no tiene sentido.

—Tienes razón, no lo tiene. Y tampoco es el estilo normal de Nostradamus. No tiene rima, para empezar. Claro que tampoco pretende ser una profecía. Está claro que pretende ser una guía, o un mapa, para llegar a algo de la mayor importancia.

—¿Quiénes son esos tres casados?

—No tengo ni la menor idea.

—Bueno, ¿y lo de la Virgen Negra, entonces?

—Eso está mucho más claro. Y es donde está la clave, en mi opinión. Veréis, «*camaro duro*» no significa en realidad «cama dura». Es una de esas frases que uno cree que tienen que significar algo, pero en realidad no tienen sentido. Sí, en español existe la palabra «cama» y también la palabra «duro». Pero lo que dio la clave fue la referencia a la virgen negra. Es un anagrama.

—¿Un qué?

—Un anagrama. Es cuando una o dos palabras ocultan otra palabra que se compone de todas sus letras. Escondida dentro de la expresión «*camaro duro*» hay un anagrama clarísimo de Rocamadour, un lugar de peregrinaje muy famoso, en el valle del Lot. Algunos dicen que es allí donde comienza verdaderamente la peregrinación a Santiago de Compostela. Y allí hay una virgen negra famosa, a la que acuden las mujeres desde hace generaciones para tener hijos. Hay quien dice incluso que es medio hombre, medio mujer: medio María, medio Roldán. Porque *Durandarte*, la espada fálica de Roldán, el paladín, está en una grieta en forma de vulva en lo alto del peñón, cerca de la cripta de la Virgen. Estaba allí, desde luego, en tiempos de Nostradamus. De hecho, no creo que se haya movido en ocho siglos.

—¿Es allí adonde vamos, entonces?

Sabir miró a sus dos compañeros.

—Me parece que no tenemos elección.

34

Yola puso los vasos de café en sus portavasos y le dio el tercero a Sabir.

—No deben verte. En estas estaciones de servicio hay cámaras. No deberíamos volver a parar en un sitio así.

Sabir vio a Alexi cruzar la tienda camino del aseo.

—¿Qué hace Alexi aquí, Yola?

—Quiere raptarme. Pero no tiene valor. Y ahora le asusta que lo hagas tú si no está cerca. Por eso está aquí.

—¿Yo? ¿Raptarte?

Yola suspiró.

—En las familias *manouches*, un hombre y una mujer se fugan cuando quieren casarse. A eso se le llama un rapto. Si un hombre te rapta, es como casarse, porque la chica ya no está.. no sé cómo decirlo... intacta.

—Estás de broma.

—¿Por qué iba a estar de broma? Te estoy diciendo la verdad.

—Pero yo soy tu hermano.

—No de sangre, idiota.

—¿Qué? ¿Eso significa que podría casarme contigo?

—Con permiso del *bulibasha*, porque mi padre está muerto. Pero, si te casaras conmigo, Alexi se enfadaría mucho. Y a lo mejor se le ocurriría darte de verdad con el cuchillo.

—¿Qué quieres decir con eso? Falló limpiamente.

—Sólo porque quiso. Alexi es el mejor lanzador de cuchillo del campamento. Lo hace en el circo y en las ferias. Todo el mundo lo sabe. Por eso el *bulibasha* eligió juzgarte por el cuchillo. Todos sabían que Alexi pensaba que tú no habías matado a Babel. Si no, te habría partido la mano en dos.

—¿Quieres decir que fue todo puro teatro? ¿Que todo el mundo sabía que Alexi iba a fallar?

—Sí.

—Pero ¿y si me hubiera dado por error?

—Entonces habríamos tenido que matarte.

—Genial. Es muy lógico. Sí. Ahora lo veo todo claro.

—No te enfades, Adam. Así todo el mundo te acepta. Si lo hubiéramos hecho de otra manera, habrías tenido problemas más adelante.

—Bueno, está bien, entonces.

Calque los observaba a través de sus prismáticos.

—Reconozco a la chica. Es la hermana de Samana. Y a Sabir, claro. Pero ¿quién es el moreno que ha ido al meadero?

—Otro primo, seguramente. Esa gente no tiene más que primos. Rascas a uno y caen como garrapatas.

—¿No le gustan los gitanos, Macron?

—Son unos vagos. A nadie del sur le gustan los gitanos. Roban, engañan y utilizan a la gente en su provecho.

—Cojones. Eso es lo que hace casi todo el mundo, de una manera o de otra.

—No como ellos. Ellos nos desprecian.

—No les hemos puesto las cosas fáciles.

—¿Y por qué íbamos a ponérselas fáciles?

Calque fingió asentir con la cabeza.

—Sí, ¿por qué? —Tendría que vigilar a Macron con más cuidado de allí en adelante. Sabía por experiencia que, si un hombre expresaba un prejuicio a las claras, era el doble de probable que tuviera otros más recónditos que sólo salían a la luz en momentos de crisis.

—Se están moviendo. Mire. Deles medio minuto y luego sígalos.

—¿Está seguro de que esto es normal, señor? Me refiero a dejar que un asesino circule tranquilamente por la vía pública. Ya vio usted lo que le hizo a Samana.

—¿Tan rápido se ha olvidado usted de nuestro otro amigo?

—Claro que no. Pero no tenemos nada contra él, excepto su intuición. Y de Sabir tenemos su sangre en la mano de Samana. Podemos situarle en la escena del crimen.

—No, no podemos. Pero podemos situarle en el bar donde se derramó la sangre. Y está viajando, al parecer por propia voluntad, con la hermana de Samana. ¿Qué cree usted? ¿Que ella sufre síndrome de Estocolmo?

—¿Síndrome de Estocolmo?

Calque arrugó el ceño.

—A veces, Macron, se me olvida lo joven que es usted. Un criminólogo sueco, Nils Bejerot, acuñó el término en 1973, después de que el robo a un banco en el distrito de Normalmstorg, en Estocolmo, saliera mal. Los ladrones tomaron varios rehenes y, a lo largo de seis días, algunos rehenes empezaron a demostrar más simpatía por sus captores que por la policía. Lo mismo le ocurrió a Patty Hearst, la heredera del imperio periodístico.

—Ah.

—¿Cree usted que Sabir se las ha arreglado para engatusar a todos los gitanos del campamento y convertirlos en sus cómplices?

Macron se pasó la lengua por los dientes.

—Yo de esa gente espero cualquier cosa.

35

—¿Todavía te sientes capaz de manejar solo la situación?

Achor Bale sintió por un momento la tentación de arrojar el teléfono por la ventanilla del coche. Pero en lugar de hacerlo lanzó una sonrisa sarcástica a la mujer del vehículo que le adelantaba, en respuesta a su mirada de reproche por usar el teléfono mientras conducía.

—Desde luego, *Madame*. Va todo *okay*, como dicen los americanos. Tengo a Sabir vigilado. He identificado al coche de policía que los sigue. Los muy idiotas hasta cambiaron la matrícula, intentando que no los siguieran.

El marido de la mujer del coche se inclinó hacia delante y le hizo señas de que dejara el teléfono.

Conductores de Peugeot, pensó Bale. *En Inglaterra llevarían un Rover. En Estados Unidos, un Chevrolet o un Cadillac.* Fingió desconcentrarse y dejó que el coche se arrimara un poco al Peugeot.

Los ojos del marido se agrandaron. Alargó el brazo y tocó el claxon.

Bale miró por el retrovisor. Estaba solo en la carretera. Podía ser divertido. Tal vez incluso ganara un poco de tiempo.

—Entonces, ¿quiere que siga o no, *Madame*? No tiene más que decirlo.

—Quiero que sigas.

—Muy bien. —Bale apagó el teléfono. Aceleró y se metió bruscamente delante del Peugeot. Luego frenó.

El hombre volvió a tocar el claxon.

Bale fue frenando lentamente, hasta detenerse.

El Peugeot paró detrás de él y el hombre salió.

Bale le miró por el retrovisor. Se deslizó un poco en su asiento. Ya que estaba, podía darle a aquello un poco de juego. Disfrutar del proceso.

—¿Se puede saber qué hace? Ha estado a punto de provocar un accidente.

Bale se encogió de hombros.

—Mire, lo siento muchísimo. Mi mujer va a tener un niño. Me están esperando en el hospital. Tenía que comprobar cómo se llega.

—¿Un niño, dice usted? —El hombre miró rápidamente a su mujer. Empezó a relajarse visiblemente—. Oiga, siento haber armado tanto jaleo. Pero es que pasa constantemente, ¿sabe? Debería comprarse un manos libres. Así puede hablar en el coche todo lo que quiera sin poner en peligro a los demás usuarios de la carretera.

—Ya lo sé, tiene usted razón. —Bale vio que un Citroën pasaba junto a ellos y doblaba la curva. Echó un vistazo al radar de seguimiento. Un kilómetro ya. Tendría que darse prisa—. Disculpe otra vez.

El hombre levantó una mano y echó a andar hacia su coche. Se encogió de hombros mirando a su mujer, y al ver que ella fruncía el ceño, levantó las manos para aplacarla.

Bale metió la marcha atrás y pisó a fondo el acelerador. Se oyó el chillido histérico de la goma; luego, los neumáticos se pusieron en movimiento y el coche retrocedió con una sacudida.

El hombre se volvió hacia Bale con la boca abierta.

—Uy, uy, uy. —Bale abrió la puerta y salió de un salto. Miró como loco a un lado y otro de la carretera. La mujer se había puesto a chillar. Su marido estaba completamente oculto bajo los dos coches y entre ellos y no hacía ningún ruido.

Bale agarró a la mujer del pelo por la ventanilla abierta del Peugeot y tiró de ella para sacarla. Uno de sus zapatos se enganchó entre la palanca de cambios y el compartimento que separaba los dos asientos. Bale tiró más fuerte y algo cedió. Arrastró a la mujer hasta la puerta lateral trasera, que tenía todavía un mecanismo de manivela.

Bajó la ventanilla hasta la mitad y metió la cabeza de la mujer en el hueco. Luego subió la ventanilla todo lo que pudo y cerró la puerta de golpe.

—¿Qué tenemos aquí? —Calque alargó el brazo hacia el salpicadero y se irguió un poco en el asiento—. Más vale que frene.

—Pero ¿y...?

—Frene.

Macron aminoró la velocidad.

Calque entornó los ojos, observando la escena que tenía ante sí.

—Llame a una ambulancia. Deprisa. Y a la policía judicial.

—Pero vamos a perderlos.

—Saque el maletín de primeros auxilios. Y ponga la sirena.

—Pero nos identificaremos.

Calque abrió la puerta antes de que el vehículo se detuviera por completo. Corrió con el cuerpo en tensión hacia el hombre tendido en el suelo y se arrodilló a su lado.

—Bien. Macron, dígales a los de la ambulancia que todavía respira. Pero por los pelos. Y que van a necesitar un collarín. Puede que tenga dañado el cuello. —Se acercó a la mujer—. *Madame*, no se mueva. No intente soltarse.

La mujer gimió.

—Por favor, estese quieta. Se ha roto el pie. —Calque intentó bajar la ventanilla, pero el mecanismo estaba roto. La cara de la mujer ya se había puesto morada. Estaba claro que le costaba respirar—. Macron, traiga el martillo, deprisa. Vamos a tener que romper el cristal.

—¿Qué martillo?

—El extintor, entonces. —Calque se quitó la chaqueta y envolvió con ella la cabeza de la mujer—. No pasa nada, *madame*. No se mueva. Tenemos que romper el cristal.

La tensión abandonó súbitamente el cuerpo de la mujer, que cayó pesadamente contra el coche.

—Rápido, ha dejado de respirar.

—¿Qué quiere que haga?

—Rompa la ventana con el extintor.

Macron lo echó hacia atrás y golpeó con él la ventana. El extintor rebotó en el cristal de seguridad.

—Démelo. —Calque lo agarró y golpeó con fuerza el cristal con su parte inferior—. Ahora deme su chaqueta. —Se envolvió la mano en ella y atravesó así el cristal resquebrajado. Bajó a la mujer al suelo y le apoyó la cabeza sobre la chaqueta. Encorvándose hacia delante, le golpeó con fuerza en el pecho. Palpó con dos dedos bajo el lado izquierdo y comenzó a presionar sobre el esternón.

—Macron, cuando se lo diga, hágale dos respiraciones.

Macron se agachó junto a la cabeza de la mujer.

—¿Ha llamado a la ambulancia?

—Sí, señor.

—Bien hecho. La mantendremos así hasta que lleguen. ¿Todavía tiene pulso?

—Sí, señor. Un poco débil, pero sigue ahí.

Mientras presionaba con fuerza, con ambas manos, el pecho de la mujer, Calque miró a Macron a los ojos.

—¿Me cree ahora? ¿Sobre ese otro hombre?

—Siempre le he creído, señor. Pero ¿de verdad cree que esto lo ha hecho él?

—Dos respiraciones.

Macron se inclinó hacia delante y dio a la mujer el beso de la vida.

Calque siguió con el masaje cardíaco.

—No es que lo crea, muchacho. Lo sé.

36

Yola escupió las cáscaras de sus últimas pipas de calabaza al suelo del coche.

—Mirad, espárragos silvestres.

—¿Qué?

—Espárragos silvestres. Tenemos que parar.

—Será una broma.

Yola dio a Sabir un fuerte toque en el hombro.

—¿Es que nos están cronometrando? ¿Nos persigue alguien? ¿Tenemos algún plazo que cumplir?

—Bueno, no, claro...

—Entonces para.

Sabir miró a Alexi buscando apoyo.

—Tú no crees que tengamos que parar, ¿verdad?

—Claro que sí. ¿Cuántas veces se ven espárragos junto a la carretera? Yola tiene que tener su *cueillette*.

—¿Su qué?

Consciente de que eran mayoría, Sabir dio media vuelta y volvió hacia las matas de espárragos.

—Vayan donde vayan, las gitanas hacen lo que ellas llaman una *cueillette*, una recogida. O sea que, si ven comida gratis: hierbas, lechugas, huevos, uvas, nueces, *reines claudes*... nunca pasan de largo sin pararse a recogerla.

—¿Qué coño son *reines claudes*?

—Ciruelas de las verdes.

—Ah. ¿O sea, ciruelas claudias?

—Sí, eso, *reines claudes*.

Sabir miró la carretera tras ellos. Un Citroën dobló la curva y pasó de largo a toda velocidad.

—Voy a llevar el coche adonde no puedan vernos. Por si acaso pasa un coche de policía.

—Nadie nos va a reconocer, Adam. Están buscando a un hombre solo, no a dos hombres y una mujer. Y en un coche con otra matrícula.

—Aun así.

Yola golpeó el asiento delante de ella.

—Mira, estoy viendo más. Allí, junto al río. —Rebuscó en su mochila y sacó dos bolsas de plástico hechas un nudo—. Id vosotros a recoger los de la carretera. Yo voy a recoger lo demás. Veo dientes de león, ortigas y también margaritas. Estáis de suerte, chicos. Esta noche nos vamos a dar un festín.

37

Achor Bale había conseguido cuarenta minutos de gracia. Cuarenta minutos en los que extraer toda la información que necesitaba. Cuarenta minutos para que la policía se hiciera cargo de la escena que había dejado a su espalda, se coordinara con el servicio de ambulancias y tranquilizara a las fuerzas del orden locales.

Pisó a fondo el acelerador y vio converger las señales de los dispositivos de seguimiento. Luego contuvo el aliento y aflojó la marcha.

Algo había cambiado. Sabir ya no avanzaba. Mientras Bale observaba el radar, la señal comenzó a retroceder hacia él. Vaciló con una mano suspendida sobre el volante. La señal se había parado. Brillaba a menos de quinientos metros por delante de él.

Se apartó de la carretera veinte metros antes del ápice de la curva. Dudó antes de dejar el coche, pero luego decidió que no tenía tiempo ni sitio donde esconderlo. Tendría que arriesgarse a que la policía pasara por allí y lo relacionara con el coche parado, por improbable que fuera.

Subió a toda prisa el repecho de la colina y bajó atravesando una pequeña arboleda. ¿Por qué se habían detenido tan pronto después de su última parada? ¿Iban a hacer un *pic-nic*? ¿Habían tenido un accidente? Podía ser cualquier cosa.

Lo mejor sería cogerlos a todos juntos. Así podría encargarse de uno mientras los otros se veían obligados a mirar. Eso casi siempre funcionaba. La culpa, pensó Bale, era la mayor debilidad del mundo occidental. Cuando la gente no se sentía culpable, construía imperios. Cuando empezaba a tener mala conciencia, los perdía. No había más que ver a los británicos.

Vio primero a la chica, agachada a solas junto a la orilla del río. ¿Estaba meando? ¿De qué iba todo aquello? Buscó a los hombres, pero no los vio. Entonces vio que ella estaba cortando plantas y metiéndolas en bolsas de plástico. Santo Dios. Aquella gente era increíble.

Buscó una última vez a los hombres y luego empezó a avanzar hacia la chica. Aquello era sencillamente demasiado bueno para ser cierto. Debían de saber que iba a llegar. Tenía que estar todo preparado.

Vaciló un momento cuando estaba a menos de cinco metros de la chica. Componía una bonita estampa, allí agachada, con su largo vestido de gitana junto al río. La imagen perfecta de la inocencia. Bale recordó algo de un pasado muy lejano, pero no logró identificar la escena. Aquel lapso repentino le incomodó como una corriente de aire frío que se colara inesperadamente por un desgarrón de sus pantalones.

Avanzó los últimos metros, convencido de que la chica no le había oído acercarse. En el último instante ella empezó a girarse, pero Bale, que ya estaba a su lado, le sujetó los brazos contra el suelo con las rodillas. Esperaba que gritara y había tenido la precaución de apretarle con fuerza la nariz (era un método que casi siempre funcionaba con las mujeres, y era mucho mejor que arriesgarse a taparle la boca a una persona en estado de pánico), pero la chica se quedó extrañamente callada. Era casi como si le hubiera estado esperando.

—Si gritas, te parto la columna. Como hice con tu hermano. ¿Entendido?

Ella asintió con la cabeza.

Bale no veía bien su cara, la tenía debajo, pegada de cara al suelo y con los brazos extendidos en cruz. Lo solucionó ladeándole la cabeza.

—Voy a decir esto una sola vez. Dentro de diez segundos, te dejaré inconsciente de un puñetazo. Mientras estés inconsciente, te subiré la falda, te bajaré las bragas y te haré una exploración con el cuchillo. Cuando encuentre tus trompas de Falopio, las cortaré. Sangrarás mucho, pero no morirás. Seguramente los hombres te encuentren antes. Pero nunca tendrás hijos. ¿Me entiendes? Eso se habrá acabado. Para siempre.

Oyó, más que verlo, que ella vaciaba su vejiga. Puso los ojos en blanco y comenzó a parpadear espasmódicamente.

—Basta ya. Despierta. —Le pellizcó la mejilla lo más fuerte que pudo. Los ojos de la chica volvieron a enfocarse—. Ahora escúchame. ¿Qué habéis encontrado? ¿Adónde vais? Dímelo y te dejaré en paz. Los diez segundos han empezado.

Yola empezó a gemir.

—Ocho. Siete. Seis.

—Vamos a Rocamadour.

—¿Por qué?

—Por la Virgen Negra. Hay algo escondido a sus pies.

—¿Qué?

—No lo sabemos. Lo único que decía en el fondo del baúl es que el secreto de los versos está a sus pies.

—¿En el fondo de qué baúl?

—El de mi madre. El que me dio mi madre. El que perteneció a la hija de Nostradamus.

—¿Eso es todo?

—Sí, es todo, se lo juro.

Bale aflojó un poco la presión sobre los brazos de la chica. Miró hacia el valle. No había rastro de los hombres. ¿La mataba? No tenía sentido, en realidad. Ya estaba prácticamente muerta.

La arrastró hasta el borde del río y la arrojó al agua.

38

—Espero que, con las molestias que nos estamos tomando, esto merezca la pena.

—¿Qué? ¿De qué hablas? ¿De los versos?

—No, de los espárragos.

Alexi hizo un movimiento circular con los dedos.

—Puedes apostarte algo. Yola cocina muy bien. Ahora sólo nos hace falta un conejo.

—¿Y cómo piensas cogerlo?

—Puedes atropellarlo. Te avisaré si veo alguno en la cuneta. Pero no lo chafes: tienes que esperar lo justo para darle en la cabeza con la parte de fuera de la rueda. La carne no está tan buena como los que mata Dios mismo, pero casi.

Sabir asintió con la cabeza cansinamente. ¿Qué demonios esperaba que dijera Alexi? ¿Que podían parar en el pueblo siguiente y comprar una escopeta?

—¿Ves a Yola? Será mejor que nos vayamos.

Alexi se incorporó.

—No. Ha bajado al río. Voy a llamarla.

Sabir echó a andar hacia el coche meneando la cabeza. Era raro reconocerlo, pero poco a poco empezaba a divertirse. No era mucho mayor que Alexi, pero a veces, esos últimos años, había pensado que empezaba a perder el ímpetu de vivir, el sentido de lo absurdo. Y ahora que sólo tenía a Yola y a Alexi, aquellos balas perdidas, para contrarrestar la amenaza todavía pendiente de la policía, sintió de pronto que la exaltación de lo desconocido volvía a bullir en su estómago.

—¡Adam! —El grito venía de más allá de una pequeña arboleda, cerca del río.

Sabir soltó los espárragos y echó a correr.

Lo primero que vio fue a Alexi chapoteando en el río.

—Rápido, Adam. No sé nadar. Está en el agua.

—¿Dónde?

—Ahí, justo debajo de ti. Está cabeza abajo, pero todavía está viva. La he visto mover un brazo.

Sabir se acercó a la orilla y saltó torpemente a las lentas aguas del río. Alcanzó a Yola en el primer envite y la alzó en brazos.

Ella levantó una mano como si quisiera apartarle, pero se movió sin fuerzas y sus ojos estaban inermes cuando le miró. Sabir se la pegó al pecho y dejó que la corriente los llevara hacia la orilla.

—Creo que le ha dado una especie de ataque. Corre al coche y trae una manta.

Alexi salió a trompicones del agua. Miró una sola vez hacia atrás, angustiado, y luego rompió a correr colina arriba, hacia el coche.

Sabir tendió a Yola en la arena. Ella respiraba normalmente, pero tenía la cara blanca como una sábana y los labios se le habían puesto de un azul enfermizo.

—¿Qué tienes? ¿Qué ha pasado?

Ella empezó a temblar, como si su salida del agua hubiera desencadenado algún otro proceso no mecánico.

Sabir levantó los ojos para ver qué hacía Alexi.

—Mira, lo siento, Alexi va a traer una manta. Pero voy a tener que quitarte la ropa. —Esperaba (casi rezaba por ello) que protestara. Pero ella no dijo nada. Sabir comenzó a desabrocharle la blusa.

—No deberías hacer eso. —Alexi había llegado a su lado. Llevaba consigo la manta—. No le gustaría.

—Está congelada, Alexi. Y en estado de *shock*. Si no le quitamos la ropa, cogerá una neumonía. Hay que envolverla en la manta y llevarla al coche. Puedo ponerme a conducir con la calefacción a tope. Así entrará en calor enseguida.

Alexi titubeó.

—Hablo en serio. Si no quieres avergonzarla, date la vuelta. —Le quitó la blusa y le bajó luego la falda por las caderas. Le sorprendió ver que no llevaba ropa interior de ninguna clase.

—Dios, es preciosa. —Alexi la estaba mirando. Seguía agarrando la manta.

—Dame eso.

—Ah. Sí.

Sabir envolvió a Yola en la manta.

—Ahora cógela por las piernas. Vamos a llevarla al coche antes de que se muera de frío.

39

—¿No cree que es hora de pedir refuerzos?

—Nos llevan tres cuartos de hora de ventaja. ¿Qué clase de refuerzos cree que nos hacen falta, Macron? ¿Un avión de caza?

—¿Y si Ojos de Serpiente vuelve a atacar?

—¿Ojos de Serpiente? —Calque sonrió, divertido por la inesperada inventiva de Macron—. No volverá a atacar.

—¿Por qué está tan seguro?

—Porque ya ha conseguido lo que quería. Ha ganado un par de horas. Sabe que cuando consigamos restablecer la... —Calque titubeó, buscando la palabra adecuada.

—¿La triangulación del GPS?

—Sí, exacto, la triangulación del GPS... y alcancemos el coche, él ya tendrá lo que quiere.

—¿Y qué es lo que quiere?

—A mí que me registren. Yo voy detrás del hombre, no de sus motivos. Toda esa basura se la dejo a los tribunales. —Hizo una almohada con su chaqueta y la colocó entre su cabeza y la ventana—. Pero de una cosa estoy seguro: no me gustaría estar en el pellejo de Sabir o de la chica en los próximos sesenta minutos.

—¿Se está despertando?

—Tiene los ojos abiertos.

—Bien. Voy a parar, pero dejando el motor en marcha para que no se apague la calefacción. Podemos bajar los asientos y tumbarla más cómodamente.

Alexi le miró.

—¿Qué crees que ha pasado? Nunca la había visto así.

—Debía de estar cogiendo espárragos cerca del borde del agua y se habrá caído. Seguramente se ha dado un golpe en la cabeza. Tiene un buen moratón en la mejilla. En todo caso, está en estado de *shock*, eso está claro. El agua estaba increíblemente fría. No debía de esperárselo. —Frunció el ceño—. ¿Es epiléptica, por casualidad? ¿O diabética?

—¿Qué?

—Nada. Olvídalo.

Después de colocar los asientos y acomodar a Yola, se desnudaron.

—Mira, Alexi, yo voy a conducir mientras tú secas la ropa en el radiador. La de Yola primero. Voy a ponerlo en función de ventilador. Nos vamos a asfixiar de calor, pero no se me ocurre otra forma de hacerlo. Si la policía nos pilla a los tres desnudos en un coche en marcha, tardará semanas en descubrir qué estábamos haciendo. —Echó mano de la palanca de cambios.

—Se lo dije. —Era la voz de Yola.

Se volvieron los dos hacia ella.

—Se lo conté todo. —Se había sentado y tenía la manta amontonada alrededor de la cintura—. Le dije que íbamos a Rocamadour. Y lo de la Virgen Negra. Le dije dónde están escondidos los versos.

—¿Qué quieres decir? ¿A quién se lo dijiste?

Yola reparó en su desnudez y subió despacio la manta para taparse los pechos. Parecía pensar y moverse a cámara lenta.

—Al hombre. Al que me saltó encima. Olía raro. Como uno de esos insectos verdes que cuando los aplastas huelen a almendras.

—¿De qué estás hablando, Yola? ¿Qué hombre?

Ella respiró hondo.

—El que mató a Babel. Me lo dijo él. Me dijo que me rompería el cuello como se lo rompió a Babel.

—Ay, Dios.

Alexi se incorporó en su asiento.

—¿Qué te ha hecho? —Le temblaba la voz.

Yola sacudió la cabeza.

—Nada. No hizo falta. Le bastó con amenazarme para conseguir todo lo que quería.

Alexi cerró los ojos. Soltó un bufido. Empezó a mover la mandíbula con la boca fruncida, como si estuviera manteniendo una discusión airada consigo mismo.

—¿Le viste, Yola? ¿Viste su cara?

—No. Estaba encima de mí. Por detrás. Me sujetó los brazos con las rodillas. No podía volver la cabeza.

—Hiciste bien en decírselo. Está loco. Te habría matado. —Sabir se volvió hacia el volante. Puso el coche en marcha y empezó a acelerar como un loco por la carretera.

Alexi abrió los ojos.

—¿Qué haces?

—¿Que qué hago? Voy a decirte lo que hago. Ahora sabemos adónde va ese cabrón, gracias a Yola. Así que voy a llegar a Rocamadour antes que él. Y luego voy a matarlo.

—¿Estás loco, Adam?

—Soy el *phral* de Yola, ¿no? ¿No decís todos que tengo que protegerla? ¿Que tengo que vengar la muerte de Babel? Pues eso voy a hacer.

40

Achor Bale vio cómo la señal intermitente iba disminuyendo hasta que finalmente desapareció por el borde de la pantalla. Se inclinó hacia delante y apagó el dispositivo de seguimiento. Había sido una jornada de trabajo muy satisfactoria, a fin de cuentas. Había tomado la iniciativa y obtenido buenos resultados. Era una buena lección. No dejar nunca que el enemigo hiciera lo que se le antojara. Irritarlo. Obligarlo a tomar decisiones repentinas susceptibles de error. De ese modo uno lograba sus fines satisfactoriamente y con notable rapidez.

Echó un vistazo al mapa colocado en el asiento de al lado. Tardaría tres horas largas en llegar a Rocamadour. Era mejor dejarlo para cuando la cripta estuviera cerrada y el personal se hubiera ido a cenar. Nadie esperaría que allanaran el santuario: era una idea absurda. Tal vez debería subir los escalones de rodillas, como el rey Enrique II de Inglaterra (un descendiente, o eso decían, de Melusina, la hija de Satanás) después de que el clero le convenciera de que hiciera penitencia, a regañadientes, por el asesinato de Thomas Becket y por el expolio sacrílego de que fue objeto el santuario a manos de su difunto hijo. Pedir una dispensa. Asegurarse un *nihil obstat*.

Ojo, que él no había matado a nadie últimamente. A no ser que la chica se hubiera ahogado. O que la mujer del coche se hubiera asfixiado. Su marido seguía teniendo espasmos, no había duda, la última vez que le echó un vistazo, y Samana había sido responsable de su propia muerte, eso era indiscutible.

En resumidas cuentas, tenía la conciencia limpia. Podía robar la Virgen Negra impunemente.

41

—Hemos vuelto a encontrarlos. Se dirigen a Limoges.

—Estupendo. Dígales a esos bobos que nos den una nueva lectura cada media hora. Así tendremos alguna posibilidad de recuperar el tiempo que hemos perdido y volver a verlos en nuestra pantalla.

—¿Adónde cree que van, señor?

—¿A la playa?

Macron no sabía si reír o llorar. Estaba cada vez más convencido de que tenía por compañero a un loco irredento que se saltaba todas las normas por principio, simplemente porque le venía bien para sus planes. Deberían estar ya los dos de vuelta en París, ciñéndose felizmente a su jornada de treinta y cinco horas semanales, y dejar que sus colegas del sur siguieran investigando el asesinato. Él podía estar jugando al *squash* y mejorando sus abdominales en el gimnasio de la policía. Y allí estaban, en cambio, subsistiendo a base de comida precocinada y café y echando una cabezadita de vez en cuando en el asiento de atrás del coche. Notaba que, físicamente, iba cuesta abajo. Pero a Calque le traía sin cuidado, claro: él ya estaba hecho un guiñapo.

—Se acerca el fin de semana, señor.

—¿Y?

—Nada. Sólo era una observación.

—Pues limite sus observaciones al caso que nos ocupa. Es usted un funcionario público, Macron, no un socorrista.

Yola salió, completamente vestida, de detrás de los arbustos.

Sabir se encogió de hombros e hizo una mueca.

—Siento que hayamos tenido que desnudarte. Alexi no quería, pero yo insistí. Te pido disculpas.

—Hicisteis lo que teníais que hacer. ¿Me vio Alexi?

—Me temo que sí.

—Pues ahora ya sabe lo que se pierde.

Sabir rompió a reír. Le sorprendía la resistencia que estaba demostrando Yola. Esperaba a medias que reaccionara histéricamente, que se sumiera en una depresión o cayera en un acceso de melancolía provocado por los efectos traumáticos de la agresión. Pero la había subestimado. Su vida no había sido precisamente un lecho de rosas hasta ese momento, y seguramente sus expectativas respecto a las bajezas que era capaz de cometer la gente eran mucho más realistas que las de él.

—Está enfadado. Por eso se ha ido. Creo que se siente responsable de que te atacaran.

—Tienes que dejar que robe la Virgen.

—¿Perdona?

—Alexi. Se le da bien robar. Tiene buena mano para eso.

—Ah. Ya veo.

—¿Tú nunca has robado nada?

—Pues no. Últimamente, no.

—Ya me parecía. —Sopesó algo mentalmente—. Los gitanos podemos robar cada siete años. Algo grande, quiero decir.

—¿Y por qué llegasteis a esa conclusión?

—Porque una gitana vieja vio a Cristo llevando la cruz camino del monte del Calvario.

—¿Y?

—Y no tenía ni idea de quién era Cristo. Pero cuando vio su cara, se apiadó de él y decidió robar los clavos con los que iban a crucificarle. Robó uno, pero la cogieron y no le dio tiempo a robar el segundo. Los soldados se la llevaron y le dieron una paliza. Les pidió a los soldados que la dejaran marchar, porque hacía siete años que no robaba. Un discípulo la oyó y dijo: «Mujer, bendita seas. El Salvador te permite a ti y a los tuyos robar una vez cada siete años, ahora y por siempre». Y por eso sólo había tres clavos en la crucifixión. Y por eso cruzaron los pies de Cristo y no los separaron, como debía ser.

—No te creerás todas esas tonterías, ¿no?

—Claro que sí.

—¿Y por eso roban los gitanos?

—Tenemos derecho. Cuando Alexi robe la Virgen Negra, no estará haciendo nada malo.

—Es un alivio saberlo. Pero ¿qué me dices de mí? ¿Y si encuentro al hombre que te atacó y lo mato? ¿En qué posición quedo yo?

—Ese hombre ha derramado la sangre de nuestra familia. Hay que derramar la suya a cambio.

—¿Así de sencillo?

—Nunca es sencillo matar a un hombre, Adam.

42

Sabir vaciló junto a la puerta del coche.

—¿Alguno de los dos se ha examinado para el carné de conducir?

—¿Que si nos hemos examinado? No, claro que no. Pero yo sé conducir.

—¿Y tú, Yola?

—No.

—Está bien. Ya sabemos a qué atenernos. Alexi, tú coge el volante. Yo tengo que trazar una ruta distinta para llegar al santuario. Está claro que el asesino de Babel conoce nuestro coche: tuvo que encontrarlo y nos ha seguido todo el camino desde el campamento. Ahora que cree que por fin se ha librado de nosotros, no conviene que volvamos a darle pistas pasándole a toda velocidad por el carril de adelantamiento, ¿no? —Desplegó el mapa delante de sí—. Sí. Parece que podemos circunvalar Limoges y llegar a Rocamadour pasando por Tulle.

—Este coche no tiene marchas.

—Tú ponlo en *drive*, Alexi, y pisa el acelerador.

—¿Cuál es ésa?

—La cuarta empezando desde arriba. La letra parece el estribo de un caballo, pero puesto de lado.

Alexi hizo lo que le decía.

—Oye, no está mal. Cambia solo de marcha. Esto es mejor que un Mercedes.

Sabir sintió los ojos de Yola fijos en él desde el asiento de atrás. Se volvió hacia ella.

—¿Estás bien? Existe una cosa llamada trauma de efecto retardado, ¿sabes? Hasta para gente tan dura de pelar como tú.

Ella se encogió de hombros.

—Estoy bien. —Su semblante se nubló—. Adam, ¿tú crees en el infierno?

—¿En el infierno? —Sabir hizo una mueca—. Supongo que sí.

—Nosotros no. —Yola sacudió la cabeza—. Los gitanos ni siquiera creemos que *O Beng*, el Diablo, sea tan mal tipo. Creemos que todo el mundo llegará al paraíso algún día. Hasta él.

—¿Y?

—Creo que ese hombre es malo, Adam. Malo de verdad. Mira lo que le hizo a Babel. Hacer eso no es humano.

—¿Qué me estás diciendo? ¿Que estás cambiando de opinión sobre el Diablo y el infierno?

—No. Eso no. Pero no os he contado todo lo que me dijo. Quiero que Alexi y tú sepáis con quién estáis tratando.

—Estamos tratando con un maníaco asesino.

—No. No es eso. He estado pensando. Ese hombre es muy listo. Sabe exactamente dónde atacar. Cómo hacerte más daño y conseguir lo que quiere.

—No te entiendo. ¿Qué intentas decirme?

—Dijo que iba a dejarme inconsciente de un golpe. Y que mientras estuviera inconsciente me haría daño por dentro con su cuchillo para que no pudiera tener niños. Para que no pudiera ser madre.

—Santo Dios.

—Mira, Adam, ese hombre nos conoce. Conoce las costumbres gitanas. Puede que hasta sea medio gitano. Sabía que, si sólo me atacaba e intentaba hacerme daño, seguramente yo no le diría lo que quería saber. Podría haberle mentido. Cuando me dijo lo que me dijo, yo estaba tan convencida de que podía hacerlo de verdad que me oriné encima. En ese momento podría haberme hecho cualquier cosa y yo no me habría defendido. Y con Babel pasó lo mismo. Babel era vanidoso. Ésa era su mayor debilidad. Era como una mujer. Se pasaba horas mirándose al espejo y poniéndose guapo. Ese hombre le marcó la cara. No otro sitio, sólo la cara. Lo vi en el depósito.

—No te entiendo.

—Se aprovecha de las debilidades de la gente. Es un hombre malo, Adam. Malo de verdad. No es simplemente que mate. Es un destructor de almas.

—Razón de más para librar al mundo de él.

Yola solía tener respuesta para todo. Pero esta vez se limitó a volver la cabeza hacia la ventanilla y a guardar silencio.

43

—Parece que los coches ya no vienen con desmontador de neumáticos. —Sabir siguió rebuscando en el maletero—. No puedo darle con el gato. O con el triángulo de señalización.

—Te cortaré un garrote.

—¿Un qué?

—Un garrote de acebo. Estoy viendo uno allí. Es la madera más dura. Hasta cuando no está seca. Si vas por ahí con un garrote, a nadie le extraña. Y así siempre tienes un arma.

—¿Sabes, Alexi?, eres un caso, en serio.

Habían aparcado en los parapetos que se levantaban por encima del santuario de Rocamadour.

Bajo ellos había jardines incrustados en la roca viva de los barrancos y salpicados de senderos sinuosos y miradores. Unos pocos turistas deambulaban por ellos, haciendo tiempo antes de la cena.

—Fijaos en todos esos focos. Tenemos que entrar antes de que anochezca. En cuanto los enciendan, la falda del monte brillará más que un árbol de Navidad.

—¿Crees que hemos llegado antes que él?

—Sólo lo sabremos cuando fuerces la entrada al santuario.

Alexi soltó un bufido.

—Pero si no voy a forzar la entrada.

—¿Qué dices? No iras a rajarte, ¿no?

—¿A rajarme? No entiendo.

—A acobardarte.

Alexi se rió y sacudió la cabeza.

—Adam, es una regla muy simple. Entrar por la fuerza en un sitio es muy difícil. Pero salir es fácil.

—Ah. Entiendo. —Sabir vaciló—. O eso creo, al menos.

—Entonces, ¿dónde vas a estar?

—Voy a esconderme fuera y vigilaré. Si viene, le daré con tu garrote de acebo. —Esperó una reacción de asombro, pero no la hubo—. No. No pasa nada. Era una broma. No me he vuelto loco.

Alexi parecía desconcertado.

—¿Y qué harás de verdad?

Sabir suspiró, comprendiendo que aún estaba muy lejos de comprender la mentalidad gitana.

—Me quedaré escondido fuera, como hemos acordado. Así podré avisarte con un silbido si le veo. Cuando tengas la Virgen, llévasela a Yola, al coche, y baja luego a reunirte conmigo. Entre los dos podremos tenderle una emboscada dentro del santuario. Allí es más seguro, y no hay nadie que pueda meterse en medio.

—¿Crees que ella se enfadará con nosotros?

—¿Quién? ¿Yola? ¿Por qué?

—No. Me refiero a la Virgen.

—Por Dios, Alexi. No te estarás arrepintiendo, ¿verdad?

—No, no. Voy a llevármela. Pero primero le rezaré. Le pediré que me perdone.

—Sí, hazlo. Y ahora córtame ese garrote.

44

Alexi se despertó cuando el guarda del turno de tarde estaba echando el cerrojo a las puertas exteriores que conducían al santuario. Cuarenta minutos antes se había escondido detrás del altar de la basílica de Saint-Sauveur, que alguien había cubierto muy convenientemente con un paño de hilo azul y blanco de flecos largos. Después, casi inmediatamente, se había quedado dormido.

Durante diez segundos angustiosos no supo con certeza dónde estaba. Luego salió ágilmente de debajo del paño del altar y se levantó antes de desperezarse. Fue en ese momento cuando se dio cuenta de que no estaba solo en la iglesia.

Volvió a agazaparse y buscó a tientas su navaja. Tardó cinco segundos en recordar que la había tirado en el asiento trasero del coche, después de cortar el garrote de Sabir, y se descubrió maldiciendo, no por primera vez, su congénita falta de atención por el detalle.

Se acercó sigilosamente a un lado del altar y abrió los ojos todo lo que pudo para recoger la última luz de la tarde que entraba en la iglesia. El otro estaba encorvado hacia delante en una de las sillas de coro, a unos quince metros de donde él estaba agachado. ¿También se había quedado dormido? ¿O estaba rezando?

Mientras Alexi le observaba, el hombre se levantó y avanzó hacia la puerta del camarín. Enseguida se hizo evidente, por su forma de moverse, que también había estado escuchando y esperando al vigilante. Levantó la aldaba con la mano, abrió la puerta sin hacer ruido y entró.

Alexi miró frenéticamente hacia las puertas de la basílica. Sabir estaba al otro lado, tan fuera de su alcance como si le hubieran encerrado tras la cámara acorazada de un banco. ¿Qué debía hacer? ¿Qué querría Sabir que hiciera?

Se quitó los zapatos. Luego salió de detrás de su escondite y avanzó de puntillas hacia el camarín. Asomó la cabeza por la puerta.

El otro había encendido una linterna y estaba observando la pesada peana de bronce esmaltado sobre la que se hallaba expuesta la Virgen. Alexi vio que empezaba a aplicar una palanca a la base de la vitrina. Al ver que no podía forzarla, se volvió bruscamente y miró hacia la basílica.

Alexi se pegó a la pared de fuera, paralizado.

Se oyeron los pasos del hombre cruzando la cripta, hacia él.

Alexi volvió de puntillas al altar y se escondió en el mismo sitio de antes. Si el otro le había oído, estaba perdido de todos modos. Más valía morir en lugar sagrado.

Se oyó el chirrido repentino de la pata de una silla al ser arrastrada por el suelo de piedra. Alexi sacó la cabeza de su escondite. El otro estaba arrastrando dos de las sillas del coro. Estaba claro que pensaba hacerse una escalera para alcanzar la Virgen.

Protegido por el ruido que hacían las sillas, Alexi le siguió hasta el interior de la cripta. Pero esta vez aprovechó que el otro no prestaba atención para acercarse mucho más a la vitrina. Se tumbó entre dos bancos, cerca de la parte delantera del pasillo principal, desde donde podía ver lo que pasaba y al mismo tiempo esconderse tras el banco de roble macizo que los separaba, en caso de que el otro llegara a la conclusión de que debía volver a la basílica en busca de otra silla.

Mientras Alexi le observaba, el otro puso una silla sobre la otra y comprobó si aguantaban. Chasqueó la lengua audiblemente y masculló luego algo en voz baja.

Alexi vio que se metía la linterna en la cinturilla de los pantalones, a la espalda, y que empezaba a trepar por la escalera improvisada. Así pues, había llegado el momento. Sería su única oportunidad. Si la echaba a perder, era hombre muerto. Esperaría hasta que el otro estuviera en equilibrio sobre las sillas y entonces lo derribaría.

En el momento crucial, el otro estiró el brazo hacia uno de los candelabros de bronce sujetos a la pared que había por debajo de la peana de la Virgen y se encaramó ágilmente hasta la vitrina.

Alexi, que no había previsto aquel repentino movimiento lateral, se halló cogido a medio camino entre el banco y la vitrina. El otro se volvió y le miró de lleno. Luego sonrió.

Sin pensárselo dos veces, Alexi agarró uno de los pesados candeleros que flanqueaban la vitrina y se lo arrojó con todas sus fuerzas.

El candelero golpeó a Achor Bale justo encima de la oreja derecha. Se soltó de su asidero, cayó hacia atrás desde una altura de dos metros y medio y se estrelló contra el suelo de granito. Alexi ya se había armado con el otro candelero, pero enseguida vio que no le hacía falta. El otro estaba inconsciente.

Separó las dos sillas. Gruñendo, sentó a Bale en la más cercana a la vitrina. Le palpó los bolsillos y sacó una cartera llena de billetes y una pequeña pistola automática.

—¡Hijo de puta!

Se guardó la cartera y la pistola y miró frenéticamente a su alrededor. Se fijó en unas cortinas de damasco, recogidas con cordel. Quitó el cordel y ató los brazos y el cuerpo de Bale al respaldo de la silla. Luego usó la otra silla para encaramarse a la vitrina y coger la Virgen.

45

Sabir oyó claramente el estrépito desde su escondite al otro lado de la plazoleta que había delante del santuario. Había estado escuchando con toda atención desde que había oído el chirrido lejano de las patas de una silla, al fondo de la basílica. Aquel estruendo, sin embargo, parecía proceder de mucho más cerca que el lugar donde estaba situada la Virgen.

Salió de su escondite y se fue derecho a la gruesa puerta de la cripta. Estaba cerrada a cal y canto. Retrocedió, apartándose del edificio, y miró las ventanas. Eran demasiado altas, no podía alcanzarlas.

—¡Alexi! —Intentó que su voz atravesara las paredes del santuario sin que se oyera más allá del patio. Pero era una pretensión desmedida: el patio actuaba como una perfecta caja de resonancia. Esperó unos segundos para ver si la puerta se abría; luego, haciendo una mueca, lo intentó de nuevo, alzando la voz—. ¡Alexi! ¿Estás ahí? Contesta.

—¡Eh, usted! ¿Qué hace ahí? —El guarda, un hombre mayor, corría hacia él con semblante preocupado—. Esta zona está cerrada a los turistas después de las nueve de la noche.

Sabir dio un instante gracias al cielo por haberse olvidado el garrote de acebo en su afán por llegar al santuario.

—Mire, lo siento muchísimo, pero pasaba por aquí y he oído un golpe horroroso dentro de la iglesia. Creo que hay alguien ahí. ¿Puede abrir?

El guarda se acercó apresuradamente, con una mezcla de nerviosismo y alivio al ver que Sabir no parecía agresivo.

—¿Un golpe, dice usted? ¿Está seguro?

—Parecía como si alguien estuviera tirando sillas dentro. ¿Cree que serán gamberros?

—¿Gamberros? —Su cara adquirió un peculiar tono lívido, como si de pronto le hubieran dado a probar un bocado de infierno—. Pero ¿cómo es que pasaba usted por aquí? Cerré las verjas hace diez minutos.

Sabir sospechaba que el guarda se estaba enfrentando a la primera crisis auténtica de su carrera.

—Mire, voy a decirle la verdad. Me he quedado dormido. Allí, en aquel banco de piedra. Ha sido una tontería, ya lo sé. Acababa de despertarme cuando he oído el ruido. Más vale que eche usted un vistazo. Yo le acompaño. Puede que sea una falsa alarma, claro. Es usted responsable ante las autoridades eclesiásticas, ¿no?

El hombre vaciló, momentáneamente desconcertado por la plétora de mensajes de Sabir. Pero el miedo a perder su empleo se impuso por fin a sus recelos, y empezó a hurgar en su bolsillo en busca de las llaves.

—¿Está seguro de que ha oído un golpe?

—Más claro que el agua. Venía de dentro del santuario.

En ese preciso momento, como a propósito, se oyó un fuerte estruendo, seguido por un grito estrangulado. Luego se hizo el silencio.

El guarda se quedó boquiabierto y abrió mucho los ojos. Con las manos temblorosas, metió la llave en la gruesa puerta de roble.

46

Achor Bale abrió los ojos. La sangre le corría por la cara y por los surcos que flanqueaban su boca. Sacó la lengua y recogió un poco con ella. Su sabor a cobre actuó como un grato estimulante.

Se frotó el cuello contra el hombro y a continuación abrió y cerró las mandíbulas como un caballo. No tenía nada roto. Nada grave. Miró hacia abajo.

El gitano le había atado a la silla. Bien. Era de esperar. Debería haber inspeccionado primero el santuario palmo a palmo y no dar por sentado que su encuentro con la chica había bastado para ahuyentarlos. No esperaba que ella sobreviviera. Tanto peor. Debería haberla matado cuando tuvo ocasión, pero ¿para qué arriesgarse a dejar pistas cuando la naturaleza puede hacerte el trabajo sucio? La idea era buena; el resultado, una de esas cosas que pasan. Se había precipitado con los tres. Debía revisar su opinión de Sabir. No volver a subestimarle.

Dejó caer de nuevo la barbilla sobre el pecho, como si estuviera aún inconsciente. Pero tenía los ojos abiertos de par en par y se fijaba en todo lo que hacía el gitano.

Estaba bajando por un lado del templete, con la Virgen Negra en la mano. Sin dudar ni un momento, dio la vuelta a la estatuilla y miró su base atentamente. Mientras Bale le observaba, dejó la *madonna* en el suelo con todo cuidado y se postró ante ella. Luego besó y apoyó la frente sucesivamente sobre los pies de la Virgen, el Niño Jesús y la mano de ella por último.

Bale levantó los ojos al cielo. No era de extrañar que a aquella gente la persiguiera todo el mundo. A él mismo le daban ganas de perseguirlos.

El gitano se levantó y lo miró. *Aquí viene*, pensó Bale. *Me pregunto cómo va a hacerlo. Con un cuchillo, seguramente.* No se imaginaba al gitano usando la pistola. Demasiado moderno. Demasiado complicado. Seguramente no entendería el mecanismo del gatillo.

Bale mantuvo la cabeza firmemente apoyada sobre el pecho. *Estoy muerto*, se dijo. *No respiro. Me he matado al caerme. Ven aquí a comprobarlo, primo. ¿Cómo vas a resistirte? Piensa en cómo podrás presumir de tus hazañas delante de la chica. Impresionar al payo. Hacerte el gran hombre con los de tu tribu.*

Alexi empezó a avanzar hacia él. Se detuvo un momento a recoger uno de los candeleros caídos.

De modo que así es como vas a hacerlo, ¿eh? ¿Matarme a golpes estando atado? Muy bonito. Pero primero tendrás que ver si todavía estoy vivo. Ni siquiera tú te rebajarías a dar una paliza a un muerto. ¿O sí?

Alexi se detuvo delante de la silla. Alargó el brazo y le apartó la cabeza del pecho. Luego le escupió en la cara.

Bale se echó hacia atrás con la silla al tiempo que levantaba los pies violentamente. Alexi gritó y soltó el candelero.

Bale estaba de pie, echado hacia delante pero con la silla aún sujeta a la espalda, como un caracol. Saltó hacia Alexi, que se retorcía en el suelo, y se dejó caer hacia atrás sobre la cabeza de Alexi, girando en espiral con la silla por delante.

Luego se apartó con un ojo puesto en la puerta principal de la iglesia y otro en Alexi.

Volviéndose de lado, logró apoyar la mayor parte del peso de su cuerpo sobre las rodillas. Luego se enderezó bruscamente y dejó que el peso de la silla le lanzara hacia atrás contra un pilar de piedra. Sintió que la silla empezaba a quebrarse. Repitió el movimiento dos veces más y la silla se desintegró a su espalda.

Alexi seguía retorciéndose. Tendía una mano por el suelo de piedra, hacia el candelero caído.

Bale se quitó las cuerdas que tenía aún alrededor de los hombros y echó a andar hacia él.

47

Sabir apartó al guarda de un empujón y entró en la antesala del santuario. Estaba a oscuras, casi no se veía.

El guarda pulsó unos interruptores ocultos y la luz de una serie de focos escondidos en las viguetas del techo transformó la sala. Sobre las baldosas, formando un arco, había trozos de cuerda y madera rota. Alexi estaba tendido a un lado, a unos pasos de la Virgen Negra, con la cara cubierta de sangre. Un hombre se agachaba sobre él, palpándose los bolsillos.

Sabir y el guarda se pararon en seco. Mientras miraban, Alexi sacó una mano de debajo de su cuerpo. Sostenía una pistola. El otro saltó hacia atrás. Alexi apuntó de frente, como si estuviera disparándole. Pero no ocurrió nada. No se oyó ningún sonido.

El hombre se retiró hacia la basílica con los ojos fijos en Alexi y la pistola. En el último momento miró a Sabir y sonrió. Se pasó un dedo con ligereza por la garganta.

Alexi dejó caer la pistola con estrépito. Cuando Sabir volvió a mirar, el otro había desaparecido.

Sabir se agachó junto a Alexi. Su mente bullía, buscando una salida. Puso dramáticamente una mano sobre el corazón de Alexi.

—Este hombre está malherido. Necesitamos una ambulancia.

El guarda se había llevado la mano a la garganta.

—Aquí no funcionan los móviles. Estamos demasiado cerca de la falda de la montaña. No hay cobertura. Tendré que llamar desde la oficina. —No se movió.

—Mire, tengo la pistola. Yo cubriré a este hombre y me aseguraré de que no le pase nada a la Virgen. Vaya a llamar a la policía y a una ambulancia. Es urgente.

El viejo parecía a punto de responder.

—O, si no, quédese aquí y yo iré a llamar. Tenga la pistola. —Se la ofreció por la empuñadura.

—No, no, *monsieur*. No sabrán quién es usted. Quédese aquí. Ya voy yo. —Le temblaba la voz y parecía a punto de derrumbarse.

—Tenga cuidado con las escaleras.

—Sí. Sí. Lo tendré. Estoy bien. Ya estoy bien.

Sabir volvió a concentrarse en Alexi.

—¿Puedes oírme?

—Se me tiró encima con la silla. Me ha roto los dientes. —La voz de Alexi sonaba borrosa, como si estuviera hablando desde el fondo de un recipiente sellado—. Puede que también me haya roto la mandíbula. Y algunas costillas.

—¿Y lo demás?

—Estoy bien. Puedo andar.

—De acuerdo. Tenemos unos tres minutos para salir de aquí y volver al coche. Ten. Coge esto. —Le dio la pistola.

—No sirve para nada. No funciona.

—Cógela de todos modos. Y procura recuperarte un poco mientras yo envuelvo a la Virgen.

—Mira primero la base.

—¿Qué dices?

—Hay algo escrito. Yo no he podido leerlo, pero está grabado a fuego. Como en el cofre de Yola. Es lo primero que miré.

Sabir levantó la Virgen Negra. Era mucho más ligera de lo que imaginaba. Medía unos sesenta centímetros de alto y estaba labrada en madera oscura y manchada, y engalanada con dos coronas, una sobre la cabeza de la Virgen y otra sobre la del Niño. La Virgen llevaba, además, un collar dorado. Su cuerpo estaba encajado parcialmente en una especie de tela que se abría sobre el pecho izquierdo, dejando a la vista una madera más clara. Estaba sentada en un trono, con el Niño Jesús en el regazo. Pero la cara de Jesús no era la de un niño, sino la un de un viejo muy sabio.

—Tienes razón. Voy a calcarlo.

—¿Por qué no nos la llevamos?

—Porque estará más segura aquí que por ahí, con nosotros. Y no queremos que nos persigan más policías. Si no desaparece nada, es muy posible que se olviden del asunto pasados unos días. Además, sólo pueden interrogar al viejo. Ya tenemos lo que hemos venido a buscar. Supongo que es otro fragmento de un mapa más grande que al final nos llevará a los versos. —Puso un trozo de papel sobre la base de la Virgen y empezó a pasar sobre él un lápiz casi consumido.

—No puedo levantarme. Me parece que me ha hecho más daño del que creía.

—Espera. Enseguida estoy contigo.

Alexi hizo intento de reírse.

—No te preocupes, Adam. No voy a ir a ninguna parte.

48

Sabir se paró para recobrar el aliento. Alexi se apoyaba en él con todo su peso. Oían allá abajo el sonido lejano de unas sirenas que se acercaban.

—Todavía no me he recuperado del todo de la infección sanguínea. Estoy débil como un gatito. No creo que pueda llevarte solo hasta allá arriba.

—¿Cuánto queda?

—Ya veo el coche. Pero no puedo arriesgarme a llamar a Yola. Podría oírnos alguien.

—¿Por qué no me dejas aquí y vas a buscarla? Entre los dos podréis llevarme el trecho que queda.

—¿Seguro que estás bien?

—Creo que acabo de tragarme un diente. Estoy bien, si no me ahogo con él.

Sabir le dejó apoyado en la valla del borde del camino y echó a andar a toda prisa colina arriba.

Yola estaba de pie junto al coche, con cara de preocupación.

—No sabía qué hacer. He oído sirenas. No sabía si eran por vosotros o por otra cosa.

—Alexi está herido. Vamos a tener que subirlo entre los dos por la parte más empinada de la colina. ¿Crees que podrás?

—¿Está mal?

—Ha perdido unos cuantos dientes. Puede que tenga la mandíbula rota. Y seguramente unas cuantas costillas fracturadas. Alguien ha aterrizado encima de él con una silla.

—¿Alguien?

—Sí. Ese alguien.

—¿Está muerto? ¿Lo habéis matado?

—Alexi lo intentó. Pero se le encasquilló la pistola.

Yola cogió a Alexi por los pies y Sabir le cogió por el tronco.

—Vamos a tener que darnos prisa. En cuanto el guarda hable con la policía y les diga que había una pistola, vamos listos. Sellarán todo el valle y harán venir a los equipos de seguridad. Y, si no recuerdo mal el mapa, sólo hay tres rutas para salir de aquí. Y las dos principales ya las tienen prácticamente cubiertas.

49

—Estoy casi seguro de que no nos ha seguido nadie. —Sabir miraba hacia delante con los ojos entornados, intentando distinguir las señales de la carretera.

Habían dejado atrás la zona de mayor peligro y estaban en la Route National 20, donde había mucho más tráfico entre el que ocultarse. En el coche se palpaba el alivio, como si, por suerte y pura casualidad, hubieran logrado esquivar un accidente particularmente horrendo.

—¿Cómo está?

Yola se encogió de hombros.

—Creo que no tiene la mandíbula rota. Pero algunas costillas sí. Ahora tendrá la excusa perfecta para hacer el vago.

Alexi parecía a punto de replicar, pero de pronto cambió de idea y se dio un golpe en el bolsillo del pantalón.

—¡Ja! La tenía justo aquí. ¿A que es increíble?

—¿El qué?

—La cartera. —Alexi sacudió la cabeza desconsoladamente—. Ese cabrón me robó su cartera. Y estaba llena de pasta. Podría haber vivido como un rey. Hasta podría haberme puesto dientes de oro.

Sabir se echó a reír.

—No te lamentes, Alexi. Seguramente estás vivo porque a ese tipo le preocupaba que averiguáramos quién es. Si no se hubiera puesto a buscar su cartera, habría tenido tiempo de sobra para matarte antes de que entráramos.

Pero Alexi estaba pensando en otra cosa. Levantó la cabeza del asiento y le enseñó a Yola los dientes que le quedaban.

—Oye, enfermera, he oído lo que has dicho de hacer el vago. No son sólo las costillas, ¿sabes? También me dio una patada en los huevos.

Yola agrandó el espacio que los separaba en el asiento trasero.

—Pues apáñatelas tú solo con tus huevos. Yo no pienso acercarme a ellos.

—¿Has oído eso, payo? Ésta es una frígida. No me extraña que nadie quiera raptarla.

Yola levantó las rodillas como para defenderse.

—No te hagas ilusiones. Te han hecho daño en los huevos, así que ya no podrás raptar a nadie. Seguramente vas a quedar impotente. Las mujeres tendrán que buscarse a otro si quieren que se les salten los ojos. O usar un pepino.

—¡Eso no es verdad! —Alexi alargó el brazo, gruñendo, y dio a Sabir en el hombro—. ¿A que no es verdad, Adam? ¿A que si te dan una patada en los huevos no te quedas impotente?

—¿Cómo quieres que yo lo sepa? Podría ser, supongo. De todas formas, lo sabrás dentro de unos días. —Sabir se volvió hacia Yola—. Yola, ¿qué has querido decir con eso de que se les salten los ojos?

Yola bajó los ojos. Miró por la ventanilla del coche. El silencio cayó sobre los tres.

—Ah, sí. Ya lo entiendo. Perdona. —Se aclaró la garganta—. Mirad, quería deciros una cosa. Una cosa importante.

—Todavía no hemos comido.

—¿Qué?

—Nunca digas nada importante si tienes hambre o dolores. El hambre o el dolor hablan por ti, y lo que dices no tiene valor.

Sabir soltó un suspiro: sabía cuándo estaba vencido.

—Pararé en un restaurante, entonces.

—¿En un restaurante?

—Sí. Y más vale que vayamos buscando un hotel.

Yola empezó a reírse. Alexi fue a hacer lo mismo, pero se paró en cuanto se dio cuenta de lo mucho que le dolían la mandíbula y las costillas.

—No, Adam. Esta noche dormimos en el coche. Es demasiado tarde para llegar a ninguna parte sin que nos hagan preguntas. Y mañana a primera hora nos vamos a Gourdon.

—¿Para qué vamos a ir a Gourdon?

—Allí hay un campamento permanente. Podemos conseguir comida. Y un sitio donde dormir. Tengo primos allí.

—¿Más primos?

—No te burles, Adam. Ahora eres mi *phral*, así que también son tus primos.

50

Al capitán Joris Calque no le gustaba la televisión a la hora del desayuno. De hecho, no le gustaba la televisión a secas. Pero la dueña de la pensión en la que estaba con Macron parecía creer que era lo que se esperaba. Incluso se quedó de pie detrás de ellos, junto a la mesa, comentando las noticias locales.

—Me imagino que, siendo policías, andarán siempre a la caza de nuevos delitos.

Macron levantó los ojos al cielo discretamente. Calque se concentró más aún en sus buñuelos de plátano con *mousse* de manzana.

—Ya no hay nada sagrado. Ni la Iglesia, siquiera.

Calque comprendió que tendría que decir algo, o la patrona le tomaría por un maleducado.

—¿Qué? ¿Es que han robado en una iglesia?

—No, *monsieur*. Es mucho peor.

—¡Santo cielo!

Macron estuvo a punto de atragantarse con los huevos revueltos. Disimuló fingiendo un ataque de tos, y *madame* creyó necesario pasar un par de minutos revoloteando a su alrededor, sirviéndole café y dándole recias palmadas en la espalda.

—No, no es que hayan robado en una iglesia, inspector.

—Capitán.

—Capitán. Ya le digo, es mucho peor. La propia Virgen.

—¿Han robado la Virgen?

—No. Hubo una intervención divina. A los ladrones les pararon los pies y les dieron su merecido. Debían de andar detrás de las joyas de la Virgen y de la corona del Niño Jesús. Ya no se respeta nada, inspector. Nada.

—¿Y qué Virgen es ésa, *madame*?

—Pero si acaba de salir en la tele.

—Estaba comiendo, *madame*. No se puede comer y mirar al mismo tiempo. No es sano.

—La Virgen de Rocamadour, inspector. La Virgen Negra, ni más ni menos.

—¿Y cuándo ocurrió el intento de robo?

—Anoche. Después de que cerraran el santuario. Hasta tenían una pistola. Menos mal que el guarda se la quitó a uno de ellos, como cuando Jacob luchó con el ángel. Y entonces la Virgen hizo el milagro y espantó a los ladrones.

—¿Un milagro? —Macron se había parado con el tenedor a medio camino de la boca—. ¿Contra una pistola? ¿En Rocamadour? Pero capitán...

Calque le miró con intención desde el otro lado de la mesa.

—Tiene usted razón, *madame*. Ya no hay nada sagrado. Nada.

51

—¿Y ese hombre se hizo pasar por un visitante? ¿Fingió ayudarle? —Calque intentaba calcular la edad del guarda. Finalmente, lo dejó en unos setenta y dos años.

—Sí, *monsieur*. Fue él quien me dijo que se oían ruidos en el santuario.

—¿Pero ahora cree usted que formaba parte de la banda?

—Desde luego que sí, *monsieur*. Estoy seguro. Le dejé vigilando al otro con la pistola. Tenía que ir a llamar por teléfono, ¿comprende usted?, pero el problema es que los móviles que nos dan las autoridades eclesiásticas no funcionan aquí, al pie del precipicio. No sirven para nada. Cuando queremos llamar para fuera, tenemos que ir a la oficina y usar el fijo. Lo hacen a propósito, creo yo, para que no abusemos del teléfono. —Se santiguó en penitencia por sus pensamientos blasfemos—. Claro que esos chismes modernos tampoco funcionan. Fíjese en el ordenador de mi nieto, por ejemplo...

—¿Por qué no se llevaron la Virgen Negra, si eran parte de la misma banda? Tuvieron tiempo de sobra antes de que volviera usted o llegara la policía.

—El chico estaba herido, *monsieur*. Tenía toda la cara llena de sangre. Creo que se cayó al intentar robar la Virgen. —Volvió a santiguarse—. Puede que el otro, el de más edad, no pudiera llevárselos a los dos, a la Virgen y al chico.

—Sí. Sí. Puede que tenga usted razón. ¿Dónde está la Virgen ahora?

—En su vitrina.

—¿Podemos verla?

El viejo titubeó.

—Tendría que volver al almacén a buscar la escalera y...

—Mi ayudante, el teniente Macron, se ocupará de eso. No tendrá que tomarse usted más molestias por nosotros. Le doy mi palabra.

—Bueno, está bien, entonces. Pero, por favor, tengan cuidado. Fue un milagro que no se rompiera, con el jaleo de anoche.

—Se portó usted muy bien. Es mérito suyo y de nadie más que la Virgen siga en su sitio.

El guarda irguió los hombros.

—¿Usted cree? ¿Lo dice de verdad?

—Estoy absolutamente convencido de ello.

—Mire, Macron. Venga aquí y dígame qué opina de esto. —Calque miraba la base de la Virgen. Pasó el pulgar por las letras labradas profundamente a cincel en la madera.

Macron cogió la Virgen.

—Bueno, está claro que estas marcas se hicieron hace mucho tiempo. Se nota por lo oscura que está la madera. No como estas otras marcas del pecho.

—Ésas se hicieron probablemente durante la Revolución.

—¿Qué quiere decir?

—Ni los protestantes, durante las Guerras de Religión, ni nuestros antepasados revolucionarios aprobaban las imágenes religiosas. En casi todas las iglesias de Francia se destruyeron imágenes de Cristo, de la Virgen y de los santos. Aquí también lo intentaron. La leyenda cuenta que rompieron la plata que recubría originalmente la Virgen, y que quedaron tan asombrados por la dignidad de lo que vieron debajo que la dejaron en paz.

—No creerá usted todas esas sandeces, ¿verdad?

Calque volvió a coger la Virgen.

—No es cuestión de creer o no creer. Es cuestión de escuchar. La historia guarda sus secretos a la vista de todos, Macron. Sólo quien tiene ojos para ver y orejas para escuchar puede desenmarañar su verdadera esencia de los despojos que flotan a su lado.

—No entiendo lo que dice.

Calque suspiró.

—Tomemos esto como ejemplo. Es una talla de la Virgen y el Niño, ¿no le parece?

—Claro que sí.

—Y sabemos que esta Virgen en particular protege a los marineros. ¿Ve usted esa campana de ahí? Cuando de pronto se pone a sonar por sí sola, quiere decir que un marinero se ha salvado milagrosamente en el mar, por intercesión de la Virgen. O que habrá tormenta y ocurrirá un milagro.

—Será sólo el viento, seguramente. Suele haber viento antes de una tormenta.

Calque sonrió. Colocó un papel sobre la base de la estatuilla y empezó a calcar las letras con su lápiz.

—Bueno, Isis, la diosa egipcia, hermana y esposa de Osiris y hermana de Set, también salvaba a los marineros en el mar, según se creía. Y sabemos que solía representársela sentada en un trono, con su hijo, Horus Niño, sobre el regazo. Horus es el dios de la luz, del sol, del día, de la vida y del bien, y su contrario, Set, que también era el enemigo jurado de Isis, era el dios de la noche, del mal, de la oscuridad y la muerte. Set engañó a Osiris, el jefe de todos los dioses, para que probara un ataúd muy bello, le encerró dentro y le mandó Nilo abajo, donde un árbol creció a su alrededor. Luego cortó el cuerpo de Osiris en catorce trozos. Pero Isis encontró el ataúd y lo que contenía y volvió a juntar los trozos con ayuda de Thoth, y Osiris volvió a la vida el tiempo justo para engendrar en ella a Horus, su hijo.

—No entiendo...

—Macron, la Virgen Negra es Isis. La figura de Cristo es Horus. Lo que ocurrió es que los cristianos usurparon los dioses egipcios y los convirtieron en algo más propio del gusto moderno.

—¿Del gusto moderno?

—Verá usted, Osiris resucitó. Regresó de la muerte. Y tuvo un hijo. Que se enfrentó a las fuerzas del mal. ¿No le suena la historia?

—Supongo que sí.

—Tanto Jesús como Horus nacieron en un establo. Y el nacimiento de ambos se celebra el veinticinco de diciembre.

Los ojos de Macron empezaban a velarse.

Calque se encogió de hombros.

—Bueno, es igual. Aquí está lo que Sabir y Ojos de Serpiente andaban buscando. —Levantó la hoja de papel.

—No tiene ni pies ni cabeza.

—No, se equivoca. Está escrito al revés. Sólo tenemos que encontrar un espejo y podremos desenmarañarlo.

—¿Cómo sabe que era eso lo que estaban buscando?

—Por lógica, Macron. Preste atención. Entraron aquí con un propósito. Ese propósito era robar la Virgen. Pero Ojos de Serpiente estaba también aquí. Consiguieron ahuyentarle, y Sabir, el gitano y el guarda se quedaron solos en el santuario. Pero el viejo estaba aturullado por todo lo que había pasado, y tiene demasiados años para tomar el mando, así que obedece a Sabir y vuelve corriendo a la oficina a llamar por teléfono. Los otros dos podrían haberse llevado la Virgen fácilmente. Sólo mide unos setenta centímetros de alto, y pesa muy poco. Pero no lo hicieron. La dejaron aquí. ¿Y por qué hicieron eso? Porque ya tenían lo que habían venido a buscar. Tráigame esa linterna.

—Pero es una prueba. Puede que tenga huellas.

—Usted tráigamela, Macron. —Calque dio la vuelta al papel—. Vamos a enfocar con la luz lo que está escrito.

—Ah. Muy listo. Así no hace falta un espejo.

—Anote esto en su libreta:

Il sera ennemi et pire qu'ayeulx
Il naistra en fer, de serpente mammelle
Le rat monstre gardera son secret
Il sera mi homme et mi femelle.

—¿Qué significa?

—¿No entiende usted su propio idioma?

—Claro que sí.

—Entonces descífrelo.

—Bueno, la primera línea dice: «Será un enemigo y peor...» —Macron vaciló.

—«...que ninguno antes que él.»

—«Nacerá del fierro...»

—Del infierno, Macron. *Enfer* significa «infierno». Está dividida en dos, pero olvídese de eso. La gente no nace del hierro.

—Del infierno, entonces, «con las tetas de una serpiente...»

—«Le amamantará una serpiente.»

Macron suspiró y exhaló con fuerza, como si acabara de levantar unas pesas enormes en el gimnasio.

—«La rata monstruosa guardará su secreto...»

—Continúe.

—«Será medio hombre y medio mujer.»

—Excelente. Pero el último verso puede leerse también como: «No será ni hombre ni mujer».

—¿Cómo lo sabe?

—Por la pista que aparece en el primer verso. El uso de la palabra «*ennemi*». Da a entender que, cuando vuelva a aparecer la sílaba «mi», la eme debe cambiarse por una ene.

—¿Me toma el pelo?

—¿Nunca ha hecho usted crucigramas?

—En la Francia medieval no tenían crucigramas.

—Tenían algo mejor que crucigramas. Tenían la Cábala. Era normal disfrazar o codificar una palabra sirviéndose de otra. Como ha hecho el autor en el tercer verso con «*rat monstre*». Es un anagrama. Lo sabemos porque las dos palabras van seguidas por la palabra «secreto», que actúa como indicador. Igual que en un crucigrama. Otra vez.

—¿Cómo es que sabe usted todo eso?

—Por una cosita llamada educación clásica. Unida a otra cosita llamada sentido común. Algo que, obviamente, no consiguieron inculcarles a ustedes en esa escuela de mala muerte a la que fue en Marsella.

Macron dejó que el insulto le resbalara. Por una vez en su vida, estaba más interesado en el caso que en sí mismo.

—¿Quién cree usted que escribió eso? ¿Y por qué les interesa tanto a esos locos?

—¿Quiere que le sea sincero?

—Sí.

—El Diablo.

Macron se quedó boquiabierto.

—¿No hablará en serio?

Calque dobló la hoja de papel y se la guardó en el bolsillo.

—Claro que no. El Diablo no se molesta en escribir misivas amorosas a nadie, Macron. El infierno siempre llega por mensajero.

52

Yola se irguió en su asiento.

—¡Mirad! Va a haber una boda. —Se volvió y los miró meneando la cabeza—. Tendré que lavaros la ropa y arreglárosla. No podéis presentaros delante de la gente así. Y necesitaréis chaqueta y corbata.

—Mi ropa está muy bien como está, gracias. —Sabir se volvió hacia ella—. ¿Y de dónde demonios te has sacado lo de la boda? Ni siquiera hemos llegado al campamento.

Alexi soltó un bufido. Estaba arrellanado en el asiento de atrás, con la cabeza vendada apoyada cómodamente contra la ventanilla.

—¿Es que todos los payos estáis ciegos? Hemos adelantado a cuatro caravanas por el camino. ¿Adónde crees que van?

—¿A un entierro? ¿A otra de vuestras *krises*?

—¿Te has fijado en la cara de las mujeres?

—No.

—Pues si usaras los ojos por una vez en tu vida, como un gitano, te habrías dado cuenta de que las mujeres estaban contentas, no tristes. —Se pasó un dedo por el interior de la boca, palpando su nueva geografía—. ¿Tienes cincuenta euros encima?

Sabir volvió a fijar su atención en la carretera.

—Con eso difícilmente vas a comprarte dientes de oro.

Alexi hizo una mueca.

—¿Los tienes?

—Sí.

—Pues dámelos. Tendré que pagar a alguien para que vigile el coche.

—¿De qué estás hablando, Alexi?

—Ya te lo he dicho otras veces. Si no pagas a alguien para que lo vigile, te lo dejarán limpio. Esa gente son ladrones.

—¿Qué quieres decir con «esa gente»? Son de tu pueblo, Alexi.

—Ya lo sé. Por eso sé que son ladrones.

Sabir y Alexi se habían acomodado en un rincón de la caravana de un primo de Alexi. Alexi se estaba recuperando en el único catre que había, y Sabir se había sentado a sus pies, en el suelo.

—Enséñame la pistola, Alexi. Quiero ver por qué disparó mal.

—No disparó mal. No disparó y punto. Me lo habría cargado. Le habría metido una bala por la nariz.

—¿Sabes lo que es un seguro?

—Claro que sé lo que es un seguro. ¿Es que crees que soy idiota?

—¿Y sabes amartillar un arma?

—¿Amartillar un arma? ¿Qué es eso?

—Ah. —Sabir suspiró—. Antes de disparar con una pistola automática, hay que echar hacia atrás este pestillo y amartillarla. En el ejército a eso se le llama cerrar y cargar.

—La puta. Creía que funcionaba como un revólver.

—Sólo los revólveres funcionan como revólveres, Alexi. Ten. Inténtalo.

—Oye, es muy fácil.

—Deja de apuntarme.

—No pasa nada, Adam. No voy a dispararte. No odio tanto a los payos.

—Es un alivio saberlo. —Sabir frunció el ceño—. Dime una cosa, Alexi. ¿Adónde ha ido Yola?

—A estar con las mujeres.

—¿Qué quieres decir?

—Quiero decir que estos días vamos a verla poco. No como cuando estamos en la carretera.

Sabir sacudió la cabeza.

—No entiendo esa separación que hacéis los gitanos entre hombres y mujeres, Alexi. ¿Y qué es todo eso de la impureza y de contaminar a la gente? ¿Cómo lo llamó ella? *Mah...* no sé qué.

—*Mahrimé.*

—Sí, eso.

—Es normal. Hay cosas que contaminan y cosas que no contaminan.

—Como los erizos.

—Sí. Los erizos son limpios. Y también los caballos. No se chupan sus partes. Los gatos y los perros son sucios.

—¿Y las mujeres?

—Ellas tampoco. ¿Qué te crees? ¿Que son contorsionistas?

Sabir le dio una palmada en la planta del pie.

—Hablo en serio. Quiero saberlo, de veras.

—Es complicado. Las mujeres pueden contaminar cuando están sangrando. Cuando eso pasa, una mujer no puede coger al bebé de otra, por ejemplo. Ni tocar a un hombre. Ni cocinar. Ni barrer. Ni hacer nada, en realidad. Por eso una mujer no debe estar nunca por encima de un hombre. En una litera, por ejemplo. O en una casa. El hombre se contaminaría.

—Santo Dios.

—Ya te digo, Adam. En tiempos de mi padre era peor. En París, los gitanos no podían ir en metro por si acaso había una gitana en la acera, encima de ellos. Y había que poner la comida fuera de casa, por si una mujer pasaba por el piso de arriba. O por si la rozaba con la falda.

—¿Estás de broma?

—Lo digo muy en serio. ¿Y por qué crees que Yola me pidió que os acompañara cuando te enseñó el baúl?

—¿Porque quería que tú también participaras en esto?

—No. Porque no está bien que una mujer soltera esté a solas en una habitación con una cama, en compañía de un hombre que no es ni su hermano ni su padre. Y también porque eres payo, y eso te convierte en *mahrimé*.

—¿Por eso las mujeres mayores del campamento no querían comer conmigo?

—Sí, ya lo has pillado. Te habrían contaminado.

—¿Ellas a mí? Pensaba que era yo quien podía contaminarlas a ellas.

Alexi hizo una mueca.

—No. Me he equivocado. No lo has pillado.

—Y luego está todo eso de que las mujeres lleven faldas largas. Y en cambio a Yola no parece importarle enseñar los pechos. Me refiero al entierro.

—Los pechos son para dar de comer a los críos.

—Bueno, eso ya lo sé...

—Pero una mujer no debe enseñar las rodillas. Eso no está bien. Depende de ella no encender la pasión de su suegro. O de otros hombres que no sean su marido. Y las rodillas pueden encender la pasión.

—Pero ¿y todas las mujeres de Francia? Las veis en la calle constantemente. Por Dios, si lo enseñan casi todo...

—Pero son payas. O extranjeras. No cuentan.

—Ah. Ya veo.

—Ahora eres uno de los nuestros, Adam. Así que tú sí cuentas. No tanto como un gitano verdadero, quizá. Pero cuentas.

—Gracias. Es un gran alivio.

—Puede que hasta te encontremos mujer algún día. Una fea. A la que no quiera nadie.

—Que te jodan, Alexi.

53

—Va a haber una boda.

—¿Una boda? —Calque levantó la vista del libro de la biblioteca que estaba leyendo.

—Sí. He hablado con el jefe de los gendarmes de Gourdon, como me sugirió. Han estado llegando caravanas estos tres últimos días. Hasta han pedido dos agentes más por si había disturbios. Borrachos. Altercados con los vecinos del pueblo. Esas cosas.

—¿Algún movimiento de nuestro trío?

—No. Sospecho que van a estar aquí algún tiempo. Sobre todo, si uno de ellos está herido. Su coche está aparcado a las afueras del campamento. Francamente, deben de estar mal de la cabeza. Un Audi nuevecito en ese sitio. Es como agitar unas bragas usadas delante de las narices de un adolescente.

—A su metáfora le falta mérito y elegancia, Macron.

—Lo siento, señor. —Macron buscó algo neutro que decir. Un modo inofensivo de difuminar su enfado por la situación en la que lo estaba poniendo Calque—. ¿Qué está haciendo, señor?

—Intento descifrar ese anagrama. Al principio pensé que «*rat monstre*» era un anagrama de *monastère*. Que quería decir que el secreto de lo que esa gente anda buscando se guarda en un monasterio.

—Pero no hay letras suficientes para eso. Fíjese. Sobran tes y faltan es.

—Lo sé. —Calque le miró con ceño fruncido—. Ya me he dado cuenta. Pero pensaba, lo cual es perfectamente razonable, que el autor de estos versos podía haber usado una forma antigua de deletrear la palabra: *monastter*, por ejemplo. O *montaster*.

—¿Y no es eso?

—No. Ahora estoy buscando en este libro otros lugares de Francia en los que haya vírgenes negras. Quizás así demos con ello.

—Pero ¿por qué tiene que ser en Francia?

—¿De qué está hablando, Macron?

—¿Por qué tiene que estar en Francia el sitio donde está escondido ese secreto? ¿Por qué no en España?

—Explíquese.

—Mi madre es muy católica, señor. Especialmente católica, diría yo. Cuando yo era pequeño, nos llevaba a menudo a Barcelona, a unos cuantos centenares de kilómetros por la costa. En tren. En el *Estérel*. Era su idea de una excursión.

—Vaya al grano, Macron. Ahora mismo no tengo tiempo de escuchar anécdotas de sus felices vacaciones de infancia.

—No, señor. Voy al grano. Cerca de Barcelona, no muy lejos de Terrassa, está uno de los santuarios más sagrados de España. Se llama Montserrat. No recuerdo si hay una Virgen Negra, pero es uno de los hogares espirituales de los jesuitas. San Ignacio de Loyola colgó allí su armadura cuando decidió hacerse monje. Verá usted, mi madre les tiene especial cariño a los jesuitas.

Calque se meció en su silla.

—Macron, por una vez en su vida ha conseguido usted sorprenderme. Puede que todavía podamos convertirle en un buen detective. —Comenzó a hojear el libro—. Sí. Aquí está. Montserrat. Y tiene dos tes. Magnífico. Y hay una Virgen Negra. Escuche esto:

El culto a la Virgen de Montserrat, conocida como *La Moreneta*, se remonta al año 888, cuando un grupo de pastores la encontró escondida entre los riscos de la Sierra de Montserrat, bajo la protección de una legión de ángeles. Se cree que la efigie, tallada por el propio san Lucas, la llevó san Pedro desde Jerusalén a Montserrat, donde pasó intacta cientos de años. Poco después de su descubrimiento, el obispo de Manresa intentó trasladar la talla, pero ésta permaneció firmemente en su lugar. Su primer protector fue el conde de Barcelona, cuyo hijo le dedicó un santuario en el año 932, merced ésta que cincuenta años después santificó el rey Lotario de Francia. Montserrat es en la actualidad un centro de peregrinaje y fomento del nacionalismo catalán. Parejas de recién casados de todas partes de España visitan el monasterio para que la Virgen bendiga su unión, pues, como dice el refrán: «No ès ben casat qui no duu la dona a Montserrat», «No está bien casado quien no lleva la novia a Montserrat». Se dice asimismo que el santuario actual albergó en tiempos un altar consagrado a Venus, diosa de la belleza, madre del amor, reina de la risa, señora de la gracia y el placer y patrona de las cortesanas.

Calque juntó las manos con una palmada.

—Venus, Macron. Esto empieza a aclararse. ¿Recuerda lo que decían los versos? «No será ni hombre ni mujer.»

—¿Qué tiene eso que ver con Venus?

Calque suspiró.

—A Venus se la llamaba también Cipris, porque su principal lugar de culto estaba en la isla de Chipre. Allí había una estatua famosa en la que Cipris aparecía representada con barba y cetro. Sin embargo, y aquí es donde esto enlaza con el verso, esa Cipris con apariencia masculina tenía cuerpo y ropas de mujer. Cátulo, cuando vio la estatua, llegó a llamarla *duplex Amathusia*. Un hermafrodita, en otras palabras, igual que su hijo.

—¿Un qué?

—Un hermafrodita. Medio hombre, medio mujer. Ni una cosa, ni la otra.

—¿Y qué tiene eso que ver con la Virgen Negra?

—Dos cosas. Una, que confirma su hipótesis sobre Montserrat. Un trabajo excelente, Macron. Y dos, que, sumado a lo que hay escrito en la base de la talla, refuerza el vínculo entre la Virgen Negra de Montserrat y la de Rocamadour.

—¿Y de dónde saca esa conclusión?

—¿Se acuerda de la cara de la Virgen de Rocamadour y de la del Niño? Mire. Aquí está la foto.

—Yo no veo nada. Sólo es una estatua.

—Use la vista, Macron. Las dos caras se parecen. Son intercambiables. Podrían ser de hombre o de mujer.

—Estoy completamente perdido. La verdad, no veo qué tiene eso que ver con nuestro asesinato.

—Yo tampoco, francamente. Pero estoy de acuerdo con usted en lo de la boda. Creo que los gitanos van a quedarse aquí un tiempo, lamiéndose las heridas. Pero Sabir es otro cantar, por supuesto. Y allá donde vaya él, irá también Ojos de Serpiente. Así que por una vez vamos a tomarles la delantera. Nos vamos de excursión.

—¿De excursión? ¿Adónde?

—A reencontrarnos con los fantasmas de su infancia, Macron. Nos vamos a España. A Montserrat. A visitar a una dama.

54

Achor Bale observaba cómo el nuevo guardia de seguridad, un hombre joven, recorría con su perro cada esquina de la basílica de Saint-Sauveur. Había que reconocerlo: las autoridades eclesiásticas de Rocamadour se habían dado mucha prisa reclutando a gente nueva. Pero debía de ser un trabajo desmoralizador. ¿Qué probabilidades había de que un bribón descreído volviera al lugar de los hechos al día siguiente de intentar un robo? ¿Una entre un millón? Menos, seguramente. Bale se acercó con cautela al borde de la galería del órgano. Un minuto más y el guardia estaría justo debajo de él.

Volver a conectar el localizador y seguir a Sabir y a los dos gitanos hasta Gourdon había sido un juego de niños. De hecho, Bale había sentido la tentación de tenderles una emboscada esa misma noche, a las afueras de La Bouriane, en pleno centro de un bullicioso pueblo con mercadillo, uno de esos sitios con cámaras de seguridad y policías ávidos e incansables, siempre al acecho de borrachos y jovencitos palurdos con ganas de pelea.

Pero se había reafirmado en su decisión de volver al santuario al oír en la radio que los ladrones habían dejado la Virgen en su sitio. ¿De qué iba todo aquello? ¿Por qué no se la habían llevado? Tenían su pistola. Y el guarda estaba a medio camino entre la senectud y la tumba. No. Había visto al gitano mirando la base de la Virgen antes de entregarse a todas aquellas majaderías religiosas suyas, lo que significaba que había algo escrito allí, como había dado a entender la chica en la orilla del río. Algo que Bale tenía que ver urgentemente.

El guardia de seguridad zigzagueaba entre los bancos, haciendo avanzar a su perro con una serie de silbidos cortos. Ponía tanto celo en su nuevo trabajo que cualquiera habría pensado que le estaban filmando. Cualquier ser humano se habría parado a fumar un cigarrillo hacía mucho tiempo. A aquél habría que quitarle de en medio. Y al perro también, claro.

Bale lanzó el candelero por encima de la cabeza del guardia, contó hasta tres y salió de un salto de la galería. El guardia se había puesto a tiro, como esperaba. Al oír el ruido del candelero, había dejado bruscamente de inspeccionar el órgano para enfocar con su linterna el objeto caído.

Bale le dio con los pies en la nuca. El guardia cayó hacia delante y se estrelló contra las baldosas bajo todo el peso del cuerpo de Bale, que se había lanzado desde una altura de dos metros y medio. Lo mismo habría dado que el guardia se arrojara desde una escalera de mano con una cuerda atada al cuello.

Bale oyó el crujido de las vértebras nada más tocar el suelo y al instante fijó su atención en el perro. El muerto tenía aún enlazada en la mano la correa de cuero trenzado. El pastor alemán retrocedió instintivamente, agazapándose antes de saltar hacia delante. Bale agarró la correa y se giró bruscamente, como un bateador de béisbol que buscara un *home run*. El pastor alemán salió despedido, impulsado por su propio ímpetu y por la fuerza centrífuga del tirón de Bale. Bale soltó la correa en el momento justo. El principio del fulcro de la palanca funcionó a la perfección, y el perro cruzó volando la iglesia como el martillo de un atleta. Chocó con la pared de piedra, cayó al suelo y empezó a gemir. Bale se acercó corriendo y le pisoteó la cabeza.

Se quedó allí un momento, escuchando, con la boca y los ojos abiertos de par en par, como un gato. Luego, convencido de que nadie le había oído, se dirigió al camarín.

55

Sabir volvió a taparse la entrepierna con la manta. Había veces, como aquélla, en que deseaba que Yola perdiera la costumbre de entrar sin anunciarse en las habitaciones ajenas. Esa tarde se había llevado la ropa de Alexi y la suya al lavadero comunitario, dejándolos a ambos envueltos en mantas como las víctimas de un naufragio y enfrentados a la perspectiva de tener que dormir la siesta indefinidamente y sin ganas. Ahora, Sabir buscó a toda prisa algo inofensivo que decir para diluir su vergüenza.

—Muy bien, se me ha ocurrido otra adivinanza para ti. Y ésta es de las difíciles. ¿Estás lista? ¿Qué es más grande que Dios, más grande que el Diablo, el pobre ya lo tiene, el rico lo desea, y si te lo comes, mueres?

Yola apenas apartó la mirada de lo que estaba haciendo.

—Nada, claro.

Sabir se dejó caer contra la pared.

—Madre mía, ¿cómo la has acertado tan rápidamente? Yo tardé más de una hora cuando me la dijo el hijo de mi primo.

—Pero si está clarísimo, Adam. Lo he adivinado en la primera frase. Cuando me has preguntado qué era más grande que Dios. Nada es más grande que Dios. Y cuando te das cuenta de eso, todo lo demás encaja.

—Sí, bueno, yo también caí en eso. Pero no me paré a pensar que podía ser la respuesta. Sólo me enfadé y me indigné porque alguien pudiera pensar que hay algo más grande que Dios.

—Tú eres un hombre, Adam. Y los hombres nacen enfadados.

Por eso tienen que reírse de todo. O dar golpes a las cosas. O comportarse como niños. Si no, se volverían locos.

—Gracias. Muchísimas gracias. Ahora ya sé de dónde me viene mi sentido del humor.

Yola se había cambiado de ropa de arriba abajo. Lucía una blusa roja de flores, abrochada hasta el cuello, y una falda verde, ceñida a las caderas y con el bajo acampanado, que le llegaba justo por debajo de la rodilla. Se sujetaba la falda a la cintura con un cinturón de cuero ancho, tachonado con espejitos, y llevaba unos zapatos de tacón cubano con tiras en los tobillos. Se había recogido parte del pelo, igual que en la *kris*.

—¿Por qué nunca te pones joyas, como las otras mujeres?

—Porque soy virgen y todavía no me he casado. —Yola lanzó a Alexi una mirada cargada de intención, pero él logró ignorarla—. No estaría bien visto competir con la novia y las mujeres casadas de su familia. —Estaba atareada extendiendo ropa sobre la cama, junto a los pies de Alexi—. Tu ropa todavía se está secando. Te la traeré en cuanto esté lista. Pero aquí tenéis dos trajes y dos corbatas que he pedido prestadas. Y también unas camisas. Deberían quedaros bien. Mañana, en la boda, tendréis que tener listo algún billete para dárselo a la novia. Tenéis que clavárselo al vestido con esto. —Le dio a cada uno un imperdible.

—Esto, Adam...

—No digas más, Alexi. Necesitas que te preste dinero.

—No es sólo para mí. Yola también necesita un poco. Pero es tan orgullosa que no te lo pide.

Yola meneó la mano, irritada. Tenía los ojos fijos en Sabir.

—¿Qué ibas a decirnos en el coche, cuando te interrumpí?

—No entiendo...

—Dijiste que tenías que decirnos algo importante. Bueno, ya hemos comido. Hemos descansado. Ya puedes hablar.

Tenía que pasar, pensó Sabir. *Ya debería saberlo. Yola nunca deja correr un asunto hasta que no le haya sacado todo su jugo.*

—Creo que deberíais quedaros aquí. De momento, al menos.

—¿Qué quieres decir?

—Alexi está herido. Necesita recuperarse. Y tú, Yola... Bueno, sufriste un trauma terrible. —Alargó el brazo por encima de la mesa para coger su cartera—. Veréis, he descifrado la estrofa que había en el pie de la Virgen Negra. —Sacó un trozo de papel arrugado y lo alisó sobre su rodilla—. Creo que se refiere a Montserrat, un sitio que está en España. En las montañas que hay cerca de Barcelona. Al menos, ése parece ser el meollo de la cuestión.

—Crees que estamos perdiendo el tiempo, ¿verdad? Por eso no quieres que vayamos contigo. Crees que ese hombre volverá a aparecer y que nos hará daño si seguimos por este camino. Y que puede que la próxima vez sea peor.

—Creo que esta búsqueda no tiene mucho sentido y que es peligrosa, sí. Mirad, Nostradamus, o vuestros antepasados, o quienquiera que grabara esas cosas a los pies de la Virgen, podría haberlas grabado en medio centenar de vírgenes de todo el país. Antes había mucho menos control que ahora. La gente hacía peregrinaciones por todas partes. No hace falta ser un genio para deducir que el ochenta por ciento de las Vírgenes que había entonces seguramente han desaparecido, víctimas de una docena de guerras religiosas. Eso por no hablar de la Revolución, de la Guerra Franco-prusiana y de las dos guerras mundiales. Vuestro pueblo era nómada, Yola. Mucho más que ahora. Los gitanos se pasaban la vida esquivando ejércitos, no yendo en su busca. Es muy posible que, si encontramos algo escrito a los pies de la Virgen de Montserrat, nos conduzca a otra parte. Y luego a otra. Que los versos, o lo que sea que estamos buscando, desaparecieran hace mucho tiempo.

—Entonces, ¿por qué nos seguía ese hombre? ¿Qué es lo que quiere?

—Creo que está loco. Tiene metido en la cabeza que hay dinero en esto, y no da su brazo a torcer.

—Tú no crees eso.

Sabir sacudió la cabeza.

—No.

—Entonces, ¿por qué nos dices esto? ¿Es que ya no te gustamos?

Sabir se sintió momentáneamente desconcertado, como si un niño pequeño le hubiera pillado en un renuncio.

—Claro que me gustáis. Estos últimos días... bueno... han sido como años. Como si lleváramos juntos toda la vida. No sé cómo explicarlo.

—Porque nos conocíamos de antes. ¿Es eso lo que quieres decir?

—¿Porque nos conocíamos de antes? No. No era...

—Ya te ha dicho Alexi que soy *hexi*. O sea, que a veces sé cosas. Siento cosas. Y eso es lo que me pasó contigo. Noté enseguida que no me deseabas ningún mal. Que no habías matado a Babel. Intenté resistirme, pero mi instinto me decía que tenía razón. Y Alexi también lo sintió. —Lanzó una mirada subrepticia hacia la cama—. Pero él no es *hexi*. Es sólo un gitano idiota.

Alexi le hizo un gesto grosero, pero sin ganas. La miraba intensamente. Escuchando sus palabras.

—Nosotros los gitanos sentimos las cosas más que los payos franceses y los de fuera. Escuchamos las voces que tenemos dentro. A veces nos llevan por mal camino. Como le pasó a Babel. Pero casi siempre aciertan.

—¿Y por qué camino te llevan a ti ahora?

—Por el tuyo.

—Yola, ese hombre es malo. Mira lo que te hizo. Y lo que le hizo a Babel. Y también habría matado a Alexi si le hubiéramos dado tiempo.

—Ibas a marcharte sin nosotros. A escaparte por la noche. Como un ladrón. ¿A que sí?

—Claro que no. —Sabir notó que la mentira se reflejaba en su cara. Hasta se le aflojó la boca al decirla, y la voz le salió amortiguada.

—Escúchame. Eres el *phral* de Babel. Intercambió su sangre contigo. Lo que significa que ahora somos los tres familia, por sangre y por ley. Así que vamos a ir a la boda. Juntos. Vamos a pasárnoslo bien y a disfrutar y a recordar lo que significa vivir en esta tierra. Luego, la mañana después de la boda, te pondrás delante de nosotros y nos dirás si quieres que vayamos contigo o no. Ahora te debo obediencia. Eres mi hermano. El cabeza de familia. Si me dices que no vaya, no iré. Pero si me dejas aquí, me romperás el corazón. Y Alexi te quiere como un hermano. Llorará y se pondrá triste pensando que no confías en él.

Alexi puso cara de pena, sólo a medias mitigada por las mellas que habían dejado sus dientes.

—Está bien, Alexi. No hace falta cargar las tintas. —Sabir se levantó—. Yola, ya que has decidido lo que tenemos que hacer, ¿podrías decirme, por favor, si hay por aquí algún sitio donde pueda lavarme y afeitarme?

—Ven. Te lo enseñaré.

Sabir captó la mirada de advertencia de Yola cuando se disponía a incluir a Alexi en su éxodo. Envuelto en la manta como en una toga romana, la siguió fuera de la chabola.

Ella se quedó parada con los brazos en jarras, mirando el campamento.

—¿Ves a ese hombre? ¿Ese rubio que nos está mirando desde los escalones de la caravana nueva?

—Sí.

—Quiere raptarme.

—Yola...

—Se llama Gavril. Odia a Alexi porque el padre de Alexi era un jefe y por su culpa, porque dictó una ley contra ellos, su familia tuvo que irse al exilio.

—¿Al exilio?

—Es cuando a una persona la expulsan de la tribu. Gavril también está enfadado porque es hijo único, y rubio, además. La gente dice que se lo quitaron a una paya. Que su madre no podía tener hijos y que su marido hizo esa barbaridad. Así que está el doble de furioso.

—¿Y aun así quiere raptarte?

—No le intereso de verdad. Sólo me da la lata para que me vaya con él porque sabe que a Alexi le molesta. Yo confiaba en que no estuviera aquí. Pero está. Seguro que se alegra de que Alexi esté herido. De que haya perdido unos dientes y no pueda permitirse ponérselos nuevos.

Sabir sintió que sus antiguas certidumbres, como placas tectónicas, se movían y se recolocaban formando una figura sutilmente distinta. Empezaba a acostumbrarse a aquella sensación. Casi le gustaba.

—¿Y qué quieres que haga con él?

—Quiero que vigiles a Alexi. Que te quedes con él. No le dejes beber demasiado. En nuestras bodas, los hombres y las mujeres están separados casi todo el tiempo, y yo no podré protegerle de sí mismo. Ese hombre, Gavril, nos quiere mal. Tú eres el primo de Alexi. Cuando te presenten al que manda aquí y te inviten a la boda, la gente dejará de mirarte y podrás mezclarte un poco más. Nadie se atreverá a denunciarte. Ahora destacas como si fueras albino.

—Yola, ¿puedo hacerte una pregunta?

—Sí.

—¿Por qué con vosotros tiene que ser todo tan complicado?

56

El capitán Bartolomeu Villada i Lluçanes, de la Policía Autonómica catalana, ofreció a Calque un cigarrillo turco de la pitillera de ámbar que guardaba en un hueco practicado ex profeso en su mesa de trabajo.

—¿Tengo pinta de fumador?

—Sí.

—Tiene razón. Lo soy. Pero mi médico me ha advertido de que lo deje.

—¿Fuma su médico?

—Sí.

—¿Y su enterrador?

—Seguramente.

—Pues entonces.

Calque aceptó el cigarrillo, lo encendió y se tragó el humo.

—¿Por qué será que algo que puede matarte también puede hacer que te sientas más vivo?

Villada suspiró.

—Es lo que los filósofos llaman una paradoja. Cuando Dios nos hizo, decidió que la literalidad sería el azote del mundo. Por eso inventó la paradoja, para contrarrestar sus efectos.

—Pero ¿cómo se contrarresta una paradoja?

—Tomándosela al pie de la letra. Verá. Usted está fumando. Y sin embargo comprende lo paradójico de su situación.

Calque sonrió.

—¿Hará lo que le pido, entonces? ¿Correrá ese riesgo con sus hombres? Lo entenderé perfectamente, si decide no hacerlo.

—¿De veras cree que Sabir abandonará a sus amigos y vendrá solo? ¿Y que ese hombre al que usted llama Ojos de Serpiente le seguirá?

—Los dos necesitan saber qué hay en la base de la Moreneta. Igual que yo. ¿Podrá arreglarlo?

—Organizaré una visita a la Moreneta. En pro de la cooperación internacional, huelga decirlo. —Villada inclinó irónicamente la cabeza—. En cuanto a lo otro... —Dio unos golpecitos con el encendedor sobre la mesa, haciéndolo oscilar entre sus dedos—. Haré vigilar el santuario, como sugiere. Sólo tres noches. La Virgen de Montserrat es muy importante para Cataluña. Mi madre jamás me lo perdonará si permito que la mancillen.

57

Sabir no se sentía del todo a gusto con su traje prestado. Las solapas medían casi medio metro de ancho, y la chaqueta le quedaba como una levita; de hecho, con ella parecía Cab Calloway en *Stormy Weather*. La camisa también dejaba algo que desear: a Sabir nunca le habían gustado los girasoles y las norias de agua, sobre todo en lo tocante al diseño creativo. La corbata tenía el color de los arenques ahumados, en su variedad fluorescente, y contrastaba abominablemente con la camisa, que a su vez no pegaba ni con cola con las listas de color granate que algún sastre bromista había intercalado en la tela del traje. Los zapatos, por lo menos, eran suyos.

—Estás guapísimo. Como un gitano. Si no tuvieras esa cara de payo, te querría como hermano.

—¿Cómo consigues mantenerte serio cuando dices esas cosas, Alexi?

—Tengo la mandíbula rota. Así es como lo consigo.

A pesar de que Yola afirmaba lo contrario, Sabir seguía sintiendo que destacaba como un albino. Todo el mundo le miraba. Fuera donde fuese, hiciera lo que hiciese, las miradas se apartaban para volver a fijarse en él en cuanto miraba para otro lado.

—¿Estás seguro de que no van a entregarme? Probablemente sigo saliendo en la tele por las noches. Es posible que haya una recompensa.

—Aquí todo el mundo sabe lo de la *kris*. Saben que eres el *phral* de Yola. Que el *bulibasha* de Samois es tu *kirvo*. Si alguien te denunciara, tendría que responder ante él. Tendría que irse al exilio. Como ese gilipollas del tío de Gavril.

Gavril los observaba desde los límites del campamento. Al ver que Alexi se fijaba en él, levantó un dedo y lo metió dentro de un aro que había formado con el pulgar y el índice de la otra mano. Luego se lo metió en la boca y puso los ojos en blanco.

—¿Un amigo tuyo?

—Va detrás de Yola. Quiere matarme.

—Esas dos cosas no concuerdan necesariamente.

—¿De qué estás hablando?

—Quiero decir que, si te mata, Yola no querrá casarse con él.

—Oh, sí. Seguramente sí querrá. Las mujeres olvidan. Pasado un tiempo, él la convencería de que él estaba en su derecho. Ella se pondría caliente y dejaría que la raptara. Ya es vieja para estar soltera. Lo de esta noche es mala cosa. Verá la boda y empezará a pensar aún peor de mí. Y entonces le parecerá que Gavril no está tan mal.

—Es vieja para estar soltera porque se está reservando para ti, Alexi. ¿O es que no lo has notado? ¿Por qué demonios no la raptas y acabas con esto de una vez?

—¿Me dejarías?

Sabir le dio una palmada juguetona en la cabeza.

—Claro que sí. Es evidente que está enamorada de ti. Igual que tú de ella. Por eso discutís todo el rato.

—Discutimos porque quiere dominarme. Quiere ser ella quien lleve los pantalones. Y yo no quiero una mujer que me incordie. Cada vez que me vaya, se enfadará conmigo. Y luego me castigará. Yola es *hexi*. Me echará hechizos. Así soy libre. No tengo que dar explicaciones a nadie. Puedo follar con payas, como ella dice.

—Pero ¿y si se la lleva otro? ¿Alguien como Gavril?

—Lo mataría.

Sabir soltó un gruñido y volvió a fijarse en el séquito nupcial, que iba acercándose rápidamente al centro del campamento.

—Convendría que me dijeras qué está pasando.

—Pero si es como cualquier boda.

—No sé por qué, pero creo que no.

—Bueno, está bien. ¿Ves a esos dos de allí? Son el padre de la novia y el padre del novio. Tienen que convencer al *bulibasha* de que han acordado el precio de la novia. Luego hay que entregar el oro y contarlo. Y después el *bulibasha* ofrece a la pareja el pan y la sal. Les dice: «Cuando el pan y la sal dejen de saberos bien, ya no seréis marido y mujer».

—¿Qué hace aquella mujer mayor, la que agita el pañuelo?

—Está intentando convencer al padre del novio de que la novia sigue siendo virgen.

—¿Me tomas el pelo?

—¿Haría yo eso, Adam? Aquí la virginidad es muy importante. ¿Por qué crees que Yola anda siempre hablando de que es virgen? Eso la hace más valiosa. Podrías venderla por mucho más oro, si encontraras un hombre dispuesto a quedársela.

—¿Como Gavril?

—Ése tiene la bodega vacía.

Sabir comprendió que no llegaría muy lejos por aquel camino.

—¿Y por qué lo del pañuelo?

—Se lo llama mocador. O simplemente pañuelo, a veces. La mujer que ves que lo está sujetando... Bueno, ha comprobado con el dedo que la novia es virgen de verdad. Luego mancha el mocador en tres sitios con la sangre de la chica. Después, el *bulibasha* vierte *rakia* en el pañuelo. Así la sangre se convierte en una flor. Pero sólo la sangre de una virgen. La sangre de una cerda no se comporta igual. Ahora mira. Está atando el pañuelo a un palo. Eso significa que el padre del novio ha aceptado que la chica es virgen. Ahora la mujer llevará el palo por el campamento para que todo el mundo vea que a Lemma no le ha cerrado los ojos otro hombre.

—¿Cómo se llama el novio?

—Radu. Es primo mío.

—¿Y quién no?

Sabir vio a Yola al otro lado de la explanada. La saludó con la mano, pero ella bajó la cabeza y no le hizo caso. Sabir se preguntó vagamente qué nuevo paso en falso acababa de cometer.

Durante el banquete de boda, el *bulibasha* levantó un jarrón y lo descargó con todas sus fuerzas sobre la cabeza del novio. El jarrón se rompió en mil pedazos. El gentío reunido sofocó un grito de asombro.

—¿A qué demonios ha venido eso?

—Cuantos más trozos se hagan del jarrón al romperse, más felices serán los novios. Éstos van a ser muy felices.

—¿Ya están casados?

—Todavía no. Primero la novia tiene que comer algo hecho con hierbas recogidas encima de una tumba. Luego tienen que pintarle las manos con *henna*: cuanto más tarde en borrarse la *henna*, más tiempo la querrá su marido. Luego tiene que cruzar el umbral de su caravana llevando a un niño pequeño en brazos, porque, si no tiene un hijo en el plazo de un año, Radu puede echarla a la calle.

—Ah, eso es genial. Muy inteligente.

—No pasa a menudo, Adam. Sólo cuando la pareja se pelea. Entonces es una buena excusa para que ambas partes acaben con su infelicidad.

—¿Y eso es todo?

—No. Dentro de unos minutos, llevaremos a los novios a hombros por todo el campamento. Las mujeres cantarán el *yeli yeli*. Luego la novia irá a cambiarse de traje. Y después bailaremos todos.

—Entonces podrás bailar con Yola.

—Ah, no. Los hombres bailan con los hombres, y las mujeres con las mujeres. No nos mezclamos.

—No me digas. ¿Sabes una cosa, Alexi? Ya nada de tu pueblo me sorprende. Sólo tengo que imaginar lo que espero que pase, darle la vuelta, y sé que he dado en el clavo.

58

Achor Bale había tardado tres horas en cruzar a pie los montes de
detrás del monasterio de Montserrat, y empezaba a preguntarse si
no estaba llevando sus precauciones hasta extremos ridículos.

Nadie conocía su coche. Nadie le seguía. Nadie le estaba esperando. Las probabilidades de que un policía francés relacionara el
asesinato de Rocamadour con la muerte del gitano en París eran
extremadamente remotas. Y que luego extrapolara todo aquello y
fuera a dar con Montserrat... Aun así, había algo que no dejaba de
inquietarle.

Había conectado el localizador a unos treinta kilómetros de Manresa, pero sabía que las posibilidades de captar la señal de Sabir eran
casi nulas. Francamente, le traía sin cuidado volver a ver a aquel tipo
o no. Él no era rencoroso. Si cometía un error, lo corregía: era así de
sencillo. En Rocamadour, se había equivocado al no inspeccionar el
santuario. Había subestimado a Sabir y al gitano, y había pagado por
ello. O, mejor dicho, había pagado el guardia nuevo.

Esta vez no sería tan engreído. Descartando el tren, que limitaba demasiado sus movimientos, sólo había un modo eficaz de
llegar a Montserrat, y era por carretera. Había dejado su coche
bien escondido en un extremo de la sierra y atravesado los montes
a pie, dando por sentado que, si la policía, por obra de algún milagro, había sido advertida de su llegada, estaría vigilando las dos
rutas de acceso evidentes, y no se preocuparía de la gente que saliera en dirección contraria por tren, o en un vehículo robado, a
primera hora de la mañana.

Había, no obstante, un aspecto del chasco de Rocamadour

que todavía le irritaba. Nunca antes había perdido un arma, ni durante sus años de servicio activo en la Legión, ni como resultado de las muchas actividades a las que se había dedicado al servicio del *Corpus Maleficum* después de esa etapa. Y menos aún un arma que le había dado en persona el difunto *Monsieur*, su padre adoptivo.

Le tenía muchísimo cariño a la pequeña Remington 51 calibre 38 semiautomática. Pequeña y fácil de esconder, tenía ochenta años y era una de las últimas unidades salidas de fábrica. Batida a mano para reducir su brillo, estaba provista de un sistema particularmente eficaz de obturación retardada por cierre de masas que aseguraba que el carro y el obturador corrieran a la par un corto trecho después de cada disparo, haciendo que el carro pasara otra vez sobre el resorte de recuperación, tiempo durante el cual el obturador se frenaba en su recorrido antes de seguir adelante para volver a unirse al carro. De este modo se expulsaba el cartucho gastado, el mecanismo volvía a montarse en un único movimiento, y con el golpe de retroceso se cargaba una nueva bala. Brillante. A Bale le gustaban las máquinas que funcionaban como debían.

Pero lamentarse era cosa de perdedores. La devolución de la pistola podía esperar. Ahora que tenía su copia de los versos de Rocamadour, podía olvidarse del fracaso y ponerse manos a la obra. La novedad más importante era que ya no tenía que seguir a nadie, ni utilizar la violencia para extraerles sus secretos. Y eso le sentaba de maravilla. Porque no era un hombre brutal o vengativo por naturaleza. En su opinión, sólo estaba cumpliendo con su deber para con el *Corpus Maleficum*. Porque, si él y los suyos no actuaban cuando hacía falta, Satán, el Gran Chulo, y su hetaira, la Gran Ramera, se apoderarían del mundo y el reino de Dios llegaría a su fin. «Quien lleva cautivos, cautivo va; quien a hierro mata, a hierro ha de morir. He aquí la paciencia y la fe de los santos.»

Ése era el motivo por el que, en un mundo sobre el que pesaba una amenaza inminente, Dios había dado a los seguidores del *Corpus Maleficum* rienda suelta para desatar el caos cuando y donde

quisieran. Únicamente diluyendo la maldad absoluta y convirtién-
dola en su variante incompleta y controlable podía detenerse a
Satán. Ése era el propósito último de los tres anticristos que pro-
fetizaba el Apocalipsis, tal y como *Madame*, su madre adoptiva, le
había dicho al explicarle por primera vez su misión. Napoleón y
Adolf Hitler, los dos anticristos anteriores (junto con el Grande,
aún por llegar) eran seres diseñados expresamente por Dios para
impedir que el mundo se entregara al Diablo. Actuaban como su
correlato objetivo: lo aplacaban, por así decirlo, y aseguraban que
se mantuviera en un estado de perpleja satisfacción.

Por eso a Bale y a los demás adeptos del *Corpus Maleficum* se
les había encomendado la tarea de proteger al Anticristo, y, si ello
era posible, sabotear la llamada Segunda Venida, a la que debía
llamarse más correctamente el Segundo Gran Placebo. Era esa Segunda Venida la que sacaría al Diablo de su interregno y desencadenaría el Conflicto Final. Con este propósito, se necesitaban dis-
cípulos que rayaran, en sí mismos, la perfección. «Éstos son los
que no se mancillaron con mujeres: porque son vírgenes. Éstos
siguen al Cordero por dondequiera que vaya... Y no se halló mentira en su boca: porque están sin mácula ante el trono de Dios.»

Era una carga fácil de sobrellevar, una carga que Achor Bale
había asumido durante toda su vida con fervor evangélico. «Vi
también como un mar de vidrio mezclado con fuego, y a los que
habían vencido a la bestia, y a su imagen, y al número de su nombre, en pie sobre el mar de vidrio, con las arpas de Dios.»

Bale estaba orgulloso de su iniciativa de investigar a Sabir. Orgulloso de haber pasado la mayor parte de su vida cumpliendo el
solemne deber de la cautela.

—No somos antinada, somos antitodo. —¿No era así como se
lo había explicado *Madame*, su madre adoptiva?—. Es imposible
desenmascararnos, porque nadie lo creería. No hay nada escrito.
Nada transcrito. Ellos construyen; nosotros destruimos. Es así de
sencillo. Porque sólo de lo fluido puede emerger el orden.

—¿Sabía usted que Novalis creía que, después de la Caída del Hombre, el paraíso se desintegró y que sus fragmentos se esparcieron por toda la Tierra? —Calque se puso más cómodo—. ¿Y que por eso ahora es tan difícil encontrar un pedazo?

Macron levantó los ojos al cielo, confiando en que la penumbra del atardecer, que iba cayendo rápidamente, ocultara su irritación. Se estaba acostumbrando a las inconsecuencias de Calque, pero todo aquello le resultaba aún extrañamente inquietante. ¿Lo hacía Calque a propósito, para que se sintiera inferior? Y si era así, ¿qué motivos tenía?

—¿Quién era Novalis?

Calque suspiró.

—Novalis era el seudónimo de Georg Philipp Friedrich Freiherr von Hardenberg. En la Alemania prerrepublicana, un *Freiherr* era, grosso modo, el equivalente de un barón. Novalis fue amigo de Schiller y contemporáneo de Goethe. Un poeta. Un místico. Y qué sé yo qué más. También trabajó en minas de sal. Novalis creía en una *Liebesreligion*, una Religión de Amor. En la vida y la muerte como conceptos entrelazados, con un mediador necesario entre Dios y el Hombre. Pero ese mediador no tiene por qué ser Jesucristo. Puede ser cualquiera. La Virgen María. Los santos. La amada muerta. Hasta un niño.

—¿Por qué me cuenta eso, señor? —Macron notaba que las palabras se le apelmazaban en la garganta como polvo de galletas—. Ya sabe que yo no soy un intelectual. No como usted.

—Para pasar el rato, Macron. Para pasar el rato. Y para intentar dar sentido a la aparente memez que encontramos en la base de la Moreneta.

—Ah.

Calque gruñó como si alguien le hubiera dado de pronto un codazo en las costillas.

—Fue ese capitán de policía catalán, Villada. Un hombre extremadamente bien educado, como todos los españoles. Me hizo pensar en todo eso por algo que dijo sobre la literalidad y la paradoja.

Macron cerró los ojos. Tenía ganas de dormir. En una cama. Con un edredón de plumas y su novia acurrucada a su lado, con el trasero bien pegado a su entrepierna. No quería estar allí, en España, a causa de un mensaje escrito por un lunático que llevaba quinientos años muerto, vigilando una figurilla de madera sin valor alguno junto a la cual brotaban dos falos erectos, y en compañía de un capitán de policía amargado que hubiera preferido pasar su jornada laboral en una biblioteca universitaria. Aquélla era la segunda noche seguida que pasaban al raso. La policía catalana ya empezaba a mirarlos con recelo.

Sintió un zumbido en el bolsillo. Se sobresaltó, y enseguida se repuso. ¿Había notado Calque que se había quedado dormido? ¿O estaba tan enfrascado en sus cálculos, en sus mitos y sus filosofías que ni se enteraría si Ojos de Serpiente aparecía tras él y le rajaba el hígado?

Miró la pantalla iluminada de su teléfono móvil. Algo se removió dentro de él cuando leyó el mensaje: un genio fatalista que acechaba en sus entrañas y aparecía en momentos de peligro e incertidumbre para reprenderle por su falta de imaginación y sus dudas infinitas y desastrosas.

—Es Lamastre. Captaron la señal de Ojos de Serpiente hace cuatro horas. A veinte kilómetros de aquí. Cerca de Manresa. Debe de estar buscando a Sabir.

—¿Hace cuatro horas? Será una broma.

—Está claro que alguien se fue a casa sin informar.

—Está claro que alguien va a volver a patrullar las calles con la próxima paga. Quiero que me consiga su nombre, Macron. Luego pasaré sus tripas por una máquina de hacer salchichas y se las daré para desayunar.

—Hay una cosa más, capitán.

—¿Qué? ¿Qué más puede haber?

—Ha habido un asesinato. En Rocamadour. Anoche. Al parecer, no se lo dijeron a la policía. Así que no pudieron relacionarlo con el caso. Y luego no estaban seguros de cómo contactar con usted, como se niega a llevar móvil cuando está de servicio... La víctima es el guardia de seguridad nuevo. Le rompieron el cuello. Y el que le mató se cargó también a su perro. Lo tiró contra la pared y le pisoteó la cabeza. Una técnica nueva, que yo sepa.

Calque cerró los ojos con fuerza.

—¿La Virgen ha desaparecido?

—No. Por lo visto no. Ese tipo debía de ir buscando lo mismo que nosotros. Y que Sabir. Y que el gitano. —Macron sintió momentáneamente la tentación de hacer una broma sobre la repentina popularidad de las vírgenes, pero se contuvo. Levantó la vista del teléfono—. ¿Cree que Ojos de Serpiente ha estado aquí y ya se ha ido? Le habría dado tiempo, si vino derecho aquí después de cargarse al guardia de seguridad. Es todo autopista. Podría haber hecho fácilmente un promedio de ciento sesenta.

—Imposible. Hay diez hombres armados diseminados por estos edificios y al pie de los montes. Ojos de Serpiente no ha llegado volando en ultraligero, ni se ha escondido dentro del santuario, faltaría más. No. El tren deja de funcionar por las noches, así que el único modo lógico que tiene de llegar hasta aquí es la carretera principal. Voy a bajar a advertir a Villada.

—Pero, señor, estamos vigilando. Nadie debe moverse de sus posiciones. Puedo mandarle un mensaje al capitán. Y adjuntarle el de Lamastre.

—Necesito hablar con él personalmente, no escribirle una pu-
ñetera carta. Espere aquí, Macron. Y mantenga los ojos bien abiertos. Use la cámara de visión nocturna, si es necesario. Y si sospecha
que Ojos de Serpiente está armado, mátelo.

60

Achor Bale se arrodilló detrás de una roca. Algo se movía delante de él. Escudriñó la penumbra, pero no se dio por satisfecho con los pocos detalles que logró distinguir. Empuñando la Redhawk, comenzó a avanzar lentamente por la ladera del monte. Lo que se movía estaba armando un escándalo. Se oía cómo rodaban las piedras, y hasta se sintió un gruñido cuando aquella cosa se topó con un obstáculo inesperado. Así pues, no era una cabra montés, sino un hombre. La brisa levemente cálida llevó hasta Bale un olor a sudor y a humo de tabaco rancio.

Estaba a diez metros de Macron cuando por fin vio movimiento. Macron seguía con la lente de visión nocturna los atormentados intentos de su jefe por bajar la falda del monte sin hacer ruido. Bale apuntó la pistola con silenciador hacia su nuca. Pero lo que vio por la mira no le satisfizo, y hurgó en su bolsillo en busca de un trocito de papel blanco. Se metió el papel en la boca, lo ensalivó, hizo una pelota con él como si fuera de papel maché y la pegó a la punta roja del saliente de la mira, de modo que se irguiera sobre el silenciador. Alineó de nuevo la mira con la cabeza del policía y soltó luego un largo suspiro de decepción. Estaba demasiado oscuro para dar en el blanco.

Se enfundó la Redhawk y buscó la porra a tientas. Con ella en la mano, comenzó a arrastrarse sobre las piedras hacia Macron, aprovechando el ruido que a lo lejos hacía aún Calque.

En el último instante, Macron notó algo y retrocedió, pero el primer golpe de Bale le dio a un lado de la cabeza, y se desplomó con los brazos pegados al cuerpo. Bale se acercó con cautela y escudriñó su cara. Así pues, no era Sabir. Ni tampoco el gitano. Era una suerte no haber usado la pistola.

Sonriendo, Bale hurgó en los bolsillos de Macron hasta que encontró su teléfono móvil. Encendió la pantalla y buscó los mensajes. Luego, con un gruñido de enfado, pisoteó el teléfono contra el suelo. Sólo a un policía podía ocurrírsele cifrar sus mensajes de texto y, una vez cifrados, hacerlos accesibles únicamente mediante contraseña: era como llevar cinturón y además tirantes.

Siguió hurgando en los bolsillos de Macron. Dinero. Documentación. Una fotografía de una chica de color con vestido blanco y unos dientes de conejo que sus padres, por tacañería o por pobreza, no habían procurado corregir. Teniente Paul Macron. Una dirección en Créteil. Bale se guardó el fajo de documentos.

Alargó los brazos, le quitó los zapatos y los arrojó entre la maleza, a su espalda. Acto seguido, cogiendo primero un pie y luego el otro, como una gata que asiera del cogote a sus gatitos, le asestó con la zapa sendos y fuertes golpes en el empeine.

Satisfecho con su trabajo, recogió la cámara de visión nocturna e inspeccionó la ladera del fondo. Tuvo el tiempo justo de ver la pálida cabeza de Calque desaparecer como un espectro tras un peñasco, seiscientos metros más abajo.

¿Qué estaba pasando? ¿Qué sabía la policía de él? Estaba claro que también a ellos los había subestimado: tenían que haber encontrado el mensaje escondido en la base de la Virgen, gracias a la treta de Sabir de no llevarse la imagen cuando tuvo ocasión.

Ahora se arrepentía de haber dejado inconsciente a Macron. Una oportunidad perdida. Habría sido su primera vez, interrogar a un hombre en silencio absoluto, y en la falda de un monte vigilado por la policía. ¿Cómo se las habría arreglado? Sólo había un modo de averiguarlo.

Salió del escondite y echó a andar hacia el peñasco. Saltaba a la vista que aquellos idiotas estaban buscándole sólo en el valle: hacía falta mucho ingenio para imaginárselo atravesando un monte baldío y prácticamente intransitable. Lo cual significaba que se toparía con ellos viniendo desde atrás.

Cada cincuenta metros se paraba y aguzaba el oído con la boca abierta y las manos tras las orejas. Cuando estaba a unos doscientos metros del barranco, dudó. Más humo de tabaco. ¿Era el mismo, que volvía? ¿O era uno de los guardias de seguridad, echando una rápida calada a escondidas?

Se alejó del peñasco y bajó hacia el último despeñadero, frente a la explanada del monasterio. Sí. Distinguió una cabeza de hombre cuya silueta se recortaba contra el fondo casi luminoso del zócalo de piedra.

Se abrió paso sigilosamente hacia el escondite del policía. Tenía una idea. Una buena idea. Y pensaba ponerla a prueba.

61

Calque se dejó caer en el asiento delantero del coche, junto a Villada. Éste le saludó fugazmente con una mirada y siguió observando la vía del ferrocarril y los edificios contiguos.

Después de comprobar que nada se movía, bajó los prismáticos de visión nocturna y se volvió hacia Calque.

—Creía que estaba montando guardia en la falda del monte.

—He dejado allí a Macron. —Se encorvó hacia el salpicadero y encendió un cigarrillo, tapándolo con las dos manos—. ¿Quiere uno?

Villada negó con la cabeza.

—Ojos de Serpiente. Está aquí.

Villada levantó una ceja.

—Nuestra gente ha encontrado su rastro. Usó su localizador hace cuatro horas, cerca de Manresa. También mató a un hombre en Rocamadour. Anoche. Un guardia de seguridad. Y a su perro. Ese tipo no es ningún peso pluma, Villada. Yo diría incluso que está entrenado para matar. El gitano de París y el guardia de seguridad de Rocamadour tenían el cuello roto. Y esa escena para distraernos que montó en la N-20. La del hombre y la mujer. Eso fue obra de un maestro.

—Casi parece que le admira.

—No. Le detesto. Pero es eficiente. Como una máquina. Ojalá supiera qué anda buscando.

Villada le lanzó una sonrisa.

—Puede que vaya detrás de usted. —Echó mano del radio-transmisor, como para diluir el peso de sus palabras—. Dorada a Mallorquín. Dorada a Mallorquín. ¿Me recibes?

La radio crepitó y emitió un breve estallido eléctrico. Luego, una voz cadenciosa emergió de ella.

—Mallorquín a Dorada. Te recibo.

—El blanco está cerca. Es posible que venga atravesando la sierra. Cambia de posición, si es necesario. Y tira a matar. Anoche mató a un guardia de seguridad francés. Y no fue el primero. No quiero que ninguno de nuestros hombres sea el siguiente en su lista.

Calque cogió del brazo a Villada.

—¿Qué quería decir con eso de atravesar la sierra?

—Muy sencillo. Si su gente le detectó hace cuatro horas en Manresa y desde entonces no hemos tenido noticias suyas, yo apostaría cincuenta contra uno a que viene por el monte. Es lo que haría yo en su lugar. Si no hay nadie esperándole, entra y se lleva la Virgen, se mete en un tren o roba un coche, y vuelve a salir. Si nos encuentra aquí, vuelve andando por la sierra y nosotros ni nos enteramos.

—Pero he dejado a Macron allá arriba. Completamente expuesto.

—No se preocupe. Ahora le mando a uno de mis hombres.

—Se lo agradecería, capitán Villada. Gracias. Muchísimas gracias.

62

Bale estaba tumbado boca abajo, a unos veinte metros del policía camuflado, cuando éste se volvió de pronto y empezó a escudriñar la falda del monte a través de sus prismáticos.

En fin. Su plan de sorprender al policía, interrogarle y robarle la ropa era inviable. Tanto peor. Era evidente, por otro lado, que ya no podría entrar en el santuario y echar un vistazo a la base de la Moreneta. Donde acechaba uno de aquellos payasos ocultos, siempre había otros rondando no muy lejos. Actuaban en manada, como macacos. Los muy cretinos creían, obviamente, que cuantos más fueran, mejor.

Bale buscó a tientas su pistola. No podía quedarse allí hasta que amaneciera: tendría que hacer algo. La silueta del policía se recortaba ahora claramente contra la luminosa explanada del monasterio, que se extendía a su espalda. Le mataría y se escondería luego cerca de los edificios. La policía pensaría que había vuelto al monte, y concentraría sus esfuerzos en esa dirección. A la mañana siguiente aquello estaría lleno de helicópteros.

Era casi seguro que encontrarían su coche. Se lo llevarían para hacerle pruebas de ADN y buscar huellas. Darían con él. Lo meterían en sus ordenadores. Le abrirían un expediente. Bale se estremeció supersticiosamente.

El policía se levantó, dudó un momento y echó luego a andar colina arriba, hacia él. ¿Qué demonios estaba pasando? ¿Le habían visto? Imposible. Aquel tipo habría dado rienda suelta a su ametralladora Star Z84. Bale sonrió. Siempre había querido una Star. Un arma pequeña y útil. Seiscientas balas por minuto.

Una Lüger Parabellum de 9 mm. Doscientos metros de alcance efectivo. La Star compensaría, al menos en parte, la pérdida de su Remington.

Se quedó quieto, con la cara vuelta hacia el suelo. Sus manos (la única parte de su cuerpo, aparte de su cara, que podía destacar a la luz incipiente de la Luna) estaban bien escondidas bajo él, sujetando la pistola.

El hombre avanzaba derecho hacia él. Pero iría mirando hacia delante. No esperaría encontrarse nada en el suelo.

Bale respiró hondo y contuvo el aliento. Oía la respiración del policía. Notaba el olor de su sudor, y el tufo a ajo que le había dejado la cena. Bale refrenó el impulso de levantar la cabeza para mirar dónde estaba exactamente.

El policía resbaló en una piedra y rozó con un pie el codo de Bale. Luego pasó de largo y siguió pendiente arriba, hacia Macron.

Bale se giró apoyándose sobre la cadera. Con un solo impulso se situó a la espalda del policía y apoyó la Redhawk contra su garganta.

—Al suelo. De rodillas. Y ni un ruido.

Bale notó que el policía tomaba aire bruscamente. Sintió la tensión de sus hombros. Era inútil. El otro pensaba responder.

Bale le golpeó en la sien con el cañón de la Redhawk y luego otra vez, en la base del cuello. Era absurdo matarle. No quería hacer enfadar a los españoles más de lo estrictamente necesario. De ese modo, culparían a los franceses por haberlos colocado en una situación tan ingrata y humillante. Si mataba a uno de ellos, le echarían encima a la Interpol y lo acosarían hasta el día de su muerte.

Agarró la Star y registró los bolsillos del policía en busca de algo que pudiera serle útil. Esposas. Documentación. Sintió por un momento la tentación de llevarse el transmisor que llevaba adosado al casco, pero pensó que quizá los demás agentes camuflados pudieran encontrar su rastro a través de él.

¿Debía volver a hacerle una visita al teniente Macron? ¿Darle otro golpe en la cabeza?

No. No tenía sentido. Disponía de media hora, quizá, para cruzar el monte antes de que se dieran cuenta de lo que había pasado. Con un poco de suerte, sería suficiente. Era imposible que pudieran seguirle a oscuras, y para cuando amaneciera él ya estaría muy lejos. De vuelta en Gourdon, para reencontrarse con su amigo Sabir.

63

—Creo que ya has bebido bastante, Alexi. Mañana vas a estar hecho polvo.

—Me están doliendo los dientes y las costillas nuevamente. La *rakia* me sienta bien. Es antiséptica. —Se le trabó tanto la lengua que pareció que decía «atlética».

Sabir miró a su alrededor buscando a Yola, pero no la vio por ningún lado. La fiesta de la boda estaba dando sus últimos coletazos, y los músicos iban desistiendo poco a poco, bien por cansancio, bien por embriaguez, lo que llegara primero.

—Dame la pistola. Quiero disparar.

—No es buena idea, Alexi.

—¡Dame la pistola! —Alexi le agarró por los hombros y le zarandeó—. Quiero ser John Wayne. —Describió con la mano un gran arco que abarcó todo el campamento y las caravanas que los rodeaban—. ¡Soy John Wayne! ¡Voy a fundiros a tiros!

Nadie le hizo caso. A lo largo de la noche, con sorprendente frecuencia, había habido hombres que, enfebrecidos por el alcohol, se ponían en pie y empezaban a dar voces. Uno hasta aseguraba ser Jesucristo. Su mujer había corrido a sacarle de allí entre los abucheos y los silbidos de quienes estaban menos borrachos que él. Sabir supuso que a aquello debía de referirse el novelista Patrick Hamilton al definir las cuatro fases de la embriaguez como borracho a secas, borracho peleón, borracho como una cuba y borracho perdido. Alexi estaba en la fase peleona, y saltaba a la vista que aún le quedaba mucho camino por recorrer.

—¡Eh! ¡John Wayne!

Alexi se volvió teatralmente, echando mano de un imaginario par de pistolas.

—¿Quién me llama?

Sabir ya había reconocido a Gavril. *Ya estamos*, se dijo. ¿Quién decía que la vida era imprevisible?

—Yola dice que no tienes huevos. Que el tío que te dejó sin dientes te arrancó también las pelotas.

Alexi se tambaleó un poco, con la cara crispada por la concentración.

—¿Qué has dicho?

Gavril se acercó lentamente, pero tenía los ojos fijos en otra parte, como si una parte de él fuera ajena a lo que estaba tramando.

—Yo no he dicho nada. Lo ha dicho Yola. Yo no sé nada de tus huevos. La verdad es que siempre he sabido que no tenías. Es un problema de familia. Ningún Dufontaine tiene huevos.

—Alexi, déjalo. —Sabir le puso una mano en el hombro—. Está mintiendo. Intenta provocarte.

Alexi se desasió.

—Yola no ha dicho nada de eso. No ha dicho que no tenga huevos. Ella no sabe nada de eso.

—Alexi...

—¿Y quién me lo ha dicho, si no? —Gavril alargó los brazos, triunfante.

Alexi miró a su alrededor como si esperara que Yola doblara de pronto la esquina de alguna caravana y confirmara lo que había dicho Gavril. Tenía una expresión de fastidio, y su boca se inclinaba hacia abajo por uno de sus lados, como si, además de las magulladuras que le había dejado la silla, hubiera sufrido una leve apoplejía.

—Aquí no vas a encontrarla. Acabo de dejarla. —Gavril se olfateó los dedos melodramáticamente.

Alexi se lanzó hacia él cruzando el claro. Sabir estiró un brazo y le dio la vuelta, como habría hecho con un niño. Alexi se sorprendió tanto que perdió pie y cayó pesadamente de culo.

Sabir se interpuso entre Gavril y él.

—Dejadlo ya. Está borracho. Si tenéis algún problema, podéis resolverlo en otro momento. Esto es una boda, no una *kris*.

Gavril vaciló con la mano suspendida sobre uno de sus bolsillos.

Sabir notó que Gavril estaba convencido de que podía vérselas con Alexi de una vez por todas, y que no estaba dispuesto a consentir que él se entrometiera. Sabir sintió el peso frío de la Remington en el bolsillo. Si Gavril iba por él, sacaría la pistola y le dispararía un tiro de advertencia a los pies. Pondría fin a aquello allí mismo. No le apetecía, desde luego, que le dieran una puñalada en el hígado en una época tan temprana de su existencia.

—¿Tú por qué hablas por él, payo? ¿Es que no tiene huevos para hablar solo? —La voz de Gavril había empezado a perder su premura.

Alexi estaba tumbado boca abajo en el suelo, con los ojos cerrados; era evidente que no podía hablar con nadie. Obviamente, había pasado de borracho peleón a borracho perdido sin molestarse en visitar la fase intermedia.

Sabir intentó aprovechar su ventaja.

—Ya te he dicho que podéis resolver esto en otro momento. Una boda no es sitio para eso.

Gavril rechinó los dientes y echó la cabeza hacia atrás.

—Muy bien, payo. Dile una cosa de mi parte a ese capullo de Dufontaine. Dile que, cuando vaya a las fiestas de las tres Marías, le estaré esperando. Que decida santa Sara por nosotros.

Sabir sintió como si la tierra oscilara suavemente bajo sus pies.

—¿Las fiestas de las tres Marías? ¿Has dicho eso?

Gavril se echó a reír.

—No me acordaba de que eres un intruso. De que no eres de los nuestros.

Sabir hizo caso omiso del insulto tácito; tenía los ojos fijos en la cara de Gavril, como si intentara forzarle a responder.

—¿Dónde son esas fiestas? ¿Y cuándo?

Gavril se dio la vuelta como si fuera a marcharse, pero cambió de idea en el último momento. Estaba claro que disfrutaba de aquel giro repentino en la dinámica de la conversación.

—Pregunta por ahí, payo. Cualquiera te lo dirá. Las fiestas de *Sara e kali* se celebran todos los años en Saintes-Maries-de-la-Mer, en la Camarga. Es dentro de cuatro días. El 24 de mayo. ¿Por qué crees que estamos todos aquí, en esta mierda de boda? Vamos hacia el sur. Van todos los gitanos franceses. Hasta ese capón que tienes ahí tendido.

Alexi dio un respingo, como si su subconsciente hubiera captado el insulto. Pero el alcohol era un soporífero demasiado potente, y empezó a roncar.

64

—¿Por qué John Wayne?

—¿Qué dices?

—Que por qué John Wayne. Anoche. En la boda.

Alexi sacudió la cabeza en un vano intento de despejarse.

—Era una película. *Hondo*. La vi en la tele de mi abuelo. Cuando vi esa película, quise ser John Wayne.

Sabir se rió.

—Qué raro, Alexi. No me imaginaba que fueras aficionado al cine.

—No a cualquiera. Sólo me gustan las películas de vaqueros. Randolph Scott, Clint Eastwood, Lee van Cleef... Y John Wayne. —Le brillaron los ojos—. Mi abuelo prefería a Terence Hill y Bud Spencer, pero para mí no eran vaqueros de verdad. Sólo eran gitanos italianos haciendo de vaqueros. John Wayne sí que era de verdad. Tenía tantas ganas de ser como él que me daba ardor de estómago. —Se quedaron los dos callados. Luego, Alexi levantó la mirada—. Gavril dijo cosas, ¿no?

—Algunas.

—Mentiras. Mentiras sobre Yola.

—Me alegra que te des cuenta de que eran mentiras.

—Claro que son mentiras. Ella no le diría eso de mí. Eso de que aquel tipo me dio una patada en los huevos cuando estaba atado.

—No, no se lo diría.

—Entonces, ¿cómo lo sabe? ¿De dónde se lo ha sacado?

Sabir cerró los ojos en un gesto del tipo «Dios, dame paciencia».

—Pregúntaselo tú. Viene para acá, la estoy viendo por la ventana.

—*Vila Gana.*

—¿Qué es eso?

—Nada.

—¿*Vila* significa vil? ¿Es eso?

—No. Significa bruja. Y Gana es la reina de las brujas.

—Alexi...

Alexi apartó su manta teatralmente.

—¿Quién crees que se lo dijo a Gavril, si no? ¿Quién más lo sabía? Viste a ese *diddikai* oliéndose los dedos, ¿no?

—Te estaba provocando, idiota.

—Yola ha roto la *leis prala*. Ya no tiene lacha. No es una *lale romni*. No me casaré con ella.

—Alexi, no entiendo la mitad de lo que dices.

—Digo que ha roto la ley de la hermandad. Que no tiene vergüenza. Que no es una buena mujer.

—Por Dios, hombre. No hablarás en serio.

La puerta se abrió. Yola asomó la cabeza por el marco.

—¿Por qué estáis discutiendo? Se os oía desde la otra punta del campamento.

Alexi se quedó callado. Puso cara de estar al mismo tiempo harto, furioso y listo para aguantar una reprimenda.

Yola se quedó mirando desde el umbral.

—Has discutido con Gavril, ¿verdad? ¿Os habéis peleado?

—Eso es lo que a ti te gustaría, ¿no? ¿Que nos peleáramos? Así te sentirías perseguida.

Sabir empezó a acercarse a la puerta.

—Creo que será mejor que os deje solos. Algo me dice que aquí somos multitud.

Yola levantó una mano.

—No, quédate. Si no tendré que irme. No estaría bien que me quedara sola con Alexi.

Alexi dio unas palmaditas en la cama a modo de burlona invitación.

—¿Cómo que no estaría bien? Estuviste a solas con Gavril. A él sí le dejaste que te tocara.

—¿Cómo puedes decir eso? Claro que no le dejé.

—Le dijiste que ese tipo de la iglesia me arrancó los huevos. Después de romperme los dientes. ¿Te parece que eso está bien? ¿Decirle eso a alguien? ¿Dejarme en ridículo? Ese cabrón se lo dirá a todo el mundo. Seré el hazmerreír del campamento.

Yola se quedó callada y palideció bajo su piel oscurecida por el sol.

—¿Por qué no llevas tu *dikló*, como una mujer casada? ¿Me estás diciendo que Gavril no te raptó anoche? ¿Que ese *spiuni gherman* no te llevó al huerto y te puso de lado?

Sabir nunca había visto llorar a Yola. Ahora, sin embargo, grandes lágrimas se acumularon en sus ojos y empezaron a correr sin freno por su cara. Bajó la cabeza y se quedó mirando el suelo.

—*Sacais sos ne dicobélan calochin ne bridaquélan.* ¿Es eso?

Yola se sentó en el peldaño de la caravana, de espaldas a Alexi. Una de sus amigas se acercó a la puerta, pero Yola le hizo señas de que se fuera.

Sabir no entendía por qué no respondía. Por qué no refutaba las acusaciones de Alexi.

—¿Qué le has dicho, Alexi?

—Le he dicho «ojos que no ven, corazón que no siente». Yola sabe qué quiero decir. —Volvió la cabeza y miró fijamente la pared.

Sabir miró a uno y a otro y se preguntó, no por primera vez, en qué clase de manicomio se había metido.

—¿Yola?

—¿Qué? ¿Qué quieres?

—¿Qué le dijiste exactamente a Gavril?

Yola escupió en el suelo y borró luego el escupitajo con la punta del pie.

—No le dije nada. No he hablado con él. Menos para insultarle.

—Pues no entiendo...

—Tú no entiendes nada, ¿no?

—Pues no. Supongo que no.

—Alexi...

Alexi levantó la mirada, esperanzado, al oír que Yola se dirigía a él. Era evidente que estaba librando una batalla perdida contra lo que le reconcomía, fuera lo que fuese.

—Lo siento.

—¿Sientes haber dejado que Gavril consiguiera que te saltaran los ojos?

—No. Siento haberle dicho a Bazena lo que te pasó. Me pareció divertido. No debí decírselo. Está loca por Gavril. Él se las habrá arreglado para que se lo cuente. Hice mal por no pensar que podía hacerte daño.

—¿Se lo dijiste a Bazena?

—Sí.

—¿Y no hablaste con Gavril?

—No.

Alexi masculló un juramento.

—Siento haber dudado de tu *lacha*.

—No pasa nada. Damo no ha entendido lo que has dicho. Así que no importa.

Sabir la miró entornando los ojos.

—¿Quién rayos es Damo?

—Tú.

—¿Yo soy Damo?

—Es tu nombre gitano.

—¿Te importaría explicarme eso? No he cambiado de nombre desde mi último bautismo.

—Es Adán en lengua gitana. Todos descendemos de él.

—Como todo el mundo, supongo. —Sabir fingió sopesar su

nuevo nombre. En el fondo, se alegraba de que la conversación hubiera cambiado de tono—. ¿Cómo se dice Eva?

—Yehwah. Pero ella no es nuestra madre.

—Ah.

—Nuestra madre fue la primera mujer de Adán.

—¿Lilith, quieres decir? ¿La bruja que se alimentaba de mujeres y niños? ¿La que se convirtió en serpiente?

—Sí. Nuestra madre es ella. Su vagina era un escorpión. Y tenía cabeza de leona. Amamantó a un cerdo y a un perro. Y montaba un asno. —Yola se volvió a medias para ver cómo reaccionaba Alexi a sus palabras—. Su hija, Alu, era al principio un hombre, pero se convirtió en mujer. Por ella es por lo que algunos gitanos tienen el don de la clarividencia. Lemec, el hijo de Caín, uno de sus descendientes, tuvo un hijo con Hada, su mujer. Ese hijo fue Jabal, padre de todos los que viven en tiendas y son nómadas. También estamos emparentados con Jubal, padre de todos los músicos, porque Tsilla, su hijo, se convirtió en la segunda esposa de Lemec.

Sabir estaba a punto de decir algo (a punto de hacer algún comentario mordaz sobre la lógica y la exasperante tendencia de los gitanos a perderla de vista) cuando se fijó en la cara de Alexi y comprendió de pronto por qué Yola había empezado su discurso. Iba muy por delante de él.

Alexi parecía absorto en su historia. Su enfado se había esfumado, y tenía una mirada soñadora, como si acabaran de darle un masaje con un guante de vicuña.

Quizá, pensó Sabir, era todo cierto y Yola era de verdad bruja, a pesar de todo.

65

Esa mañana, Sabir salió del campamento a las afueras de Gourdon. Llevaba una gorra de béisbol grasienta que había sacado de un armario de la caravana y una chaqueta de cuero con costuras rojas y negras, franjas fluorescentes, un montón de cremalleras innecesarias y cerca de metro y medio de cadenas colgantes. *Si alguien me reconoce ahora*, se dijo, *estoy perdido. Mi credibilidad no volverá a levantar cabeza*.

En todo caso, era la primera vez que estaba solo en un lugar público desde su llegada al campamento de Samois, y se sentía torpe y nervioso. Como un impostor.

Mientras esquivaba cuidadosamente las calles principales (en las que el mercado estaba en su apogeo y la gente respetuosa de la ley desayunaba en los cafés, como ciudadanos normales), Sabir pensó de pronto en lo escindido que se sentía del mundo supuestamente real. Su realidad estaba en el campamento gitano, con los niños cubiertos de polvo, los perros, los pucheros y las largas faldas de las mujeres. Comparado con aquello, el pueblo parecía casi falto de color. Presuntuoso. Estreñido.

Se compró un cruasán en un puesto y se lo comió en la muralla del pueblo, contemplando el mercado mientras disfrutaba de aquel raro festín de soledad. ¿En qué locura se había metido? En poco más de una semana, su vida había cambiado por entero, y en el fondo de su alma estaba seguro de que no podría volver a su rutina de siempre. Ya no pertenecía ni a un mundo ni a otro. ¿Cuál era la expresión gitana? *Apatride*. Sin nacionalidad. Así se llamaban ellos entre sí.

Se volvió bruscamente para mirar al hombre que tenía a su espalda. ¿Estaba aún a tiempo de coger la pistola? La presencia de transeúntes inocentes en la plaza le decidió a no hacerlo.

—¿*Monsieur* Sabir?

—¿Quién pregunta?

—El capitán Calque, de la Police Nationale. He estado siguiéndole desde que salió del campamento. En realidad, ha estado vigilado constantemente desde que llegó de Rocamadour, hace tres días.

—Ay, Dios.

—¿Va armado?

Sabir asintió con la cabeza.

—Sí, voy armado. Pero no soy peligroso.

—¿Puedo ver la pistola?

Sabir abrió su bolsillo cautelosamente, metió dos dedos y sacó la pistola por el cañón. Casi sintió las miras de los francotiradores convergiendo en la coronilla de su cráneo.

—¿Me permite inspeccionarla?

—Sí, hombre. Faltaría más. Quédesela, si quiere.

Calque sonrió.

—Estamos solos, *monsieur* Sabir. Puede atracarme, si quiere. No tiene por qué darme la pistola.

Sabir bajó la cabeza, asombrado.

—O miente usted, capitán, o se está arriesgando mucho. —Le ofreció la pistola por la culata, como si fuera un pescado putrefacto.

—Gracias. —Calque la cogió—. Es un riesgo, sí. Pero creo que acabamos de demostrar algo importante. —Sopesó la pistola con la mano—. Una Remington 51. Bonita pistola. Dejaron de fabricarlas a fines de los años veinte. ¿Lo sabía? Casi es una pieza de museo.

—No me diga.

—No es suya, supongo.

—Sabe muy bien que se la quité a ese tipo en el santuario de Rocamadour.

—¿Puedo anotar el número de serie? Puede que resulte interesante.

—¿Y qué me dice del ADN? ¿No es por eso por lo que juran
ustedes ahora?

—Es demasiado tarde para el ADN. La pistola ha sido mani-
pulada. Sólo necesito el número de serie.

Sabir exhaló un suspiro largo y entrecortado.

—Sí. Por favor, coja el número de serie. Llévese la pistola.
Lléveme a mí también.

—Ya le he dicho que estoy solo.

—Pero soy un asesino. Han estado sacando mi cara en la tele
y en los periódicos. Soy una amenaza para el orden público.

—Yo no lo creo. —Calque se puso sus gafas de leer y anotó el
número de serie en una libretita negra. Luego le devolvió la pistola.

—¿No hablará en serio?

—Hablo muy en serio, *monsieur* Sabir. Necesitará estar armado para hacer lo que estoy a punto de pedirle que haga.

66

Sabir se agachó junto a Yola y Alexi. Era más que evidente que se habían reconciliado. Yola estaba tostando granos de café verdes y achicoria silvestre en una hoguera para hacerle el desayuno a Alexi.

Sabir le alargó la bolsa de cruasanes.

—Acabo de toparme con la policía.

Alexi se rió.

—¿Has robado los cruasanes, Damo? No me digas que para ser la primera vez te han pillado.

—No, Alexi. Lo digo en serio. Acabo de encontrarme con un capitán de la Police Nationale. Sabía perfectamente quién era yo.

—¡Malos *mengues*! —Alexi se dio una palmada en la frente y retrocedió, listo para escapar—. ¿Ya están en el campamento?

—Siéntate, tonto. ¿Crees que estaría aquí si pensaran detenerme?

Alexi vaciló. Luego volvió a sentarse en el tocón que estaba usando como asiento.

—Tú estás loco, Damo. Casi vomito. Ya pensaba que iba derecho a la cárcel. Esas bromas no tienen gracia.

—No era una broma. ¿Te acuerdas del tipo que fue a hablar con vosotros al campamento de Samois? ¿El que iba con su ayudante? ¿A preguntar por Babel, mientras yo estaba metido en el cajón?

—En el cajón. Sí.

—Era el mismo. Reconocí su voz. Fue lo último que oí antes de desmayarme.

—Pero ¿por qué te ha dejado suelto? Siguen pensando que fuiste tú quien mató a Babel, ¿no?

—No. Calque no lo cree. Se llama así, por cierto. Calque. Es el policía al que Yola vio en París.

Yola asintió con la cabeza.

—Sí, Damo. Me acuerdo muy bien de él. Parecía buen hombre, para ser un payo, por lo menos. Me acompañó hasta el sitio donde tienen a los muertos para asegurarse de que me dejaban cortarle el pelo a Babel. Que no me daban el pelo de otro. Si no, no habría estado bien enterrado. El policía lo entendió cuando se lo dije. O por lo menos hizo como que lo entendía.

—Pues Calque y unos colegas suyos españoles acaban de tener un encontronazo con el maníaco que le dio la patada en los huevos a Alexi. ¿Y sabes dónde ha sido? En Montserrat. El muy cabrón volvió a Rocamadour cuando nosotros nos fuimos y leyó el acertijo. Por lo visto nos ha seguido el rastro desde Samois. Iba siguiendo nuestro coche.

—¿Siguiendo nuestro coche? Eso no puede ser. Yo estaba vigilando.

—No, Alexi. No nos seguía de vista. Con un aparato electrónico. Lo que significa que puede seguirnos desde una distancia de un kilómetro, pongamos, sin que le veamos. Por eso encontró a Yola tan deprisa.

—Hijo de puta. Más vale que quitemos ese chisme.

—Calque quiere que lo dejemos donde está.

Alexi hizo una mueca de concentración, como si intentara desenmarañar los distintos elementos que le había dado Sabir. Miró a Yola. Ella estaba colando el café y la achicoria como si nada hubiera pasado.

—¿A ti qué te parece, *luludyi*?

Yola sonrió.

—Me parece que deberíamos escuchar a Damo. Creo que tiene algo más que decirnos.

Sabir tomó la taza que le ofrecía. Se sentó junto a ella, sobre el tronco.

—Calque quiere que hagamos de señuelo.

—¿Qué es eso?

—Un cebo. Para el que mató a Babel. Para que la policía pueda atraparle. Le he dicho que estoy dispuesto a hacerlo para limpiar mi nombre. Pero que vosotros tenéis que decidir qué queréis hacer.

Alexi se pasó la mano por la garganta.

—Yo no pienso colaborar con la policía. Eso ni pensarlo.

Yola sacudió la cabeza.

—Si no vamos contigo, ese hombre sabrá que pasa algo. Empezará a sospechar. Y la policía le perderá. ¿No?

Sabir miró a Alexi.

—En Montserrat estuvo a punto de dejar lisiado al ayudante de Calque. Y dejó inconsciente a uno de los policías españoles en la sierra. Además, hace dos días mató al guardia de seguridad de Rocamadour. A ver si eso nos sirve de escarmiento, porque con la boda no hemos mirado los periódicos ni hemos puesto la radio. En la carretera, antes de atacar a Yola, atropelló a un hombre y le dejó malherido y estuvo a punto de estrangular a su mujer sólo para entretener a la policía. La policía francesa está deseando echarle el guante. Ahora es una operación de las grandes. Y nosotros somos una parte importante de ella.

—¿Qué quiere ese hombre, Damo? —Yola estaba tan absorta en la conversación que se puso a beber café con los dos hombres sin importarle que la vieran. Una mujer casada pasó por allí y la miró con el ceño fruncido, pero ella no se dio cuenta.

—Los versos. Nadie sabe por qué.

—¿Y dónde están? ¿Lo sabemos?

Sabir se sacó una hoja de papel del bolsillo.

—Mirad. Calque acaba de darme esto. Lo sacó de la base de la Moreneta, de Montserrat:

L'antechrist, tertius
Le revenant, secundus

Primus, la foi
Si li boumian sian catouli.

»*Primus, secundus, tertius, quartus, quintus, sextus, septimus, octavus, nonus, decimus*, son los números ordinales en latín, correspondientes a primero, segundo, tercero, cuarto, quinto, etcétera. Así que el Anticristo es lo tercero. El fantasma, o el que vuelve, es lo segundo. La fe es lo primero. Y lo último no sé qué quiere decir.

—Quiere decir «si los gitanos siguen siendo católicos».

Sabir se volvió hacia Yola.

—¿Cómo demonios lo sabes?

—Porque está en romaní.

Sabir se echó hacia atrás y se quedó mirando a la pareja sentada frente a él. Sentía ya una poderosa vinculación hacia ellos, pero poco a poco iba dándose cuenta del dolor que le causaría perderlos, o tener que restringir su relación en algún sentido. Se habían vuelto extrañamente cercanos para él, como si el parentesco que los unía fuera real y no sólo hipotético. Cada vez más asombrado por su propia humanidad, Sabir se dio cuenta de que los necesitaba; seguramente más de lo que ellos le necesitaban a él.

—Hay una cosa que no le he dicho a Calque. Cierta información. Aún no sé si he hecho bien. Pero quería que nos guardáramos algún as en la manga. Algo que no sepa ninguna de las dos partes.

—¿Qué información?

—No le he dicho lo de la primera cuarteta. La que estaba grabada en la base de tu baúl. La que decía:

Hébergé par les trois mariés
Celle d'Egypte la dernière fit
La vierge noire au camaro duro
Tient le secret de mes vers à ses pieds.

»He estado dándole muchas vueltas últimamente, y creo que contiene la clave.

—Pero ya la tradujiste. Nos dio la pista para ir a Rocamadour.

—Pero la traduje mal. No vi algunas claves. Concretamente, en el primer verso, que además tradicionalmente suele ser el más importante. Lo traduje como «los tres casados lo cobijaron», y después hice la tontería de no prestarle atención porque no parecía tener ni pies ni cabeza. Si os soy sincero, me dejé cegar por el anagrama del tercer verso, y por mi propia astucia al resolverlo e interpretarlo. La vanidad intelectual ha sido la perdición de gente mucho más lista que yo, y Nostradamus lo sabía. Puede incluso que lo preparara todo para que los idiotas como yo se precipitaran. Como una especie de adivinanza, o algo así, para ver si éramos lo bastante brillantes como para tomarnos esto en serio. Hace quinientos años, un error así me habría costado un viaje de varias semanas para nada. Gracias a la suerte y al progreso, sólo han sido un par de días. Fue una cosa que me dijo Gavril anoche lo que me hizo cambiar de idea.

—Gavril, ese *pantrillon*... ¿Qué puede decir ése que le aclare las cosas a nadie?

—Me dijo que resolveríais vuestros desacuerdos a los pies de santa Sara, Alexi. En el festival de las tres Marías. En Saintes-Maries-de-la-Mer, en la Camarga.

—¿Y qué? Lo estoy deseando. Así podré dejarle unos cuantos huecos para que se ponga más dientes de oro.

—No, no es eso. —Sabir sacudió la cabeza con impaciencia—. *Les Trois Maries*. Las Tres Marías. ¿Es que no lo veis? Ese acento agudo que puse en la cuarteta, el que convirtió «*maries*», marías, en «*mariés*», casados, fue sólo un truco de Nostradamus para cubrir el significado con hollín. No lo leímos bien. Y yo interpreté mal el verdadero sentido de la cuarteta. Lo único que sigo sin entender es quién es esa egipcia misteriosa.

Yola se inclinó hacia delante.

—Pues es muy sencillo. Es santa Sara. Ella también es una Virgen Negra. Para los *rom* es la Virgen Negra más famosa de todas.

—¿Qué dices, Yola?

—Santa Sara es nuestra santa patrona. La santa patrona de todos los gitanos. La Iglesia católica no la reconoce como una santa de verdad, claro, pero para los gitanos importa mucho más que las otras dos santas, María de Cleofás, la hermana de la Virgen, y María Salomé, madre del apóstol Santiago el Mayor, y también de Juan.

—¿Y qué tiene que ver con Egipto?

—Nosotros a santa Sara la llamamos Sara *L'Egyptienne*. La gente que se cree que sabe cosas dice que todos los gitanos venimos de India. Pero nosotros sabemos que no. Algunos vinimos de Egipto. Cuando los egipcios intentaron cruzar el mar Rojo, después de la huida de Moisés, sólo se salvaron dos. Esos dos fueron los fundadores de la raza gitana. Uno de sus descendientes fue *Sara e kali*, Sara la negra. Era una reina egipcia. Fue a Saintes-Maries-de-la-Mer cuando allí se rendía culto al dios egipcio del sol. Entonces se llamaba Oppidum-Râ. Sara se convirtió en su reina. Cuando las tres Marías, María de Cleofás, María Salomé y María Magdalena, junto con Marta, Maximino, Sidonio y Lázaro el resucitado fueron expulsados de Palestina en una barca a la deriva, sin remos, velas ni comida, llegaron a Oppidum-Râ empujados por el viento de Dios. Y la reina Sara bajó a la orilla para ver quiénes eran y decidir su destino.

—¿Por qué no me habías contado eso, Yola?

—Porque me confundiste. Dijiste que eran tres personas casadas. Pero Sara era virgen. Su *lacha* estaba intacta. No estaba casada.

Sabir levantó los ojos al cielo.

—¿Y qué pasó cuando Sara bajó a echarles un vistazo?

—Al principio, se burló de ellos. —Yola puso cara de dudar—. Debió de ser para ponerlos a prueba, creo yo. Luego, una de las Marías salió de la barca y se quedó de pie encima del agua, como hizo Jesucristo en el mar de Bethsaida. Le pidió a Sara que ella hiciera lo mismo. Sara se metió en el mar, y se la tragaron las olas. Pero otra María lanzó su manto sobre las aguas, y Sara se subió a él y se salvó. Luego les dio la bienvenida a su ciudad, y, cuando la convirtieron, les ayudó a formar una comunidad cristiana. María de Cleofás y María Salomé se quedaron en Saintes-Maries hasta que murieron. Sus huesos siguen allí.

Sabir se echó hacia atrás.

—Entonces, todo estaba contenido en ese primer verso. Lo demás era simple relleno. Lo que yo decía.

—No, no creo. —Yola movió la cabeza de un lado a otro—. Creo que era también una prueba. Para comprobar que los gitanos seguían siendo católicos: «*Si li boumian sian catouli*». Que todavía somos dignos de recibir los versos. Como una especie de peregrinación que hay que hacer antes de descubrir un gran secreto.

—¿Un rito de paso, quieres decir? ¿Como la búsqueda del Santo Grial?

—No entiendo lo que dices. Pero sí. Si te refieres a una prueba para asegurarse de que uno es digno de aprender algo, seguro que viene a ser lo mismo, ¿no?

Sabir se llevó las manos a la cabeza y apretó.

—Yola, nunca dejas de asombrarme.

67

Macron estaba enfadado. Tan enfadado que se subía por las paredes, echaba espumarajos por la boca, no era dueño de sí mismo. La hinchazón de un lado de la cabeza le había provocado un feo hematoma en el ojo, y tenía la sensación de que le habían dado con un mazo en la mandíbula. Tenía un dolor de cabeza espantoso, y los pies, que Ojos de Serpiente le había ablandado con la zapa, le hacían sentirse como si diera cada paso descalzo, sobre un lecho de guijarros y en un cajón de arena.

Vio a Calque acercarse por entre las mesas del café, contoneando las caderas como si hubiera oído en alguna parte (y hubiera creído) que todos los gordos eran, por defecto, excelentes bailarines.

—¿Dónde se ha metido?

—¿Que dónde me he metido? —Calque levantó una ceja al oír su tono.

Macron reculó rápidamente, con toda la dignidad de que fue capaz.

—Lo siento, señor. Me duele la cabeza. Estoy un poco gruñón. No me he expresado bien.

—Estoy de acuerdo con usted. Estoy tan de acuerdo con usted que creo que debería estar en un hospital y no aquí, sentado en un bar, con la boca hinchada grotescamente y las babas del café saliéndosele por ella. Mírese. Ni su madre le reconocería.

Macron hizo una mueca.

—Estoy bien, ya se lo he dicho. El médico español me dijo que no tengo conmoción cerebral. Y los pies sólo los tengo un poco magullados. Con las muletas no los apoyo mucho cuando ando.

—Y quiere estar aquí cuando caiga la presa, ¿no es eso? Para vengarse. ¿Renqueando detrás de Ojos de Serpiente con un par de muletas?

—Claro que no. Yo no me implico. Soy un profesional. Ya lo sabe.

—¿Lo sé?

—¿Va a echarme del caso? ¿A mandarme a casa? ¿Es eso lo que intenta decirme?

—No, no voy a hacer eso. ¿Y quiere que le diga por qué?

Macron asintió con la cabeza. No sabía qué estaba a punto de oír, pero tenía la sensación de que podía ser desagradable.

—Fue culpa mía que Ojos de Serpiente le atacara. No debí dejarle solo en el monte. No debí moverme de mi sitio. Podrían haberle matado. Y según mis normas, eso le da a usted derecho a un favor, a uno solo. ¿Quiere seguir en el caso?

—Sí, señor.

—Pues entonces voy a decirle de dónde vengo.

68

Sabir se frotó la cara con las manos como si se extendiera un poco de loción bronceadora.

—Todo esto tiene una pega.

—¿Cuál?

—La policía francesa no sólo no sabrá exactamente adónde vamos, gracias a que le he ocultado información a Calque, sino que seguirá persiguiéndome con todo su arsenal por la muerte de Babel y el asesinato del vigilante nocturno. Con vosotros como cómplices.

—¿Estás de broma?

—No, nada de eso. Hablo muy en serio. El capitán Calque me ha dicho que está haciendo todo esto por su cuenta.

—¿Y tú le crees?

—Sí, le creo. Podría haberme detenido esta mañana y haber tirado la llave de mi celda. Haberse llevado todos los laureles. Yo estaba absolutamente dispuesto a entregarme sin luchar. No soy un asesino de policías. Yo mismo se lo dije. Hasta cogió la Remington y luego me la devolvió.

Alexi silbó por lo bajo.

—Las autoridades podrían haberse pasado meses endosándome los actos de ese loco, y entretanto el hombre al que ellos llaman Ojos de Serpiente se habría largado, seguramente con los versos en su poder y listo para sacarlos a la venta. ¿Y quién podría demostrar dónde los encontró? Nadie. Porque no tienen rastros de ADN; por lo visto, aquí por la muerte de un gitano anónimo no se despliega todo el aparato policial. Y en todo caso, ya me habrían detenido, así que ¿para qué molestarse con el resto? El sospechoso ideal. Cuya sangre está convenientemente esparcida por toda la escena del crimen. Pan comido, ¿no?

—Entonces, ¿por qué está haciendo esto Calque? Si sale mal, le mandarán a la guillotina, seguro. O a Elba, al exilio, como a Napoleón.

—Qué va. Lo hace simplemente porque está deseando atrapar a Ojos de Serpiente. Fue culpa suya que atacara a su ayudante. Y también se siente responsable por la muerte del vigilante. Cree que debería haber adivinado que Ojos de Serpiente volvería a acabar lo que dejó pendiente. Pero dice que, cuando su ayudante y él descifraron lo de Montserrat, se dejó llevar por la euforia hasta el punto de que se cegó. Un poco como yo, en realidad.

—¿Estás seguro de que no es una trampa? Para poder cogeros a los dos. Porque a lo mejor piensan que trabajáis juntos.

Sabir soltó un gruñido.

—Y yo qué carajo sé. Lo único que sé es que esta mañana podría haberme detenido, y no lo ha hecho. Y para mí eso es un voto de confianza de la leche.

—Entonces, ¿qué hacemos?

Sabir se echó hacia atrás bruscamente, fingiendo sorpresa.

—¿Que qué hacemos? Pues irnos a la Camarga, eso hacemos. Pasando por Millau. En eso estoy de acuerdo con Calque. Luego nos perdemos un par de días entre diez mil parientes vuestros. Teniendo siempre en cuenta, eso sí, que Ojos de Serpiente puede encontrar nuestro coche cuando y donde le dé la gana, que todavía somos sospechosos de asesinato, y que la policía francesa nos persigue con las esposas y las ametralladoras preparadas.

—¡*Jesu Cristu!* ¿Y luego?

—Luego, dentro de seis días, cuando el festival de Las Tres Marías esté en pleno apogeo, salimos de nuestro escondite y birlamos la imagen de santa Sara en medio de una iglesia llena hasta los topes de acólitos fervorosos. Sin meternos en líos con Ojos de Serpiente. Y sin que una turba de fanáticos vengativos nos linche o nos haga pedazos. —Sabir sonrió—. ¿Cómo se te ha quedado el cuerpo, Alexi?

Segunda parte

1

Achor Bale sintió que una calma profunda descendía sobre él al ver que, con un pálpito suave, el localizador captaba la señal del coche de Sabir y la seguía.

Y sí. También estaba la sombra del localizador de la policía. Así que seguían en el caso. Era mucho pedir que le hubieran endilgado a Sabir el ataque en Montserrat. Pero había bastantes posibilidades de que le hubieran endosado la muerte del vigilante nocturno. Era raro, sin embargo, que siguieran sin detenerle: ellos también debían de ir detrás de los versos. Al parecer, tanto la policía como él andaban al acecho.

Bale sonrió y buscó a tientas en el asiento del copiloto el carné de Macron. Se lo puso delante y le dijo a la fotografía:

—¿Qué tal estás, Paul? ¿Un poco magullado?

Volvería a encontrarse con Macron, de eso estaba convencido. Había allí un asunto pendiente. ¿Cómo se atrevía la policía francesa a seguirle a España? Tendría que darles un escarmiento.

De momento, no obstante, concentraría todas sus energías en Sabir. El estadounidense iba hacia el sur... y no camino de Montserrat. ¿Y eso por qué? No podía haberse enterado de lo que había pasado en el monasterio. Y tenía exactamente la misma información que él sobre los versos: el meollo de la cuarteta grabada a fuego en la base del baúl, más los versos de Rocamadour. ¿Le habría ocultado algo la gitanilla en el río, al describirle lo que decían los versos del baúl? No. No lo creía. Cuando alguien estaba tan asustado que ya no podía ni controlar su vejiga, siempre se notaba. No se podía fingir un miedo tan fuerte. Era como una gacela a la que atrapaba un león: todos sus mecanismos físicos se colapsaban en cuanto el león la agarraba del cuello, de forma que se moría del susto antes de que el león aplastara su tráquea con los dientes.

Así era como *Monsieur*, su difunto padre, había enseñado a Bale a comportarse: avanzar sin pensar y con total convicción. Escoger el resultado óptimo de los propios actos y ceñirse a él al margen de las maniobras de diversión del contrincante. El ajedrez funcionaba en gran medida del mismo modo, y a Bale se le daba bien el ajedrez. Todo consistía en la voluntad de vencer.

Para colmo, su última llamada a *Madame*, su madre, había sido extremadamente satisfactoria. Había omitido el chasco de Montserrat, claro está, y sólo le había explicado que las personas a las que estaba siguiendo se habían entretenido en una boda: a fin de cuentas eran gitanos, no astrofísicos. Eran de los que se paraban a recoger espárragos silvestres en la cuneta mientras huían de la policía. Sublime.

Madame, por tanto, se había mostrado absolutamente satisfecha de su conducta y le había dicho que, de sus muchos hijos, era a él al que más quería. En el que más confiaba para que cumpliera sus designios.

Mientras circulaba hacia el sur, Bale sintió que el espectro de *Monsieur*, su difunto padre, le sonreía con benevolencia desde más allá de la tumba.

2

—Sé adónde tenemos que ir a escondernos.

Sabir se volvió hacia Yola.

—¿Adónde?

—Hay una casa. En el interior de la Camarga. Cerca del *Marais de la Sigoulette*. Hace muchos años que cinco hermanos se pelean por ella; la heredaron de su padre, siguiendo al pie de la letra la ley napoleónica, claro, y luego no se pusieron de acuerdo sobre qué hacer con la propiedad. No se hablan entre sí. Así que nadie paga para mantener la casa, ni para que la vigilen. Mi padre ganó su uso en una apuesta, hará unos quince años, y desde entonces es territorio nuestro. Nuestro *patrin*.

—¿Les ganó su uso a los hermanos? ¿Me estás tomando el pelo?

—No, a unos gitanos que la encontraron. Para los payos es ilegal, claro, y nadie más conoce el trato. Pero para nosotros es como si estuviera escrito en piedra. Simplemente, es así. A veces nos quedamos allí cuando vamos a las fiestas. No hay carretera para llegar, sólo un camino lleno de baches. Por allí, los *gardians* sólo usan caballos para ir de un lado a otro.

—¿Los *gardians*?

—Los guardas de los toros de la Camarga. Van montados en sus caballos blancos, y a veces llevan picas. Se conocen todos los rincones de los pantanos de la Camarga. Son amigos nuestros. Cuando a *Sara le kali* la bajan al mar, es la *Nacioun Gardiano* la que la custodia.

—Entonces, ¿también saben lo de esa casa?

—No. Nadie sabe que la usamos, sólo nosotros. Por fuera no

parece habitada. Pero tenemos una entrada por el sótano, así que parece que no vive nadie hasta cuando estamos usándola.

—¿Y qué hacemos con el coche?

—Deberíamos dejarlo muy lejos de la Camarga.

—Pero entonces Ojos de Serpiente nos perdería. Y tenemos un acuerdo con Calque, ¿recuerdas?

—Entonces lo dejamos en Arles de momento. Podemos llegar a la Camarga con otros gitanos. Nos llevarán en cuanto nos vean. Pintamos una *shpera*, una señal en la carretera, y seguro que paran. Luego nos bajamos a un par de kilómetros de la casa y vamos andando, con la comida. Si necesitamos algo más, puedo salir de *manguel*.

—¿De qué?

—A pedir en las granjas. —Alexi levantó los ojos de la carretera. Empezaba a acostumbrarse a explicarle las cosas del mundo gitano a Sabir. Incluso adoptó una expresión peculiar, a medio camino entre el experto televisivo con intenciones comerciales y el guía espiritual recién iluminado.

—Yola, como todas las chicas gitanas, ha tenido que aprender desde que era una *chey* a convencer a los agricultores de los pueblos de que compartan la comida que les sobra. Yola es una artista del *manguel*. La gente se siente privilegiada por darle cosas.

Sabir se echó a reír.

—Eso no me cuesta creerlo. A mí, desde luego, ha conseguido convencerme de que haga un montón de cosas que jamás habría imaginado que haría mientras tuviera dos dedos de frente. Y por cierto, ¿qué vamos a hacer cuando estemos en la casa y hayas saqueado el campo?

—Cuando estemos dentro, nos quedamos escondidos hasta las fiestas. Robamos a Sara. La escondemos. Luego volvemos al coche y nos vamos. Llamamos a Calque. Y la policía se encargará del resto.

A Sabir se le heló la sonrisa.

—Dicho así, parece muy fácil.

3

—Creo que le tengo.

—Pues reduzca.

—Pero no debería perderle de vista.

—No, Macron. Nos verá y se asustará. Sólo vamos a tener una oportunidad, sólo una. He ordenado que monten un control invisible justo antes de llegar a Millau, donde la carretera se estrecha al pasar por un cañón. Le dejaremos pasar. Medio kilómetro más adelante hay otro control de carretera, uno evidente. Dejamos pasar a Sabir y a los gitanos. Luego lo sellamos. Si Ojos de Serpiente intenta dar media vuelta, lo tendremos en una trampa, como una rata. Y ni él podrá trepar por esos barrancos.

—¿Y los versos?

—Que les den por culo a los versos. Yo quiero a Ojos de Serpiente fuera de las calles. De una vez por todas.

En su fuero interno, Macron empezaba a pensar que su jefe estaba perdiendo la cabeza. Primero, el embrollo de Rocamadour, que había dado como resultado la muerte innecesaria del guarda nocturno (Macron estaba convencido desde entonces de que, de haber estado él al frente de la investigación, aquello no habría ocurrido). Y, luego, la solemne estupidez de abandonar su puesto en Montserrat, por la que él había tenido que pagar los platos rotos (a fin de cuentas, había sido a él a quien Ojos de Serpiente le había dado una paliza, y no a Calque). Y ahora esto.

Macron estaba convencido de que podían atrapar solos a Ojos de Serpiente. Seguirle a distancia prudencial. Aislarle e identificar su vehículo. Colocar coches sin distintivos delante y detrás de él.

Y luego llevárselo por delante. No hacían falta controles de carretera estáticos: daban tantos problemas que no merecían la pena. Si no se tenía cuidado, uno acababa persiguiendo a otro coche a toda velocidad por un campo de girasoles lleno de piedras. Y luego te tirabas tres semanas rellenando formularios para explicar los desperfectos de los vehículos policiales. La clase de burocracia que le ponía enfermo.

—Conduce un Volvo todoterreno blanco. Tiene que ser él. Me voy a acercar un poco. Tengo que asegurarme. Informar sobre el número de matrícula.

—No se acerque más. Nos va a ver.

—No es un superhombre, señor. No sabe que sabemos que va siguiendo a Sabir.

Calque suspiró. Había sido una estupidez concederle aquel único favor a Macron. Pero así actuaba el sentimiento de culpa. Le ablandaba a uno. Estaba claro que Macron era un racista. Y su racismo se acentuaba con cada día que pasaban en la carretera. Primero fueron los gitanos. Luego, los judíos. Y ahora, la familia de su novia. Eran *métis*. Mestizos. Por lo visto, Macron aceptaba que su novia fuera mestiza, pero no soportaba que lo fuera la familia de ella.

Calque imaginaba que votaba al Frente Nacional, pero él era de una generación para la que preguntar al prójimo por sus simpatías políticas era una falta de educación. Así que nunca lo sabría. O quizá Macron fuera comunista. En opinión de Calque, el Partido Comunista era todavía más racista que el Frente Nacional. Los dos partidos se apoyaban mutuamente con sus votos cuando lo creían necesario.

—Le digo que ya es suficiente. Olvida usted que en la sierra de Montserrat nos dio esquinazo. A Villada le parecía imposible que un hombre solo saliera de allí antes de que el monte estuviera rodeado por el cordón policial. Ese cabrón debe de moverse como un gato. Seguro que cruzó la raya antes de que los españoles empezaran con su operación.

—Está acelerando.

—Déjele. Quedan treinta kilómetros para echarle la soga al cuello. Tengo un helicóptero esperando en el aeropuerto de Rodez. Y un equipo de antidisturbios en Montpellier. No puede escapar.

Calque parecía competente, pensó Macron. Hablaba como si lo fuera. Pero todo eran idioteces. Aquel hombre era un aficionado. ¿Por qué dejar pasar la ocasión de atrapar a Ojos de Serpiente allí mismo, para poner en práctica un plan absurdo que seguramente acabaría cubriéndolos a todos de vergüenza? Un error más y él, Paul Éric Macron, tendría que olvidarse para siempre de ascender y hacerse a la idea de que volvería a patearse las calles como un eterno quiri.

Macron pisó suavemente el acelerador. Iban por carreteras rurales llenas de curvas. Ojos de Serpiente iría concentrado en lo que tenía delante. No se le ocurriría mirar si venía alguien por detrás, a medio kilómetro de él. Apretó discretamente el botón de la pistolera que esa mañana había metido bajo su asiento.

—He dicho que vaya más despacio.

—Sí, señor.

Calque volvió a acercarse los prismáticos a los ojos. La carretera tenía tantas curvas que, si miraba por ellos más de unos segundos seguidos, se mareaba. Sí. Macron tenía razón. El Volvo todoterreno tenía que ser el coche de Ojos de Serpiente. Desde hacía veinte kilómetros, era el único vehículo que circulaba entre ellos y Sabir. Notó la sequedad en la boca, el aleteo en el estómago que sólo le acometía en presencia de su ex mujer, una ruina de mantener.

Cuando doblaron la curva siguiente, Bale estaba de pie en medio de la carretera, a ochenta metros de distancia. Sostenía en alto la Star Z84 que le había quitado al policía catalán. Seiscientos disparos por minuto. Balas de 9 mm Lüger Parabellum en el cargador. Doscientos metros de alcance efectivo.

Sonrió, se apoyó la Z84 contra el hombro y apretó el gatillo.

4

Macron giró bruscamente el volante hacia la izquierda: fue una reacción instintiva, sin base alguna en conocimientos de conducción o manejo de emboscadas. El coche, sin distintivos policiales, se puso sobre dos ruedas. Macron dio un volantazo en dirección contraria para equilibrarlo. El automóvil siguió su trayectoria original, pero con una serie de violentas volteretas.

Bale miró el arma que empuñaba. Increíble. Funcionaba aún mejor de lo que esperaba.

El coche quedó de lado, entre tintineo y chirridos metálicos. Plástico, cristal y tiras de aluminio cubrían una faja de cincuenta metros de carretera. Bajo el coche y más allá de él iba formándose, como una hemorragia, un denso charco de aceite.

Bale miró rápidamente a un lado y otro de la carretera. Luego se agachó, recogió los casquillos gastados y se los guardó en el bolsillo. Había apuntado alto a propósito, hacia un descampado. Le hacía gracia pensar que (si habían sobrevivido al golpe) los dos policías no tendrían modo de probar que había estado allí.

Echando otra mirada hacia atrás casi con pereza, montó en el Volvo y siguió su camino.

5

—¿Qué va a impedir que Ojos de Serpiente nos ataque y nos obligue a decirle dónde están los versos?

—Que no sabemos dónde están los versos. Por lo menos, que él sepa.

Alexi puso cara de perplejidad. Miró a Yola inquisitivamente, pero se había quedado dormida en el asiento de atrás.

—Piénsalo, Alexi. Sólo sabe lo que le dijo Yola. Nada más. Y ella no pudo decirle nada de las Tres Marías, porque no lo sabía.

—Pero...

—Además, sólo tiene la cuarteta de la base de la Virgen Negra de Rocamadour para seguir adelante. Esa cuarteta le mandó a Montserrat. Pero allí no consiguió la cuarteta escondida a los pies de la Moreneta, la cuarteta que afianza la conexión con los gitanos. Y tampoco sabe que me encontré con Calque, ni que Calque me dio el texto de la cuarteta de Montserrat como prueba de buena fe. Así que tiene que pegarse a nosotros. Tiene que dar por sentado que vamos a algún sitio concreto a buscar otra parte del mensaje. ¿Para qué va a molestarnos? No sabe que sabemos que nos sigue. Y seguramente está tan pagado de sí mismo después de esquivar a la policía española en Montserrat que se cree capaz de enfrentarse a toda la Police Nationale sin ayuda de nadie si son lo bastante tontos, o están lo bastante enfadados, como para volver a meterse con él.

—¿Cómo lo sabes?

—Por simple psicología. Y por lo que vi de su cara en el santuario de Rocamadour. Es un tipo acostumbrado a conseguir lo que quiere. ¿Y por qué lo consigue? Porque actúa. Instintivamente. Y sin una pizca de conciencia. Fíjate en su historial. Va siempre derecho a la yugular.

—Entonces, ¿por qué no le tendemos una trampa? ¿Por qué no usamos las mismas tácticas que él? ¿Por qué esperar a que venga por nosotros?

Sabir se recostó en su asiento. Alexi continuó:

—La policía la va a cagar, Damo. Siempre la caga. Ese tipo mató a mi primo. Al hermano de Yola. Hemos jurado vengarle. Tú estás de acuerdo. Le tenemos cogido de una cuerda: nos sigue allá donde vamos. ¿Por qué no tiramos un poco de la cuerda? ¿Por qué no le hacemos salir? Le haríamos un favor a Calque.

—Eso crees, ¿no?

—Sí, lo creo. —Alexi sonrió—. Me gusta la policía. Ya lo sabes. A los gitanos siempre nos han tratado bien, ¿no crees? Con respeto y dignidad. Con la misma educación y los mismos derechos que al resto de los franceses. ¿Por qué no vamos a ayudarles, para variar? ¿Por qué no devolverles el favor?

—¿No habrás olvidado lo que pasó la última vez?

—Esta vez estaremos mejor preparados. Y si pasa lo peor, siempre puede respaldarnos la policía. Será como John Wayne en *La diligencia*.

Sabir le lanzó una mirada de fastidio.

—Sí, ya lo sé, ya lo sé. No estamos jugando a indios y vaqueros. Pero creo que deberíamos usar contra ese tipo las mismas tácticas que usa él. La última vez casi funcionó...

—Dejando aparte tus testículos y tus dientes.

—Dejando aparte mis testículos y mis dientes. Sí. Pero esta vez funcionará. Si lo planeamos bien, claro. Y si no perdemos los nervios.

6

Calque salió por la luna frontal del coche, hecha añicos. Se quedó tumbado un rato en el suelo, con los brazos extendidos, mirando el cielo. Macron tenía razón. El airbag funcionaba con el cinturón de seguridad. Funcionaba tan bien, de hecho, que le había roto la nariz. Levantó una mano y palpó su nueva forma, pero no tuvo valor para colocarla en su sitio.

—¿Macron?

—No puedo moverme, señor. Y huele a gasolina.

El coche se había parado justo en el vértice de la curva. A Calque se le ocurrió absurdamente abrir el maletero, sacar los triángulos de advertencia e ir a colocarlos renqueando, para que nadie se topara con ellos viniendo desde atrás. Las directivas sanitarias y de seguridad vial insistían en que, además, debía llevar un chaleco reflectante al hacerlo. Por un momento le dieron tentaciones de echarse a reír.

Pero se puso de rodillas con esfuerzo y se agachó para mirar debajo del coche.

—¿Llega a las llaves?

—Sí.

—Pues apague el motor.

—Se apaga automáticamente cuando salta el airbag. Pero lo he apagado de todas formas, para asegurarme.

—Bien hecho. ¿Llega a su teléfono móvil?

—No. Tengo la mano izquierda atrapada entre el asiento y la puerta. Y el airbag entre la mano derecha y el bolsillo.

Calque suspiró.

—Está bien. Voy a levantarme. Enseguida estoy con usted.

Se levantó tambaleándose. Toda la sangre se trasladó a la periferia de su cuerpo, y por un momento pensó que iba a desmayarse.

—¿Está bien, señor?

—Tengo la nariz rota. Y estoy un poco débil. Ya voy. —Se sentó en la carretera. Muy despacio, se tumbó hacia atrás y cerró los ojos. Detrás de sí oyó el chillido repentino y lejano de unos frenos recalentados.

7

—¿De dónde ha sacado la ametralladora?

—Del policía español, claro. Villada no me lo dijo.

Calque estaba sentado junto a Macron, en la sala de urgencias del hospital de Rodez. Estaban ambos vendados y cubiertos de esparadrapo. Calque llevaba un brazo en cabestrillo. Habían vuelto a colocarle la nariz, y notaba en los dientes delanteros el hormigueo de la anestesia local.

—Yo todavía puedo conducir, señor. Si nos consigue un coche nuevo, me gustaría probar otra vez con Ojos de Serpiente.

—¿Ha dicho usted otra vez? No recuerdo la primera.

—Era sólo una forma de hablar.

—Pues es una forma de hablar estúpida. —Calque recostó la cabeza en el cojín del asiento—. Los chicos del control ni siquiera se creen que Ojos de Serpiente estuviera allí, porque el coche no tiene ni un solo agujero de bala. Les he dicho que está claro que ese cabrón limpió antes de irse, pero les hace gracia pensar que nos estrellamos con el coche por error y que estamos disimulando.

—¿Quiere decir que lo hizo adrede? ¿Que intenta que se rían de nosotros?

—Se está riendo de nosotros. Sí. —Calque se pasó un cigarrillo por debajo de la nariz y se dispuso a encenderlo. Una enfermera sacudió la cabeza y señaló fuera con el dedo. Calque suspiró—. Quieren quitarme el caso. Dárselo a la DCSP.

—Pero no pueden hacer eso.

—Sí que pueden. Y lo harán. A no ser que les dé una razón convincente para no hacerlo.

—Su veteranía, señor.

—Sí. Eso es convincente. La noto todos los días en la espalda, en los brazos, en los muslos y en los pies. Pero creo que hay un sitio en mitad de la pantorrilla derecha donde todavía me siento joven y fuerte. Tal vez deba enseñárselo.

—Pero nosotros le hemos visto. Hemos visto su cara.

—A ochenta metros. Desde un coche en marcha y oculto tras una ametralladora.

—Pero eso ellos no lo saben.

Calque se echó hacia delante.

—¿Está sugiriendo usted que les mienta, Macron? ¿Que exagere lo que sé de él? ¿Sólo para conservar un caso que ha estado a punto de acabar con nosotros varias veces ya?

—Sí, señor.

Formando una pinza con los dedos, Calque se palpó cuidadosamente la nariz recién enderezada.

—Puede que tenga razón, muchacho. Puede que tenga razón.

8

—Necesito acceso a internet.

—¿A qué?

—A un ordenador. Necesito un cibercafé.

—¿Estás loco, Damo? La policía sigue buscándote. Seguro que el del ordenador de al lado lee las noticias, ve tu foto, llama para avisar y se queda viendo tranquilamente cómo van a buscarte. Y luego, si graba toda la escena de tu captura con una webcam, puede colgarla directamente y hacerse famoso. Se hará millonario en el acto. Mejor que si le tocara la lotería.

—Creía que no sabías leer, Alexi. ¿Cómo es que sabes tanto de ordenadores?

—Porque juega.

Sabir se volvió para mirar a Yola.

—¿Perdona?

Ella bostezó.

—Va a los cibercafés a jugar.

—Pero si es mayor.

—¿Y qué?

Alexi no podía ver la cara de Yola mientras conducía, pero logró lanzar un par de miradas de preocupación al espejo retrovisor.

—¿Qué tiene de malo jugar?

—Nada. Si tienes quince años.

Yola y Sabir intentaban disimular las ganas de reír poniéndose serios. Alexi se tomaba al pie de la letra todo lo que tenía que ver consigo mismo, y era, por tanto el blanco perfecto para bromear; respecto a los otros, en cambio, era mucho más selectivo.

Pero, por una vez, pareció adivinar lo que estaban pensando e inmediatamente, dando un bandazo, se puso a hablar de un tema mucho más serio.

—Dime para qué quieres conectarte a internet, Damo.

—Para buscar otra Virgen Negra. Tenemos que encontrar algún sitio que esté lejos de la Camarga y llevar allí a Ojos de Serpiente. Tiene que ser un sitio que le parezca verosímil. Y para eso necesitamos una Virgen Negra.

Yola sacudió la cabeza.

—Creo que no deberías hacer esto.

—Pero si en Samois estabas de acuerdo. Y cuando fuimos a Rocamadour.

—Tengo una corazonada sobre ese hombre. Deberías dejárselo a la policía. Como le dijiste al capitán. Tengo un mal presentimiento.

—¿Dejárselo a la policía? ¿A esos idiotas? —Alexi se meció adelante y atrás, sobre el volante—. ¿Y vosotros os reís de mí por jugar a los videojuegos? Sois vosotros los que jugáis, no yo. —Hizo una pausa teatral, esperando una respuesta. Al ver que no decían nada, siguió adelante, impertérrito—. Yo digo que busquemos esa Virgen Negra, Damo. Luego llevamos allí a Ojos de Serpiente. Y esta vez haremos un plan a toda prueba. Lo estaremos esperando. Y cuando entre, le pegamos un tiro. Luego Damo lo hace papilla con su garrote. Y lo enterramos por ahí. La policía se pasará diez años buscándolo. Así nos dejarán un poco en paz a nosotros, ¿no os parece?

Yola levantó los brazos.

—Alexi, cuando O Del repartió los cerebros, no tenía suficientes. Intentó ser justo, claro, pero era difícil, porque su madre le incordió tanto que se despistó y te quitó por equivocación el poco cerebro que tenías. Y ahora mira.

—¿Y a quién se lo dio? Mi cerebro, quiero decir. ¿A Damo, supongo? ¿O a Gavril? ¿Es eso lo que quieres decir?

—No. Creo que O Del cometió un gran error. Creo que se lo dio a Ojos de Serpiente.

9

—Ya lo tengo. —Sabir se deslizó en el asiento del copiloto del Audi con un trozo de papel en la mano—. Espalion. Está sólo a cincuenta kilómetros de aquí a vuelo de pájaro. Y, como la policía y Ojos de Serpiente siguen detrás de nosotros, es perfectamente lógico que demos un rodeo para llegar allí. —Dejó que su mirada recorriera las caras de los otros dos—. No sé por qué no va a tragárselo, ¿no?

—¿Por qué Espalion?

—Porque es lo que necesitamos. Para empezar, está en dirección contraria a Saintes-Maries. Y tiene una Virgen Negra a la que llaman *La Négrette*. Le falta el Niño, sí, pero no se puede tener todo. Está en una capillita junto a un hospital, lo que significa casi con toda seguridad que no habrá guarda, no como en Rocamadour, porque la capilla tendrá que estar abierta a cualquier hora del día y de la noche para que entren los pacientes y sus familiares. Además, es milagrosa. Por lo visto, *La Négrette* tiene tendencia a echarse a llorar, y cada vez que la pintan vuelve a su color original. La encontraron en la época de las Cruzadas, y el Sieur de Calmont la llevó al Château de Calmont d'Olt. Aquí dice que estuvo amenazada durante la Revolución, cuando saquearon el castillo, pero que algún buen samaritano la salvó. Así que es perfectamente creíble que estuviera por aquí en tiempos de Nostradamus. El Pont Vieux de Espalion es incluso Patrimonio de la Humanidad. Está en la ruta de peregrinación a Santiago de Compostela, igual que Rocamadour. Es perfecto.

—¿Y cómo atrapamos a Ojos de Serpiente?

—Yo me apostaría algo a que, en cuanto paremos en Espalion, se olerá lo que andamos buscando. Y está claro que intentará tomarnos la delantera. De todos modos, según Calque, nunca está a más de un kilómetro de nosotros, así que tenemos dos o tres minutos para tenderle una trampa. Evidentemente, no es suficiente. Así que Yola y yo tenemos que encontrar un taxi. Enseguida. Se me ha ocurrido un plan.

10

Sabir se bajó del taxi. Tenía veinte minutos antes de que Alexi llegara en el Audi, con Ojos de Serpiente detrás. Veinte minutos para encontrar un sitio seguro desde el que tenderle una emboscada.

Yola esperaba junto a una cabina telefónica, en el centro del pueblo. Si no tenía noticias suyas en media hora, debía llamar a Calque y decirle lo que estaba pasando. No era un plan muy elegante, pero, siendo tres contra uno, Sabir tenía la impresión de que les daría la ventaja infinitesimal que necesitaban para cambiar las tornas.

Todo, sin embargo, dependía de él. Él tenía la Remington. Era un buen tirador. Pero sabía que no sobreviviría a un encuentro frontal con Ojos de Serpiente. No era una cuestión de habilidad (eso lo sabía), sino de voluntad. Él no era un asesino. Ojos de Serpiente, sí. Era así de sencillo. Tenía que dejarle inutilizado, ponerle fuera de combate antes de que pudiera reaccionar.

Recorrió con la mirada las instalaciones del hospital. ¿Iría Ojos de Serpiente derecho allí, en coche? ¿O dejaría el coche e iría a pie, como había hecho en Montserrat? Sabir notó que el sudor le brotaba por toda la cara.

No. Tendría que entrar en la capilla. Esperarle allí.

De pronto tuvo una intensa sensación de claustrofobia. ¿Qué estaba haciendo? ¿Cómo se había metido en aquella situación absurda? Debía de estar loco.

Entró corriendo en la capilla y estuvo a punto de tirar al suelo a una señora mayor y a su hijo, que habían ido a rezar.

Había un servicio religioso. El cura se estaba preparando para la misa. Santo cielo.

Sabir retrocedió y miró frenéticamente a su espalda, hacia el aparcamiento. Doce minutos. Echó a correr por la carretera, camino del pueblo. Era imposible. No podían liarse a tiros en una capilla llena de celebrantes y de gente tomando la comunión.

Quizás Alexi llegara antes de tiempo. Sabir aflojó el paso y siguió andando. Era poco probable. Menuda emboscada había preparado; qué gran éxito. Cuando O Del repartió los cerebros, Alexi no fue el único al que le tocó de menos.

Sabir se sentó en un bolardo de la cuneta. Por lo menos allí había espacio suficiente para que Alexi diera la vuelta. Eso, por lo menos, sí lo había pensado.

Sacó la Remington y se la puso en el regazo.

Luego esperó.

11

—Están en misa. La capilla está hasta arriba de gente. Sería un baño de sangre.

—Entonces, ¿no lo hacemos? ¿Lo dejamos?

—Tenemos tres minutos para dar la vuelta y recoger a Yola. Luego sugiero que salgamos de aquí a toda leche. Cuando estemos fuera del pueblo, quitamos el puto localizador y nos vamos a Saintes-Maries. Y al diablo con Calque y Ojos de Serpiente.

Alexi cambió bruscamente de sentido y volvió hacia el pueblo.

—¿Dónde has dejado a Yola?

—Estaba sentada en el Café Central. Al lado de una cabina. Cogí el número. Iba a llamarla si todo salía bien.

Alexi le lanzó una ojeada y volvió a mirar hacia delante.

—¿Y si nos encontramos de frente con Ojos de Serpiente? Conoce nuestro coche.

—Tendremos que arriesgarnos. No podemos dejar a Yola abandonada en medio del pueblo, como un ratón de carnaza.

—¿Y si él la ve?

Sabir sintió que se quedaba frío.

—Para junto a esa cabina. Voy a llamarla. Deprisa.

Achor Bale tiró la lista al asiento del copiloto. Espalion. Una Virgen Negra llamada *La Négrette*. Cerca de un hospital. Allí era, pues.

Había recibido la lista de todos los lugares donde había vírgenes negras situados al sur del meridiano Lyon/Massif Centrale, hacía apenas dos días, a través de su móvil. Cortesía de la secretaria de *Madame*, su madre. Ella le había hecho la lista sólo por si acaso, documentándose en la biblioteca de *Monsieur*, su padre. En aquel momento, Bale pensó que se estaba pasando de precavida. Que incluso estaba entrometiéndose. Ahora se daba cuenta de que había hecho lo correcto.

Pisó el acelerador. Estaría bien acabar con aquello de una vez. Estaba tardando demasiado. Exponiéndose demasiado. Cuanto más tiempo permanecía uno al descubierto, más probable era cometer un error. Eso lo había aprendido en la Legión. No había más que recordar los días que pasó en Dien Bien Phu combatiendo contra el Vietminh.

Llegó a las afueras de Espalion a ciento diez kilómetros por hora, mirando a un lado y a otro en busca de una señal roja con una hache.

Aminoró la velocidad y se dirigió al centro del pueblo. No tenía sentido hacerse notar. Tenía tiempo. Aquellos tres patanes ni siquiera sabían que seguía tras ellos.

Paró junto al Café Central para pedir indicaciones.

La chica. Estaba allí sentada.

Así que la habían dejado. Se habían ido a hacer el trabajo sucio ellos solos. Y volverían a recogerla luego, cuando no hubiera peligro. Qué caballeros.

Bale se bajó del coche. En ese mismo instante empezó a sonar el teléfono de una cabina cercana.

La chica miró hacia la cabina y sus ojos tropezaron con él. Volvió a mirarle. Sus ojos se encontraron. La cara de Bale se crispó en una sonrisa de bienvenida, como si acabara de encontrarse a una amiga a la que hacía mucho que no veía.

Yola se levantó, volcando la silla. Un camarero se dirigió instintivamente hacia ella.

Bale se dio la vuelta tranquilamente y volvió a su coche.

Cuando miró de nuevo, la chica ya había echado a correr para salvar el pellejo.

12

Bale se apartó suavemente del bordillo, como si tuviera intención de tomar un café y hubiera cambiado de idea, o como si se hubiera dejado la cartera en casa. No quería que nadie se fijara en él. Miró a su izquierda. La chica iba corriendo calle abajo, con el camarero detrás. Zorra estúpida. No había pagado la cuenta.

Bale se detuvo junto al camarero y tocó el claxon suavemente.

—Perdone. Ha sido culpa mía. Tenemos prisa. —Sacó un billete de veinte euros por la ventanilla—. Espero que con esto llegue para la propina.

El camarero le miró con estupor. Bale sonrió. Sus ojos coagulados siempre surtían ese efecto sobre la gente. Parecían hipnotizarla, incluso.

De niño, su dolencia había fascinado a médicos de muy distinta índole. Hasta habían escrito artículos sobre él. Un médico le dijo que, antes de fijarse en su caso, los ojos sin blanco (sin esclerótica, había dicho el doctor, en los que únicamente las células proximales entre omatidios estaban pigmentadas) sólo se habían documentado en el *Gammarus Chevreuxi Sexton*: una quisquilla. Así pues, era un tipo genético completamente nuevo. Un auténtico recesivo mendeliano. Si alguna vez tenía hijos, podría fundar una dinastía.

Bale se puso las gafas de sol, divertido por el pasmo del camarero.

—Cosa de drogas, ¿sabe? Los jóvenes de hoy en día. No se les puede dejar de la mano. Si debe algo más, dígamelo.

—No, no, está bien así. No pasa nada.

Bale se encogió de hombros.

—La verdad es que tiene que volver a la clínica. Y lo odia. Siempre me hace lo mismo. —Saludó al camarero con la mano mientras aceleraba. Lo último que quería era más policías siguiendo cada paso que daba. Ya había tenido que invertir demasiado esfuerzo en librarse de los últimos. Así, el camarero les explicaría a sus clientes lo que había pasado, y todo el mundo quedaría satisfecho. Cuando llegaran a casa, la historia habría cobrado alas y tendría una docena de finales distintos.

Yola miró frenéticamente hacia atrás. Aflojó el paso. ¿Qué hacía él? Estaba hablando con el camarero. Qué idiota, qué idiota, salir corriendo sin pagar. Intentó recuperar el aliento, pero su corazón parecía momentáneamente desbocado.

¿Y si no era él? ¿Por qué había echado a correr así? Aquel hombre tenía algo. Había algo en su forma de sonreírle. Casi como si se conocieran de antes. Como si tuvieran confianza.

Se quedó en la esquina de la calle, mirándole hablar con el camarero. Iba a marcharse. No tenía nada que ver con ella. Se había asustado por nada. Y el teléfono estaba sonando. Quizá Damo quería que llamara a la policía. Quizá quería decirle que habían matado a Ojos de Serpiente.

¿Ojos de Serpiente? Yola se acordó de los ojos del hombre. Se acordó de cómo la habían traspasado en el café.

Emitió un gemido suave y echó a correr.

Tras ella, el Volvo empezó a ganar velocidad.

13

Al principio, Yola corrió sin pensar. Sólo quería alejarse, alejarse del coche blanco. En cierto momento, sin embargo, tuvo suficiente presencia de ánimo para tomar un callejón estrecho, por el que sabía que el enorme Volvo no podría seguirla fácilmente. Aquel momentáneo descenso de tensión la calmó, y permitió que su mente dominara sus emociones por primera vez desde que, tres minutos antes, había reconocido a su agresor.

El Volvo la seguía ahora más despacio y a rachas: unas veces aceleraba impulsivamente, y frenaba luego cuando ella menos se lo esperaba. Yola comprendió de pronto que la estaba llevando, como si fuera una vaca, hacia las afueras del pueblo.

Y Damo había llamado. Tenía que ser él. Lo que significaba que Alexi y él quizás hubieran vuelto a recogerla.

Miró angustiada por encima de su hombro derecho, hacia el centro del pueblo. Llegarían por la carretera del hospital. Su única salvación era encontrarse con ellos. Si Ojos de Serpiente seguía así, ella acabaría cansándose, y él podría cogerla sin dificultad.

Vio que un hombre salía de una tienda, se agachaba para subirse los calcetines y se acercaba a su bicicleta, que estaba atada a un plátano de sombra. ¿Debía llamarle? No. Sabía intuitivamente que Ojos de Serpiente le mataría sin contemplaciones. Había una especie de fatalidad en su modo de seguirla, como si todo aquello estuviera predeterminado. No involucraría a nadie, a nadie que no formara parte ya de aquel bucle hermético.

Con la mano en el corazón, corrió hacia el centro del pueblo, avanzando en diagonal para cruzar la carretera por la que podían llegar Alexi y Damo. ¿Cuánto tiempo hacía que habían llamado? ¿Cinco minutos? ¿Siete? Yola resollaba como un caballo; sus pulmones no estaban acostumbrados al aire seco del pueblo.

Tras ella, el Volvo volvió a acelerar como si esta vez fuera de veras por ella. Como si pensara arrollarla.

Yola se metió en un kiosco de prensa y volvió a salir enseguida, temiendo verse atrapada. Si pasara un coche de policía... O un autobús... Lo que fuera.

Se metió en otro callejón. A su espalda, el Volvo pasó de largo, adelantándose a su salida.

Yola dio media vuelta y siguió hacia la calle principal. Si él daba la vuelta en ese momento, si daba la vuelta antes de llegar a la salida del callejón, estaba perdida.

Ahora corría de veras. El esfuerzo hacía que el aire escapara de sus labios con leves gemidos. Recordó las manos de aquel hombre sobre su cuerpo. Sus palabras. El efecto contundente de su voz. Había sabido entonces que no tenía escapatoria. Que aquel hombre haría exactamente lo que decía. Si volvía a atraparla, la dejaría inconsciente para acallarla. Podía hacerle cualquier cosa. Ella no se enteraría.

Salió a la carretera mirando a derecha e izquierda en busca del Audi. La carretera estaba desierta.

¿Debía volver hacia el pueblo? ¿De vuelta al café? ¿O dirigirse al hospital?

Tomó la carretera del hospital. Cojeaba y apenas podía correr.

Cuando el Volvo de Bale dobló la esquina, Yola tropezó y cayó de rodillas.

Era mediodía. Todo el mundo se había ido a comer. Estaba sola.

14

—¡Es Yola! ¡Está en el suelo! —Sabir dio un volantazo hacia la acera.

—Mira, Damo. —Alexi le agarró del brazo.

Sabir levantó la vista. Un Volvo todoterreno con los cristales tintados dobló la esquina lentamente y se detuvo al otro lado de la carretera, a unos cincuenta metros de la chica. La puerta se abrió y bajó un hombre.

—Es él. Es Ojos de Serpiente.

Sabir salió del Audi.

Yola se levantó tambaleándose suavemente, con los ojos fijos en el Volvo.

—Alexi, ve a buscarla. —Sabir se sacó la Remington del bolsillo. No apuntó a Ojos de Serpiente (habría sido absurdo, a aquella distancia), sino que la sostuvo contra un lado de los pantalones, como si fuera a guardársela otra vez en el bolsillo y hubiera olvidado por un momento que la llevaba en la mano—. Vamos, métela en el coche.

Ojos de Serpiente no se movió. Se limitó a vigilar sus movimientos como un observador neutral en un intercambio de prisioneros entre dos naciones en guerra.

—¿Estáis los dos dentro? —Sabir no se atrevía a apartar los ojos de su oponente, que permanecía extrañamente inmóvil.

—¿Ésa es mi pistola? —Su voz sonó medida, controlada, como si estuviera dirigiendo una negociación prevista entre facciones hostiles.

Sabir empezó a sentirse mareado, casi hipnotizado. Levantó la pistola y la miró.

—Le doy diez minutos de ventaja si la deja en la carretera.

Sabir movió la cabeza de un lado a otro. Estaba aturdido. En una realidad paralela.

—Será una broma.

—Hablo muy en serio. Si deja la pistola, me apartaré de mi coche y volveré andando hacia el centro del pueblo. Regresaré aquí dentro de diez minutos. Podrán irse en la dirección que quieran. Siempre y cuando no sea hacia el hospital, claro.

Alexi se inclinó sobre el asiento delantero.

—No sabe que sabemos lo del localizador —le susurró atropelladamente a Sabir—. Cree que podrá encontrarnos sin problemas si nos hemos llevado ya *La Négrette*. Pero cuenta con que no nos la hayamos llevado. Sólo hay cuatro carreteras para salir de este pueblo. Verá por dónde nos vamos y nos seguirá. Necesitamos esos diez minutos. Deja la pistola. Quitaremos el localizador, como tú decías.

Sabir levantó la voz.

—Pero entonces no tendremos con qué defendernos.

Alexi murmuró entre dientes:

—Déjale la puta pistola, Damo. Ya conseguiremos otra en el... —Se detuvo, como si pensara de pronto que Bale podía leerle los labios, u oír milagrosamente sus palabras a cincuenta metros de distancia—... donde vamos.

Bale estiró el brazo hacia atrás y sacó la Ruger de su funda. Levantó la pistola y la sostuvo con ambas manos, apuntando a Sabir.

—Puedo volarle la rodilla. Y entonces no podrá conducir. O puedo volarle una rueda delantera. Con el mismo efecto. Esta pistola da en el blanco a ochenta y cinco metros. La suya, a unos diez.

Sabir retrocedió, protegiéndose tras la puerta del coche.

—Eso lo traspasa sin problemas. Pero armar jaleo aquí no nos conviene a ninguno. Deje el arma. Dejen libre el camino hacia el hospital. Y podrán marcharse.

—Deje su pistola. Dentro del coche.

Bale se acercó al Volvo. Arrojó la Redhawk sobre el asiento delantero.

—Ahora apártese.

Bale dio tres pasos hacia el centro de la calzada. Una camioneta Citroën azul pasó junto a ellos. Los pasajeros iban hablando. No les prestaron atención.

Sabir ocultó la Remington a su espalda e hizo como si volviera al Audi.

—¿Hemos alcanzado un acuerdo, señor Sabir?

—Sí.

—Entonces deje la pistola junto al bordillo, en la alcantarilla. Ahora me voy. —Cerró las puertas del Volvo con el mando a distancia—. Si no hacéis lo que os digo, os daré caza, sea lo que sea lo que encuentre en la capilla del hospital, y me aseguraré de que sufráis mucho tiempo antes de morir.

—Voy a dejar la pistola. Descuide.

—¿Y la Virgen Negra?

—Está en el hospital. No hemos tenido tiempo de cogerla. Ya lo sabe.

Bale sonrió.

—La chica... Puede decirle que es muy valiente. Y también que sentí mucho asustarla junto al río.

—Puede oírle. Estoy seguro de que estará conmovida.

Bale se encogió de hombros y se volvió como si se dispusiera a marcharse. Luego se detuvo.

—La pistola era de *Monsieur*, mi padre, ¿sabe? Trátela con cuidado, por favor.

15

—¿Crees que está loco?

Alexi acababa de cambiar la matrícula del coche por tercera vez. Prefería, como de costumbre, los merenderos y los miradores con amplias vistas, desde los que podía ver llegar fácilmente a los dueños de los coches.

—No.

—¿Por qué? —Se deslizó en el asiento delantero y volvió a guardar el destornillador en la guantera—. Podría habernos cogido. Tenía un pistolón. Lo único que tenía que hacer era correr hacia nosotros disparando.

—¿Qué? ¿Como en *Dos hombres y un destino*?

—No te burles de mí, Damo. Lo digo en serio. No nos habría dado tiempo a escapar.

—Pero él no nos quiere a nosotros.

—¿Qué dices?

—Nosotros sólo somos un medio para alcanzar un fin, Alexi. Un medio de llegar a los versos. Si se hubiera liado a tiros a las afueras del pueblo, habría tenido menos oportunidades de llegar al hospital antes que la policía. Está todo sellado. Sólo hay cuatro carreteras para salir de aquí, como tú decías. Para la policía sería un juego de niños cerrar todas las salidas. Y mandar luego un helicóptero. Sería como cazar conejos con un hurón.

—Ahora sé lo que sienten los conejos. Y yo toda la vida pensando que era un hurón.

—Eres un hurón, Alexi. Un hurón muy valiente. —Yola se irguió en el asiento de atrás—. Gracias por salvarme.

Alexi se sonrojó. Hizo una mueca, se encorvó, empezó a son-reír y luego dio una palmada en el salpicadero.

—Soy valiente, ¿a que sí? Podría haberme pegado un tiro. Pero aun así salí corriendo a la calle y te cogí. ¿Tú lo viste, Damo?

—Sí, lo vi.

—Te cogí, ¿verdad, Yola?

—Sí, me cogiste.

Sentado en el asiento delantero, Alexi se sonrió.

—Puede que te rapte cuando estemos en Saintes-Maries. A lo mejor le pido a santa Sara que bendiga a nuestros hijos.

Yola se irguió un poco.

—¿Me estás pidiendo que me case contigo?

Alexi miraba hacia delante con decisión, como el Cid entrando en Valencia al frente de su ejército.

—Sólo he dicho que a lo mejor lo hacía. No te hagas ilusiones. —Dio un golpe a Sabir en el hombro—. Empezar como uno quie-re seguir, ¿eh, Damo? Eso es lo que hay que hacer con las mujeres.

Sabir y Yola se miraron por el espejo retrovisor. Ella levantó los ojos al cielo, resignada. Él se encogió de hombros y ladeó la cabeza comprensivamente. Ella contestó con una sonrisa cómplice.

16

—Se han deshecho del localizador.

—¿Qué? ¿Del de Ojos de Serpiente?

—No, del nuestro. Me parece que es el único que han encontrado. Creo que creen que es el de Ojos de Serpiente. ¿No es eso lo que les dijo? ¿Que sólo había uno?

Calque suspiró. Las cosas no estaban saliendo exactamente como estaba previsto. Pero ¿acaso salían alguna vez? Él se había casado joven, con todos sus ideales intactos. Su matrimonio había sido un desastre desde el principio. Su mujer resultó ser una sargentona y él un pusilánime. Una combinación desastrosa. Siguieron veinticinco años de infelicidad, hasta tal punto que aquellos últimos diez años de juicios, pensiones punitivas y estrecheces le parecían a veces un regalo caído del cielo. Sólo le había quedado su trabajo en la policía y una hija desencantada que, cuando Calque la llamaba, le pedía a su marido que le devolviera las llamadas.

—¿Todavía podemos seguir al coche de Sabir a través del localizador de Ojos de Serpiente?

—No, porque no tenemos el código que hace falta.

—¿Podemos conseguirlo?

—Están en ello. Sólo hay como unos cien millones de combinaciones posibles.

—¿Cuánto tardarán?

—Un día. Dos, quizá.

—Demasiado. ¿Y el número de serie de la pistola?

—Aparece registrada por primera vez en los años treinta. Pero los archivos anteriores a 1980 no están informatizados. Así que todos los anteriores a la guerra, por lo menos aquellos de los que no se incautaron los nazis, se guardan en un almacén en Bobigny. Un documentalista tiene que revisarlos a mano. Así que tenemos el mismo problema que con el código del localizador. Pero con un cincuenta por ciento menos de probabilidades de éxito.

—Entonces tenemos que volver al campamento gitano de Gourdon. Seguir su rastro desde allí.

—¿Y eso?

—Nuestro trío pasó allí tres días. Habrán hablado con alguien. Siempre pasa.

—Pero ya sabe cómo es esa gente. ¿Por qué creen que de pronto van a hablar con usted?

—No lo creo. Pero es una forma tan buena como cualquier otra de matar el tiempo mientras los cabezas de chorlito de sus amigos vuelven a ponernos tras la pista de esa gente, como usted insiste en llamarlos.

17

Achor Bale dio un mordisco a su sándwich y enfocó de nuevo el campamento gitano mientras masticaba con aire pensativo. Estaba en la torre de la iglesia, supuestamente calcando al grafito placas votivas de bronce. El párroco (un «pedazo de pan», habrían dicho los ingleses) no había puesto reparos a que Bale pasara el día allá arriba, con su carboncillo y su papel de dibujo. Claro que los cien euros que Bale había donado a los fondos de la iglesia seguramente habían ayudado.

De momento, sin embargo, Bale no había reconocido a nadie del campamento de Samois. Aquél habría sido su primer plan de ataque. El segundo dependía de posibles incongruencias: encontrar algo o a alguien que no encajara, y acercarse a través de él. Las cosas que no se ajustaban a las reglas establecidas siempre entrañaban debilidades. Y las debilidades equivalían a oportunidades.

De momento, había identificado a una chica casada sin hijos, a una mujer mayor a la que nadie hablaba o tocaba, y a un rubio que parecía recién salido del decorado de una película de vikingos. De ahí, o directamente de la explanada del centro de entrenamiento de las SS en Paderborn, en torno a 1938. Aquel tipo no se parecía a ningún gitano que Bale hubiera visto. Pero de todas formas parecían aceptarlo como uno de los suyos. Era curioso. Y merecía la pena investigarlo, desde luego.

Bale no estaba especialmente resentido por el callejón sin salida que había resultado ser la estatuilla de Espalion. Lo habían pillado, como solía decirse. Aquellos tres le habían tomado el pelo, y él había caído. Había sido una puesta en escena extraordinaria que le había obligado a reconsiderar de nuevo la opinión que tenía de ellos. Sobre todo de la chica. Lo había engañado de veras, hasta el punto de que se había convencido de que la aterrorizaba. Había hecho de caballo de Troya a la perfección, y él no debía volver a subestimarla.

Tanto peor. Había recuperado la Remington de *Monsieur* su padre (antes de que a nadie se le ocurriera intentar seguirle la pista) y se había librado de los policías que le pisaban los talones. Así que no había perdido el tiempo del todo.

Pero tenía que reconocer que elegir Espalion había sido todo un golpe de inspiración. En aquel lugar todo encajaba. De ahí que Bale estuviera seguro de que la verdadera pista sobre el paradero de los versos tenía que estar exactamente en la dirección contraria a la que seguían, supuestamente, aquellos tres. Era lo que hacían siempre los intelectuales librescos como Sabir: pensar con minuciosidad innecesaria. Lo cual significaba que la verdadera Virgen Negra se encontraba en algún lugar del sur de Francia. Aquello estrechaba el margen considerablemente. Y hacía que su regreso forzoso al norte, hacia Gourdon, fuera todavía más molesto. Pero no le quedaba otro remedio.

Había perdido al trío casi desde el principio. Imaginaba que Sabir se había dirigido hacia Rodez por la D920 y que luego había girado hacia el este por la D28, camino de Laissac. Desde allí podría haber llegado fácilmente a Montpellier y a la confluencia de las tres autopistas. Tal vez pensaran aún ir a Montserrat, a fin de cuentas. Habría sido lo lógico, en cierto modo. En cuyo caso, les esperaba una buena sorpresa. Si no entendía mal la mentalidad de la policía española, tendrían vigilado el monasterio seis meses aún y todos, agentes y mandos, harían copiosas horas extras y aprovecharían cualquier ocasión para dejarse ver con relucientes chaquetas de cuero y pantalones de montar, con la ametralladora a cuestas. Los latinos eran iguales en todas partes. Les gustaban mucho más las apariencias que la sustancia.

El rubio salió del campamento camino del centro del pueblo. Muy bien. Probaría primero con él. Sería más fácil que con la chica o la mujer mayor.

Bale se acabó su sándwich, recogió sus prismáticos y sus trastos de dibujo y empezó a bajar las escaleras.

18

Calque veía a Gavril deambular entre los puestos del mercadillo. Era el décimo gitano cuyos pasos seguían Macron y él esa mañana. Pero, como era rubio, Gavril se fundía con el entorno mucho mejor que sus parientes. Había, aun así, algo extraño en él: una vena anárquica y fogosa que parecía advertir a la gente de que aquel hombre no se ceñía necesariamente a sus normas de urbanidad, ni estaba de acuerdo con sus opiniones.

Calque notó que la gente del pueblo procuraba evitarle en cuanto le calaba. ¿Era por su camisa chillona, a la que le hacía falta un buen lavado? ¿Por los zapatos de cocodrilo falsos y baratos? ¿O por el ridículo cinturón con un hierro de marcar por hebilla? Aquel tipo caminaba como si llevara un cuchillo de dos palmos en la cadera. Pero no lo llevaba. Eso saltaba a la vista. Aunque quizá llevara una navaja en alguna otra parte.

—Vaya por él, Macron. Es el que queremos.

Macron se puso en marcha. Seguía siendo un popurrí de apósitos, vendajes ocultos, mercuriocromo y gasa quirúrgica (eso por no hablar de sus pies doloridos), pero, siendo como era, se las arreglaba para disimular con paso chulesco todos aquellos inconvenientes. Calque sacudió la cabeza, medio desesperado, al verle abordar al gitano.

—Police Nationale. —Macron enseñó su placa—. Acompáñenos.

Gavril pareció a punto de echar a correr por un momento, pero Macron le agarró del antebrazo como les enseñaban en la Academia, y Gavril suspiró como si no fuera la primera vez que le pasaba aquello y le siguió sin decir nada.

Al ver a Calque vaciló un instante, sorprendido por el cabestrillo y el vendaje de la nariz.

—¿Quién ganó? ¿El caballo o usted?

—El caballo. —Calque hizo una seña con la cabeza a Macron, que apoyó a Gavril contra la pared, con las piernas abiertas, y le registró por si escondía algún arma.

—Sólo lleva esto, señor. —Era una navaja Opinel.

Calque sabía que no podría acusarle de nada sólido por una simple navaja.

—¿Cuánto mide la hoja?

—Unos doce centímetros.

—¿Dos más de lo permitido?

—Eso parece. Sí, señor.

Gavril soltó un bufido.

—Yo creía que esta clase de acoso se había acabado. Creía que les habían dicho que nos trataran como a todos los demás. Y no veo que estén registrando a todos esos buenos ciudadanos.

—Tenemos que hacerle unas preguntas. Si responde como es debido, podrá marcharse. Con su navaja y su historial sin duda intacto. Si no, le llevaremos a jefatura.

—Ah, así es como hacen hablar a los gitanos ahora.

—Exacto. ¿Habría hablado con nosotros, si no? ¿En el campamento, por ejemplo? ¿Lo habría preferido?

Gavril se estremeció como si alguien hubiera pasado sobre su tumba.

No había público, pensó Calque, y estaba claro que aquel hombre necesitaba un público para hacerse el duro. Por un momento Calque casi sintió lástima por él.

—Primero, su nombre.

El gitano vaciló un segundo y luego capituló.

—Gavril La Roupie.

Macron soltó una carcajada.

—Será una broma. ¿La Roupie? ¿De verdad te llamas La Roupie? En mi pueblo eso quiere decir basura. ¿Seguro que no es Les Roupettes? Así es como llamamos a los cojones en Marsella.

Calque no le hizo caso. Mantenía los ojos fijos en el gitano, atento a cualquier cambio en su semblante.

—¿Lleva encima su carné de identidad?

Gavril sacudió la cabeza.

—Segundo intento —dijo Macron jovialmente.

—Voy a ponérselo fácil. Queremos saber dónde han ido Adam Sabir y sus dos acompañantes. A él le buscamos por asesinato, ¿sabe? Y a ellos por ser sus cómplices.

La expresión de Gavril se volvió hermética.

Calque notó de inmediato que hablar de asesinato había sido un error. Había puesto a La Roupie demasiado a la defensiva. Intentó recular.

—Conste que no creemos que esté usted implicado en ningún sentido. Sólo queremos información. Ese hombre es un asesino.

Gavril se encogió de hombros. Pero era evidente que el posible conducto se había cerrado por completo.

—Se lo diría si pudiera. Esa gente de la que habla me trae sin cuidado. Lo único que sé es que se fueron de aquí hace dos días y que no los hemos vuelto a ver ni hemos sabido nada de ellos desde entonces.

—Está mintiendo —dijo Macron.

—No estoy mintiendo. —Gavril se volvió hacia Macron—. ¿Por qué iba a mentir? Pueden complicarme mucho la vida. Eso lo sé. Les ayudaría si pudiera. Créanme.

—Devuélvale la navaja.

—Pero señor...

—Devuélvale la navaja, Macron. Y dele una tarjeta mía. Si nos llama para darnos alguna información que nos conduzca directamente a un arresto, obtendrá una recompensa. ¿Se ha enterado, La Roupie?

Vieron a Gavril alejarse abriéndose paso entre el gentío de compradores mañaneros.

—¿Por qué ha hecho eso, señor? Podríamos haberle apretado las tuercas un poco más.

—Porque he sumado otro error a la larga lista de los que he cometido últimamente, Macron. He mencionado la palabra «asesinato». Y eso es tabú para los gitanos. Significa años de cárcel. Equivale a problemas. ¿No ha visto que se cerraba como una ostra? Debería habérselo planteado de otro modo. —Calque cuadró los hombros—. Vamos. Tenemos que encontrar a otro. Está claro que necesito práctica.

19

—¿Qué les has dicho a esos dos *ripoux*?

Bale apoyó la punta de su navaja contra el muslo de Gavril, por detrás.

—Ay, Dios. ¿Qué pasa ahora?

Bale le clavó la navaja medio centímetro.

—¡Ay! ¿Qué haces?

—Se me ha resbalado la mano. Cada vez que no contestes a una de mis preguntas, se me resbalará un poco más. Contesta mal a tres preguntas y te llegaré a la femoral. Morirás desangrado en menos de cinco minutos.

—¡La puta!

—Repito, ¿qué les has dicho a los dos *ripoux*?

—No les he dicho nada.

—Se me ha vuelto a resbalar.

—¡Aaaah!

—Baja la voz o te meto la navaja por el culo. ¿Me has oído?

—Dios, Dios mío.

—Voy a plantearte de otra forma la pregunta. ¿Adónde han ido Sabir y sus dos sanguijuelas?

—A la Camarga. A las fiestas. Las de santa Sara.

—¿Y cuándo son esas fiestas?

—Dentro de tres días.

—¿Y a qué han ido allí?

—Van todos los gitanos. Santa Sara es nuestra patrona. Vamos a pedirle su bendición.

—¿Cómo se consigue la bendición de una santa?

—Por su imagen. Nos acercamos a su imagen para que nos bendiga. La tocamos. Intentamos besarla.

—¿De qué clase de imagen hablamos?

—Por Dios, sólo de una figura. Sáqueme la navaja de la pierna, por favor.

Bale giró la navaja.

—¿Es negra esa figura, por casualidad?

Gavril empezó a gemir.

—¿Negra? ¿Negra? Claro que es negra.

Bale apartó la navaja de su pierna y retrocedió.

Gavril se dobló hacia delante, sujetándose el muslo con ambas manos como si fuera una pelota de rugby.

Bale le dio un golpe en la nuca antes de que tuviera tiempo de mirar hacia arriba.

20

—No podemos esperar hasta las fiestas, Alexi. Tenemos que echarle un vistazo a la imagen antes de que empiecen. No me fío, puede que ese loco ate cabos. Si pregunta como es debido, cualquier gitano le dirá lo de santa Sara y las fiestas. Y sería como menear un trapo rojo delante de un toro.

—Pero la tendrán custodiada. Saben que la gente va a tocarla, así que la acordonan. Habrá guardias de seguridad hasta el comienzo de las fiestas. Y luego la sacan y la pasean delante de los penitentes. Todo el mundo salta para intentar tocarla. Los hombres aúpan a sus hijos. Y la imagen siempre está a la vista. No va a ser como en Rocamadour. Esto es distinto. Si pudiéramos esperar a que acabaran las fiestas... Estaría sola. Cualquiera puede entrar a verla.

—No podemos esperar. Ya lo sabes.

—¿Por qué quiere esos versos, Damo? ¿Por qué está dispuesto a matar por ellos?

—Sólo puedo decirte una cosa: que no es simplemente por dinero.

—¿Cómo lo sabes?

—Tú lo viste, ¿no? Renunció a la ventaja que tenía sobre nosotros sólo para recuperar la pistola de su padre. ¿A ti eso te parece normal tratándose de alguien que intenta hacerse rico? Si tuviera los versos en su poder, podría comprarse mil pistolas. Los editores de todo el mundo se pegarían por conseguir algo así; se desataría una guerra de pujas. Por eso me interesaban a mí los versos al principio: por afán de lucro. No me avergüenza reconocerlo. Ahora creo que hay algo más, algún secreto que Ojos de Serpiente cree que pueden revelar, o que teme. Está claro que Nostradamus descubrió algo, algo de gran importancia para el mundo y para los gitanos. Ya había predicho exactamente cuándo iba a morir. Así que decidió guardar a buen recaudo su descubrimiento. No publicarlo, sino esconderlo. Creía en Dios; creía que sus dotes eran un don que le había otorgado Dios. Y en mi opinión creía que Dios decidiría cómo y en qué momento debían hacerse públicas esas revelaciones.

—Y yo creo que estás loco, Damo. Creo que no hay nada de eso. Que vamos detrás de un *muló*.

—Pero tú viste lo que había grabado en el cofre. Y debajo de la Virgen Negra. Tú mismo puedes ver que hay una pauta que se repite.

—Me gustaría creerte. De verdad. Pero ni siquiera sé leer, Damo. A veces me lío tanto pensando en estas cosas que me dan ganas de sacarme el cerebro como si fuera un ovillo y desenredarlo.

Sabir sonrió.

—¿Tú qué crees, Yola?

—Que tienes razón, Damo. Creo que hay algo en esos versos que todavía no entendemos. Algo por lo que Ojos de Serpiente está dispuesto a matar.

—Puede que hasta quiera destruirlos. ¿Lo has pensado?

Los ojos de Yola se agrandaron.

—¿Por qué? ¿Por qué iba a querer nadie hacer eso?

Sabir movió la cabeza de un lado a otro.

—Ésa es la pregunta del millón. Si pudiera responderla, seríamos libres y estaríamos en casa.

21

Había, entre los amigos de Gavril, quienes creían que el joven gitano estaba enfadado desde siempre. Que algún *muló* se le había metido en el cuerpo al nacer y que, como un cirujano hurgando en un tumor, llevaba con él desde entonces. Que por eso tenía pinta de payo. Que quizá no le habían raptado al nacer, a fin de cuentas, sino que sencillamente le habían maldecido en otra vida y que su aspecto era fruto de esa maldición. Gavril no era simplemente un *apatride*; era algo mucho peor. Era un bicho raro entre su gente.

Bazena, al menos, lo creía así. Pero bebía los vientos por él, y aquellos razonamientos no le cabían en la cabeza.

Ese día, Gavril parecía más enfadado que nunca. Bazena miró a la mujer mayor que hacía temporalmente de su *duenna* y volvió luego a mirar el pelo de Gavril. Él estaba tendido en el suelo, con los pantalones por los tobillos, mientras ella le cosía la herida de la pierna. A Bazena no le parecía el mordisco de un perro, sino un navajazo. Y el moratón pálido que tenía en el cuello no podía habérselo hecho al escapar saltando por un cercado. ¿Qué había hecho? ¿Caerse de espaldas? Pero ¿quién era ella para llevarle la contraria? Se preguntó por un momento a quién se parecerían sus hijos. Si saldrían a ella y serían gitanos, o si saldrían a Gavril y estarían malditos. Al pensarlo notó una flojera en las rodillas.

—¿Cuándo os vais a Saintes-Maries?

Bazena le dio el último punto.

—Luego. Dentro de una hora, quizá.

—Me voy con vosotros.

Bazena se sentó más derecha. Hasta la vieja *duenna* pareció espabilarse.

—Iré delante, con tu padre y tu hermano. Ten. —Se hurgó en el bolsillo y sacó un billete de veinte euros arrugado—. Diles que es para el gasóil. Para mi parte del gasóil.

Bazena miró a la *duenna*. ¿Estaba pensando Truffeni lo mismo que ella? ¿Que Gavril estaba dejando claro que la raptaría cuando estuvieran en Saintes-Maries y pediría a santa Sara que bendijera su matrimonio?

Remató los puntos y le frotó la pierna con bardana.

—Ay. Eso duele.

—Tengo que hacerlo. Es desinfectante. Limpia la herida. Y protege de infecciones.

Gavril se dio la vuelta y se subió los pantalones. Bazena y la mujer miraron para otro lado.

—¿Seguro que no estás *mahrimé*? ¿No me has manchado?

Bazena sacudió la cabeza. La mujer soltó una risa parecida a un cacareo e hizo un gesto obsceno con los dedos.

Sí, pensó Bazena. *Ella también piensa que me desea. También cree que ya no le interesa Yola.*

—Bueno. —Gavril se levantó. La rabia todavía le brillaba en los ojos—. Luego nos vemos. En la caravana de tu padre. Dentro de una hora.

22

—Es imposible. Estamos aquí escondidos para nada.

Macron hizo una mueca.

—Ya le dije que esa gente no sirve para nada. Le dije que no son de fiar.

Calque se enderezó.

—En mi opinión hemos descubierto lo contrario. Está claro que son de fiar, puesto que se niegan a delatar a los suyos. Y en cuanto a que no sirvan para nada... En fin. Ya está todo dicho.

Macron estaba sentado en un muro de piedra, con la espalda apoyada en una esquina de la iglesia.

—Dios mío, cómo me duelen los pies. La verdad es que me duele todo. Si alguna vez cojo a ese cabrón, voy a quitarle el barniz a soplete.

Calque se sacó de la boca el cigarrillo sin encender.

—Extraña forma de hablar para un policía. Supongo que sólo está desahogándose, Macron, y que en realidad no piensa lo que dice.

—Sí, señor. Sólo estoy desahogándome.

—Es un gran alivio saberlo. —Calque detectó un eco de cinismo en su propia voz, y aquello le inquietó. Hizo un esfuerzo consciente por aligerar su tono—. ¿Cómo van esos bobos con el código del localizador? ¿Lo han descubierto ya?

—Están en ello. Lo tendrán mañana por la mañana, a más tardar.

—¿Qué hacíamos antes de que existieran los ordenadores, Macron? Confieso que casi se me ha olvidado. Verdadero trabajo policial, quizá. No. No puede ser eso.

Macron cerró los ojos. Calque seguía en sus trece, como siempre. ¿Cambiaría alguna vez? Jodido iconoclasta.

—Sin ordenadores no habríamos llegado hasta aquí.

—Oh, yo creo que sí. —Más pedantería. A veces, Calque se atufaba con ella. Husmeó el aire como un sabueso barruntando una cacería—. Huele a *coq-au-vin*. No. Y a algo más. A *coq-au-vin* y a *pommes dauphinoises*.

Macron rompió a reír. A pesar de que estaba harto de Calque, el capitán siempre se las apañaba para hacerle reír a uno. Era como si guardara el secreto de cómo acceder a un cauce escondido de complicidad (de complicidad francesa), como Fernandel, por ejemplo, o Charles de Gaulle.

—A eso sí que lo llamo yo trabajo policial. ¿Quiere que investigue, señor? —Abrió los ojos, inseguro aún del estado de ánimo de Calque. ¿Seguía teniéndole manía el capitán, o por fin le estaba dando un respiro?

Calque tiró el cigarrillo a una papelera cercana.

—Usted primero, teniente. El alimento, como dicen los filósofos, ha de preceder siempre al deber.

23

—Es perfecto. —Sabir recorrió con la mirada el interior del *maset du marais* [masada de la marisma]—. Esos hermanos están locos si han abandonado un sitio así. Mirad eso.

Alexi estiró el cuello hacia el lugar que indicaba Sabir.

—Es un aparador provenzal auténtico. Y fijaos en eso.

—¿En qué?

—En esa butaca de ahí. La del rincón. Debe de tener ciento cincuenta años, por lo menos.

—¿Quieres decir que estas cosas valen dinero? ¿Que no son trastos viejos?

Sabir recordó de pronto con quién estaba hablando.

—Déjalos en paz, ¿vale, Alexi? Esa gente nos acoge en su casa. Aunque no lo sepa. ¿De acuerdo? Les debemos la cortesía de no tocar sus cosas.

—Claro. Claro. No voy a tocar nada. —Alexi no parecía convencido—. Pero ¿cuánto crees que valen? ¿Así, a ojo?

—Alexi...

—Vale, vale. Sólo era una pregunta. —Se encogió de hombros—. A lo mejor a algún anticuario de Arles le interesan. Si supieran que están aquí, claro.

—Alexi...

—De acuerdo. De acuerdo.

Sabir sonrió. ¿Qué decían los expertos? Que se puede llevar a un caballo al agua, pero no se le puede obligar a beber.

—¿A qué distancia está Saintes-Maries?

A Alexi seguían yéndosele los ojos hacia los muebles.

—¿Sabes una cosa, Damo? Si tú buscas cosas y yo las vendo, podríamos vivir como reyes. Puede que hasta pudieras comprarte una mujer, después de uno o dos años. Y no tan fea como la primera que te ofrecí.

—Saintes-Maries, Alexi. ¿A qué distancia está?

Alexi suspiró.

—A diez kilómetros a vuelo de pájaro. Puede que a quince en coche.

—Es mucho. ¿No hay otro sitio más cerca donde podamos quedarnos? ¿Desde donde sea más fácil llegar?

—No, a no ser que quieras que todos los policías en sesenta kilómetros a la redonda sepan dónde estás.

—Tienes razón.

—Pero siempre se puede robar un caballo.

—¿De qué estás hablando?

—En la granja de aquí al lado. Tienen montones de caballos por ahí sueltos. Y la finca tiene quizá doscientas hectáreas. No pueden saber dónde están todos. Podemos llevarnos prestados tres. En el lavadero hay arreos y sillas para montarlos. Y cuando no los estemos usando, los encerramos en el establo. Nadie se enterará. Podemos ir a Saintes-Maries a campo traviesa cuando queramos y dejárselos a algún gitano a las afueras del pueblo. Así los *gardians* no los reconocerán ni se enfadarán con nosotros.

—¿Hablas en serio? ¿Quieres que nos convirtamos en cuatreros?

—Yo siempre hablo en serio, Damo. ¿Todavía no te has dado cuenta?

—Mirad lo que he traído. —Yola dejó en el suelo un cajón de madera lleno de hortalizas—. Repollos, una coliflor, calabacines... Hasta una calabaza. Ahora sólo nos hace falta pescado. ¿Puedes acercarte a las Baisses du Tages y coger alguno, Alexi? ¿O robar unas *tellines* de los cestos?

—No tengo tiempo para esas tonterías. Damo y yo vamos a ir a Saintes-Maries a echar un vistazo al santuario. A ver si encontramos un modo de acercarnos a la imagen de santa Sara antes de que llegue Ojos de Serpiente.

—¿Que os vais a ir? Pero si ya no tenemos coche. Lo dejamos en Arles.

—No nos hace falta. Vamos a robar unos caballos.

Yola se quedó mirando a Alexi como si le calibrara.

—Entonces voy con vosotros.

—No es buena idea. Nos vas a retrasar.

—Voy con vosotros.

Sabir miró a sus dos parientes de necesidad. Como pasaba siempre con ellos, parecía haber una tensión oculta en el aire que él no captaba.

—¿Por qué quieres venir, Yola? Puede ser peligroso. Habrá policías por todas partes. Y ya te has encontrado dos veces con ese hombre. No querrás que haya una tercera.

Yola suspiró.

—Mírale, Damo. Mira qué cara de culpa tiene. ¿Es que no sabes por qué tiene tantas ganas de ir al pueblo?

—Bueno, tenemos que prepararnos...

—No. Quiere beber. Y luego, cuando se haya puesto malo de tanto beber, empezará a buscar a Gavril.

—¿A Gavril? Dios mío, me había olvidado de él.

—Pero él no se ha olvidado de ti, ni de Alexi. Puedes contar con ello.

24

—Esto es como ir a cazar gamusinos, señor. El último registro documental que se tiene de la pistola es de 1933. Y seguramente la persona a cuyo nombre está registrada murió hace años. Puede que haya habido seis cambios de dirección entretanto. O seis cambios de titular. El documentalista dice que, después de la guerra, nadie se puso al día con el papeleo hasta los años sesenta. ¿Para qué perder el tiempo con eso?

—¿Esos bobos han encontrado ya el código del localizador?

—No, señor. Nadie me ha dicho nada al respecto.

—¿Tiene usted alguna otra pista de la que no me haya hablado?

Macron soltó un gruñido.

—No, señor.

—Léame la dirección.

—Le Domaine de Seyème, Cap Camarat.

—¿Cap Camarat? Eso está cerca de Saint-Tropez, ¿no?

—Muy cerca, sí.

—En su tierra, entonces.

—Sí, señor. —A Macron no le hacía gracia la idea de volver, con Calque a la zaga, a un lugar tan cercano a su casa.

—¿A nombre de quién está registrada la pistola?

—No se lo va a creer.

—Pruebe, a ver.

—Aquí dice que está registrada a nombre de Louis de Bale, *chevalier*, *comte* d'Hyères, *marquis* de Seyème, par de Francia.

—¿Un par de Francia? ¿Me toma usted el pelo?

—¿Qué es un par de Francia?

Calque meneó la cabeza.

—Su conocimiento de la historia de su país es execrable, Macron. ¿Es que no le interesa nada el pasado?

—El de la aristocracia, no. Creía que nos habíamos librado de todo eso en la Revolución.

—Sólo durante un tiempo. Fueron reinstaurados por Napoleón, eliminados de nuevo por la Revolución de 1848 y resucitados por decreto en 1852. Y desde entonces andan por aquí, que yo sepa. Los títulos instituidos hasta están protegidos por la ley, o sea, por usted y por mí, Macron, por más que le repugne a su alma republicana.

—¿Y qué es un par de Francia, entonces?

Calque suspiró.

—La *Pairie Ancienne* es el título de nobleza colectivo más antiguo y selecto de Francia. En 1216 había nueve pares. Doce años después, en 1228, se crearon otros tres para emular a los doce paladines de Carlomagno. Habrá oído usted hablar de Carlomagno, ¿no? Eran obispos, duques y condes en su mayor parte, designados para servir al rey durante su coronación. Un par le uncía, otro llevaba el manto real, otro su anillo, otro su espada, y así sucesivamente. Yo creía que los conocía a todos, pero el nombre y los títulos de ese hombre no me suenan de nada.

—Puede que sea un farsante. Suponiendo que no esté muerto, claro, que indudablemente lo está, porque hace más de setenta y cinco años que registró la pistola. —Macron lanzó a Calque una mirada fulminante.

—Esas cosas no pueden fingirse.

—¿Por qué no?

—Porque es imposible. Puede uno inventarse títulos de poca monta. La gente lo hace constantemente. Hasta algunos ex presidentes. Y luego acaban en el *Livre de fausse nobilité française*. Pero títulos grandes como ese... No. Imposible.

—¿Qué? ¿Es que esa gente tiene hasta un libro de títulos falsos?

—Y eso no es todo. En realidad, todo el tinglado es como un espejo. —Calque sopesó a Macron como si temiera estar a punto de lanzar margaritas a los cerdos—. Por ejemplo, hay una diferencia fundamental entre los títulos napoleónicos y los precedentes, como el que tenemos aquí. Napoleón, que era un fulano con muy mala idea, dio a algunos de sus favoritos nombres y títulos que ya existían, seguramente para humillar a sus titulares originales y mantenerlos a raya. Pero el asunto tuvo consecuencias de largo alcance. Porque incluso ahora, si pones a un noble napoleónico en un lugar de la mesa más importante que a un noble antiguo con el mismo nombre, el antiguo y toda su familia le dará la vuelta al plato y se negará a comer.

—¿Qué? ¿Y se quedan allí sentados?

—Sí. Y seguramente ésa es la clase de familia a la que nos enfrentamos aquí.

—¿Está usted de guasa?

—Se consideraría un insulto premeditado, Macron. Como si alguien dijera que los colegios de Marsella sólo producen cretinos. Tal afirmación sería manifiestamente incierta, y, por tanto, reprobable. Salvo en algunos casos extremos en los que puede considerarse perfectamente correcta, desde luego.

25

Gavril llevaba tres horas recorriendo las calles de Saintes-Maries en busca de algún indicio de Alexi, Sabir o Yola. Durante ese tiempo había abordado a todos los gitanos, *gardians*, músicos callejeros, mozos de cuadra, mendigos y adivinos con los que se cruzaba, y aun así seguía sin saber nada.

Se conocía la ciudad al dedillo; sus padres habían acudido a la romería anual hasta la muerte de su padre, tres años antes. Desde entonces, sin embargo, su madre se había cerrado en banda y se negaba a alejarse más de treinta kilómetros en cualquier dirección de su casa, situada en un campamento cerca de Reims. Como resultado de su intransigencia, Gavril también había abandonado la costumbre de acudir a las fiestas. Había mentido, por tanto, al decirle a Sabir que, «por supuesto», él también iba al sur con el resto de su clan. Algún *muló*, sin embargo, le había impulsado a retar a Alexi a encontrarse con él en el santuario de santa Sara. Una fuerza inconsciente (supersticiosa, incluso) cuyo origen exacto desconocía.

Al final, todo se resumía en esto: si podía librarse de Alexi (quitarle a Yola y casarse con ella), quedaría probado que era gitano legítimo. Nadie podría negarle su sitio dentro de la comunidad. Porque la familia de Yola era de la nobleza gitana. Emparentaría con un linaje que se remontaba al gran éxodo y más allá. Tal vez hasta el mismo Egipto. Cuando tuviera hijos e hijas de ese linaje, nadie podría poner en duda sus derechos, ni sus antecedentes. Esa historia estúpida y dañina de que su padre se lo quitó a una paya quedaría enterrada para siempre. Incluso podría convertirse en *bulibasha* algún día, si tenía suerte, dinero y un poco de mano izquierda. Se dejaría el pelo largo. Se lo teñiría de rojo, si le apetecía. Se cagaría en todos ellos.

Habían sido los dos policías payos quienes le habían metido la idea en la cabeza con sus tarjetas, sus indirectas y sus insinuaciones mezquinas. Como consecuencia directa de su intervención, había decidido tender una trampa a Alexi y matarle, y delatar luego a Sabir a las autoridades a cambio de la recompensa prometida. Nadie podría culparle por defenderse de un criminal, ¿no? Después tendría el campo libre para vengarse de aquel otro payo cabrón que le había humillado y le había pinchado en la pierna.

Porque aquel tipo también había demostrado ser un imbécil, como todos los payos. ¿O no le había descubierto lo que andaba buscando con todas sus preguntas y sus amenazas? ¿No era algo que tenía que ver con la propia imagen de *Sara e Kali*? Gavril se maldijo por haber perdido tanto tiempo paseándose por el pueblo y haciendo preguntas tontas. Estaba claro que aquel tipo y Sabir tenían algo en común. Los dos, a fin de cuentas, parecían muy interesados en las fiestas. Debían de andar detrás de lo mismo, por tanto. Quizá quisieran robar la imagen de la santa y pedir un rescate. Obligar a todos los gitanos del mundo a pagar para recuperarla. Gavril sacudió la cabeza, maravillado por la estupidez de los payos. Los gitanos no pagaban nunca por nada. ¿Es que no lo sabía aquella gente?

Ahora lo único que tenía que hacer era esperar en la puerta del santuario y dejar que se acercaran. Sólo quedaban cuarenta y ocho horas para el comienzo de las fiestas, al fin y al cabo. Tendría tiempo de sobra para poner en marcha su plan. Y cuando tuviera que descansar, estaba Bazena. Sería pan comido convencerla de que se quedara en su lugar. La muy tonta todavía creía que la deseaba. Le vendría muy bien tenerla a mano. Así que le haría un poco de caso, dejaría que se hiciera ilusiones.

Lo primero era convencerla de que se pusiera a pedir a la puerta de la iglesia. Así no podría entrar nadie en el santuario sin que ella lo viera. Y al mismo tiempo estaría ganando dinero para él. Mataría dos pájaros de un tiro.

Sí. Lo tenía todo pensado. Por fin iba a lucirse, lo notaba. Después de tantos años, iba a darles un escarmiento a aquellos cabrones. Les haría pagar por las humillaciones y el dolor que había tenido que soportar toda su vida por tener el pelo rubio.

Con aquella idea ardiéndole todavía en la cabeza, Gavril volvió a cruzar el pueblo a toda prisa, camino de la caravana del padre de Bazena.

26

Achor Bale observaba las chiquilladas de Gavril con un sentimiento cercano al pasmo. Llevaba siguiendo a aquel idiota desde que le puso metafóricamente en el disparadero en Gourdon, pero durante aquellas tres últimas horas se había convencido por fin, categóricamente, de que en toda su vida había seguido a un hombre con tan poca conciencia de lo que pasaba a su alrededor. Aquello sí que era cortedad de miras. Desde el momento en que a aquel gitano se le ocurría una cosa, se concentraba en ella excluyendo todo lo demás: casi se oía el chirrido de sus engranajes mentales al encajar. Era como un caballo de carreras provisto de anteojeras.

Había sido ridículamente fácil seguirle desde Gourdon, después de taladrarle la pierna. Ahora, en medio de las calles de Saintes-Maries atestadas de turistas, la cosa adquiría una simplicidad que contrastaba vivamente con su posible resultado final. Bale pasó quince minutos deliciosos observando cómo Gavril intimidaba a una joven para que aceptara unirse a algún nuevo plan que había urdido. Y luego otros doce viendo cómo ella se acomodaba en el suelo, en el rincón de la plaza más cercano a la entrada de la iglesia. La chica empezó a pedir casi enseguida; no a los gitanos, claro está, sino a los turistas.

Eres astuto, cabroncete, pensó Bale. *Así se hace. Que otros te hagan el trabajo. Y supongo que ahora irás a echarte la siesta.*

Haciendo caso omiso de Gavril, Bale se sentó en un café cercano, se puso un sombrero de ala ancha y unas gafas de sol para despistar a la policía local y empezó a vigilar a la chica.

—¡Por la puta! Mire qué sitio. Joder, debe de valer una fortuna.

Calque dio un respingo, pero no dijo nada.

Macron salió del coche cojeando. Se quedó mirando el macizo de Cap Camarat, que se alzaba delante de ellos, y miró luego el amplio semicírculo de agua azul clara que llevaba al cabo de Saint-Tropez, a su izquierda.

—Seguro que Brigitte Bardot vive en un sitio así.

—Lo veo difícil —dijo Calque.

—Pues yo creo que sí.

Una mujer de mediana edad con un traje de *tweed* y cachemir avanzó hacia ellos desde la casa.

Calque inclinó levemente la cabeza.

—*Madame la marquise...*

La mujer sonrió.

—No, soy su secretaria particular, *madame* Mastigou. Y el título correcto de la señora es *madame la comtesse*. La familia considera el marquesado su título menos importante.

Detrás de Calque, Macron enseñó los dientes en una sonrisa alborozada. Así aprendería aquel estirado. Le estaba bien empleado, por ser tan esnob. Siempre tenía que saberlo todo. Y aun así la fastidiaba.

—¿Han tenido un accidente de coche? Me he fijado en que su ayudante cojea. Y usted, capitán, si me permite decírselo, parece recién vuelto de la guerra.

Calque admitió de mala gana la existencia de su cabestrillo y del esparadrapo que seguía cruzándole la nariz recién retocada.

—Eso es justamente lo que nos pasó, *madame*. Íbamos persiguiendo a un delincuente. A un delincuente peligroso. Razón por la cual estamos aquí.

—No esperarán encontrarlo en esta casa.

—No, *madame*. Estamos investigando una pistola que sabemos ha estado en su poder. Por eso queremos hablar con su jefa. Es muy posible que la pistola perteneciera a su padre. Tenemos que reconstruir su itinerario durante los últimos setenta y cinco años.

—¿Setenta y cinco años?

—Desde la primera vez que fue registrada a principios de los años treinta, sí.

—¿Fue registrada en los años treinta?

—Sí. A principios de los años treinta.

—Entonces debió de pertenecer al marido de *madame la comtesse*, ya fallecido.

—Comprendo. —Calque sintió, más que verlo, que Macron levantaba los ojos al cielo tras él—. ¿*Madame la comtesse* es una señora muy mayor, entonces?

—Nada de eso, *monsieur*. Era cuarenta años más joven que *monsieur le comte* cuando se casaron, en los años setenta.

—Ah.

—Pero acompáñenme, por favor. *Madame la comtesse* los está esperando.

Calque siguió a *madame* Mastigou hacia la casa, con Macron cojeando detrás. Cuando llegaron a la puerta principal, un lacayo que revoloteaba por allí alargó el brazo y la abrió.

—Esto no puede ser verdad —murmuró Macron—. Es el decorado de una película. O una broma. Ya no hay nadie que viva así.

Calque hizo como que no le oía y dejó que el lacayo le ayudara a subir los escalones rozando ligeramente su brazo intacto. En el fondo agradecía la ayuda; llevaba algún tiempo disimulando lo frágil que se sentía por miedo a perder terreno delante de Macron. Macron era un producto de barrio pobre: un gallito de pelea callejero, siempre al acecho de la debilidad ajena. Calque sabía que su única ventaja respecto a él residía en su inteligencia y en la hondura de su conocimiento del mundo y su historia. Si perdía esa ventaja, estaba acabado.

—*Madame la comtesse* les está esperando en la biblioteca.

Calque siguió el brazo extendido del lacayo. La secretaria, o lo que fuera, ya estaba anunciándolos.

Allá vamos, pensó. *Otra vez a la caza del gamusino. Debería dedicarme profesionalmente a eso, como deporte. A este paso, cuando volvamos a París, y con las cosas que irá contando alegremente Macron por la oficina, seré el hazmerreír de todo el segundo distrito.*

—Mira, es Bazena. —Alexi estaba a punto de levantar el brazo, pero Sabir le detuvo.

Retrocedieron los dos a la par, colocándose detrás de una mampara que separaba dos tenderetes.

—¿Qué está haciendo?

Alexi se asomó más allá de la mampara.

—No me lo puedo creer.

—¿El qué?

—Está pidiendo. —Se volvió hacia Sabir—. Si la ven su padre o su hermano, le darán de latigazos.

—¿Por qué? Yo veo gitanas pidiendo todo el tiempo.

—Gitanas como Bazena, no. No de una familia como la suya. Su padre es un hombre muy orgulloso. No conviene hacerle enfadar. Hasta yo me lo pensaría dos veces. —Se escupió en la mano supersticiosamente.

—Entonces, ¿por qué lo hace?

Alexi cerró los ojos.

—Espera. Déjame pensar.

Sabir asomó la cabeza por el borde de la mampara y observó la plaza.

Alexi le agarró de la camisa.

—¡Ya lo tengo! Seguro que tiene que ver con Gavril. Puede que la haya puesto ahí para buscarnos.

—¿Y por qué no nos busca él?

—Porque es un vago, el hijoputa.

—Ya. ¿No tendrás prejuicios, por casualidad?

Alexi masculló una maldición.

—¿Qué hacemos, Damo? No podemos entrar en la iglesia estando Bazena ahí. Irá corriendo a decírselo a Gavril, y él se presentará aquí y lo liará todo.

—Le diremos a Yola que hable con ella.

—¿Y de qué servirá eso?

—A Yola se le ocurrirá algo. Siempre se le ocurre.

Alexi asintió con la cabeza, como si aquello le pareciera evidente.

—Vale, entonces. Tú quédate aquí. Yo voy a buscarla.

Alexi encontró a su prima sentada con un grupo de amigas, exactamente como habían acordado, frente al ayuntamiento, en la Place des Gitans.

—Yola, tenemos un problema.

—¿Habéis visto a Ojos de Serpiente?

—No, pero es casi igual de malo. Gavril tiene vigilada la iglesia. Ha puesto a Bazena a pedir en la puerta.

—¿A Bazena? ¿A pedir? Pero su padre la matará.

—Ya lo sé. Se lo he dicho a Damo.

—¿Y qué vas a hacer?

—Yo nada. Eres tú quien va a hacerlo.

—¿Yo?

—Sí, vas a ir a hablar con ella. Damo dice que tú siempre sabes qué decir.

—Eso dice, ¿eh?

—Sí.

Una de las chicas empezó a reírse por lo bajo.

Yola le tiró de los pechos.

—Cállate, Yeleni. Tengo que pensar.

A Alexi le sorprendió que las chicas hicieran caso a Yola y no le contestaran con descaro, como solían hacer con las jóvenes de su edad que todavía engrosaban las filas de la soltería. Normalmente, el hecho de que siguiera soltera siendo tan mayor habría reducido su estatus dentro de la comunidad femenina: algunas de aquellas jóvenes ya habían dado a luz, o estaban embarazadas por segunda o tercera vez. Pero Alexi debía reconocer que Yola tenía un porte que inspiraba respeto. Y aquel porte suyo repercutiría en él, desde luego, si se casaba con ella.

Aunque, de todas formas, pensar que Yola vigilaría todos sus pasos no le hacía ninguna gracia. Alexi reconocía que, en cuestión de mujeres, tenía poca voluntad. Le era casi imposible dejar pasar la oportunidad de camelar a las payas jovencitas. Yola tenía razón. Y las cosas estaban muy bien tal y como estaban. Pero Yola no era de las que, después de casadas, hacían la vista gorda en tales asuntos. Seguramente lo caparía cuando estuviera dormido.

—Alexi, ¿en qué estás pensando?

—¿Yo? En nada. En nada.

—Entonces ve a decirle a Damo que voy a despejar el camino para que entremos en el santuario. Pero que no se extrañe de cómo voy a hacerlo.

—Vale. —Alexi seguía pensando en qué se sentiría si a uno lo envenenaban o lo castraban. No sabía qué prefería. Las dos cosas parecían inevitables, si se casaba con Yola.

—¿Me has oído?

—Claro. Claro que te he oído.

—Y si ves a Gavril y él no te ve, evítalo.

29

—¿Capitán Calque? Siéntese, por favor. Y usted también, teniente.

Calque se dejó caer de buena gana en uno de los tres grandes sofás que rodeaban la chimenea. Después volvió a erguirse mientras la condesa se sentaba.

Macron, que al principio había tenido tentaciones de sentarse en el brazo de un sofá y dejar colgando las plantas de sus pies doloridos, se lo pensó mejor y se acomodó junto a su jefe.

—¿Les apetece un café?

—No, muchas gracias.

—Voy a pedir que me traigan uno a mí, entonces. Siempre tomo café a estas horas.

Calque puso la misma cara que hubiera puesto si hubiera olvidado comprar el boleto de lotería con su número de siempre y acabara de aparecer en la pantalla del televisor.

—¿Seguro que no quieren acompañarme?

—Bueno, ahora que lo dice...

—Excelente. Milouins, café para tres, por favor. Y traiga unas magdalenas.

—Sí, *madame*. —El lacayo salió de espaldas de la habitación.

Macron puso otra vez cara de incredulidad, pero Calque se negó a mirarle a los ojos.

—Ésta es nuestra casa de verano, capitán. En el siglo XIX solía ser la de invierno, pero todo cambia, ¿no es cierto? Ahora la gente busca el sol. Y cuanto más caliente, mejor, ¿no?

Calque sintió ganas de resoplar, pero no lo hizo. Le apetecía un cigarrillo, pero sospechaba que, si cedía a su deseo, haría saltar alguna alarma escondida, o desencadenaría un revuelo a la búsqueda de un cenicero. Resolvió privarse de ambas cosas y no someterse a más tensión de la estrictamente necesaria.

—Quería hacerle una pregunta, *madame*. Únicamente a efectos informativos. Es sobre los títulos de su marido.

—Los de mi hijo.

—Ah. Sí. Los títulos de su hijo. Simple curiosidad. Su hijo es par de Francia, ¿no es cierto?

—Sí, así es.

—Pero yo tenía entendido que sólo hay doce pares de Francia. Por favor, corríjame si me equivoco. —Fue levantando los dedos—. El arzobispo de Reims, que oficiaba tradicionalmente la coronación real; los obispos de Laon, Langres, Beauvais, Châlons y Noyons, que uncían al rey y portaban su cetro, su manto, su anillo y su cinturón, respectivamente. Y luego estaban los duques de Normandía, Borgoña y Aquitania, también llamada Guyena. El duque de Borgoña sostenía la corona y abrochaba el cinturón. El de Normandía sujetaba el primer pendón y el de Guyena el segundo. Por último, había tres condes: el de Champaña, el de Flandes y el de Toulouse. El de Toulouse llevaba las espuelas, el de Flandes la espada, y el de Champaña el estandarte real. ¿Tengo razón?

—Mucha, sí. Cualquiera diría que acaba usted de mirar esos nombres en un libro y se los ha aprendido de carrerilla.

Calque se sonrojó. Notó cómo le bullía la sangre dentro de la nariz herida.

—No, *madame*. El capitán Calque sabe de verdad de esas cosas.

Calque miró a Macron con incredulidad. Santo Dios. ¿Había allí solidaridad de clase? Tenía que ser eso. No podía haber otra razón que explicara por qué Macron había salido en su defensa con tanta diligencia y de manera tan pública. Calque inclinó la cabeza, sinceramente agradecido. Tenía que recordar esforzarse más con

Macron. Darle más ánimos. Sintió incluso que un leve vestigio de afecto cubría la exasperación que solía producirle el descaro de su joven ayudante.

—Y así llegamos a la familia de su marido, *madame*. Discúlpeme, pero sigo sin entenderlo. Eso sin duda le convertiría en el par de Francia número trece. Pero no se tiene noticia de semejante título, que yo sepa. ¿Qué habrían llevado los antepasados de su esposo durante la ceremonia de la coronación?

—Nada, capitán. Habrían protegido al rey.

—¿Protegerle? ¿Protegerle de qué?

La condesa sonrió.

—Del Diablo, por supuesto.

30

Yola pensó que había sincronizado a la perfección sus dos inter-
venciones. Primero, había mandado a Yeleni a despertar a Gavril
y a decirle que Bazena necesitaba hablar con él urgentemente.

Y luego había esperado cinco minutos para ir corriendo a decirle a Badu, el padre de Bazena, que acababan de ver a su hija
pidiendo delante de la iglesia. Había dejado pasar aquellos cinco
minutos pensando que, indudablemente, Badu y Stefan, el hermano de Bazena, acudirían corriendo en cuanto se enteraran de la noticia. Y ahora ella también corría: no quería perderse el desenlace
de su complot.

Alexi la vio llegar.

—Mira. Es Yola. Y mira allí. Gavril. Ay, mierda. Badu y Stefan.

A Sabir le pareció una escena inspirada en la persecución de la
primera película de la Pantera Rosa: ésa en la que el viejo, desconcertado por la cantidad de coches de policía y Citroëns dos caballos que rodean la plaza delante de él, saca su butaca, la planta en
primera fila y se pone a ver cómodamente lo que pasa.

Gavril, ajeno por completo a la presencia de Badu y Stefan,
avanzaba a toda prisa hacia Bazena. Ella, pillada in fraganti, con
un paño extendido delante cubierto de monedas, acababa de ver a
su padre y su hermano. Se levantó y le gritó algo a Gavril. Gavril
se detuvo. Bazena le hizo señas, con muchos aspavientos, de que se
marchara. Badu y Stefan, que lo vieron, se dieron la vuelta y reco-
nocieron a Gavril. Éste, en lugar de aguantar el tipo y hacerse el
ignorante, decidió largarse. Badu y Stefan se separaron (saltaba a
la vista que habían practicado aquella maniobra muchas veces an-

tes) y se acercaron a Gavril por lados opuestos de la plaza. Bazena empezó a chillar y a tirarse del pelo.

En menos de noventa segundos desde que se puso en marcha el plan de Yola, unos cincuenta gitanos de todos los sexos y edades se juntaron, como salidos de la nada, en el centro de la plaza. Gavril retrocedía ante Badu y Stefan, que habían sacado las navajas. La gente salía de la iglesia para ver qué era aquel jaleo. Dos policías en moto se acercaban desde otro lado del pueblo, pero los gitanos les obstaculizaban el paso y procuraban asegurarse de que no vieran bien la pelea. Bazena se había lanzado al cuello de su padre y se agarraba a él con desesperación mientras su hermano rondaba a Gavril, que, a pesar de que también había sacado su navaja, seguía aún luchando con la abrazadera metálica del arma.

—Ya está. Ahora me toca a mí. —Alexi echó a correr entre la multitud antes de que Sabir tuviera tiempo de preguntarle qué se proponía.

—¡Alexi! ¡Por el amor de Dios, no te metas!

Pero era demasiado tarde para detenerle. Corría ya bordeando el gentío, camino de la iglesia.

31

Alexi había sido un ladrón magistral toda su vida, y los ladrones magistrales sabían aprovechar las circunstancias. Aprovechar el momento.

Estaba seguro de que el guarda acabaría sintiendo la tentación de salir de la iglesia. ¿Cómo no iba a sentirla, cuando toda la congregación había salido en tropel delante de él, espoleada por la curiosidad de ver lo que ocurría en la plaza?

Alexi se imaginaba las ideas que pasarían sucesivamente por su cabeza. Seguramente debía salir. Santa Sara podía cuidarse sola un momento, ¿no? No corría ningún peligro, que él supiera. Nadie le había avisado de que tuviera especial cuidado. ¿Qué tenía de malo romper la monotonía de la mañana con una bocanada de aire fresco y un buen tumulto?

Alexi acababa de esconderse al lado derecho de la puerta principal cuando el vigilante salió bruscamente detrás del gentío, con la cara iluminada por la expectación. Alexi entró tras él como una centella y se fue derecho al santuario. Llevaba toda su vida yendo a aquel lugar. Conocía su geografía como la palma de su mano.

Santa Sara estaba en un rincón de la cripta desierta, rodeada de exvotos, fotografías, velas, baratijas, poemas, placas, pizarras con nombres escritos y flores: montones de flores. Llevaba encima no menos de veinte capas de ropa donada, entre mantos, cintas y velos cosidos a mano; sólo su cara de color caoba, empequeñecida por la corona de plata, asomaba entre la densidad sofocante de las telas que la envolvían.

Alexi se santiguó supersticiosamente y, tras lanzar al crucifijo más cercano una mirada que parecía decir «perdóname, por favor», dio la vuelta a *Sara e kali* y pasó la mano por su base. Nada. Estaba lisa como el alabastro.

Echando una mirada frenética a la entrada del santuario, Alexi masculló una oración, sacó su navaja y se puso a escarbar.

Achor Bale había observado con gran interés los hechos que se sucedían velozmente delante de él, en la plaza. Primero, la aparición precipitada de aquel idiota de pelo rubio, y luego la de los dos gitanos furiosos que se abalanzaron sobre la chica que mendigaba. Después, los gritos de la chica, que atrajeron la atención de todo el mundo hacia su rubio enamorado, quien, de otro modo, sin duda se habría dado cuenta de lo que pasaba antes de que alguien tuviera ocasión de verle, y habría podido esfumarse antes de que se armara la gorda. Lo cual estaba sucediendo en ese momento.

Los dos policías en moto seguían intentando abrirse paso entre el gentío. El rubio se estaba encarando con el más joven de los otros dos, y, si Bale no se equivocaba, blandía una navaja Opinel que sin duda se rompería en cuanto chocara con algo más sustancioso que un hueso de pollo. El mayor de los dos gitanos (el padre, seguramente) estaba atareado intentando quitarse de encima a su hija histérica, pero era evidente que no tardaría mucho en librarse de ella, después de lo cual harían entre los dos picadillo al rubio sin que la policía hubiera tenido aún ocasión de acercarse.

Bale recorrió la plaza con la mirada. Todo aquello parecía preparado. Los tumultos no surgían casi nunca espontáneamente, porque sí. Había gente que los orquestaba. Eso, al menos, le decía la experiencia. Él mismo se las había arreglado para montar uno o dos cuando estaba en la Legión (no al amparo de la Legión, claro está, sino simplemente como un medio de obligarla a intervenir en situaciones que, sin ella, podrían haberse resuelto sin recurrir a la violencia).

Se acordaba con especial cariño de uno en Chad, durante el despliegue de la Legión en los años ochenta. Cuarenta muertos y muchos más heridos. En el *Corpus* se decía que había estado peligrosamente cerca de hacer estallar una guerra civil. Qué satisfecho habría estado *Monsieur*, su padre.

Legio Patria Nostra: Bale casi sentía nostalgia. Había aprendido muchas cosas útiles en el «poblado de combate» de la Legión en Fraselli, Córcega, y también en Ruanda, Yibuti, Líbano, Camerún y Bosnia. Cosas que tal vez tuviera que poner en práctica ahora.

Se levantó para ver mejor. Al ver que no servía de nada, se subió a la mesa del café y usó su sombrero como parasol. Nadie reparó en él: todos tenían los ojos fijos en la plaza.

Miró hacia la entrada de la iglesia justo a tiempo de ver que Alexi, que había estado acechando detrás de la puerta principal, entraba a toda prisa al salir el guarda.

Excelente. Iban a volver a hacerle el trabajo sucio. Recorrió la plaza con la mirada buscando a Sabir, pero no lo vio. Lo mejor sería acercarse a la puerta de la iglesia. Esperar a que saliera el gitano. Con el alboroto que había en la Place de l'Église, a nadie le sorprendería lo más mínimo encontrar otro cadáver con una cuchillada en el pecho.

32

Calque estaba teniendo dificultades con la condesa. Todo había empezado cuando ella notó que el capitán se resistía a creer que la familia de su marido tuviera el deber de defender a los reyes angevinos, capetos y Valois de la intromisión del diablo.

—¿Por qué no está escrito? ¿Por qué no he oído nunca hablar del decimotercero par de Francia?

Macron los observaba con incredulidad. ¿Qué estaba haciendo Calque? Había ido allí a investigar una pistola, no un linaje familiar.

—Pero si está escrito, capitán Calque. Lo que ocurre es sencillamente que los expertos no tienen acceso a la documentación. ¿Qué cree usted, que toda la historia es exactamente como la cuentan los historiadores? ¿De veras cree que no hay familias nobles por toda Europa que mantienen su correspondencia y sus documentos privados lejos de miradas indiscretas? ¿Que no hay todavía hoy sociedades secretas de cuya existencia nadie sabe nada?

—¿Conoce usted alguna de esas sociedades, *madame*?

—Claro que no. Pero existen, desde luego. Puede usted estar seguro. Y quizá tengan más poder del que pueda suponerse. —La cara de la condesa adoptó una expresión extraña. Alargó el brazo y tocó el timbre. Sin decir palabra, Milouins entró en la habitación y empezó a recoger el servicio de café.

Calque comprendió que la entrevista tocaba a su fin.

—La pistola, *madame*. La que está registrada a nombre de su marido. ¿Quién es su actual propietario?

—Mi marido la perdió antes de la guerra. Recuerdo muy bien que me lo dijo. Se la robó un guardabosque que durante un tiempo estuvo descontento con su puesto. El conde avisó a la policía. Estoy segura de que todavía figurará en los archivos. Hubo una investigación informal, pero la pistola no volvió a aparecer. Fue un asunto de poca importancia. Mi marido tenía muchas armas. Su colección era muy notable, creo. Pero a mí personalmente no me interesan las armas.

—Por supuesto, *madame*. —Calque sabía cuándo estaba vencido. Las posibilidades de que quedara en los archivos alguna noticia sobre una investigación oficiosa en torno a un arma desaparecida en los años treinta eran infinitesimales—. Pero tengo entendido que se casó usted con su marido en los años setenta. ¿Cómo es posible que esté al corriente de cosas que sucedieron en la década de los treinta?

Macron se quedó boquiabierto.

—Mi marido, capitán, siempre me lo contaba todo. —La condesa se levantó.

Macron se puso en pie con esfuerzo, y vio con regocijo que Calque fracasaba en su primer intento de levantarse del sofá. El viejo debía de estar acusando los efectos del accidente, se dijo. *Puede que esté más débil de lo que aparenta. La verdad es que se comporta de forma muy rara.*

La condesa tocó dos veces el timbre. El lacayo volvió a entrar. Ella señaló a Calque con la cabeza y el lacayo se apresuró a ayudarle.

—Lo siento, *madame*. El coche en el que viajábamos el teniente Macron y yo colisionó con otro vehículo cuando perseguíamos a un malhechor. Todavía estoy un poco maltrecho.

¿Con otro vehículo? ¿Persiguiendo a un malhechor? ¿A qué coño estaba jugando Calque? Macron echó a andar hacia la puerta. Luego se detuvo. El viejo no estaba tan maltrecho. Estaba fingiendo.

—¿Y su hijo, *madame*? ¿No podría tener algo que añadir a la historia? Puede que su padre le hablara de la pistola.

—¿Mi hijo, capitán? Tengo nueve hijos. Y cuatro hijas. ¿Con cuál de ellos le gustaría hablar?

Calque se paró en seco. Se tambaleó un poco, como si estuviera en las últimas.

—¿Trece hijos? Me deja usted de piedra, *madame*. ¿Cómo es posible?

—Se llama adopción, capitán. La familia de mi marido sufraga un convento de monjas desde hace nueve siglos. Es una de sus obras de caridad. Mi marido resultó gravemente herido durante la guerra. Desde ese momento le fue imposible engendrar un heredero. Por eso se casó tan tarde. Pero yo le convencí de que reconsiderara su postura respecto a la sucesión. Somos ricos. El convento tiene un orfanato. Adoptamos a todos los que pudimos. La adopción es una costumbre bien arraigada entre las familias de la nobleza italiana y francesa en casos de fuerza mayor. Es infinitamente preferible a dejar que se extinga el linaje.

—El conde actual, entonces. ¿Puedo saber su nombre?

—El conde Rocha. Rocha de Bale.

—¿Puedo hablar con él?

—No sabemos dónde está, capitán. Por razones que sólo él conoce se unió a la Legión Extranjera. Como sabe, a los legionarios se los obliga a registrarse con un nombre nuevo. Nunca supimos cuál era ese nombre. Hace muchos años que no le veo.

—Pero la Legión sólo acepta a extranjeros, *madame*. No a franceses. Excepción hecha de los mandos. ¿Era oficial su hijo, entonces?

—Mi hijo era un necio, capitán. A la edad a la que se alistó habría sido capaz de cualquier disparate. Habla seis idiomas. Cabe dentro de lo posible que se hiciera pasar por extranjero.

—Como usted diga, *madame*. Como usted diga. —Calque dio las gracias al lacayo con una inclinación de cabeza—. Parece que nuestra investigación ha ido a dar en un callejón sin salida.

La condesa pareció no oírle.

—Le aseguro que mi hijo no sabe nada de la pistola de su padre. Nació treinta años después de los acontecimientos a los que se refiere usted. Le adoptamos cuando tenía doce años. Pensando en la avanzada edad de mi marido.

Calque, que nunca tardaba en aprovechar una oportunidad, tentó su suerte.

—¿Y no podrían traspasar el título a su segundo hijo? Para salvaguardar el linaje.

—Esa posibilidad desapareció con mi marido. El mayorazgo es inalienable.

Calque y Macron se vieron suavemente transferidos al cuidado de la muy eficiente *madame* Mastigou. En apenas treinta segundos administrados con toda fluidez estaban de nuevo en su coche, circulando por la avenida en dirección a Ramatuelle.

Macron señaló la casa sacando la barbilla.

—¿De qué demonios iba todo eso?

—¿El qué?

—Esa farsa. Durante veinte minutos casi he olvidado que me duelen los pies. Ha estado usted tan convincente que casi me lo he tragado. He estado a punto de ofrecerme a ayudarle para bajar la escalinata.

—¿Farsa? —dijo Calque—. ¿Qué farsa? No sé de qué me habla, Macron.

Macron le lanzó una mirada.

Calque estaba sonriendo.

Pero antes de que Macron pudiera insistir sonó el teléfono. Macron paró en una zona de descanso y contestó.

—Sí. Sí. Ya lo tengo. Sí.

Calque levantó una ceja.

—Han dado con el código del localizador de Ojos de Serpiente, señor. El coche de Sabir está en un aparcamiento de larga estancia en Arles.

—Eso nos sirve de poco.

—Hay otra cosa.

—Le escucho.

—Un apuñalamiento. En Saintes-Maries-de-la-Mer. Delante de la iglesia.

—¿Y qué?

—Una comprobación que hice. Después de nuestras pesquisas en Gourdon. Marqué los nombres de toda la gente a la que entrevistamos. Y avisé en la oficina de que me informaran de cualquier incidente en el que estuviera implicado algún gitano. Para cotejar los nombres, en otras palabras.

—Sí, Macron. Ya me ha impresionado. Ahora deme mi recompensa.

Macron volvió a encender el motor. Más valía no sonreír, se dijo. Que no se le notara ninguna emoción.

—La policía está buscando a un tal Gavril La Roupie en relación con los hechos.

33

Gavril se había olvidado de Badu y Stefan. Estaba tan eufórico por haber descubierto el plan para secuestrar a santa Sara que no había reparado en que los parientes de Bazena eran dos de los hombres más feroces a aquel lado de la montaña Sainte-Victoire. Las historias que circulaban sobre ellos eran legión. Padre e hijo siempre actuaban juntos, sirviéndose mutuamente de elementos de distracción. Sus peleas en los bares eran legendarias. Se rumoreaba que entre los dos se habían cargado a más gente que la primera bomba atómica.

El viaje a Saintes-Maries había tenido la culpa. Estaban los dos extrañamente condescendientes. Las fiestas eran para ellos el momento culminante del año: abundaban allí las ocasiones de saldar viejas rencillas y crear otras nuevas. Gavril estaba tan cerca de ellos, y destacaba tanto, que no contaba. Se habían acostumbrado a él. No se les habría ocurrido que pudiera cometer la estupidez de obligar a Bazena a echarse a la calle. Así que le habían arrastrado a su mundillo violento y habían hecho de él, aunque fuera fugazmente, su cómplice instigador.

Ahora Stefan iba a por él, y lo único que tenía Gavril para defenderse era una navaja Opinel. Cuando Badu consiguió zafarse por fin de su hija, Gavril comprendió que estaba acabado. Iban a coserlo a puñaladas.

Gavril lanzó la navaja a Stefan con todas sus fuerzas y salió luego por piernas atravesando el gentío. Oyó un rugido a su espalda, pero no hizo caso. Tenía que salir de allí. Después podría decidir cómo reparar los daños. Aquello era cuestión de vida o muerte.

Zigzagueó entre los gitanos como un loco: como un jugador de fútbol americano esquivando a la defensa contraria. Utilizando intuitivamente las cinco campanas de la torre de la iglesia como punto de referencia, corrió hacia los muelles con la idea de robar una barca. Sólo había tres carreteras para salir del pueblo, y teniendo en cuenta que durante los días previos a las fiestas el tráfico se movía a paso de tortuga en ambos sentidos, era el único modo sensato de salir de allí.

Luego, en el cruce de la Rue Espelly y la Avenue Van Gogh, justo enfrente de la plaza de toros, vio a Alexi. Y detrás de él a Bale.

34

Alexi había estado a punto de devolver la efigie de santa Sara a su pedestal, asqueado. Todo aquello había sido una pérdida de tiempo absurda. ¿Por qué esperaba Sabir que cosas que habían pasado hacía cientos de años tuvieran algún efecto en la vida moderna? Era un disparate.

A él, por su parte, le resultaba casi imposible remontarse veinte años atrás, por no hablar de quinientos. Los garabatos que Sabir había descifrado con tanta convicción no le parecían más que las divagaciones de un loco. Aquella gente se lo tenía merecido, por empeñarse en escribirlo todo y comunicarse de esa manera. ¿Por qué no hablaban entre sí, sencillamente? Si todo el mundo hablara, el mundo tendría mucho más sentido. Las cosas serían inmediatas. Como en su mundo. Él se despertaba cada mañana y pensaba en cómo se sentía en ese momento. No en el pasado. Ni en el futuro. Sino en el ahora.

Estuvo a punto de no ver el tapón de resina. Con el paso de los siglos se había desgastado hasta adquirir una pátina marrón parecida al resto del pedestal pintado. Pero tenía una consistencia distinta. Al hurgar en él con la navaja no levantó polvillo, sino espirales parecidas a virutas de madera. Alexi hizo palanca hasta que saltó. Metió el dedo dentro del agujero. Sí. Había algo allí dentro.

Introdujo la navaja en el agujero y la giró. Salió un bulto de tela. Alexi extendió la tela sobre su mano y la miró. Nada. Sólo era un trozo de lino apolillado y lleno de agujeros.

Miró por el agujero, pero no vio nada. Intrigado, dio un golpe

con la imagen sobre el suelo. Y luego otro. Salió un tubo de caña.
¿De caña? ¿Dentro de una figurilla?

Se disponía a partir el tubo en dos cuando oyó unos pasos que
se acercaban por la ancha escalera de piedra que llevaba a la cripta.

Borró rápidamente las huellas de su paso por allí y volvió a colocar la imagen en su sitio. Luego se postró en el suelo, ante ella.

Oyó acercarse los pasos. ¡Malos *mengues*! ¿Y si era Ojos de
Serpiente? Estaría indefenso.

—¿Tú qué haces aquí?

Alexi se incorporó y parpadeó. Era el vigilante.

—¿Tú qué crees? Estoy rezando. Esto es una iglesia, ¿no?

—No hace falta enfadarse. —Estaba claro que el vigilante había tenido encontronazos con otros gitanos y no quería que volviera a ocurrirle. Sobre todo, después de lo que acababa de ver en la
plaza.

—¿Dónde se ha metido todo el mundo?

—¿No te has enterado?

—¿De qué? Estaba rezando.

El vigilante se encogió de hombros.

—Dos de los vuestros. Estaban discutiendo por una mujer. Uno
le ha tirado la navaja al otro. Le ha dado en el ojo. Había sangre por
todas partes. Me han dicho que el ojo le colgaba de un hilillo por la
mejilla. Qué asco. Pero les está bien empleado por pelearse en día
de fiesta mayor. Deberían haber estado aquí, como tú.

—Tirando una navaja no se saca un ojo a nadie. Te lo estás in-
ventando.

—No, no, he visto la sangre. La gente estaba chillando. Un
policía tenía el ojo en una libreta y estaba intentando meterlo
otra vez.

—Madre de Dios. —Alexi se preguntó si sería Gavril quien
había perdido el ojo. Aquello le chafaría los planes. Le pararía un
poco los pies. Quizá si le faltaba un órgano no sería tan propenso
a reírse de las taras ajenas.

—¿Puedo besarle los pies a la Virgen? —Alexi había visto unas virutas de resina en el suelo: un soplido rápido y acabarían bajo las faldas de santa Sara.

El guarda miró alrededor. La cripta estaba desierta. Estaba claro que la gente seguía atenta a lo que pasaba en la plaza.

—Está bien. Pero date prisa.

35

Bale había empezado a seguir a Alexi casi en cuanto éste salió de la iglesia. Pero el gitano estaba alerta. Como un galgo después de una carrera. Lo que había hecho dentro, fuera lo que fuese, le había aguzado los sentidos y disparado la adrenalina.

Bale esperaba a medias que el gitano volviera enseguida a la plaza para ver qué estaba pasando y buscar a Sabir. Pero había cruzado a toda prisa la Place Lamartine camino de la playa. ¿Por qué? ¿Había encontrado algo allí dentro?

Bale decidió seguirle fuera del pueblo. Siempre convenía alejarse de las zonas más pobladas. En lo que a la policía respectaba, el lugar de la muerte importaría tan poco como el resultado final. Sería sólo otra reyerta más entre gitanos. Pero de ese modo tendría tiempo de sobra para registrarle los bolsillos a Alexi y encontrar lo que había birlado o copiado en la capilla. Así pues, sacrificó su invisibilidad y apretó el paso, contando con resguardarse entre la multitud.

Fue entonces cuando Alexi le vio. Bale se dio cuenta porque el gitano se tropezó del susto y cayó un momento de rodillas. Alexi no iba mirando a las musarañas, como Gavril.

Bale empezó a correr. Era ahora o nunca. No podía dejar que el gitano se le escapara. Llevaba algo apretado contra el pecho, y como no podía usar uno de los brazos, corría más despacio. Así que, fuera lo que fuese aquello, era importante para él. Y, por tanto, también para Bale.

Iba hacia la plaza de toros. Bien. En cuanto saliera a la Esplanade, sería más fácil verle. Mucho más fácil distinguirle entre la muchedumbre.

La gente se volvía para mirarlos cuando pasaban a su lado, empujando.

Bale estaba en forma. Tenía que estarlo. Desde sus tiempos en la Legión sabía que el estar en forma equivalía a estar sano. El cuerpo te escuchaba. Estando en forma, uno se liberaba de la opresión de la gravedad. Si encontrabas el equilibrio perfecto, casi podías volar.

Alexi corría ligero, pero no podía decirse que estuviera en forma. En realidad, no había hecho ejercicio en toda su vida. Se limitaba a llevar sin proponérselo una vida sana, en armonía natural con sus instintos, que le impulsaban a sentirse sano más que a encontrarse mal. Los gitanos solían morir jóvenes. Normalmente por culpa del tabaco, los genes y el alcohol. A Alexi, en cambio, nunca le había dado por fumar. Respecto a sus genes, no podía hacer nada. Pero el alcohol siempre había sido su debilidad, y todavía notaba los efectos del atracón de la boda y del golpe que le había asestado un hombre tirándose sobre él desde una altura considerable atado a una silla. El mismo hombre que ahora le perseguía.

Notó que empezaba a resollar. Le faltaban quinientos metros para llegar a los caballos. Ojalá hubieran dejado las sillas puestas. Si no se equivocaba, la familia de Bouboul ni siquiera se habría molestado en tocar a los caballos después de que, dos horas antes, Yola, Sabir y él llegaran al pueblo desde el *maset du marais* y los dejaran a su cuidado. Los caballos eran su única oportunidad de escapar. Había tenido ocasión de inspeccionarlos a su antojo, y sabía que la yegua de patas negras era de lejos la mejor. Si Ojos de Serpiente no le cogía antes de que llegara donde Bouboul, quizá tuviera alguna oportunidad. Hasta podía montar a pelo, si no le quedaba más remedio.

Echar carreras a caballo se le daba de perlas. Lo había hecho desde niño.

Ahora sólo le quedaba llegar a la playa y rezar.

Gavril iba ofuscándose a medida que seguía a Alexi y Bale. Era culpa de aquellos dos que le hubieran pasado tantas desgracias seguidas. Si no se hubiera enfrentado a Alexi, no habría conocido al payo. Y si el payo no le hubiera pinchado en la pierna, no habría tenido aquel encontronazo con la policía. Y, por tanto, no habría oído hablar de la recompensa. ¿O había sido al revés? A veces se le iba la cabeza y perdía el hilo de lo que pasaba.

Era cierto, en todo caso, que aun así habría ido a Saintes-Maries, pero habría sido él quien controlara los acontecimientos y no al revés. Podría habérselas visto con Alexi cuando le hubiera venido en gana, cuando aquel imbécil estuviera bien borracho. Gavril era un maestro en cuestión de golpes bajos; de actuar de cara a la galería. Lo que no le gustaba era que las cosas fijas cambiaran de repente y sin venir a cuento.

Quizá todavía pudiera huir de la quema. Si dejaba que el payo se las viera con Alexi, aquel tipo perdería la concentración. Se volvería vulnerable. Y teniéndolos a los dos a mano, él tendría algo que venderle a la policía. Bastaría con una simple llamada. Luego, cuando le hubieran pagado la recompensa, podría negociar con la policía para que advirtiera a Badu y Stefan que no se metieran con él. La cárcel metía el miedo en el cuerpo a cualquier gitano. Sería lo único capaz de controlarlos.

Quizá todavía pudiera casarse con Yola. Sí. Así no tendría que cambiar de planes. Todo podría arreglarse.

Mientras seguía a toda prisa a los dos hombres, se preguntó vagamente cuánto dinero habría conseguido sacar Bazena a los turistas antes de que el metomentodo de su padre pusiera punto final a aquello.

36

Sabir buscaba en vano a Alexi. ¿Qué había hecho aquel idiota? La última vez que le había visto, iba hacia la iglesia. Pero Sabir había ido a mirar a la capilla y no le había visto por ninguna parte. Y aquella capilla no era como la de Rocamadour. Allí no había donde esconderse, a no ser que hubiera conseguido meterse bajo las muchas faldas de santa Sara.

Volvió al ayuntamiento, como habían acordado.

—¿Le has encontrado?

Yola negó con la cabeza.

—¿Y qué hacemos, entonces?

—Puede que haya vuelto al *maset*. O que haya encontrado algo. ¿Le viste entrar en la iglesia?

—No se veía nada, con tanto jaleo.

Instintivamente, sin decirse nada, echaron a andar por la Avenue Léon Gambetta, hacia la Plage des Amphores y los caballos.

Sabir miró a Yola.

—Estuviste brillante, por cierto. Sólo quería decírtelo. Eres una *agent provocateur* nata.

—*Agent provocatrice*. ¿Quién te enseñó francés?

Sabir se rió.

—Mi madre. Pero no puso mucho empeño. Quería que fuera todo un americano, como mi padre. Pero yo la defraudé. Me convertí en un todo o nada.

—No te entiendo.

—Yo tampoco.

Habían llegado a la caravana de Bouboul. La estaca a la que deberían haber estado atados los caballos estaba vacía.

—Genial. Alguien se ha largado con todo el lote. O puede que Bouboul los haya vendido por carne de perro. ¿Sabes lo que es ir a pata, Yola?

—Espera, ahí está Bouboul. Voy a preguntarle qué ha pasado con los caballos.

Yola cruzó corriendo la carretera. Mientras la miraba, Sabir se dio cuenta de que se había perdido algo: una pista que ella ya había captado. Cruzó la carretera tras ella.

Bouboul levantó las manos. Hablaba en sinti. Sabir intentó seguirle, pero lo único que alcanzó a entender fue que había pasado algo inesperado y que Bouboul aseguraba no tener ninguna culpa en ello.

Por fin, cansado de la perorata de Bouboul, Sabir se llevó a Yola a un lado.

—Traduce, por favor. No entiendo ni una palabra de lo que dice este tío.

—Es malo, Damo. Lo peor que podía pasar.

—¿Dónde están los caballos?

—Alexi se llevó uno. Hace veinte minutos. Estaba agotado. Llegó corriendo. Según dice Bouboul, estaba tan cansado que casi no pudo subirse al caballo. Medio minuto después llegó otro hombre corriendo. Pero no estaba cansado. Dice Bouboul que tenía unos ojos muy raros. No miró a nadie. Ni habló con nadie. Sólo cogió otro caballo y salió detrás de Alexi.

—Santo Dios, lo que nos hacía falta. ¿Y Bouboul no intentó decirle nada?

—¿Es que tiene pinta de tonto? Los caballos no eran suyos. Ni siquiera eran nuestros. ¿Por qué iba a arriesgarse por lo que no era suyo?

—Sí, por qué. —Sabir seguía intentando deducir qué había desencadenado la persecución—. ¿Dónde está el otro caballo? ¿Y llevaba algo Alexi? Pregúntale.

Yola se volvió hacia Bouboul. Cambiaron unas pocas frases en sinti.

—Es peor de lo que pensaba.

—¿Peor? ¿Cómo va a ser peor? Ya has dicho que era lo peor que podía pasar.

—Alexi llevaba algo. Tú tenías razón. Un tubo de caña.

—¿Un tubo de caña?

—Sí. Lo llevaba apretado contra el pecho como un bebé.

Sabir la agarró del brazo.

—¿Es que no te das cuenta de lo que significa eso? Ha encontrado las profecías. Alexi las ha encontrado.

—Pero eso no es todo.

Sabir cerró los ojos.

—No hace falta que me lo digas. He oído el nombre mientras hablabas con Bouboul. Gavril.

—Sí, Gavril. Iba siguiéndolos. Llegó un minuto después que Ojos de Serpiente. Fue él quien se llevó el otro caballo.

37

Hacía veinte minutos que Gavril había salido de Saintes-Maries cuando se acordó de que no iba armado. Le había tirado la navaja a Stefan en la pelea.

La idea le causó tal impacto que paró al caballo a medio galope y estuvo medio minuto pensando si debía volverse.

Pero el recuerdo de Badu y Stefan le convenció de que debía seguir adelante. Aquellos dos estarían pidiendo sangre a gritos. Andarían buscándole por las calles de Saintes-Maries, o estarían afilando sus navajas en la amoladora de Nan Maximoff. Por lo menos allí, a caballo y en plena marisma, nadie podría alcanzarle.

Los dos hombres que iban delante de él no sabían que los seguía. De hecho, ahora que por fin habían dejado la carretera, iban dejando tantas huellas por el campo que no hacía falta que los siguiera a quinientos metros. Dos caballos al galope removían la tierra muy convenientemente, y a Gavril no le costaba ningún trabajo distinguir las huellas frescas de las viejas.

Seguiría el rastro de Alexi y el payo, a ver qué pasaba. En el peor de los casos, si los perdía, podía llegar a campo traviesa a las afueras de Arles y montarse en un autobús. Esfumarse una temporada.

A fin de cuentas, ¿qué tenía que perder?

38

Alexi iba ganando algún terreno a Ojos de Serpiente, pero no tan rápido como esperaba. La yegua había tenido tiempo de sobra para recuperarse del viaje de diez kilómetros de esa mañana, pero Alexi sospechaba que Bouboul no le había dado agua ni comida, porque la lengua le colgaba ya por un lado de la boca. Si seguía forzándola, se desplomaría.

Su único consuelo era la convicción de que el caballo que montaba Ojos de Serpiente estaría en el mismo estado. No quería ni contemplar, sin embargo, la posibilidad de tener que volver a pie por aquellos pantanos solitarios, perseguido por un loco armado con una pistola.

De momento no se había apartado del camino que, en sentido contrario, habían seguido esa mañana desde la casa. Pero sabía que pronto tendría que desviarse y aventurarse en lo desconocido. No podía arriesgarse a llevar a Ojos de Serpiente a su base. Porque, cuando Sabir y Yola descubrieran que faltaban los dos caballos, no tendrían más remedio que regresar al único lugar al que sabían que podía volver.

Su única esperanza era zafarse de Ojos de Serpiente por completo. Para tener alguna oportunidad de conseguirlo, sabía que debía aguzar su ingenio. Controlar su pánico creciente. Pensar con claridad, positivamente y a galope tendido.

A su izquierda, más allá del Étang des Launes, había un río, Le Petit Rhône. Alexi lo conocía bien porque había pescado allí muchas veces, con diversos parientes, desde su niñez. Que él supiera, el río sólo podía cruzarse por ferry allí cerca, en Bac-du-Sauvage.

Quitando ese paso, para vadearlo había que dar un largo rodeo por carretera hasta el Pont-du-Sylvéréal, a unos diez kilómetros río arriba. No había, literalmente, ningún otro modo de entrar en la Petite Camargue. A no ser que uno volara, claro.

Si lograba llegar al ferry en el momento justo, tal vez tuviera alguna oportunidad de escapar. Pero ¿qué probabilidades tenía de conseguirlo? El ferry hacía el trayecto cada media hora. Tal vez estuviera ya al otro lado del río, preparándose para el viaje de regreso, en cuyo caso se vería atrapado. El río, si no recordaba mal, tenía unos doscientos metros de ancho en aquel punto, y fluía con demasiada fuerza para que un caballo exhausto pudiera vadearlo. Además, él no tenía reloj. ¿Debía arriesgarse e intentar coger el ferry? ¿O estaba loco?

La yegua tropezó y se rehízo. Alexi comprendió que estaba en las últimas. Si seguía así, le reventaría el corazón: había oído que a los caballos les pasaba eso. El animal se desplomaría como una piedra y él caería en plancha por encima de sus hombros y se rompería el cuello. Por lo menos así Ojos de Serpiente se ahorraría la molestia de tener que torturarle, como había hecho, obviamente, con Babel.

Estaba a dos minutos a caballo del cruce del ferry. Sólo tenía que arriesgarse. Lanzó una última mirada desesperada hacia atrás. Ojos de Serpiente estaba a cincuenta metros e iba acercándose. Tal vez su caballo había bebido un poco de agua donde Bouboul. Quizá por eso no se estaba cansando tan rápidamente como la yegua.

Las barreras del cruce estaban bajadas y el ferry acababa de apartarse de la orilla. A bordo había cuatro coches y una furgoneta pequeña. El trayecto era tan corto que nadie se molestaba en bajar de los coches. Sólo el empleado que recogía los billetes vio llegar a Alexi.

El hombre levantó una mano a modo de advertencia y gritó:

—*Non! Non!*

Alexi lanzó a la yegua hacia la barrera de un solo palo. Para llegar hasta ella había una cuesta abajo muy empinada. Quizá la yegua pudiera agarrarse bien al asfalto y saltar la valla. En todo caso, Alexi no podía permitirse aflojar la marcha.

En el último instante la yegua se acobardó y torció a la izquierda. Resbaló sobre las patas traseras y se clavó de ancas, cayendo aparatosamente debido a la inclinación de la rampa. Pasó por debajo de la barrera con las cuatro patas al aire, chillando. Alexi llegó a la barrera todavía montado en ella. Intentó hacerse una bola, pero no lo consiguió. Chocó con la barrera, destrozándola, y eso frenó en parte su caída. Golpeó luego el asfalto con el hombro derecho y el costado. Sin permitirse pensar o calcular cuánto dolor le había costado aquello, se lanzó tras el ferry. Sabía que, si no llegaba a la plataforma metálica, se ahogaría. Y no sólo porque se hubiera hecho daño en alguna parte, sino porque no sabía nadar.

El revisor había visto muchas locuras en su vida (¿quién que trabajara en un ferry no las había visto?), pero aquélla se llevaba la palma. ¿Un hombre montado a caballo que intentaba saltar la barrera para subir a bordo? Él transportaba caballos constantemente. La compañía del ferry hasta había instalado un atadero semipermanente para los meses de verano, alejado de los coches para que los caballos no le estropearan la pintura a nadie si daban alguna coz. Tal vez aquel hombre fuera un ladrón de caballos. En todo caso, había perdido su presa. El caballo se había roto la pata al caer, si no se equivocaba. Y seguramente el jinete también estaba herido.

El empleado alargó el brazo y desenganchó el salvavidas.

—¡Está atado al ferry! ¡Cójalo y agárrese fuerte!

Sabía que, estando ya el ferry en marcha, era prácticamente imposible detener el mecanismo de arrastre. La corriente del río era tan fuerte que había que anclar el ferry a una cadena que le servía de guía e impedía que quedara a la deriva y bajara hacia el Grau d'Orgon. Cuando el mecanismo se ponía en funcionamiento era arriesgado pararlo: el peso muerto del ferry, empujado por la poderosa corriente del río, sobrecargaba el largo circuito de la cadena. En condiciones de lluvia intensa, los puntales podían llegar a estallar y el ferry verse arrastrado hacia mar abierto.

Alexi agarró el salvavidas y se lo pasó por encima de la cabeza.

—¡Dese la vuelta! ¡Dese la vuelta y deje que le arrastre!

Alexi se dio la vuelta y se dejó llevar por el ferry. Tenía miedo de tragar agua y quizá morir ahogado. Así que dobló el cuello hacia delante, hasta apoyar la barbilla sobre el pecho, y dejó que el agua bañara sus hombros como la estela de proa de un barco. Al hacerlo, se acordó a destiempo de palparse la camisa en busca del tubo de caña. Había desaparecido.

Miró hacia la rampa. ¿Lo había perdido allí, al caer? ¿O en el agua? ¿Lo vería Ojos de Serpiente y se daría cuenta de lo que era?

Ojos de Serpiente estaba junto a la barrera, sentado a horcajadas sobre su caballo. Mientras Alexi le miraba, sacó su pistola y disparó a la yegua. Luego se volvió hacia el Pont de Gau y el *marais*, y desapareció entre la maleza.

39

Quizá fuera un error infundir tal miedo a tus enemigos que no les quedaba nada que perder. ¿Qué, si no eso, había impulsado al gitano a cometer el disparate de intentar saltar una barrera de un solo palo montado en un caballo exhausto? Todo el mundo sabía que los caballos odiaban ver luz entre lo que estuvieran saltando y el suelo. Y el caballo sabía, además, que iba derecho al agua. Para hacer cosas así había que entrenar especialmente al caballo. Era una locura. Una auténtica locura.

Aun así, Bale no tenía más remedio que admirarle por intentarlo. A fin de cuentas, el gitano sabía lo que le esperaba si caía en sus manos. Lo del caballo, no obstante, era una lástima. Pero se había roto una pata al caer, y Bale odiaba ver sufrir a un animal.

Bale dio rienda suelta a su caballo, y el animal tomó instintivamente la senda por la que habían llegado. Lo primero que haría al volver sería ir a ver al gitano que estaba cuidando de los caballos. Sacarle alguna información. Luego echaría un vistazo por el pueblo, a ver si encontraba al vikingo rubio. Y, si no, a su novia.

De una u otra forma encontraría el rastro de Sabir. Sabía que así sería. Siempre lo encontraba.

40

Gavril frenó al caballo hasta ponerlo al paso. El animal estaba en las últimas. No quería arriesgarse a matarlo y encontrarse luego perdido en medio de los pantanos, a kilómetros de cualquier parte.

Él, a diferencia de Alexi, no era un chico de campo. Cuando más a gusto se sentía era rondando por las afueras de las poblaciones, donde estaba la acción. Hasta ese momento, para él pasárselo en grande equivalía a comerciar con teléfonos robados. No los robaba él, claro: su cara y su pelo eran demasiado fáciles de recordar. Sólo actuaba como intermediario, moviéndose de café en café y de bar en bar, y vendiéndolos por unos pocos euros la pieza. Así se pagaba las cervezas y la ropa, y, si tenía suerte, de cuando en cuando se tiraba también a alguna paya. Su pelo era siempre el primer tema de conversación. ¿Cómo puedes ser gitano con el pelo de ese color? Así que ser rubio no estaba tan mal.

Casi sin darse cuenta, se detuvo. ¿De veras quería seguir a Alexi y al payo? ¿Y qué haría cuando los alcanzara? ¿Asustarlos para que le obedecieran? Quizá debería contemplar el robo del caballo como una salida ingeniosa de una situación desesperada. Por lo menos así Badu y Stefan no habían podido seguirle y cobrarse en él la venganza que hubieran concebido sus mentes perversas. Se alegraría si no volvía a verlos a ellos ni a Bazena en toda su vida.

¿Y qué había de Yola? ¿Tanto la deseaba en realidad? Había otros peces en el mar. Más valía dejarlo estar. Perderse una temporada. Podía dejar descansar al caballo y luego dirigirse tranquilamente hacia el norte. Abandonar el caballo cerca de alguna estación de tren. Montarse en un vagón de carga rumbo a Toulouse. Tenía familia allí. Ellos le acogerían.

Reconfortado por su nuevo plan, Gavril se alejó del río, camino de Panperdu.

41

Bale decidió esperar a Gavril detrás de la cabaña abandonada de un *gardian*. El caballo y él se integraban perfectamente en el paisaje, junto al empinado techo de barda, coronado de blanco como la quilla de una barca vuelta del revés.

Llevaba diez minutos al socaire de la *cabane*, viendo acercarse a Gavril. Una o dos veces había sacudido la cabeza, perplejo por la persistente ceguera de aquel hombre a cuanto ocurría a su alrededor. ¿Se había quedado dormido el gitano? ¿Por eso había decidido abandonar sin motivo aparente una senda que se abría claramente entre la hierba del pantano? Había sido un golpe de suerte que Bale le viera unos instantes antes de que Gavril tuviera tiempo de desaparecer para siempre más allá de los árboles.

En el último momento, Bale salió de detrás de la *cabane* llevando de la brida al caballo. Desató el pañuelo que había atado alrededor del hocico del animal y se lo guardó en el bolsillo. Era un truco que había aprendido con los camellos bereberes de la Legión: no quería que el caballo relinchara al oír acercarse a su compañero y le delatara.

—Baja. —Bale movió la pistola imperiosamente.

Gavril miró por encima de su cabeza, hacia el lindero del bosque cercano.

—Ni se te ocurra. Acabo de matar a un caballo. Me da igual matar a otro. Pero no tengo nada contra el animal. Te aseguro que me enfadaré mucho si tengo que dispararle innecesariamente.

Gavril pasó la pierna por encima de la silla y se deslizó por el flanco del animal. Se quedó de pie con las riendas en la mano, como si, en vez de haber caído en una emboscada, hubiera ido a hacerle a

Bale una visita de cortesía. Parecía desconcertado, como si volviera a tener siete años y su padre acabara de darle un tortazo por algo que no había hecho.

—¿Has disparado a Alexi?

—¿Por qué iba a hacer eso?

Bale se acercó a Gavril y le quitó las riendas del caballo. Ató al animal al poste de delante de la *cabane*. Luego desató la cuerda del pomo de la silla.

—Túmbate.

—¿Qué quieres? ¿Qué vas a hacer?

—Voy a atarte. Túmbate.

Gavril se tumbó de espaldas, mirando al cielo.

—No. Date la vuelta.

—¿No irás a pincharme otra vez?

—No. No es eso. —Bale le estiró los brazos por encima de la cabeza y los pasó por el lazo de la soga. Ató luego el otro extremo al poste con un nudo corredizo. Se acercó a su caballo y desató la cuerda del pomo. Volvió luego junto a Gavril y le ató los pies, dejando el cabo de la cuerda en el suelo.

—Aquí estamos solos. Ya te habrás dado cuenta, seguramente. No hay más que caballos, toros y esos malditos flamencos por todas partes.

—De mí no tienes nada que temer. Acababa de decidir irme al norte. Apartarme de ti y de Sabir y Yola de una vez por todas.

—Ah, ¿se llama Yola, entonces? Me preguntaba cómo se llamaba. ¿Cómo se llama el otro gitano? ¿Ése al que le he matado el caballo?

—Alexi. Alexi Dufontaine.

—¿Y tú?

—Gavril. La Roupie. —Se aclaró la garganta. Le costaba concentrarse. Seguía fijándose en detalles sin importancia. Como la hora del día. O la consistencia del matorral que tenía a unos centímetros de los ojos.

—¿Qué le has hecho a Alexi?

Bale rodeó al caballo y se acercó adonde estaba tendido.

—¿Que qué le he hecho? Yo no le he hecho nada. Se cayó del caballo. Consiguió meterse en el río y subirse a un ferry. Has tenido la desgracia de que se escapara.

Gavril empezó a llorar. No lloraba desde que era niño, y de pronto parecía que todo el dolor y la pena que había acumulado desde entonces se habían desbordado por fin.

—Por favor, deja que me vaya. Por favor.

Bale enganchó el caballo al extremo de la cuerda con la que había atado los pies de Gavril.

—No puedo. Me has visto. Puedes reconocerme. Y estás resentido conmigo. Nunca dejo marchar a quien tiene algo contra mí.

—Pero yo no tengo nada contra ti.

—Tu pierna. Te clavé la navaja. En Gourdon.

—Eso ya se me ha olvidado.

—¿Así que me perdonas? Qué amable. ¿Por qué me has seguido, entonces? —Bale desató el caballo de Gavril del poste y lo llevó delante de él. Desenganchó luego el cabo con el que había atado las manos de Gavril y lo ató al pomo de la silla.

—¿Qué estás haciendo?

Bale comprobó ambos nudos. Gavril arqueaba el cuello para ver qué pasaba tras él. Bale se acercó al borde del pantano y cortó un haz de juncos secos de unos noventa centímetros de largo. Después cortó otro junco e hizo un lazo corredizo con él. Ató luego los extremos de los juncos entre sí hasta que tomaron la forma de una escoba. Uno de los caballos empezó a resoplar.

—¿Has dicho algo?

—Te he preguntado qué hacías —sollozó Gavril.

—Me estoy fabricando un látigo. Con estos juncos. Hecho a mano.

—Dios mío, ¿vas a azotarme?

—¿Azotarte? No. Voy a azotar a los caballos.

Gavril empezó a aullar. Nunca antes había hecho aquel ruido. Pero Bale lo conocía bien. Lo había oído una y otra vez cuando la gente se creía al borde de la muerte. Era como si, con aquel sonido, intentaran dejar en suspenso la realidad.

—A un antepasado mío lo colgaron, lo arrastraron y lo descuartizaron. Fue en la Edad Media. ¿Sabes cómo se hace, Gavril?

Gavril había empezado a chillar.

—Te suben a un patíbulo y te ponen un lazo corredizo alrededor del cuello. Luego te izan, a veces hasta una altura de quince metros y te exhiben ante la multitud. Por extraño que parezca, eso rara vez te mata.

Gavril se daba golpes con la cabeza contra el suelo. El ruido inesperado empezaba a inquietar a los caballos. Uno de ellos dio unos pasos, tensando la cuerda de Gavril.

—Luego te bajan y te quitan el lazo. Te reaniman. El verdugo coge una ganzúa parecida a un sacacorchos y te hace un agujero en el estómago. Aquí. —Se inclinó, volvió un poco a Gavril y le clavó el dedo justo encima del apéndice—. Uno está ya medio estrangulado, pero todavía se da cuenta de lo que pasa. Luego te meten la ganzúa en el estómago y te sacan los intestinos como una ristra de salchichas humeantes. Entretanto los del público se desgañitan, sin duda agradecidos porque no les esté pasando a ellos.

Gavril se había quedado callado. Respiraba a grandes bocanadas, entrecortadamente, como si tuviera la tos ferina.

—Luego, justo antes de que te mueras, te atan a cuatro caballos colocados en las cuatro esquinas de la plaza como en los cuatro puntos cardinales. Norte, sur, este y oeste. Es un castigo simbólico, como sin duda comprenderás.

—¿Qué quieres? —La voz de Gavril sonó extrañamente clara, como si hubiera llegado a una decisión formal y pensara cumplir sus cláusulas contractuales con la mayor seriedad posible.

—Excelente. Sabía que entrarías en razón. ¿Sabes qué? No voy a colgarte. Y tampoco te sacaré los intestinos. No tengo nada contra ti personalmente. No hay duda de que tu vida ha sido dura. Un tanto penosa. No quiero que tu muerte sea innecesariamente dolorosa o larga. Y tampoco voy a descuartizarte. Me faltan dos caballos para esas florituras. —Bale le dio unas palmaditas en la cabeza—. Así que te partiré en dos. A no ser que hables, claro. Debo decirte que estos caballos están cansados. Puede que les cueste partirte en dos. Pero es sorprendente cómo puede revitalizar un látigo a un animal cansado.

—¿Qué es lo que quieres saber?

—Bueno, voy a decírtelo. Quiero saber dónde se esconden Sabir y... Yola, ¿no? ¿Es así como la has llamado?

—Pero yo no lo sé.

—Sí que lo sabes. Tienen que estar en un sitio que Yola conozca. Un sitio que quizá su familia y ella hayan usado antes, mientras estaban aquí de visita. Un sitio que vosotros los gitanos conocéis, pero que a nadie más se le ocurriría. Para estimular tu imaginación, voy a animar un poco a los caballos. A darles a probar un poco el látigo.

—No, no. Conozco un sitio así.

—¿En serio? Qué rapidez.

—Sí. Sí. El padre de Yola lo ganó jugando a las cartas. Antes siempre se quedaban allí. Pero lo había olvidado. No me hacía falta pensar en él.

—¿Dónde está ese sitio?

—¿Dejarás que me vaya si te lo digo?

Bale dio a probar la tralla a su caballo. El animal saltó hacia delante, tensando la cuerda. El otro caballo hizo amago de seguirle, pero Bale le mandó estarse quieto.

—¡Ayyyy! ¡Basta! ¡Basta!

—¿Dónde está ese sitio?

—Lo llaman el *maset du marais*.

—¿De qué *marais*?

—Del de la Sigoulette.

—¿Dónde está eso?

—Haz que paren, por favor.

Bale calmó a los caballos.

—¿Qué decías?

—Al lado de la D85. Es el que está junto al parque. No me acuerdo de cómo se llama. Pero es el parque pequeño. Antes de llegar a las salinas.

—¿Sabes leer un mapa?

—Sí. Sí.

—Pues señálamelo. —Bale se agachó junto a Gavril. Abrió un mapa de la zona—. En esta escala, un centímetro equivale a quinientos metros. Eso significa que la casa debería aparecer. Más vale que aparezca, por tu bien.

—¿Puedes desatarme?

—No.

Gavril empezó a sollozar otra vez.

—Espera un momento. Voy a arrear a los caballos.

—No. Por favor. Ya lo veo. Está marcado. Ahí. —Señaló con el brazo.

—¿Hay otras casas cerca?

—No he estado nunca allí. Sólo he oído hablar de la casa. Como todo el mundo. Dicen que el padre de Yola tuvo que hacer trampas para ganarle el derecho de usarla a Dadul Gavriloff.

Bale se levantó.

—No me interesan los chismorreos. ¿Tienes algo más que decirme?

Gavril volvió la cara hacia el suelo.

Bale se alejó unos metros, hasta que encontró una roca de unos diez kilos. Se la puso bajo el brazo y volvió junto a Gavril.

—Así es como moriste: te caíste del caballo con el pie enganchado al estribo y te destrozaste la cara contra esta piedra.

Gavril había vuelto la cabeza a medias para ver qué hacía Bale.

Bale le estrelló la roca en la cara. Dudó, preguntándose si debía hacerlo una segunda vez, pero el fluido cerebroespinal ya empeza-

ba a salir por la nariz de Gavril. Si no estaba muerto, se estaba muriendo, no había duda. Era absurdo estropear la escena. Colocó la
piedra cuidadosamente junto a la senda.

Desató la cuerda y arrastró a Gavril por un pie hacia su caballo.
Cogió su pie izquierdo, lo metió en el estribo dándole vueltas hasta
que estuvo enredado sin remedio y dejó a Gavril medio colgado
sobre el suelo. Luego ató de nuevo la cuerda al pomo.

El caballo se había puesto a pastar, calmado por el ritmo metó-
dico con que Bale llevaba a cabo sus tareas. Bale le acarició las
orejas.

Luego montó en su caballo y se alejó.

42

Calque paseó la mirada por la Place de l'Église. Miró los cafés, las fachadas de las tiendas y los bancos dispersos.

—¿Así que aquí es donde ocurrió?

—Sí, señor. —El gendarme motorizado acababa de saber que aquellas preguntas formaban parte de la investigación de un asesinato. Su cara había adoptado al instante una expresión más seria, como si le estuvieran preguntando por las posibles deficiencias de la cobertura del seguro sanitario de su familia.

—¿Y usted fue el primero en llegar al lugar de los hechos?

—Sí, señor. Mi compañero y yo.

—¿Y qué vieron?

—Muy poco, señor. Los gitanos no nos dejaban pasar a propósito.

—Típico. —Macron miraba con rabia la plaza—. Me extraña que haya turistas en este sitio. Hay que ver cuánta porquería hay por aquí.

Calque carraspeó. Era una costumbre que había adquirido hacía poco, carraspear cada vez que Macron hacía en público algún comentario ofensivo. A fin de cuentas, no podía atarle los cordones, ¿no? No podía decirle qué pensar (o qué no pensar).

—¿Qué dedujo, entonces, agente? Si no podía ver.

—Que el agresor, La Roupie, había arrojado su navaja a Angelo, la víctima, y le había dado en el ojo.

—¿Alexi Angelo?

—No, señor. Stefan Angelo. No había ningún Alexi implicado, que yo sepa.

—¿*Monsieur* Angelo va a presentar cargos?

—No, señor. Esa gente nunca denuncia a uno de los suyos. Resuelven sus diferencias en privado.

—Y, naturalmente, *monsieur* Angelo no llevaba ya su navaja cuando acudieron ustedes en su ayuda. Alguien le había librado de ella. ¿Me equivoco?

—De eso no estoy seguro, señor. Pero sí. Es muy probable que se la pasara a otro.

—Se lo dije. —Macron punzó el aire con el dedo—. Le dije que esto no nos llevaría a ninguna parte.

Calque miró hacia la iglesia.

—¿Alguna otra cosa de importancia?

—¿A qué se refiere, señor?

—A si alguien notó que pasara alguna otra cosa al mismo tiempo. ¿Un robo? ¿Una persecución? ¿Otra agresión? En otras palabras, ¿pudo ser una maniobra de distracción?

—No, señor. No he sabido nada de eso.

—Muy bien. Ya puede irse.

El gendarme saludó y volvió a su motocicleta.

—¿Vamos a interrogar a Angelo? Todavía estará en el hospital.

—No. No es necesario. No nos llevaría a ningún lado.

Macron hizo una mueca.

—¿Cómo lo sabe? —Parecía decepcionado porque su iniciativa respecto a La Roupie los hubiera conducido a un callejón sin salida.

Pero Calque estaba pensando en otra cosa.

—¿Qué está pasando aquí de verdad?

—¿Cómo dice, señor?

—¿Qué hacen todos estos gitanos aquí? Ahora mismo, en este preciso momento. ¿Qué está pasando? ¿Por qué han venido? No será otra boda, ¿no?

Macron miró a su jefe con estupor. En fin. Era un parisino. Pero aun así.

—Es la romería de santa Sara, señor. Tiene lugar mañana. Los gitanos acompañan a la imagen de su santa patrona hasta el mar, donde la sumergen en el agua. Se celebra desde hace décadas.

—¿La imagen? ¿Qué imagen?

—Está en la iglesia, señor. Es... —Macron vaciló.

—¿Es negra, Macron? ¿Es negra la imagen?

Macron respiró hondo por la nariz. *Ya empezamos otra vez,* pensó. *Va a regañarme por idiota. ¿Por qué no puedo pensar oblicuamente, como él? ¿Por qué siempre tengo que ir a todas partes en línea recta?*

—Iba a decírselo, señor. Iba a hacer esa sugerencia. Que miráramos la estatuilla. A ver si tiene alguna relación con lo que anda buscando Sabir.

Calque ya había echado a andar hacia la iglesia.

—Bien pensado, Macron. Me alegra mucho poder contar con usted. Dos cerebros siempre son mejor que uno, ¿no le parece?

La iglesia estaba llena de monaguillos. El aire estaba pesado por el humo de las velas y el incienso, y se oía el murmullo constante de la gente rezando.

Calque echó un vistazo rápido.

—Allí. El guarda. ¿No? Ése de paisano, con la chapita con su nombre.

—Creo que sí, señor. Voy a ver.

Calque se dirigió a un lado de la cripta mientras Macron se abría paso entre la gente. A la luz tenue y movediza del interior de la iglesia, santa Sara parecía casi incorpórea bajo sus muchas capas de ropa. Era casi imposible que alguien pudiera llegar hasta ella en aquellas condiciones. Había cien ojos clavados en ella constantemente. El guardia de seguridad era una enorme insignificancia. Si alguien tenía la osadía de cruzar la iglesia y atacar a la santa, seguramente acabaría linchado.

Macron volvió con el guardia. Calque se identificó y a continua-ción le indicó que subiera las escaleras hacia la nave principal de la iglesia.

—No puedo irme. Tendremos que quedarnos aquí.

—¿No salen nunca?

—Durante la romería, no. Hacemos turnos de cuatro horas. En igualdad de condiciones.

—¿Cuántos son?

—Dos, señor. Uno entra y otro se va. También hay un suplente, por si alguno se pone enfermo.

—¿Estaba usted aquí cuando tuvo lugar la pelea?

—Sí, señor.

—¿Qué vio?

—Nada. Estaba aquí abajo, en la cripta.

—¿Qué? ¿Nada en absoluto? ¿No salió a la plaza?

—Me costaría el empleo, señor. Me quedé aquí.

—¿Y los feligreses? ¿Se quedaron todos?

El guardia de seguridad titubeó.

—¿No irá a decirme que habiendo casi un tumulto ahí fuera, en la plaza, se quedaron aquí y siguieron rezando?

—No, señor. Salieron casi todos.

—¿Casi todos?

—Bueno, todos.

—¿Y usted salió detrás, claro?

Silencio.

Calque suspiró.

—Mire, *monsieur*...

—Alberti.

—*Monsieur* Alberti, no le estoy criticando. Y no vengo de parte de sus jefes del ayuntamiento. Lo que me diga no saldrá de aquí.

Alberti vaciló. Luego se encogió de hombros.

—Está bien. Cuando se vació la cripta, subí a echar un vista-zo. Pero me quedé junto a la puerta de la iglesia para que no entrara nadie. Pensé que podía ser una cuestión de seguridad. Me pareció que era mi obligación echar un vistazo.

—Y tenía razón. Podría muy bien haber sido una cuestión de seguridad. Yo habría hecho lo mismo.

Alberti no parecía convencido.

—¿Y cuando volvió esto seguía vacío?

Alberti resopló.

Calque se palpó los bolsillos y le ofreció un cigarrillo.

—Aquí no se puede fumar, señor. Es una iglesia.

Calque miró con amargura los hilillos de humo que las velas lanzaban hacia el techo bajo de la cripta.

—Conteste a mi pregunta, entonces. ¿Seguía vacía la cripta cuando volvió?

—Prácticamente. Sólo había un hombre. Tendido en el suelo, delante de la imagen. Rezando.

—¿Un hombre, dice usted? ¿Y está seguro de que no le vio antes de salir?

—No, señor. No le vi.

—Ya. Macron, quédese aquí con este señor mientras le echo un vistazo a la efigie.

—Pero no puede hacer eso, señor. Esto es una fiesta religiosa. Nadie toca la imagen hasta mañana.

Pero Calque ya estaba abriéndose paso a grandes zancadas entre la apretada falange de penitentes, como el Tiempo con su guadaña.

43

Parado frente a la iglesia, Calque entornó los ojos para mirar el sol del atardecer.

—Quiero seis detectives. Puede pedirlos a Marsella.

—Pero eso llevará tiempo, señor.

—Me da igual cuánto se tarde. O que nos critiquen por ello. Tienen que ir a ver a todos los *chefs de famille* de estos gitanos. Visitar todas las caravanas. Todas las chabolas, tiendas y chozas. Y quiero que les hagan estas preguntas... —Escribió rápidamente en una hoja de papel y se la pasó a Macron—. Estas preguntas en concreto.

Macron silbó entre dientes.

—Entonces, ¿Sabir encontró por fin lo que andaba buscando?

— Y lo que anda buscando Ojos de Serpiente. Sí. Casi con toda certeza.

—¿No se pondrá en contacto con usted, señor? —Macron no pudo evitar que su tono sonara sarcástico.

—Claro que no. Ese hombre no tiene ni idea de con quién está tratando.

—¿Y nosotros sí?

—Empezamos a tenerla, sí.

Macron echó a andar hacia el coche.

—Macron...

—¿Sí, señor?

—¿Quería usted saber qué me proponía? En el Domaine de Seyème. Con la condesa.

—Sí. Sí. —Macron era consciente (y ello le incomodaba) de que de nuevo se estaba perdiendo algo. Algo que su jefe había logrado deducir y que a él se le escapaba por completo.

—Dígales a esos bobos de París que tengo una pequeña prueba para ellos. Si salen bien parados, reconoceré que los ordenadores quizá sirvan para algo después de todo. Y hasta aceptaré llevar un teléfono móvil cuando esté de servicio.

Los ojos de Macron se agrandaron.

—¿Y qué prueba es ésa, señor?

—Quiero que sigan el rastro del hijo mayor de la condesa. Bale. O De Bale. Primero, a través de las monjas del orfanato. Eso debería ser bastante fácil. El chico tenía ya doce años cuando le adoptaron. Luego, quiero un informe completo de su paso por la Legión Extranjera, incluida una descripción física detallada, con particular énfasis en los ojos. Y si descubren que, en efecto, estuvo en la Legión, quiero que alguien vaya a hablar personalmente con su inmediato superior y le pregunte, o no, que le diga que queremos acceso a su historial militar. Y también a sus datos personales.

—Pero señor...

—No deben aceptar un no por respuesta. Esto es una investigación por asesinato. No quiero que la Legión nos venga con pamplinas sobre seguridad o sobre las promesas que les hagan a sus hombres cuando se enrolan.

—Eso sería tener mucha suerte, señor. Sé de buena tinta que nunca comparten sus archivos con nadie. Soy de Marsella, acuérdese. Crecí oyendo historias sobre la Legión.

—Siga.

—Su cuartel general está en Aubagne, a quince kilómetros de donde viven mis padres. Hasta tengo un primo segundo que se hizo legionario cuando salió de la cárcel. Me contó que a veces se saltan las normas y dejan que se enrole algún francés con una nacionalidad falsa. Hasta le cambian el nombre a la gente cuando se enrola. Les dan un nombre nuevo por el que se les conoce mientras están en el cuerpo. Luego, a no ser que los hieran y se conviertan en *français par le sang versé*, o sea, franceses por la sangre derramada, o a no ser que se aprovechen del derecho a convertirse en ciudadanos franceses después de tres años de servicio, sus nombres quedan enterrados para siempre. No le encontrará nunca. Que sepamos, puede que se haya convertido en ciudadano francés por segunda vez, pero con una identidad nueva.

—No creo, Macron. Sus nombres verdaderos no se pierden para siempre. Y menos aún en los archivos. Esto es Francia. La Legión es como cualquier otra burocracia de tres al cuarto. Están hasta el cuello de papeleo.

—Lo que usted diga, señor.

—Mire, Macron, sé que no está usted de acuerdo con algunos de mis métodos. O con algunas de mis decisiones. Es inevitable. Para eso están las jerarquías. Pero usted es teniente y yo capitán. Así que, para el caso, poco importa que esté de acuerdo conmigo o no. Tenemos que encontrar a Sabir y a los dos gitanos. Lo demás no cuenta. Si no los encontramos, Ojos de Serpiente los matará. Es así de sencillo y de elemental.

44

El revisor miraba a Alexi como si fuera un animal salvaje herido con el que se hubiera topado inesperadamente en un paseo vespertino. El piloto y los ocupantes de la furgoneta y los dos coches se habían unido a él. Los otros dos coches habían preferido ahorrarse la escena y se habían marchado. El piloto se disponía a usar su teléfono móvil.

Alexi se desembarazó con esfuerzo del salvavidas y lo arrojó a la cubierta. Luego se dobló por la cintura, abrazándose los costados.

—Por favor, no llame a la policía.

El piloto vaciló con el teléfono a medio camino de la oreja.

—No es la policía lo que te hace falta, chico. Es una ambulancia, una cama de hospital y un poco de morfina. Y puede que algo de ropa seca.

—Pues no llame tampoco.

—Explícate.

—¿Puede volver a llevarme al otro lado?

—¿Llevarte al otro lado?

—Se me ha caído una cosa.

—¿Qué? ¿Te refieres al caballo? —Los dos hombres se echaron a reír.

Alexi intuyó que, ciñéndose con descaro a hechos concretos, quizá pudiera pisar terreno más firme: diluir el recuerdo de lo que había pasado y convertirlo en una travesura que había salido mal, en vez de la tragedia que había estado a punto de ser.

—No se preocupe. Puedo ocuparme de que se lleven el cadáver del caballo. Tiene un montón de carne fresca. Conozco a gente en Saintes-Maries que vendrán a buscarla.

—¿Y nuestra barrera?

—Les daré lo que saque por la carne. En metálico. Pueden decirles a sus jefes que un coche chocó con la barrera y que luego salió pitando.

El piloto miró al revisor entornando los ojos. Había ya tres coches esperando a subir a bordo para el viaje de regreso. Los dos hombres sabían que la barrera se rompía tres o cuatro veces al año, normalmente por culpa de algún borracho. O de extranjeros en coches de alquiler. El encargado de repararla estaba en nómina.

El conductor de la furgoneta y los ocupantes de los dos coches habían notado que la tensión se aflojaba. Se alejaron para seguir viaje. A fin de cuentas, el herido no era más que un gitano imbécil. Y los gitanos estaban todos locos, ¿no? Vivían conforme a otras normas.

—Puedes guardarte tu dinero. Te llevaremos al otro lado. Pero deshazte del cadáver del caballo, ¿entendido? No quiero que esté dos semanas apestando la terminal.

—Enseguida llamo. ¿Puedo usar su teléfono?

—Está bien. Pero ojo, nada de llamadas internacionales. ¿Me has oído? —El piloto le pasó su móvil—. Sigo pensando que estás loco por no ir a que te echen un vistazo. Con esa caída, lo más probable es que tengas un montón de costillas fracturadas. Y quizás una conmoción cerebral.

—Nosotros tenemos nuestros médicos. No nos gusta ir a los hospitales.

El piloto se encogió de hombros. El revisor estaba ya haciendo señas a sus nuevos clientes de que subieran a bordo.

Alexi marcó un número al azar y fingió estar haciendo preparativos para que se llevaran el caballo.

Alexi nunca había tenido tantos dolores. ¿Costillas fracturadas? ¿Conmoción cerebral? Se sentía como si le hubieran perforado los pulmones con un punzón, se los hubieran extendido sobre un yunque y se los hubieran machacado con un mazo, de propina. Cada vez que respiraba se creía morir. Cada paso que daba le repercutía en la cadera y el hombro derechos como una descarga eléctrica.

Se agachó en la rampa de cemento del ferry y comenzó a buscar el tubo de caña. La gente de los coches le miraba con curiosidad al pasar. *Si Ojos de Serpiente vuelve ahora*, pensaba Alexi, *me echo en el suelo y me rindo. Puede hacer conmigo lo que quiera. O Del, por favor, quítame este dolor. Dame un respiro, por favor.*

No veía el tubo de caña por ninguna parte. Se levantó con esfuerzo. El ferry estaba lleno. Iba a zarpar otra vez. Alexi salió cojeando de la rampa y empezó a seguir el curso del río, con los ojos fijos en el agua de la orilla. Quizá la corriente se hubiera llevado el tubo. Con un poco de suerte, habría quedado prendido entre la vegetación del borde del río.

O quizá se hubiera hundido. Se había hundido, los versos se habrían estropeado, de eso estaba seguro. Abriría el tubo y sacaría un montón de papel mojado manchado de tinta. En cuyo caso no tendría que preocuparse por Ojos de Serpiente: Sabir y Yola le matarían con sus propias manos.

Hacía rato que sentía una molestia en la pierna derecha, justo encima del tobillo. Había preferido ignorarla, convencido de que no era más que otra de sus muchas heridas. De pronto se paró y alargó los brazos para subirse los pantalones. Ojalá no tuviera nada roto. El tobillo, quizás. O la espinilla.

Algo sobresalía por el borde de sus botas camperas. Metió la mano dentro y sacó el tubo de caña. Se lo había metido en el cinturón, y la fuerza del agua lo había arrastrado por dentro de sus pantalones, y de allí a sus botas. El sello de cera que unía las dos mitades del tubo seguía intacto, por suerte.

Alexi levantó los ojos al cielo y se echó a reír. Luego gimió de dolor al sentir un tirón en las costillas.

Agarrándose la tripa, emprendió con paso lento y penoso el camino de vuelta al *maset du marais*.

45

Llevaba media hora andando cuando vio el caballo ensillado. Estaba pastando junto a la cabaña de un *gardian*.

Alexi se dejó caer detrás de un árbol. El sudor le corría por la frente y los ojos. Había ido derecho a la trampa. No se le había ocurrido que Ojos de Serpiente pudiera estar esperándole a aquel lado del río. ¿Qué posibilidades había de que volviera a cruzar el río después de escapar en la barca? ¿Una entre un millón? Aquel hombre estaba loco.

Alexi se asomó por detrás del árbol. Había algo raro en el caballo. Algo chocante.

Entrecerró los ojos para protegerse del sol del ocaso. ¿Qué era esa cosa negra que había junto a los pies del caballo? ¿Una persona? ¿Se había caído Ojos de Serpiente y estaba inconsciente? ¿O era una trampa y estaba esperando a que se tropezara con él para rematarle?

Alexi dudó mientras examinaba detenidamente la cuestión. Luego se puso en cuclillas y enterró el tubo de caña detrás del árbol. Dio unos pasos, indeciso, y se volvió para ver si reconocía dónde lo había enterrado. No había problema. El árbol era un ciprés. Se veía a kilómetros de distancia.

Recorrió varios metros renqueando; luego se detuvo y empezó a hurgarse en los bolsillos como si buscara una golosina. El caballo relinchó, mirándole. La figura que tenía a sus pies no se movió. Tal vez Ojos de Serpiente se había roto el cuello. O quizás O Del había atendido sus oraciones y se había ocupado de aquel cabrón de una vez por todas.

Avanzó de nuevo arrastrando los pies mientras le hablaba al caballo en voz baja para calmarlo. Vio que el hombre tenía un pie enganchado al estribo. Si el caballo avanzaba hacia él y notaba de pronto el peso muerto del cuerpo, se asustaría. Y Alexi lo necesitaba. Sin él no conseguiría llegar al *maset*: los últimos veinte minutos se lo habían dejado claro.

Con cada paso que daba estaba más débil y más desesperado. La ropa se le había secado encima, atiesándole las heridas. Tenía el brazo derecho agarrotado y ya no podía levantarlo por encima del ombligo. En aquel estado no podría ni adelantar a una tortuga.

Tendió el brazo hacia el caballo y dejó que le husmeara. Estaba claro que le inquietaba la presencia del cuerpo, pero que los suaves silbidos de Alexi y la hierba que había comido le habían calmado momentáneamente. Alexi tomó las riendas y se arrodilló junto al animal. Sabía ya, por la ropa, con quién se enfrentaba. Nadie más llevaba cinturones tan grandes, ni hebillas tan vistosas. Gavril. Santo Dios. Debía de haber intentado seguirlos, y se había caído del caballo y golpeado la cabeza. O se había encontrado con Ojos de Serpiente volviendo del ferry y Ojos de Serpiente había creído que sabía más de lo que sabía. Sintió una náusea y escupió el exceso de saliva. Las moscas empezaban a congregarse alrededor de las fosas nasales de Gavril y de la enorme brecha de su sien. Aquello sí que era mala pata.

Desenganchó el pie de Gavril del estribo. Ató el caballo al poste y miró alrededor, buscando algo que pudiera haber causado aquella herida. El caballo no podía haber avanzado mucho, lastrado con el cuerpo de Gavril.

Se acercó cojeando a la piedra. Sí. Estaba cubierta de sangre y pelo. La cogió en brazos, usando sólo las mangas: sabía lo suficiente para no borrar ninguna huella. Volvió y colocó la piedra junto a la cabeza de Gavril. Sintió por un momento la tentación de registrarle los bolsillos por si llevaba algún dinero suelto, pero decidió no hacerlo. No quería dar a la policía un posible falso móvil para el asesinato.

Cuando estuvo satisfecho con el escenario, se subió al caballo. Se tambaleó en la silla; la sangre le vibraba en la cabeza como el cojinete de una máquina de *pinball*.

Dos a uno a que Ojos de Serpiente era el culpable de la muerte de Gavril: era demasiada coincidencia. Estaba claro que se había encontrado con Gavril al volver. Lo había interrogado. Lo había matado. En cuyo caso había muchas posibilidades de que supiera lo del *maset*, porque Gavril, como todos los gitanos de su edad que visitaban con frecuencia la Camarga, tenía que haber oído hablar de la famosa partida de cartas entre Dadul Gavriloff y Aristeo Samana, el padre de Yola. Quizá no supiera exactamente dónde estaba la casa, pero seguro que sabía que existía.

Por un instante, Alexi sintió el impulso de volver al árbol y recoger el tubo de caña. Pero la cautela acabó por imponerse a la vanagloria. Puso en orden las riendas del caballo y le dejó volver hacia la casa.

46

Yola había inventado una forma nueva de hacer autostop. Esperaba hasta que veía acercarse un coche que tenía aspecto de pertenecer a un gitano, hacía un signo sinuoso con la mano izquierda, seguido inmediatamente por la señal de la cruz, y salía luego al centro de la carretera, situándose en el lugar en el que quedaría la ventanilla del conductor. Los coches casi siempre paraban.

Luego se inclinaba y explicaba adónde quería ir. Si el conductor viajaba en otra dirección (o no iba lo bastante lejos), le indicaba con impaciencia que siguiera su camino. El cuarto vehículo que paró cumplía perfectamente sus requisitos.

Sabir montó tras ella en la parte trasera del furgón para transporte de ganado, cubierta de paja; se sentía como si fueran Clark Gable y Claudette Colbert en *Sucedió una noche*, pero tenía que reconocer que hasta un furgón Citroën H que apestaba era preferible a ir a pie. Al principio había intentando convencer a Yola de que debían ahorrar tiempo cogiendo un taxi para volver al *maset*, pero ella había insistido en que, de ese modo, nadie sabría adónde habían ido. Se le había adelantado, como de costumbre.

Sabir se apoyó en la pared forrada de listones del furgón y se puso a juguetear con la navaja Aitor plegable, de fabricación española, que llevaba escondida en el bolsillo. Se la había comprado a Bouboul por cincuenta euros veinte minutos antes. Tenía una hoja de once centímetros de largo, afilada como la de una cuchilla de afeitar, que encajaba con un chasquido reconfortante cuando uno la abría. Estaba claro que era una navaja de combate porque tenía una concavidad para el pulgar a una distancia aproximada de un centímetro de la hoja. Sabir supuso que era para poder clavársela a tu oponente sin cortarte un dedo de paso.

Bouboul parecía remiso a desprenderse de la navaja, pero la avaricia (seguramente la había comprado hacía treinta años por el equivalente a cinco euros) y las invectivas de Yola habían bastado para forzarle a capitular. Yola le había dicho que le consideraba responsable de la desaparición de los caballos, y que de todos modos, en su opinión, era demasiado viejo para llevar navaja. ¿Quería acabar como Stefan, con el ojo colgando de un hilillo? Mejor librarse de aquello.

Estaba atardeciendo cuando Yola y Sabir llegaron al *maset du marais*. Como era de esperar, la casa estaba vacía.

—¿Qué hacemos ahora, Damo?

—Esperar.

—Pero ¿cómo vamos a saber si Ojos de Serpiente ha cogido a Alexi? En cuanto tenga las profecías, se marchará. Nunca sabremos lo que ha pasado.

—¿Qué quieres que haga, Yola? ¿Salir a los pantanos y llamar a Alexi a voces? Me perdería en un santiamén. Más allá de aquellos árboles hay trescientos kilómetros cuadrados de desierto.

—Podrías robar otro caballo. Eso es lo que haría Alexi.

Sabir sintió que se ruborizaba. Yola parecía entender algo mejor que él cómo debían comportarse los hombres in extremis.

—¿Me esperarías aquí? ¿Estarías dispuesta? ¿No te irías a deambular por ahí para que tuviera que buscaros a los dos?

—No. Me quedaría aquí. Puede que vuelva Alexi. Quizá me necesite. Voy a hacer un poco de sopa.

—¿De sopa?

Yola se levantó y le miró con incredulidad.

—A los hombres siempre se os olvida que la gente tiene que comer. Alexi lleva por ahí desde esta mañana. Si consigue llegar aquí vivo, tendrá hambre. Habrá que darle algo de comer.

Sabir salió a toda prisa al cobertizo, a ver si encontraba otra silla, una cuerda y algún arreo más. Con Yola de aquel humor, entendía perfectamente lo que pensaba Alexi del matrimonio.

A los quince minutos de empezar a perseguir al caballo, Sabir se dio cuenta de que le iba a costar. No tenía experiencia en el uso del lazo, como Alexi, y los caballos iban poniéndose nerviosos a medida que oscurecía. Cada vez que tenía uno a tiro, el animal le miraba tranquilamente hasta que Sabir estaba a unos tres metros de distancia, después de lo cual giraba sobre sus cuartos traseros y desaparecía entre la maleza, dando coces y pedorreando.

Harto, tiró la silla y la brida al borde del cercado y se volvió caminando por el sendero. Al llegar al cruce que llevaba hacia la casa vaciló; luego torció a la izquierda por el camino que habían seguido esa mañana para llegar a Saintes-Maries.

Estaba muy preocupado por Alexi. Pero el gitano tenía también algo que inspiraba confianza, sobre todo si se trataba de arreglárselas en el monte. En realidad, según la versión de Bouboul, Alexi sólo le llevaba un minuto de ventaja a Ojos de Serpiente cuando salieron del pueblo al galope. Pero a caballo un minuto era mucho tiempo, y esa mañana Sabir había visto cómo trataba Alexi a las bestias y cómo montaba. En fin, bastaba con decir que era un jinete nato. Además, conocía los pantanos como la palma de su mano. Sabir habría apostado algo a que, si su caballo aguantaba, Alexi daría esquinazo a Ojos de Serpiente.

A su modo de ver, por tanto, era sólo cuestión de tiempo que Alexi apareciera cabalgando por el camino, levantando triunfalmente el brazo con las profecías en la mano. Después, Sabir se retiraría a algún lugar tranquilo (preferiblemente cerca de un buen restaurante) para traducirlas, mientras la policía se dedicaba a aquello por lo que le pagaban por hacer y se las veía con Ojos de Serpiente.

A su debido tiempo contactaría con sus editores. Ellos sacarían las profecías a subasta. El dinero empezaría a fluir (dinero que compartiría con Yola y Alexi).

Y entonces, por fin, la pesadilla habría acabado.

47

Achor Bale decidió acercarse a la casa por el este, a través de un canal de desagüe que corría a lo largo de uno de los campos sin cultivar. Habiendo desaparecido Alexi, Sabir y la chica estarían vigilando, al acecho. Quizás hasta hubiera una escopeta en la casa. O un rifle viejo. Era absurdo correr riesgos innecesarios.

Sintió fugazmente la tentación de regresar en busca del caballo, que había dejado atado en una arboleda a unos cien metros por detrás de la finca. El caballo le seguiría sin resistencia a lo largo de la zanja, y quizás el ruido de sus cascos encubriera sus movimientos. Tal vez aquellos dos salieran de la casa pensando que Alexi había vuelto. Pero no. ¿Para qué complicar las cosas innecesariamente?

Porque Alexi volvería. Bale estaba seguro de ello. Había visto al gitano arriesgar la vida por la chica en Espalion, cuando ella se había derrumbado en la carretera. Si ella estaba dentro de la casa, el gitano acudiría como una avispa a un tarro de miel. Bale sólo tenía que matar a Sabir, usar a la chica como cebo e idear un modo imaginativo de pasar el rato.

Avanzó con cautela hacia una de las ventanas más grandes. Estaba oscureciendo. Alguien había encendido una lámpara de aceite y un par de velas. Por los postigos cerrados salían finas astillas de luz. Bale sonrió. Gracias al resplandor de las lámparas, era imposible que le vieran desde el interior de la casa. Incluso a dos metros de la ventana y con los ojos pegados a las lamas de los postigos, sería prácticamente invisible.

Aguzó el oído por si oía voces. Pero sólo había silencio. Se acercó a la ventana de la cocina. También estaba cerrada. Así que

Gavril tenía razón. Si la casa hubiera estado habitada normalmente, los postigos no habrían estado cerrados tan temprano. Sólo
había que echar un vistazo al jardín y los cobertizos para ver que
llevaba años abandonada. Con razón la apreciaban los gitanos.
Para ellos debía de ser como un hotel gratuito.

Por un momento sintió casi la tentación de entrar por la puerta principal. Si Sabir y la chica se comportaban como solían, sin
duda estaría abierta. Había veces en que Bale casi se enfadaba por
la falta de profesionalidad de sus contrincantes. El caso de la Remington, por ejemplo. ¿Por qué había aceptado devolvérsela Sabir? Había sido una locura. ¿De veras le creía capaz de dispararle
con el Redhawk a las afueras de un pueblo con sólo dos salidas
principales? ¿Y antes de echarle un vistazo a la Virgen Negra?
Aquella decisión de Sabir había dejado a los tres desarmados y sin
la más remota pista respecto a su verdadera identidad, gracias a
su imperdonable error con el número de serie (que sin embargo
había rectificado felizmente). Pereza mental, eso había sido. *Monsieur*, su padre, habría tenido algo que decir al respecto.

Porque a *Monsieur* siempre le había horrorizado la pereza mental. A los perezosos les daba con el bastón. Algunos días les pegaba
a los trece sucesivamente, uno tras otro, empezando por el mayor.
Así, cuando llegaba al más pequeño (y teniendo en cuenta su avanzada edad y su estado de salud) ya estaba cansado y los golpes no
eran tan dolorosos. Eso sí era tener consideración.

Madame, su madre, no era tan atenta. En su caso, el castigo era
siempre cosa de dos. Por eso, después de la muerte de *Monsieur*,
su padre, Bale había huido para unirse a la Legión. Más adelante
aquella decisión había resultado inesperadamente útil, y ella le había perdonado. Pero habían pasado dos años sin hablarse, y Bale
se había visto obligado a cumplir con los deberes del *Corpus Maleficum* él solo, sin dirección ni reglamento. Durante ese periodo
anárquico había desarrollado gustos que *Madame*, su madre, con-
sideró después en discordancia con los fines del movimiento. Por

eso Bale seguía ocultándole cosas. Detalles desafortunados. Muertes inevitables. Cosas así.

Pero él no disfrutaba infligiendo dolor. No. No era eso, desde luego. Detestaba ver sufrir a un animal, como al caballo del ferry. Los animales no podían defenderse. No sabían pensar. Pero la gente sí. Cuando él hacía preguntas, esperaba respuestas. Quizá la posición que ocupaba no le correspondiera por nacimiento, pero le correspondía, no había duda, por carácter. Estaba orgulloso del título nobiliario que *Monsieur*, su padre, le había transmitido. Orgulloso de su familia, que a lo largo de su historia se había anticipado a la obra del Diablo, y la había contrarrestado, por tanto.

Porque el *Corpus Maleficum* tenía una noble y larga historia. Había incluido entre las filas de sus principales adeptos a los inquisidores papales Conrado de Marburgo y Hugo de Beniols; al príncipe Vlad Drăculea III; al marqués de Sade; al príncipe Carlo Gesualdo; al zar Iván Grozny (el Terrible); a Nicolás Maquiavelo; a Rodrigo, César y Lucrecia Borgia; al conde Alessandro di Cagliostro; a Gregor Rasputín; al mariscal Gilles de Rais; a Giacomo Casanova; y a la condesa Erzsébet Báthory. Todos ellos difamados constantemente y de la manera más burda por la arrogancia de las subsiguientes generaciones de historiadores.

A su modo de ver (empapado por incontables horas de lecciones de historia aprendidas a los pies, y a instancias, de *Monsieur* y *Madame*, sus padres), Conrado de Marburgo y Hugo de Beniols habían sido falsamente tachados de sádicos y vanidosos perseguidores de los inocentes a pesar de que sólo se limitaban a cumplir las órdenes de la Madre Iglesia. Vlad «el Empalador» había sido acusado erróneamente de convertir la tortura en un arte cuando en realidad defendía (de la manera en que su época consideraba conveniente) su amada Valaquia de los horrores de la expansión otomana; el marqués de Sade había sido culpado injustamente por sus detractores de libertinaje y fomento de la anarquía sexual cuando, en opinión del *Corpus*, se había limitado a promulgar una moderna filosofía de la libertad y la tolerancia extremas, ideada para liberar al mundo de la tiranía de la moral; los prejuicios de sus acusadores habían condenado a un castigo injusto al príncipe y compositor Carlo Gesualdo por asesinar a su esposa e hijo, cuando en realidad sólo había defendido de intromisiones indeseables la santidad de su hogar; la historia había tildado al zar Iván Grozny de «tirano filicida» y le había apodado «el Terrible», pese a que para muchos de sus compatriotas, y al modo de ver del *Corpus*, había sido el salvador de la Rusia eslava; Nicolás Maquiavelo había sido descrito por sus enemigos como un absolutista teológico y un hacedor de la política del miedo, etiquetas éstas ideadas para desmerecer el hecho de que fuera también un diplomático brillante, un poeta, un dramaturgo y un filósofo político edificante; la familia Borgia al completo había sufrido el estigma de la corrupción criminal y la insania moral, a pesar de que, conforme al criterio del *Corpus* (y excepción hecha de algunos deslices insignificantes), habían sido papas ilustrados, poderosos legisladores e inspirados amantes del arte hondamente implicados en la difusión supranacional de los logros del Alto Renacimiento italiano; el conde Alessandro di Cagliostro había sido tachado de charlatán y falsificador consumado, cuando de hecho era un alquimista y cabalista de primer orden, ansioso por iluminar las profundidades, todavía en gran medida no sondeadas, de lo oculto; el naturópata, sanador y místico visionario Gregor Rasputín había sido descrito por sus detractores como un «monje loco», prepotente y lascivo, responsable él solo de la destrucción de la atrincherada y moribunda monarquía rusa (pero ¿quién, se preguntaba Bale, podía reprochárselo? ¿Quién, echando la vista atrás, osaría tirar la primera piedra?); al mariscal Gilles de Rais le habían llamado pedófilo, caníbal y torturador de niños, pero también había sido un defensor temprano de Juana de Arco, un soldado brillante y un esclarecido promotor del teatro que quizá de cuando en cuando, y en ciertas esferas concretas y sin importancia, se dejaba dominar por sus aficiones (pero ¿acaso anulaba eso la grandeza de sus actos? ¿El esplendor de su vida? No. Desde luego que no, y así debía ser); Giacomo Casanova era considerado por la posteridad un depravado en el terreno ético y espiritual, cuando en realidad había sido un librepensador avanzado a su tiempo, un historiador inspirado y un cronista genial; y la condesa Erzsébet Báthory, juzgada por sus coetáneos como una asesina en serie vampírica, era de hecho una mujer culta y políglota que no sólo había defendido el castillo de su esposo durante la Larga Guerra de 1593 a 1606, sino que también había ayudado a menudo a mujeres pobres que habían sido capturadas y violadas por los turcos; el hecho de que posteriormente hubiera desangrado a algunas de sus pupilas más traumatizadas era considerado por el *Corpus* (aunque con una buena dosis de guasa) como un experimento necesario para el avance y la difusión de la ciencia del mejoramiento estético, tan preponderante en el consumista siglo XXI. Todos ellos habían sido personas avispadas, iniciados por sus padres, abuelos, maestros o consejeros en la cábala secreta del *Corpus*: una cábala ideada para proteger y aislar al mundo de sus propios instintos perversos. Como decía *Monsieur*, su padre: «En un mundo blanco y negro, manda el diablo. Pinta el mundo de gris, enturbia los límites de la moral establecida, y el diablo pierde su asidero».

Venían después aquellos a quienes *Monsieur*, su padre, llamaba los adeptos «naturales»: aquellos que, pese a poseer de forma innata el gen de la destrucción, no reconocían necesariamente lo que hacían como parte de un todo mucho más grandioso y significativo. Hombres y mujeres como Catalina de Médici, Oliver Cromwell, Napoleón Bonaparte, la reina Ranavalona, el káiser Guillermo II, Vladimir Lenin, Adolf Hitler, Josef Stalin, Benito Mussolini, Mao Zedong, Idi Amín Dadá y Pol Pot. Cada uno de ellos, en su momento, había sabido minar el statu quo. Desafiar los preceptos morales. Sacudir el árbol de la civilización. Adeptos naturales que cumplían los propósitos del *Corpus* a pesar de (o quizá precisamente por) tener presuntos objetivos propios.

Tales tiranos atraían acólitos como una lámpara matainsectos atrae a las moscas. Actuaban como cajas de reclutamiento para los débiles, los lisiados, los moralmente enfermos: justo el tipo de personas que necesitaba el *Corpus* para cumplir sus objetivos. Y los más grandes y triunfantes de ellos (de momento, al menos) habían sido los dos primeros anticristos que predecían las Revelaciones: Napoleón Bonaparte y Adolf Hitler. Ambos, a diferencia de sus predecesores, habían actuado globalmente, y no sólo en sus países. Habían actuado como catalizadores de una maldad mayor, una maldad diseñada para aplacar al Diablo e impedirle cubrir para siempre el mundo con sus íncubos y sus súcubos.

Bale sabía de manera instintiva que el Tercer Anticristo del que hablaban las Revelaciones (El que ha de Venir) superaría fácilmente a sus antecesores en la grandeza de sus logros. Porque, según creía el *Corpus*, el caos redundaba en interés de todos: forzaba a la gente a conspirar contra él; a actuar conjuntamente y con creatividad dinámica. Todos los grandes inventos (los mayores saltos de la humanidad) se habían dado en momentos de crisis. El mundo necesitaba lo dionisiaco, y debía despreciar lo apolíneo. La alternativa sólo podía conducir a la perdición. Al alejamiento de Dios.

¿Qué era lo que había escrito el Divino Juan en su *Apocalipsis* tras su exilio en la isla de Patmos por gentileza del emperador Nerón?

Y vi descender del cielo a un ángel que tenía la llave del abismo y una gran cadena en la mano. Y sujetó al dragón, a esa serpiente antigua que es el Diablo, y Satanás, y lo encadenó por mil años. Y lo metió en el abismo, y lo encerró, y puso sello sobre él para que no vuelva a engañar a las gentes hasta que se cumplan los mil años: después de los cuales habrá de ser liberado por poco tiempo. (...) Y cuando expiren los mil años, será liberado Satanás de su prisión, y saldrá, y engañará a las naciones que hay sobre los cuatro ángulos del mundo, a Gog y a Magog, y los juntará para presentar batalla; y su número es como la arena del mar.

Y DESPUÉS «HABRÁ DE SER LIBERADO POR POCO TIEMPO»...

Era una pena que la suma numerológica del nombre de Achor Bale equivaliera en la Cábala al número dos. Ello le confería un temperamento firme y constante, pero le abocaba, por otro lado, a ser hipersensible y a ocupar siempre una posición subordinada: la del perpetuo secuaz y no la del líder. Algunos necios hasta lo consideraban un número malévolo y dañino, incluido dentro del espectro femenino negativo; un número que condenaba a sus prosélitos a las dudas, las vacilaciones y la dispersión.

A no ser, claro está, que su carácter se viera inspirado y fortalecido desde temprana edad por una dirección firme y una fe esencial y bien arraigada.

Bale creía que debía agradecer aquel aspecto positivo de su personalidad (un aspecto que todo lo redimía) a la influencia de *Monsieur*, su padre. Si no podía ser un maestro, sería un discípulo. Un discípulo leal. Un engranaje decisivo a la hora de ganarle la partida a la maquinaria infernal.

Ya que le había sacado el nombre de la chica al tonto de Gavril, decidió que sería divertido hacerle la prueba cabalística... y también al gitano, a aquel tal Alexi Dufontaine. Le ayudaría a enfrentarse a ellos. Le daría indicios sobre el carácter de ambos que no podría obtener de otro modo.

Hizo rápidamente los cálculos de cabeza. Los dos daban ocho. Normalmente, un número prometedor, y unido en cierto modo al suyo. Pero cuando quienes llevaban aquel número se empeñaban en hacer cosas por simple testarudez o cabezonería, el número se volvía negativo y sentenciaba a su poseedor. Ése, pensó Bale, debía de ser el caso de los gitanos.

¿Y el número de Sabir? Sería interesante saberlo. Bale estuvo pensando. A. D. A. M. S. A. B. I. R. ¿A qué equivalía en la numerología cabalística? 1, 4, 1, 4, 3, 1, 2, 1, 2. Lo que da 19, en total. 1 y 9 suman 10. O sea, 1 más 0. Lo cual significaba que Sabir era un número uno. Poderoso. Ambicioso. Dominante. Que tenía facilidad para hacer amigos y capacidad para influir en la gente. La personalidad de un «hombre recto». Alguien, en otras palabras, que jamás admitía que se equivocaba. Un macho alfa.

Bale sonrió. Disfrutaría torturando y matando a Sabir. Sería para él un *shock*.

Porque Sabir había apurado su suerte hasta las heces, y era hora de poner fin a aquello.

48

Cuando Sabir oyó el ruido sofocado de los cascos del caballo de Alexi, se resistió, en principio, a creer lo que oía. Sería un animal de la finca vecina, que se habría extraviado. O un toro escapado, buscando compañera.

Se ocultó detrás de unas acacias, confiando en que el contorno de las ramas emborronara su silueta en medio de la oscuridad que iba cayendo rápidamente. Se sacó la navaja del bolsillo con cuidado, muy despacio, y desdobló la hoja. Pero a pesar de sus esfuerzos emitió un chasquido al abrirse.

—¿Quién anda ahí?

Sabir no se había dado cuenta de que estaba conteniendo la respiración. Exhaló con un suspiro exultante y agradecido.

—¿Alexi? Soy yo, Damo. Gracias a Dios que estás bien.

Alexi se tambaleó en la silla.

—Creía que eras Ojos de Serpiente. Al oír ese chasquido, he pensado que estaba acabado. He pensado que ibas a dispararme.

Sabir trepó por el talud. Se agarró al estribo de Alexi.

—Entonces, ¿las tienes? ¿Tienes las profecías?

—Creo que sí. Sí.

—¿Crees?

—Las he enterrado. Ojos de Serpiente... —Alexi se inclinó hacia delante y empezó a deslizarse por el cuello del caballo.

Sabir estaba tan emocionado por las profecías que no se le había ocurrido pensar en el estado en que se hallaba Alexi. Le cogió por debajo de los brazos y le ayudó a bajar del caballo.

—¿Qué pasa? ¿Estás herido?

Alexi se acurrucó en el suelo.

—Me caí. Me di un buen golpe. Contra una barrera. Y luego contra el cemento. Iba huyendo de Ojos de Serpiente. Cada vez es peor. Esta última media hora. No creo que pueda volver a la casa.

—¿Dónde está? ¿Dónde está Ojos de Serpiente?

—No lo sé. Le perdí. Pero ha matado a Gavril. Le destrozó la cara con una piedra y lo arregló para que pareciera un accidente. Lo he vuelto a colocar todo en su sitio, para incriminarle. Me llevé el caballo de Gavril. El mío está muerto. Ahora tienes que volver a la casa. Puede que Ojos de Serpiente sepa lo del *maset*.

—¿Cómo va a saberlo? Es imposible.

—No. Imposible, no. Puede que se lo sacara a Gavril. Ese idiota nos iba siguiendo. Ojos de Serpiente le cogió. Pero eso ya te lo he dicho. Estoy demasiado cansado para repetirme. Escúchame, Damo. Déjame aquí. Llévate el caballo. Vuelve al *maset*. Coge a Yola. Y vuelve luego. Mañana, cuando esté mejor, te enseñaré dónde están las profecías.

—Las profecías... ¿Las has visto?

—Vete, Damo. Coge el caballo. Ve a buscar a Yola. Las profecías ya no importan. ¿Entiendes? No son más que letras. No vale la pena que muera nadie por ellas.

49

Bale encontró la contraventana defectuosa: la que se encontraba siempre en las casas viejas, si uno tenía la paciencia de buscarla. La abrió suavemente haciendo palanca. Metió luego el cuchillo en el marco combado de la ventana y lo movió de un lado a otro. La ventana se abrió con un ruido parecido al que se hacía al mezclar una baraja de cartas.

Se quedó quieto y aguzó el oído. La casa estaba en silencio, como una tumba. Esperó a que sus ojos se acomodaran a la penumbra. Cuando volvió a ver, inspeccionó la habitación. Apestaba a ratones muertos y resecos y al polvo acumulado en años de abandono.

Se acercó al pasillo y siguió luego hacia la cocina. Era allí donde había visto las lámparas de aceite y las velas encendidas. Era extraño que no se oyeran voces. Sabía por experiencia que la gente siempre hablaba cuando estaba en una casa abandonada: era una forma de mantener los fantasmas a raya. De horadar el silencio.

Llegó a la puerta de la cocina y miró dentro. Nada. Movió la nariz. Sopa. Olía a sopa. Así que la chica, al menos, estaba allí. ¿Estaba fuera, quizás, usando el retrete que le ofrecía la naturaleza? En ese caso había tenido suerte de no tropezar con ella y arriesgarse a perderla en la oscuridad.

¿O quizá lo había oído? ¿Habría avisado a Sabir? Tal vez estuvieran esperándole en algún sitio, dentro de la casa. Bale sonrió. Así sería más divertido. Tendría algo más de dificultad.

—La sopa está hirviendo. —Su voz resonó en la casa como en una catedral.

¿Había oído un roce al fondo del salón? ¿Allí, detrás de la butaca? ¿Dónde las cortinas viejas y desgastadas estaban echadas? Cogió una figurilla de bronce y la arrojó contra la puerta de la calle. El ruido que hizo sonó como una obscenidad en medio del silencio sofocante de la habitación.

Una sombra salió corriendo de detrás del sofá y comenzó a tirar frenéticamente de la ventana. Bale cogió la pareja de la figurilla de bronce y se la tiró. Se oyó un grito y la sombra cayó.

Bale se quedó donde estaba, con el oído atento, respirando por la boca. ¿Había oído alguien el ruido? ¿O no había nadie más en la casa? La chica. Tenía la sensación de que era la chica.

Regresó a la cocina y cogió la lámpara de aceite. Sosteniéndola delante de sí, se acercó a la ventana más grande, que estaba cerrada. La chica estaba acurrucada en el suelo. ¿La había matado? Sería un inconveniente. Había lanzado la estatuilla con todas sus fuerzas, desde luego. Pero podía haber sido Sabir. Y no podía permitirse correr riesgos a aquellas alturas del partido.

Cuando se agachó para cogerla, la chica se escabulló y echó a correr como una loca por el pasillo.

¿Le había oído entrar? ¿Iba hacia la ventana de atrás? Bale corrió en dirección contraria. Se arrojó por la puerta delantera y luego torció hacia la izquierda, rodeando la casa.

Aflojó el paso al acercarse a la ventana. Sí. Allí estaba su pie. Se estaba encaramando a la ventana.

La sacó por la ventana y la arrojó al suelo. Le dio un golpe en la cabeza y se quedó quieta. Bale se incorporó y prestó atención. Nada. No se oía nada. Estaba sola en la casa.

Inclinándose, palpó su ropa y entre sus piernas en busca de una navaja o alguna otra arma escondida. Cuando estuvo seguro de que iba desarmada, la levantó como un saco de grano, se la echó al hombro y volvió al salón.

50

Bale se sirvió un poco de sopa. Santo Dios, qué buena estaba. Hacía doce horas que no comía nada. Sintió cómo el caldo denso y sabroso le recargaba las pilas, reavivaba sus energías exhaustas.

Bebió también vino y comió un poco de pan. Pero el pan estaba rancio y tuvo que echarlo en la sopa para darle sabor. En fin. No se podía tener todo.

—¿Te estás cansando, querida? —Miró a la chica.

Estaba de pie sobre un taburete de tres patas colocado en el centro de la habitación, con una bolsa para el pan sobre la cabeza y el cuello metido en una horca que Bale había fabricado con una soga de cuero. El taburete tenía la anchura justa para que pudiera estar de pie, pero estaba claro que el golpe en la cabeza la había debilitado, y de cuando en cuando se tambaleaba contra la cuerda que le servía, hasta donde era posible, como apoyo para el cuello.

—¿Por qué haces esto? Yo no tengo nada de lo que quieres. No sé nada que quieras saber.

Poco antes, Bale había abierto de par en par las contraventanas del salón y la puerta principal del *maset*. Había rodeado además el taburete con velas y lámparas de aceite para que la chica pareciera iluminada por un foco, visible desde una distancia de cincuenta metros en todas direcciones, salvo desde el norte.

Se había reclinado como en un diván, con la cacerola de sopa sobre el regazo y el contorno del cuerpo perdido entre las sombras de más allá del remanso de luz de las velas, bien lejos de la vista que ofrecían las ventanas y la puerta abierta. A su derecha descansaba el Redhawk, con la empuñadura convenientemente orientada hacia su mano.

Había elegido el taburete de tres patas porque un solo disparo del Redhawk bastaría para dejar a la chica suspendida en el aire. Lo único que tenía que hacer era destrozar una de las patas del taburete. Ella patalearía y se retorcería uno o dos minutos, sí, porque la caída no bastaría para romperle el cuello, pero al final se asfixiaría, y él tendría tiempo de sobra para salir por la ventana de atrás mientras Sabir y el gitano intentaban salvarla.

Nada de aquello sería necesario, desde luego, si Sabir se avenía a razones. Y Bale confiaba en que al ver a la chica fijara su atención únicamente en eso. Sería suficiente con que le diera las profecías. Luego Bale se marcharía. Sabir y el gitano podían quedarse con aquella condenada muchacha. Se la regalaba de buena gana. Él nunca incumplía un trato.

En el caso improbable de que fueran tras él, sin embargo, los mataría. Pero estaba seguro de que Sabir capitularía. ¿Qué tenía que perder? Un poco de dinero y una fama insignificante y fugaz. ¿Y que ganar? Todo.

51

—Dime otra vez a qué hora se fue.

Yola gruñó. Llevaba más de una hora sobre el taburete y tenía la blusa empapada en sudor. Sentía las piernas llenas de parásitos rastreros que subían y bajaban por sus muslos y sus corvas, mordisqueándola. Tenía las manos atadas a la espalda, y sólo usando la barbilla podía controlar sus balanceos, cada vez más amplios. Cuando notaba que estaba a punto de tambalearse, apretaba con fuerza la cuerda contra su hombro sirviéndose de la mandíbula, con la esperanza de que la tensión de la soga la mantuviera erguida.

Desde hacía un rato se preguntaba si valía la pena poner a prueba a Ojos de Serpiente: dejarse caer a propósito. Era evidente que él estaba esperando a Alexi y Sabir. Así que, si no estaban allí para ver cómo moría estrangulada, ¿la recogería Ojos de Serpiente para salvarla? ¿La desataría mientras se recuperaba, antes de volver a usarla como cebo? ¿Se distraería un momento? Sería su única oportunidad de escapar. Pero era correr un riesgo espantoso.

Quizás él simplemente se divirtiera viéndola morir. Luego volvería a subirla, colgada de la soga, y desde lejos nadie notaría que ya estaba muerta.

—Te he hecho una pregunta. ¿A qué hora se fue Sabir?

—No tengo reloj. No sé la hora.

—¿Cuánto faltaba para que anocheciera?

Yola no quería hacerlo enfadar. Ya la había golpeado una vez, después de sacarla por la ventana. Tenía miedo. Miedo a lo que era capaz de hacer. Miedo a que se acordara de lo que había amenazado con hacerle la vez anterior, y a que repitiera la amenaza sólo por divertirse. Estaba segura de que la información que le estaba dando no hacía más que confirmar lo que él ya sabía. Que no había ninguna novedad, nada que pudiera mermar las posibilidades de sobrevivir de Alexi y Damo.

—Cerca de una hora. Le mandé por otro caballo. Se habrá ido a buscar a Alexi.

—¿Y Alexi iba a volver aquí?

—Sí. Seguro.

—¿Y sabe andar por la marisma? ¿Tanto como para volver de noche?

—Sí. Conoce bien la marisma.

Bale asintió con la cabeza. Era evidente que la conocía. Y eso cambiaba las cosas. Si Alexi hubiera ido a ciegas, él le habría cogido. Si no hubiera sabido lo del ferry, no habría hecho falta toda aquella farsa. Él podría haberle llevado las profecías a *Madame*, su madre, y haber sido aclamado como un héroe. El *Corpus Maleficum* le habría venerado. Quizá le habrían encomendado personalmente la tarea de proteger al próximo Anticristo. O de erradicar al linaje del Nuevo Mesías *antes del acontecimiento*. Ambas cosas se le daban bien. Su cerebro funcionaba metódicamente. Si tenía una meta, se esforzaba de manera constante y minuciosa por alcanzarla, como había hecho con las profecías esas últimas semanas.

—¿Vas a matarlos?

Bale levantó la mirada.

—Perdona, ¿qué has dicho?

—He dicho que si vas a matarlos.

Bale sonrió.

—Quizás. O quizá no. Todo depende de cómo reaccionen ante la escena que he montado, contigo colgando de una cuerda. Más te vale que entiendan exactamente qué intento decirles con mi pequeña pieza teatral. Que vengan por propia voluntad. Que no me obliguen a disparar a una de las patas del taburete.

—¿Por qué haces todo esto?

—¿El qué?

—Ya sabes lo que quiero decir. Torturar a la gente. Perseguirla. Matarla.

Bale resopló, divertido.

—Porque he jurado hacerlo y es mi deber. No creo que te interese, ni que te incumba, pero allá en el siglo XIII el rey Luis IX de Francia encomendó una tarea a mi familia y la hermandad a la que pertenecía. —Bale se santiguó a la inversa, empezando por el vientre y acabando en la cabeza—. Me refiero a san Luis, *Rex Francorum et Rex Christianissimus*, el cristianísimo rey de los francos y lugarteniente de Dios en la Tierra. —Acompañó el signo de la cruz inversa con el del Pentáculo de cinco lados, de nuevo de abajo arriba—. La tarea que nos encomendó debía ser nuestra a perpetuidad y consistía, sencillamente, en proteger al pueblo francés de las maquinaciones del Diablo, o de Satán, Azazel, Tifón, Ahrimán, Angra Mainyu, Asmodeo, Lucifer, Belial, Belcebú, Iblis, Shaitán, Alichino, Barbariccia, Calcobrina, Caynazzo, Ciriato Sannuto, Dragnignazzo, Farfarello, Grafficane, Libicocco, Rubicante, Scarmiglione, o cualquier otro nombre estúpido que le haya dado la gente. Hemos cumplido nuestro compromiso durante más de novecientos años, a menudo a costa de nuestras vidas. Y seguiremos cumpliéndolo hasta el Ragnarök, hasta el Fin de los Tiempos y la venida de Vidar de Vali.

—¿Y por qué necesitamos que nos protejáis?

—Me niego a responder a esa pregunta.

—¿Por qué mataste a mi hermano, entonces?

—¿Qué te hace pensar que le maté yo?

—Le encontraron colgado de un somier. Le habías rajado la mejilla con una navaja. Le rompiste el cuello.

—Lo de la navaja, lo de la herida, eso sí se lo hice yo. Lo reconozco. Samana no entendía que estaba dispuesto a hacer lo que decía. Tenía que demostrarle que hablaba en serio. Pero tu hermano se mató él solo.

—¿Cómo? Eso es imposible.

—Eso pensé yo. Pero le pregunté una cosa, una cosa que me habría llevado directamente hasta ti. Creo que en el fondo se daba cuenta de que al final hablaría. Todo el mundo habla. La mente humana no puede concebir la cantidad de dolor que puede soportar el cuerpo. El cerebro interviene mucho antes de que sea necesario: rebusca entre lo que sabe y llega a conclusiones precipitadas. No comprende que, a no ser que se dañe algún órgano vital, con el tiempo pueden recuperarse casi todas las funciones vitales. Pero la idea del dolor que puede infligirse actúa temporalmente como catalizador. La mente abandona la esperanza y, llegado cierto momento, y sólo ése, la muerte se vuelve preferible a la vida. Ése es el instante crucial para el torturador, cuando se alcanza el punto de apoyo de la palanca. —Bale se inclinó hacia delante, lleno de entusiasmo—. Verás, he estudiado esto detenidamente. Los más grandes torturadores —los de la Inquisición, por ejemplo, el Verdugo de Dreissigacker, o Heinrich Institoris y Jacob Sprenger, o incluso los maestros chinos como Zhou Xing y Suo Yuanli, que desempeñaron su oficio durante el reinado de Wu Zetian— reanimaban a sus víctimas muchas veces cuando estaban al borde de la muerte. Espera. Veo por tu postura que no me crees. Deja que te lea una cosa. Para pasar el rato, digamos. Porque debe de ser muy incómodo para ti estar en equilibrio en ese taburete. Es de un recorte que siempre llevo conmigo. Se lo he leído a muchos de mis... —Bale titubeó como si hubiera estado a punto de decir un despropósito—. ¿Podemos llamarlos mis clientes? Es sobre la primera persona que he mencionado en mi lista de torturadores. Lo llamaban el Verdugo de Dreissigacker. Un auténtico experto en el arte del dolor. Te va a impresionar, te lo aseguro.

—Me pones enferma. Enferma hasta la médula de los huesos. Ojalá me mataras ya.

—No, no, escucha esto. Es realmente extraordinario.

Se oyó el sonido de un trozo de papel que era alisado. Yola intentó cerrar los oídos a la voz de Ojos de Serpiente, pero sólo consiguió que aumentara el pálpito de la sangre en su cabeza, de modo que la voz de Ojos de Serpiente resonó dentro de ella como mil manos dando palmas.

—Tienes que intentar retrotraerte al año 1631. A los tiempos de la Inquisición. Seguramente no te resultará muy difícil imaginártelo dentro de esa bolsa, ¿no? Una mujer embarazada ha sido acusada de brujería por las autoridades eclesiásticas: un grupo de hombres con el peso de la ley religiosa y la secular de su parte. Va a ser interrogada, lo cual es perfectamente lógico dadas las circunstancias, ¿no te parece? Es el primer día de su proceso. Lo que voy a leerte es cómo describe el gran humanista B. Emil König las pesquisas oficiales de la Inquisición en su libro, de título pegadizo, *Ausgeburten des Menschenwahns im Spiegel der Hexenprozesse und der Auto da Fe's Historische Handsaülen des Aberglaubens. Eine Geschichte des After- und Aberglaubens bis auf die Gegenwart*:

En primer lugar, el verdugo ató a la mujer, que estaba encinta, y la puso en el potro. Le dio luego tormento hasta que la mujer ansió que se le rompiera el corazón, pero no tuvo piedad de ella. Viendo que no confesaba, repitió el tormento. Le ató luego las manos, le cortó el pelo, le echó coñac por la cabeza y le prendió fuego. Puso además azufre en sus axilas y lo quemó. Le ataron a continuación las manos a la espalda, la alzaron hasta el techo y la dejaron caer de golpe. Este sube y baja se repitió durante unas horas, hasta que el verdugo y sus ayudantes se fueron a cenar. Cuando volvieron, el verdugo le ató los pies y las manos a la espalda; le vertieron coñac por la espalda y le prendieron fuego. Le pusieron después grandes pesos sobre la espalda y la izaron. Luego de esto volvieron a tenderla sobre el potro. Le pusieron sobre la espalda una tabla con pinchos y volvieron a izarla hasta el techo. El maestro le ató de nuevo los pies y colgó de ellos un bloque de cincuenta libras, y ella pensó que iba a estallarle el corazón. No bastó con aquello; así pues, el maestro le desató los pies, le metió las piernas en un cepo y apretó los tornillos hasta que empezaron a sangrarle los dedos de los pies. Tampoco fue suficiente con esto; así pues, la estiraron y pincharon de nuevo de diversas maneras. El verdugo de Dreissigacker dio comienzo entonces al tercer grado de tortura. Al colocarla en el banco y ponerle la camisa inquisitorial, le dijo: «No voy a ocuparme de ti un día, ni dos, ni tres, ni ocho, ni un par de semanas, sino medio año o un año, o toda la vida, hasta que confieses; y si no confiesas, te torturaré hasta la muerte y después te quemarán». El yerno del verdugo la izó luego hasta el techo colgada de las manos. El verdugo de Dreissigacker la azotó con una fusta. La pusieron en un cepo y allí estuvo seis horas. Después volvieron a azotarla sin piedad. Y esto fue lo que se hizo el primer día.

La habitación quedó en silencio. Fuera, el viento suspiraba entre los árboles. Un búho ululó a lo lejos y otro respondió a su llamada desde uno de los establos, cerca de la casa.

Bale se aclaró la garganta. Se oyó el ruido que hacía el papel cuando se lo guardó.

—Juzgué mal a tu hermano. No me di cuenta de lo fiel que te era. Del miedo que le daba perder el respeto de su gente. Verás, ya hay muy poca gente que disfrute de las ventajas de vivir en comunidad. Sólo tienen que pensar en sí mismos, o en su familia inmediata. Es posible racionalizar. Uno siente la tentación de tomar un atajo. Pero cuando está en juego un vínculo más amplio se manifiestan otros factores. El martirio es una alternativa. La gente está más dispuesta a morir por un ideal. Tu hermano era un idealista, a su modo. Utilizó la posición en la que le había atado, el peso de la gravedad que yo mismo le proporcioné, para partirse el cuello. Nunca he visto nada igual. Fue muy impresionante. No hay duda de que, al acabar el primer día de su interrogatorio, esa mujer cuyo calvario acabo de describirte, y cuya inocencia era palmaria, habría estado dispuesta a venderle su alma al diablo a cambio del secreto de su consumación. —Bale miró la figura de Yola arriba del taburete—. Sólo un hombre entre un millón habría sido capaz de lograr una hazaña física tan magnífica: darse muerte estando atado y suspendido en el aire. Y tu hermano lo hizo. Nunca le olvidaré. ¿Responde eso a tu pregunta?

Yola siguió callada sobre el taburete. La bolsa distorsionaba sus facciones. Era imposible saber qué estaba pensando.

52

—No voy a dejarte aquí. Si te levantas y te apoyas en mí, intentaré montarte en el caballo. Puedes descansar cuando lleguemos al *maset*. Yola ha hecho sopa.

—Damo, no me estás escuchando.

—Te estoy escuchando, Alexi. Pero no creo que Ojos de Serpiente sea un superhombre. Es probable que Gavril se cayera del caballo sin ayuda de nadie y que se golpeara con una piedra en la cabeza por accidente.

—Tenía marcas de cuerdas en las manos y los pies.

—¿Qué?

—Ojos de Serpiente le ató antes de aplastarle la cabeza. Le hizo daño. Por lo menos eso me pareció. La policía descubrirá lo que ha pasado, aunque tú no te des cuenta.

—¿Desde cuándo admiras tanto a la policía, Alexi?

—La policía maneja hechos. Y a veces los hechos son buenos. Ni siquiera yo soy tan ignorante como para no darme cuenta de eso. —Con ayuda de Sabir, volvió a encaramarse a la silla. Se recostó cansinamente sobre el cuello del caballo—. No sé qué te pasa últimamente, Damo. Parece que las profecías te tienen hipnotizado. Ojalá no las hubiera encontrado. Así volverías a acordarte de tus hermanos.

Sabir llevó al caballo hacia la casa. Sus cascos repicaban sobre la arena empapada de rocío. Aparte de eso y del zumbido de los mosquitos, el silencio de los pantanos envolvía a los dos hombres como un manto.

Alexi maldijo con resignación. Alargó una mano y tocó suavemente a Sabir en el hombro.

—Perdona, Damo. Siento lo que acabo de decir. Estoy cansado. Y dolorido. Si me pasa algo, quiero que sepas dónde están enterradas las profecías.

—No va a pasarte nada, Alexi. Ya estás a salvo. Y al diablo con las profecías.

Alexi se enderezó.

—No. Esto es importante. He hecho mal en decirte esas cosas, Damo. Tengo miedo por Yola. Y se me va la lengua. Hay un refrán gitano que dice: «Cada cual ve sólo su plato».

—¿Así que ahora piensas en Yola como en un plato?

Alexi suspiró.

—Me estás malinterpretando a propósito, Damo. Puede que, si lo digo así, me entiendas mejor: «Cuando te den, come. Cuando te peguen, huye».

—Entiendo lo que quieres decir, Alexi. No intento malinterpretarte.

—Pensar que le pueda pasar algo malo me pone enfermo, Damo. Hasta sueño con ella, con sacarla de sitios horribles. O de pozas de barro y arenas movedizas que intentan arrancármela. Los sueños son importantes, Damo. Nosotros los *manouches* siempre hemos creído en el *cacipén*, en la verdad de los sueños.

—No va a pasarle nada malo.

—Damo, escúchame. Escúchame atentamente, o me cago en ti.

—No me digas. Ése es otro de tus dichos gitanos.

Alexi tenía los ojos fijos en su nuca. Hacía esfuerzos por no desmayarse.

—Para recuperar las profecías, tienes que ir donde encontré a Gavril. Está a veinte minutos a caballo al norte del ferry. Justo antes de llegar al Panperdu. Hay una cabaña de *gardians*. También mira al norte, para protegerse del mistral. No tiene pérdida. Está cubierta de *la sagno*, y tiene un tejado de teja y mortero y una chimenea. No hay ventanas. Sólo una puerta. Tiene delante una barandilla y un poste detrás, para que los *gardians* se suban y vean desde allí la marisma.

—Y además, según tú, pronto se convertirá en el escenario de un crimen. Y habrá policías por todas partes, con sus perros, sus detectores de metales y sus trajes de plástico.

—Eso no importa. No tienen por qué verte cuando vayas a buscar las profecías.

—¿Y eso?

—Escóndete. Luego imagina que estás en la *cabane* y vuelve hacia el sur. Verás un ciprés que sobresale de un bosque cercano. Las profecías están enterradas justo detrás, como a medio metro del tronco. No muy hondo. Estaba ya muy débil y no pude enterrarlas más. Pero están lo bastante hondas. Enseguida verás que la tierra está removida.

—Se pudrirán. En cuanto llueva. Estarán ilegibles. Y todo esto habrá sido para nada.

—No, Damo. Están metidas dentro de un tubo de caña. El tubo está sellado por el medio con cera dura. O con resina. Algo así. No puede entrar nada.

De pronto, un caballo desconocido relinchó delante de ellos, y su grito sonó por la marisma como un lamento mortuorio. Su caballo fue a responder, pero el instinto de supervivencia, aunque algo retrasado, hizo que Sabir le tapara el hocico justo cuando el animal tomaba aire. Se quedó parado, con el morro del caballo bajo el brazo, escuchando.

—Te lo he dicho —susurró Alexi—. Es Ojos de Serpiente. Te he dicho que había torturado a Gavril. Que le sacó dónde está el *maset*.

—Veo luz entre los árboles. ¿Para qué iba a encender Ojos de Serpiente tantas luces? Es absurdo. Es más probable que Yola haya recibido la visita de alguna de sus amigas del pueblo. Todo el mundo sabe lo de este sitio, tú mismo lo has dicho. —A pesar de su confianza aparente, Sabir se quitó la camisa y la ató con fuerza alrededor del hocico del caballo. Luego lo llevó a través de los sauces, hacia la parte de atrás del establo—. Mira, las puertas y las ventanas están abiertas de par en par. La casa está iluminada como una catedral. ¿Es que Yola se ha vuelto loca? Quizá quería guiarnos hasta aquí.

—Es Ojos de Serpiente. Te lo digo yo, Damo. Tienes que escucharme. No vayas derecho a las luces. Echa primero un vistazo desde fuera. Puede que a Yola le haya dado tiempo a huir. O eso, o está ahí dentro, con él.

Sabir le miró.

—¿Hablas en serio?

—Ya has oído a su caballo.

—Podría ser cualquier caballo.

—Sólo quedaban el de Gavril y el de Ojos de Serpiente. Yo tengo el de Gavril. Y el otro está muerto. Los caballos se conocen entre sí, Damo. Conocen el sonido de sus pasos. Reconocen sus relinchos. Y no hay más caballos a menos de medio kilómetro de aquí.

Sabir ató las riendas a un arbusto.

—Me has convencido, Alexi. Espera aquí y no te muevas. Voy a echar un vistazo a la casa.

53

—¿Qué estás quemando? Huele a quemado. —Yola apartó instintivamente la cara de la luz, volviéndola hacia la oscuridad de su espalda.

—No pasa nada. No estoy prendiendo fuego a la casa. Ni calentando las tenazas, como el verdugo de Dreissigacker. Sólo estoy quemando corcho. Para pintarme de negro la cara.

Yola sabía que estaba al borde del agotamiento. Ignoraba cuánto tiempo podría aguantar en aquella postura.

—Voy a caerme.

—No, nada de eso.

—Por favor. Tienes que ayudarme.

—Si vuelves a pedírmelo, afilaré el mango de un cepillo y te lo meteré por el culo. Eso te mantendrá derecha.

Yola dejó caer la cabeza. Aquel hombre era inconmovible. Toda su vida, Yola había sabido manipular a los hombres, y controlarlos, por tanto. Para ella, los gitanos eran pan comido. Si una decía lo que había que decir con convicción suficiente, solían ceder. Sus madres la habían adiestrado bien. Pero aquel hombre era frío. No se dejaba afectar por lo femenino. Yola llegó a la conclusión de que, para que fuera así, tenía que haber una mujer muy mala en su vida.

—¿Por qué odias a las mujeres?

—Yo no odio a las mujeres. Odio a cualquiera que me estorba en lo que hago.

—Si tienes madre, debe de avergonzarse de ti.

—*Madame*, mi madre, está muy orgullosa de mí. Ella misma me lo ha dicho.

—Entonces ella también debe de ser malvada.

Hubo un instante de silencio mortal. Luego, un movimiento. Yola se preguntó si por fin se había pasado de la raya. Si Ojos de Serpiente iba por ella.

Pero Bale sólo estaba quitando de en medio lo que quedaba de la sopa para tener una línea de visión más clara.

—Si dices algo más, te azotaré las corvas con el cinturón.

—Entonces Alexi y Damo te verán.

—Y qué. No tienen pistolas.

—Pero tienen navajas. No conozco a nadie que lance mejor un cuchillo que Alexi.

A lo lejos relinchó un caballo. Bale vaciló un momento, aguzando el oído. Luego, convencido de que había sido su caballo y de que ningún otro había respondido, retomó la conversación.

—Con Sabir falló. Aquella vez, en el claro.

—¿Lo viste?

—Yo lo veo todo.

Yola se preguntó si debía decirle que Alexi había fallado a propósito. Pero luego pensó que sería buena idea que siguiera subestimando a sus oponentes. Hasta la cosa más nimia podía dar a Alexi o a Damo una ventaja crucial.

—¿Para qué quieres esos escritos, esas profecías?

Bale se quedó pensando sin decir nada. Al principio, Yola creyó que iba a ignorar su pregunta, pero de pronto él pareció tomar una decisión. Al hacerlo, sin embargo, su tono cambió infinitesimalmente. Gracias al agobio sofocante que sentía dentro de la bolsa, Yola se había vuelto sensible a todos y cada uno de los matices de su voz. Fue en ese preciso instante cuando comprendió, con total certeza, que pensaba matarla fuera cual fuese el resultado del intercambio.

—Quiero los escritos porque cuentan cosas que van a pasar. Cosas importantes. Cosas que cambiarán el mundo. Se ha demostrado muchas veces que el hombre que los escribió tenía razón.

Hay claves y secretos escondidos en lo que escribe. Mis colegas y yo sabemos cómo descifrar esas claves. Hace siglos que intentamos hacernos con las profecías perdidas. Hemos seguido incontables pistas falsas. Y por fin, gracias a tu hermano y a ti, hemos dado con la verdadera.

—Si yo tuviera esas profecías, las destruiría.

—Pero no las tienes. Y pronto estarás muerta. Así que todo esto te importa poco.

54

Tumbado boca abajo en la linde de la arboleda, Sabir observaba. Sentía cómo el horror de su situación se extendía por su cuerpo como un cáncer.

Yola estaba de pie sobre un taburete de tres patas. Una bolsa le cubría la cabeza, y tenía un nudo corredizo alrededor del cuello. Sabir estaba seguro de que era Yola, por su ropa y por el timbre de su voz. Estaba hablando con alguien, y aquella persona le contestaba con un timbre más grave y autoritario. No con altibajos, como el de una mujer, sino plano y monocorde. Como un cura entonando la liturgia.

No hacía falta ser un genio para darse cuenta de que Ojos de Serpiente había colocado a Yola como cebo para cazarlos a Alexi y a él. O que, en cuanto se dejaran ver, o se pusieran a tiro, estarían muertos... y Yola con ellos. El hecho de que Ojos de Serpiente perdiera de ese modo, inadvertidamente, su mejor oportunidad de descubrir el paradero de las profecías era otra de las pequeñas ironías de la vida.

Sabir tomó una decisión. Regresó sigilosamente por entre la maleza hacia el lugar donde se encontraba Alexi. Esta vez no se precipitaría, no pondría en peligro la vida de todos. Esta vez usaría la cabeza.

55

Cuando sonó su teléfono móvil, Macron estaba interrogando a tres gitanos poco dispuestos a cooperar que acababan de cruzar la frontera catalana esa misma mañana, cerca de Perpiñán. Saltaba a la vista que no habían oído hablar de Sabir, de Alexi o de Yola, y que no les importaba dejarlo claro. Uno de ellos, notando la hostilidad mal disimulada de Macron, hasta fingió protegerse de él con el dorso del antebrazo, como si pudiera echarle mal de ojo. En circunstancias normales, Macron habría hecho caso omiso del insulto. Pero el recuerdo concentrado de las arraigadas supersticiones de su madre emergió de pronto, sin que nadie lo llamara, traspasando la superficie normalmente aletargada de su sensibilidad, y Macron respondió con furia.

Lo cierto era que se sentía exhausto y desanimado. Sus heridas parecían haberse concentrado en un único dolor que todo lo abarcaba, y, para colmo, Calque parecía estar a favor de que uno de los detectives nuevos se hiciera cargo de las diligencias de la investigación. Macron se sentía aislado y humillado, sobre todo porque se consideraba de allí, y los seis policías a los que Calque había hecho venir desde Marsella (¡su ciudad natal, por el amor de Dios!) se empeñaban en tratarle como un paria. Como un marinero que hubiera abandonado el barco y nadara esforzadamente hacia el enemigo, con la esperanza de entregarse a cambio de un trato preferente. Como un parisino.

—¿Sí?

A quinientos metros del *maset*, Sabir dio las gracias con una inclinación de cabeza al conductor que le había prestado el teléfono. Cinco minutos antes, había saltado delante de su coche agitando los brazos teatralmente. Pero ni aun así se había detenido el conductor, sino que había virado hacia la cuneta, esquivando a Sabir por unos centímetros. Cincuenta metros más allá, sin embargo, había cambiado de idea y parado el coche, sin duda pensando que había habido un accidente en los pantanos. Sabir no podía reprochárselo. Con el miedo se había olvidado de su camisa, que seguía atada alrededor del morro del caballo. Debía de presentar una estampa perturbadora, saliendo de la maleza en medio de una carretera rural, medio desnudo y en plena noche.

—Soy Sabir.

—Déjese de bromas.

—¿Y usted quién es?

—Teniente Macron. El ayudante del capitán Calque. No nos conocemos, por desgracia, pero lo sé todo sobre usted. Nos ha tenido en danza por toda Francia. Usted y esos dos calés.

—Páseme a Calque. Tengo que hablar con él. Es urgente.

—El capitán Calque está en un interrogatorio. Dígame dónde está y mandaremos una limusina a buscarle. ¿Qué le parece, para empezar?

—Sé dónde está Ojos de Serpiente.

—¿Qué?

—Está encerrado en una casa a unos quinientos metros de donde estoy ahora mismo. Tiene una rehén, Yola Samana. La tiene de pie encima de un taburete, con una soga alrededor del cuello. Está iluminada como un espectáculo de *son et lumière*. Seguramente Ojos de Serpiente está escondido entre las sombras con una pistola, esperando a que Alexi y yo nos dejemos ver. En lo que respecta al armamento, tenemos una navaja entre los dos. No tenemos ni una sola oportunidad. Si su querido capitán Calque puede mandar algunos hombres y si me garantiza que dará prioridad a la seguridad de Yola y no a la captura de Ojos de Serpiente, le diré dónde estoy. Si no, pueden irse a paseo. Entraré yo mismo.

—Vale. Vale. Espere. ¿Todavía está en la Camarga?

—Sí. Eso puedo decírselo. ¿Estamos de acuerdo? Si no, apago el teléfono ahora mismo.

—Estamos de acuerdo. Voy a buscar a Calque. En Marsella hay un cuartel permanente de las Fuerzas Especiales. Pueden desplegarse enseguida. En helicóptero, si es necesario. No tardarán más de una hora.

—Es demasiado.

—Menos. Menos de una hora. Si nos dice con exactitud dónde está. Deme las coordenadas exactas. Los de las Fuerzas Especiales tendrán que saber dónde aterrizar sin delatar su presencia. Y acercarse luego a pie.

—Puede que el hombre al que le he pedido prestado el teléfono tenga un mapa. Vaya a buscar a Calque. Le espero.

—No. No. No podemos arriesgarnos a que se acabe la batería. Tengo su número. Cuando esté con Calque vuelvo a llamarle. Consígame esas coordenadas.

Mientras corría hacia el lugar donde Calque estaba haciendo los interrogatorios, buscó el número codificado de su jefatura en París.

—André, soy Paul. Tengo un número de móvil para ti. Necesitamos un GPS ya. Es urgente. Código uno.

—¿Código uno? ¿Estás de broma?

—Es un secuestro. El secuestrador es el mismo que mató al guardia de seguridad de Rocamadour. Consígueme ese GPS. Estamos en la Camarga. Si aparece algún otro sitio de Francia, es que el aparato tiene interferencias o funciona mal. Necesito la posición exacta de ese móvil. Con un margen de error de cinco metros. Y en menos de cinco minutos. No puedo permitirme cagarla en esto.

Menos de treinta segundos después de que Macron le explicara la situación, Calque estaba al teléfono, hablando con Marsella.

—Código de prioridad uno. Voy a identificarme. —Leyó el número de su carné de identidad—. Verá una clave de diez letras cuando meta mi nombre en el ordenador. Es la siguiente: HKL481GYP7. ¿Lo tiene? ¿Coincide con el número de la base de datos nacional? ¿Sí? Bien. Páseme con su superior inmediatamente.

Calque pasó cinco minutos frenéticos hablando por teléfono. Luego se volvió hacia Macron.

—¿Le han llamado de París con el GPS de Sabir?

—Sí, señor.

—Pues llámele. Compárelo con las coordenadas que le dé Sabir.

Macron llamó a Sabir.

—¿Puede darnos las coordenadas? ¿Sí? Dígamelas. —Las anotó en su cuaderno y luego corrió a enseñárselas a Calque.

—Coinciden. Dígale que no se mueva de donde está hasta que llegue usted. Luego evalúe la situación y llámeme a este número para informarme. —Anotó un número en la libreta de Macron—. Es el de la gendarmería del pueblo. Voy a quedarme allí para coordinar la operación entre París, Marsella y Saintes-Maries. He recibido informes fiables de que los antidisturbios tardarán al menos cincuenta minutos en llegar allí. Usted puede estar en el *maset* en media hora. En veinticinco minutos, incluso. Impida que a Sabir y al gitano les entre el pánico y se precipiten. Si da la impresión de que la chica está en peligro inminente, intervenga. Si no, no se deje ver. ¿Tiene su arma?

—Sí, señor.

—Llévese a todos los detectives que encuentre. Si no encuentra a ninguno, vaya solo. Yo los mandaré detrás de usted.

—Sí, señor.

—Y, Macron...

—¿Sí, señor?

—Nada de heroicidades innecesarias. Hay vidas en juego.

56

Una idea catártica asaltó a Macron cuando llevaba seis minutos de viaje. Parecía tan sencilla (y tan lógica) que le dieron ganas de detener el coche en la cuneta para poder sopesarla más despacio.

¿Por qué no salirse del redil, para variar? ¿Por qué no usar su iniciativa? ¿Por qué no aprovechar que Ojos de Serpiente ignoraba la conexión entre Sabir y la policía? Era la única ventaja que tenían sobre él. Estaría esperando sólo a que Sabir y el gitano acudieran cabalgando al rescate de la chica. ¿Por qué no valerse de ello para tenderle una emboscada?

Macron sólo había presenciado un asedio policial en el curso de su carrera. En aquella época acababa de cumplir veinte años y hacía apenas seis días que había ingresado en el cuerpo. Los vecinos informaron de que habían visto a un hombre amenazar a su mujer con una pistola. Se selló un edificio del distrito 13. Los demás se olvidaron de Macron. Su mentor era por aquel entonces un negociador con experiencia al que llamaron en el último momento para desactivar la situación. Macron le preguntó si podía acompañarle como observador. El hombre le dijo que sí. Siempre y cuando no estorbara. Ni una pizca.

Las negociaciones fracasaron a los cinco minutos de empezar el asedio. La mujer hizo a su marido un comentario que le sacó de quicio, y el hombre la mató, mató al negociador y se suicidó luego.

Aquélla fue la primera vez que Macron vio y comprendió la falibilidad intrínseca de la maquinaria policial, cuya eficacia era equivalente a la de los engranajes que la componían. Si uno de los dientes de la rueda se saltaba una hendidura, todo el aparato podía irse a pique. Más rápido que el *Titanic*.

A Macron le caía bien su mentor. Contaba con él para que tutelara y promoviera su carrera. Para que le guiara y le ayudara a superar su etapa de novato.

Después del asedio, se olvidaron de él por segunda vez. Como si le hubieran abandonado. Se acabaron los mentores. Se acabaron las ayudas para trepar por el poste resbaladizo. Y ahora estaba pasando lo mismo. Llegarían los detectives marselleses y le quitarían el caso. Intentarían ganarse a Calque. Y a él le dejarían al margen. Se llevarían todo el mérito que le correspondía por derecho.

Ojos de Serpiente le había hecho daño. Una vez físicamente, en el monte, y otra profesionalmente, en la carretera de Millau. Y ahora estaba allí sentado, como una paloma puesta de cebo, en una habitación parcialmente iluminada, esperando a llevar la voz cantante por tercera vez.

Pero Macron sería la horma de su zapato. Tenía un arma. Tenía lo esencial: el factor sorpresa. Ojos de Serpiente se había colocado en la posición de un blanco inmóvil. ¿Quién sabría, en la barahúnda de un tiroteo, qué era lo que de verdad había pasado?

Si mataba a Ojos de Serpiente, tendría el futuro asegurado. Sería para siempre el que había vengado a las dos víctimas mortales del caso del gitano de París. El gitano no importaba, claro. Pero los guardias de seguridad eran policías honorarios; al menos, si eran asesinados. Macron ya podía imaginarse la envidia de sus colegas; la admiración de su novia; el respeto a regañadientes de su padre, siempre tan distante; la revancha triunfal de su maltratada madre, que había luchado con denuedo por su derecho a dejar la panadería e ingresar en la academia de policía.

Sí. Había llegado la hora. Para Paul-Éric Macron, aquel sería el momento de la verdad.

57

Sabir esperaba a un lado de la carretera, como habían acordado. Macron le reconoció enseguida por la fotografía que guardaba en su teléfono móvil. Sabir había perdido peso desde entonces, y a su semblante le faltaba parte del aplomo cargado de engreimiento que exudaba en la fotografía promocional que habían descargado de la página web de su agencia. Bañada por la luz artificial de los faros del Simca estacionado, tenía cara de aeropuerto: la cara de un hombre en tránsito perpetuo.

El muy idiota hasta iba descamisado. ¿Por qué había parado el del coche? Si a él, no estando de servicio, le hubiera salido al paso un hombre medio desnudo en medio de una carretera solitaria y al anochecer, habría pasado de largo a toda pastilla, dejándole a merced del siguiente tonto que acertara a pasar por allí. O habría llamado a la policía. No se habría arriesgado a que le atracaran o le robaran el coche a punta de pistola parándose a recogerle. A veces la gente era muy rara.

Macron paró junto al Simca mientras escudriñaba la carretera en busca de trampas. A aquellas alturas, esperaba cualquier cosa de Ojos de Serpiente. Hasta que le tendiera una emboscada usando a Sabir como carnaza para conseguir un rehén policial.

—¿Está solo? ¿Sólo están ustedes dos? ¿Y el otro gitano?

—¿Se refiere a Alexi? ¿A Alexi Dufontaine? Está herido. Le he dejado con el caballo.

—¿El caballo?

—Llegamos a caballo. Por lo menos, Alexi.

Macron soltó un leve soplo de aire por entre sus dientes delanteros.

—Y usted, *monsieur*. ¿Le ha dejado a este hombre su teléfono?

El granjero agachó la cabeza.

—Sí. Sí. Estaba en la carretera con los brazos en alto. Casi le atropello. Me dijo que tenía que llamar a la policía. ¿Es usted de la policía? ¿Qué está pasando aquí?

Macron le enseñó su identificación.

—Voy a grabar su nombre y su dirección en mi móvil y a hacerle una fotografía. Con su permiso, por supuesto. Luego puede irse. Nos pondremos en contacto con usted si es necesario.

—¿Qué está pasando?

—¿Su nombre, señor?

Una vez acabadas las formalidades, Sabir y Macron vieron desaparecer el Simca en la oscuridad.

Sabir se volvió hacia el policía.

—¿Cuándo va a venir el capitán Calque?

—El capitán Calque no va a venir. Está coordinando la operación desde la gendarmería de Saintes-Maries. Los de las fuerzas especiales estarán aquí dentro de dos horas.

—Pero ¿qué demonios dice? Usted me dijo cincuenta minutos. Deben de estar ustedes locos. Ojos de Serpiente tiene a Yola encima de un taburete desde hace Dios sabe cuánto tiempo, con un nudo alrededor del cuello y la cabeza metida en una bolsa. Debe de estar muerta de miedo. Se caerá. Necesitamos una ambulancia. Personal médico. Un puto helicóptero.

—Cálmese, Sabir. Hay una emergencia en Marsella. El grupo de las Fuerzas Especiales con el que contamos normalmente para operaciones de esta naturaleza está ocupado con otros asuntos. Hemos tenido que recurrir a Montpellier. Ha habido que pedir permiso. Que comprobar identidades. Y todo eso suma tiempo. —Macron estaba asombrado por lo fácilmente que salían las mentiras de su boca.

—¿Qué vamos a hacer, entonces? ¿Esperar? Yola no puede aguantar tanto tiempo. Ni tampoco Alexi. Perderá los nervios y querrá entrar por la fuerza. Y yo también. Si él entra, entro yo.

—No, nada de eso. —Macron se tocó la cinturilla de la cazadora, justo por encima de la cadera—. Voy armado. Si es necesario, los esposaré al coche a los dos y los dejaré aquí para que los encuentren mis compañeros. A usted, Sabir, todavía se le busca por asesinato. Y tengo motivos para sospechar que sus acompañantes, Dufontaine y la chica, han estado utilizando esa casa ilegalmente. ¿Tiene usted idea de a quién pertenece en realidad? ¿O es que han estado cuidando la casa, por si acaso?

Sabir no hizo caso. Señaló el sendero que llevaba hacia la casa.

—¿Cuándo llegan los refuerzos municipales? Tienen que abrirse paso entre toda esa mierda, rodear la casa y contactar con Ojos de Serpiente enseguida. Cuanto antes empiecen a presionarle, mejor. Déjenle claro que no va a conseguir nada haciéndole daño a Yola. Ése era nuestro trato. El trato que hice con su jefe.

—Los refuerzos llegarán dentro de quince minutos. Veinte, como máximo. Saben exactamente adónde ir y qué hacer. Enséñeme cómo están las cosas, Sabir. Explíqueme exactamente en qué lío se han metido. Y luego veremos qué podemos hacer para sacarles de él.

58

Macron estaba decidido a seguir su plan. Era absurdamente sencillo. Había hecho un reconocimiento a la casa y entendía perfectamente su disposición. Una gran ventana abierta daba a la parte de atrás del *maset*. Esperaría a que Sabir y Alexi se mostraran, y luego entraría por ella, contando con que sus voces (y la concentración de Ojos de Serpiente en ellas) camuflaran el ruido de sus movimientos. En cuanto lo tuviera a tiro, lo dejaría fuera de combate; seguramente sería suficiente con dispararle al hombro derecho.

Porque Macron quería que fuera juzgado. No le bastaba con matarlo: quería que aquel cabrón sufriera. Igual que él había sufrido con sus pies. Y con su espalda. Y con su cuello. Y con el músculo de la parte de arriba de la nalga que le había aplastado el asiento del coche y que desde el accidente vibraba constantemente; sobre todo, cuando intentaba dormirse.

Quería que Ojos de Serpiente padeciera las pequeñas humillaciones del procedimiento burocrático que él, Macron, había tenido que soportar en su calidad de agente de policía raso. Todas sus evasivas, sus enredos y sus ultrajes inadvertidamente intencionados. Quería que se pudriera durante treinta años en una celda de un metro ochenta por tres, y que saliera siendo un viejo, sin amigos, sin futuro y con la salud hecha jirones.

Sabir decía la verdad, a fin de cuentas. Aquello era una emergencia. Saltaba a la vista que la chica estaba en las últimas. Se tambaleaba como una muñeca de trapo sobre un listoncillo. No podría aguantar los veinticinco minutos necesarios para que el helicóptero aterrizara a un kilómetro y medio del *maset* (la distancia precisa para que no se oyera su ruido) y los CRS se desplegaran.

Aquélla se había convertido en su misión. Era el hombre que la policía tenía in situ. Vacilar sólo podía conducir a una tragedia.

Macron se agachó junto a Sabir y Alexi. Comprobó que su pistola estaba cargada, regodeándose en la sensación de poder sobre los otros dos que le daba el arma.

—Denme tres minutos para llegar a la parte de atrás de la casa, y luego déjense ver. Pero no se pongan a tiro de Ojos de Serpiente. Quédense cerca de los árboles y provóquenle. Háganle salir. Quiero ver su silueta en la puerta delantera.

—Si lo ve, ¿se lo cargará? ¿No va a dudar? Ese tío es un psicópata. Matará a Yola sin pensárselo dos veces. Sólo Dios sabe lo que le habrá hecho ya.

—Le dispararé. Lo he hecho ya. No sería la primera vez. Nuestro distrito de París no es ninguna guardería. Hay tiroteos casi cada día.

Las palabras de Macron no sonaban a verdad; Sabir no lograba creérselas. Aquel hombre tenía un punto de febril; un punto de farsante. Como si fuera un civil que se hubiera metido por casualidad en una operación policial y hubiera decidido, de improviso y por simple gusto, hacer el papel de policía.

—¿Está seguro de que el capitán Calque ha autorizado esto?

—Le he llamado hace un momento. Le he explicado que sería fatal esperar más. Faltan todavía quince minutos largos para que lleguen los refuerzos. En ese tiempo podría pasar cualquier cosa. ¿Están conmigo en esto?

—Yo digo que entremos ya. —Alexi se puso de rodillas—. Miradla. No soporto seguir viendo esto.

Teniendo en cuenta el tenor de las palabras de Alexi y la gravedad de la situación, Sabir decidió dejar a un lado sus recelos.

—Está bien, entonces. Haremos lo que dice.

—Tres minutos. Denme tres minutos. —Macron se deslizó entre la maleza, camino de la parte trasera del *maset*.

59

En cuanto oyó la voz de Sabir, Bale apagó con el extintor las velas y las lámparas de aceite que rodeaban a Yola. Había visto el extintor al ir a buscar la sopa a la cocina y enseguida había decidido qué uso convenía darle. Ahora cerró los ojos con fuerza y esperó a que se acostumbraran a la oscuridad.

Yola gritó, aterrorizada.

—¿Qué era eso? ¿Qué has hecho? ¿Por qué se ha apagado la luz?

—Me alegra que por fin hayas aparecido, Sabir. La chica se ha estado quejando de que tiene las piernas cansadas. ¿Tienes las profecías? Si no, la chica se va a columpiar.

—Sí. Sí. Tenemos las profecías. Las llevo encima.

—Tráelas aquí.

—No. Suelta a la chica primero. Luego son tuyas.

Bale volcó el taburete echando hacia atrás la pierna.

—Se está columpiando. Te lo he advertido. Tienes unos treinta segundos antes de que se le rompa la tráquea. Después podrías intentar hacerle una traqueotomía de urgencia. Hasta te dejaré un lápiz para que se lo claves.

Sabir sintió, más que verlo, que Alexi pasaba a su lado como un rayo. Cinco minutos antes estaba de rodillas. Ahora corría derecho hacia la entrada del *maset*.

—¡Alexi! ¡No! ¡Te va a matar!

Se vio un fogonazo dentro de la casa. La figura en movimiento de Alexi se iluminó fugazmente. Luego volvió a hacerse la oscuridad.

Sabir echó a correr. Ya no le importaba morir. Tenía que salvar a Yola. Alexi le había abochornado echando a correr primero. Ahora seguramente estaba muerto.

Mientras corría, se sacó la navaja del bolsillo y la abrió. Hubo más fogonazos dentro del *maset*. Oh, Dios.

Nada más oír la voz de Sabir, Macron entró agazapado por la ventana trasera del *maset*. Se guiaría por las luces de la habitación delantera; con eso bastaría. Pero mientras avanzaba por el pasillo las luces se apagaron de pronto.

La voz de Bale se oía a la izquierda de la puerta abierta. Estaba cruzando la habitación. Macron distinguía a duras penas su silueta oscura recortada contra la tenue luz que entraba del exterior.

Intentó tirar a matar. Por Dios, que no hubiera dado a la chica. El resplandor repentino bastó para advertirle de la barricada de sillas y mesas que Bale había colocado frente al pasillo. Tropezó con la primera silla y cayó. Con desesperante lentitud, se giró para quedar de espaldas e intentó abrirse paso a patadas, pero sólo consiguió hundirse aún más en aquel laberinto de tablas.

Tenía aún la pistola en la mano. Pero estaba tumbado de espaldas como una cucaracha encallada. Disparó frenéticamente por encima de su cabeza, confiando en que Bale se mantuviera agazapado hasta que él pudiera desasirse de aquella maraña.

No funcionó.

Lo último que sintió Macron fue que Bale se arrodillaba sobre la mano en la que sostenía el arma, le obligaba a abrir la boca y, venciendo la barrera de su lengua hinchada, le metía en ella el cañón de una pistola.

Bale se había apartado inmediatamente de la chica después de volcar el taburete. En la Legión había aprendido a no quedarse nunca mucho tiempo en un mismo sitio durante un tiroteo. Su instructor le había inculcado a machamartillo que en un campo de batalla hay que moverse constantemente en carreras de cuatro segundos, al compás de un ritmo interno que hay que repetirse de cabeza: *Corres. Te ven. Cargan y apuntan. Caes.* Aquella vieja práctica le salvó la vida.

El disparo de Macron le atravesó el cuello seccionándole el trapecio, pasó rozando su arteria subclavia y le rompió la clavícula. Notó enseguida que su mano y su brazo izquierdos se entumecían.

Se giró hacia el peligro, levantando el brazo del arma.

Se oyó un estrépito cuando la persona que había entrado por detrás chocó con su barricada. Otro disparo se incrustó en el techo, encima de su cabeza, bañándole en yeso.

Con la adrenalina palpitándole aún en el cuerpo, Bale corrió hacia su enemigo. Había visto su silueta iluminada por el fogonazo de la pistola. Sabía dónde estaba su cabeza. Sabía que se había empantanado en la barricada. Sabía hacia dónde apuntaba instintivamente su pistola.

Clavó la rodilla en la mano en la que sostenía el arma. Le obligó a abrir la boca con el cañón del Redhawk. Luego disparó.

Policía. Tenía que ser un policía. ¿Quién, si no, iba a tener una pistola?

Bale corrió hacia la ventana trasera con el brazo izquierdo colgando. Ropa de paisano. Aquel hombre llevaba ropa de paisano, no el uniforme de las fuerzas de intervención policial. Así que aquello no era un asedio.

Se encaramó a la ventana y cayó al suelo, maldiciendo. La sangre le chorreaba por la camisa. Si la bala le había perforado la carótida, estaba perdido.

Nada más salir del *maset* torció a la derecha, hacia la arboleda en la que había atado al caballo.

No había otra salida. Ninguna otra escapatoria.

60

Alexi sujetaba a Yola en brazos, aguantando todo su peso. Protegiéndola de la muerte segura a la que su propia masa corporal la abocaba irremediablemente.

Sabir palpó a ciegas por encima de su cabeza hasta que encontró la cuerda. La siguió luego con los dedos hasta que pudo deshacer el nudo apretado alrededor de su garganta. Ella respiró de golpe, en una bocanada entrecortada, lo opuesto al estertor de la muerte. Aquél era el sonido de la vida que volvía. Del cuerpo reponiéndose tras un gran trauma.

¿Dónde estaba Bale? ¿Y Macron? ¿No se habrían matado el uno al otro? Sabir esperaba aún en parte la cuarta bala.

Ayudó a Alexi a tender a Yola en el suelo. Sintió el calor del aliento de la chica en la mano. Oyó los sollozos de dolor de Alexi.

Alexi se tumbó junto a Yola, abrazándole la cabeza sobre su pecho.

Sabir avanzó a tientas hasta la chimenea. Recordaba haber visto una caja de cerillas a la izquierda, junto a las tenazas del fuego. Palpó con los dedos hasta que la encontró. Entretanto permanecía concentrado y aguzaba el oído en busca de algún sonido extraño dentro de la casa. Pero todo estaba en silencio. Sólo los susurros de Alexi rompían la quietud.

Sabir prendió una cerilla. El fuego cobró vida en la chimenea, y a su luz pudo ver el resto de la habitación. Estaba vacía.

Se acercó al taburete volcado, recogió una o dos velas y las encendió. Las sombras se agitaron en las paredes, por encima de él. Tenía que hacer un esfuerzo consciente por controlar el pánico que amenazaba con hacerle salir corriendo de la habitación, hacia la acogedora oscuridad de fuera.

—Vamos a llevarla al fuego. Está empapada. Voy a traer una manta y unas toallas.

Tenía ya una idea bastante clara de lo que iba a encontrarse en el pasillo. Junto al taburete había sangre por todas partes. Gruesos goterones. Como si a Ojos de Serpiente le hubieran volado una arteria. Siguió su rastro hasta que llegó a la maraña de sillas que rodeaba el cuerpo de Macron.

Le habían volado la coronilla. Un trozo de piel cubría el único ojo que le quedaba. Conteniendo las náuseas, Sabir le quitó la pistola de la mano. Procuró no mirar aquella carnicería mientras buscaba a tientas el teléfono móvil que sabía que Macron guardaba en el bolsillo delantero de su cazadora. Se incorporó y siguió avanzando por el pasillo. Se quedó mirando un rato el rastro de sangre fresca que cruzaba el alféizar de la ventana trasera.

Luego, mirando la pantalla iluminada del teléfono móvil, entró en la primera habitación en busca de unas mantas.

61

—Eso me lo quedo yo. —Calque tendió la mano hacia la pistola de Macron.

Sabir se la entregó.

—Parece que cada vez que nos vemos le paso un arma.

—El teléfono móvil también.

Calque se guardó la pistola y el teléfono y se dirigió al pasillo. Gritó por encima del hombro:

—¿Podemos conseguir que vuelvan a conectar la electricidad aquí? Que alguien llame a la empresa. O que consiga un generador. No veo nada. —Se quedó un momento junto al cuerpo de Macron, pasando la luz de la linterna sobre lo que quedaba de la cara de su ayudante.

Sabir se acercó a él por detrás.

—No. Retírese. Esto es ahora la escena de un crimen. Quiero que sus amigos se queden junto a la chimenea hasta que llegue la ambulancia. Que no se laven las manos. Que no pisen nada. Ni toquen nada. Usted, Sabir, acompáñeme fuera. Tiene muchas cosas que explicarme.

Sabir salió tras Calque por la puerta delantera. Fuera estaban colocando focos como para hacer de aquella zona un campo de fútbol descubierto inundado de luz.

—Lo siento. Siento lo de su ayudante.

Calque miró los árboles cercanos y respiró hondo. Se palpó los bolsillos buscando un cigarrillo. Al no encontrarlo, pareció desvalido por un momento, como si fuera la falta de tabaco lo que lamentaba y no la muerte de su compañero.

—Es curioso. Ni siquiera me caía bien. Pero ahora que está muerto le echo de menos. Sea lo que sea lo que haya sido o lo que haya hecho, era mío. ¿Me entiende? Era problema mío. —La cara de Calque era una máscara inmóvil. Imposible de leer. Imposible de tocar.

Un agente de las CRS que pasaba por allí notó que Calque buscaba un cigarrillo y le ofreció uno. Los ojos del capitán brillaron llenos de rabia al resplandor fugaz del mechero, pero su expresión se extinguió tan pronto como la llama. El agente, que vio su mirada, saludó azorado y siguió su camino.

Sabir se encogió de hombros en un vano esfuerzo por mitigar el efecto de lo que estaba a punto de decir.

—Macron actuó por su cuenta, ¿verdad? Su gente llegó diez minutos después de que entrara. Debería haber esperado, ¿no? Nos dijo que los de las fuerzas especiales tardarían dos horas. Que tenían que venir desde Montpellier y no desde Marsella. Estaba mintiendo, ¿verdad?

Calque se alejó, y en el mismo movimiento apagó su cigarrillo con el pie.

—La chica está viva. Mi ayudante le salvó la vida a costa de la suya. —Miró con enfado a Sabir—. Hirió a Ojos de Serpiente. Ese hombre va ahora a caballo y chorreando sangre por una zona encerrada entre dos carreteras que rara vez se usan y un río. En cuanto se haga de día, destacará como una hormiga en una hoja de papel blanco. Le atraparemos, o desde el aire o en tierra. La zona está ya acordonada en un noventa por ciento. Dentro de una hora lo estará al cien por cien.

—Lo sé, pero...

—Mi ayudante está muerto, *monsieur* Sabir. Se ha sacrificado por la chica y por usted. Mañana a primera hora tendré que ir a explicarle a su familia cómo ha muerto. Cómo es posible que esto haya pasado estando yo al mando. Cómo he permitido que pasara. ¿Está seguro de que le oyó bien? Sobre lo de Montpellier, quiero decir. Y lo de las dos horas.

Sabir le sostuvo la mirada. Luego dejó que sus ojos se deslizaran hacia la casa. El sonido lejano de una ambulancia hendió el aire nocturno como un lamento.

—Tiene razón, capitán Calque. No soy más que un yanki estúpido. Mi francés está un poco oxidado. Montpellier. Marsella. Todas me suenan igual.

62

—No voy a ir al hospital. Ni Alexi tampoco. —Yola miraba a Sabir con desconfianza. No sabía hasta dónde podía llegar con él, hasta dónde alcanzaba su *gitaneidad*. Se lo había llevado aparte con ese único fin. Pero ahora le preocupaba que, por culpa de su orgullo viril herido, fuera mucho más difícil convencerle.

—¿Qué quieres decir? Te ha faltado esto para acabar con el cuello roto. —Sabir juntó las manos y las giró luego bruscamente—. Y Alexi se estampó con el caballo contra una barrera de hierro y chocó contra el cemento. Puede que tenga alguna lesión interna. A ti hay que hacerte un chequeo completo y él necesita cuidados intensivos. En un hospital. No en una caravana.

Yola moduló su tono de voz, exagerando conscientemente su feminidad; aprovechando el afecto que sabía que Sabir sentía por ella. Su vulnerabilidad ante el sexo femenino.

—Hay un hombre en Saintes-Maries. Un curandero. Uno de los nuestros. Él nos atenderá mejor que cualquier médico payo.

—No me lo digas. Es primo tuyo. Y usa hierbas.

—Es primo de mi padre. Y no usa sólo hierbas. Usa el *cacipén*. El conocimiento de los remedios que le transmiten en sueños.

—Ah, bueno, perfecto, entonces. —Sabir se quedó mirando a una mujer que, cubierta con un traje de plástico, había empezado a fotografiar el interior del *maset*—. Vamos a ver si nos aclaramos. ¿Quieres que convenza a Calque para que deje que os atienda ese hombre? ¿Salvar a Alexi de los matasanos? ¿Es eso?

Yola tomó una decisión.

—Aún no le has dicho al policía lo de Gavril, ¿verdad?

Sabir enrojeció.

—Creía que Alexi se encontraba mal. No esperaba que fuera a ponerte al corriente tan pronto.

—Alexi me lo cuenta todo.

Sabir dejó que su mirada se deslizara más allá del hombro derecho de Yola.

—Bueno, Calque ya tiene las manos llenas. Gavril puede esperar. No va a ir a ninguna parte.

—Calque te reprochará que no se lo hayas dicho. Ya lo sabes. Y también culpará a Alexi cuando descubra quién encontró el cuerpo en realidad.

Sabir se encogió de hombros.

—Puede que sí. Pero ¿por qué va a averiguarlo? Nosotros tres somos los únicos que sabemos con qué se tropezó Alexi. Y estoy seguro de que Alexi no va a decírselo. Ya sabes lo que piensa de la policía.

Yola se movió, colocándose firmemente ante los ojos de Sabir.

—No se lo has dicho porque primero quieres recuperar las profecías.

Un arrebato de indignación se impuso a la rectitud instintiva de la que Sabir solía hacer gala.

—¿Y qué tiene de malo? Sería una locura perderlas a estas alturas.

—Aun así tienes que decírselo al policía, Damo. Díselo ahora mismo. La madre de Gavril todavía vive. Es una buena mujer. No es culpa suya que su hijo fuera una mala persona. Fuera lo que fuese, hiciera lo que hiciese, no puede seguir así, sin que nadie llore su muerte, como un animal. Los *manouches* creemos que las malas acciones de una persona se borran con su muerte. Para nosotros el infierno no existe. No hay ningún lugar horrible al que la gente vaya cuando muere. Gavril era de los nuestros. No estaría bien. Hazlo, y yo recuperaré las profecías. Sin que nadie se entere. Mientras el policía os vigila a Alexi y a ti.

Sabir echó la cabeza hacia atrás.

—Estás loca, Yola. Ojos de Serpiente sigue por ahí, en alguna parte. ¿Cómo se te ocurre tal cosa?

Yola dio otro paso hacia él. Estaba invadiendo el espacio de Sabir conscientemente. Impidiéndole ignorarla, ningunearla como a una simple mujer que navegaba en aguas más propias de un hombre.

—Ahora le conozco, Damo. Ojos de Serpiente habló conmigo en privado. Se abrió un poco a mí. Puedo enfrentarme a él. Llevaré conmigo un secreto. Un secreto que ha llegado hasta el curandero pasando de generación en generación desde que, hace muchas madres, Lilith, la mujer serpiente, dio a los elegidos de nuestra familia el don de la clarividencia.

—Por el amor de Dios, Yola. La muerte es lo único que puede derrotar a Ojos de Serpiente. No la clarividencia.

—Es la muerte lo que pienso llevar conmigo.

63

El caballo se acobardó al oler la sangre de Bale. Sus piernas se abrieron como si no supieran qué camino tomar. Cuando Bale intentó acercarse, el animal echó la cabeza hacia atrás, aterrorizado, y tiró de las riendas, que hechas un manojo, estaban atadas a una rama del árbol. Las riendas se rompieron y el caballo retrocedió enloquecido, giró luego sobre sus ancas y se alejó galopando frenéticamente por el sendero, en dirección a la carretera.

Bale miró hacia la casa. El dolor que sentía en el cuello y el brazo borraba los ruidos de la noche. Estaba perdiendo sangre rápidamente. Sin el caballo, lo atraparían en menos de una hora. Llegarían en cualquier momento con sus helicópteros, sus focos y sus prismáticos de infrarrojos. Lo ensuciarían. Lo mancharían con sus dedos, con sus manos.

Pegando el brazo izquierdo al cuerpo para que no se meciera, hizo lo único que podía hacer.

Comenzó a volver sobre sus pasos, hacia el *maset*.

64

Sabir vio cómo el coche policial se llevaba a Alexi y Yola. Parecía que, aun a regañadientes, Alexi había conseguido hacer un trato con Calque, pero palabras como «rata» y «trampa» no dejaban espacio para la satisfacción que podría haberle dado el regateo.

La única ventaja que tenía para contrarrestar el enfado de Calque por ocultarle la muerte de Gavril residía en su compromiso tácito de echar tierra sobre el arrebato delictivo de Macron. Aunque, irónicamente, no se había atrevido a sacar a relucir a Macron por si inflamaba la cólera de Calque y acababa en una celda, contando ladrillos; de modo que aquella ventaja había sido poco menos que inservible a la hora de negociar.

De este modo, en todo caso, seguía siéndole útil al capitán y podía conservar hasta cierto punto su libertad de movimientos. Si Yola hacía lo que le había dicho, seguirían llevando ventaja. Y, a juzgar por los goterones de sangre del salón del *maset*, seguramente la policía francesa no tardaría mucho en cazar a Ojos de Serpiente y matarlo, o detenerlo.

Calque le señaló doblando el dedo.

—Suba al coche.

Sabir se sentó junto a un CRS provisto de un chaleco antibalas. Sonrió, pero el agente rehusó responder. Se dirigían a la escena de un presunto crimen. Estaba de servicio.

Lo cual no era muy sorprendente, se dijo Sabir: a ojos de casi todo el mundo, seguía siendo un sospechoso. El causante, aunque no el autor material, de la muerte violenta de un compañero.

Calque se arrellanó en el asiento delantero.

—Estoy en lo cierto, ¿no? El cadáver de La Roupie está delante de una *cabane*, veinte minutos al norte del ferry, justo antes de llegar al Panperdu. Es eso lo que me ha dicho, ¿no? ¿Fue allí donde se lo encontró cuando estaba buscando a ese gitano, a Dufontaine?

—Alexi Dufontaine. Sí.

—¿Le incomoda la palabra gitano?

—Cuando se usa así, sí.

Calque reconoció tácitamente que Sabir tenía razón sin molestarse en volver la cabeza.

—Es usted leal a sus amigos, ¿no, *monsieur* Sabir?

—Me salvaron la vida. Creyeron en mí cuando nadie más creía. ¿Que si les soy leal? Sí. ¿Le sorprende? No debería.

Calque se giró en el asiento.

—Sólo se lo pregunto porque lo que acaba de contarme sobre cómo descubrió el cuerpo de La Roupie no acaba de cuadrarme con el hecho de que hace un rato, cuando le interrogué, afirmara usted con bastante claridad que se fue en busca de Dufontaine a pie. Las distancias parecen poco realistas. —Calque hizo una seña con la cabeza al conductor, y el coche se alejó del *maset* y bajó por el camino—. Hágame el favor de echar un vistazo a este mapa, ¿quiere? Estoy seguro de que podrá aclarármelo.

Sabir cogió el mapa con expresión neutra.

—Verá marcada en el mapa la única *cabane* a la que puede referirse. La he subrayado con un gran círculo rojo. Ahí. ¿La ve? ¿Estamos de acuerdo en que ése es el sitio?

El CRS, que seguía sin sonreír, alargó el brazo y encendió la luz interior del coche para que Sabir viera mejor.

Sabir miró el mapa obedientemente.

—Sí. Eso parece.

—¿Es usted velocista olímpico, *monsieur* Sabir?

Sabir volvió a apagar la luz.

—Capitán, hágame un favor. Dígame de una vez lo que quiera decirme. Este ambiente es venenoso.

Calque cogió el mapa. Inclinó la cabeza mirando al conductor, que puso la sirena en marcha.

—Sólo tengo una cosa que decirle, señor Sabir. Si Dufontaine se esfuma antes de que tenga ocasión de interrogarle y tomarle declaración, los retendré a la chica y a usted en su lugar como cómplices necesarios todo el tiempo que estime oportuno. ¿Me ha entendido? ¿O prefiere que llame por radio ahora mismo y ordene al coche que lleva a sus dos amigos gitanos al curandero de Saintes-Maries que dé media vuelta y vuelva aquí directamente?

65

Bale volvió a entrar por la ventana trasera del *maset* a lo sumo tres minutos después de que se extinguiera el estruendo de su último disparo. De momento, todo iba bien. No habría nuevos rastros de sangre que delataran su posición. Se había limitado a volver sobre sus pasos.

Pero de allí en adelante debía tener más cuidado. El Séptimo de Caballería llegaría en cualquier momento, y la casa se convertiría en un caos. Antes de que eso pasara, debía encontrar un sitio seguro donde tumbarse y ocuparse de su hombro. Si le sorprendían en campo abierto cuando se hiciera de día, ya podía saldar sus cuentas y despedirse del mundo.

Con el brazo izquierdo pegado al costado, entró en una de las habitaciones de la planta baja. Iba a quitar la colcha de la cama para intentar cortar la hemorragia cuando oyó pasos en el pasillo.

Miró frenéticamente a su alrededor. Se le habían acostumbrado los ojos a la oscuridad y distinguía la silueta de los muebles grandes. No se le ocurrió ni por un segundo tender una emboscada a quien se acercaba. Su principal tarea en ese momento era eludir las atenciones de la policía. Lo demás vendría más tarde.

Se metió detrás de la puerta del dormitorio y la apretó contra su cuerpo. Un hombre entró en la habitación justo después que él. Era Sabir. Bale tenía los sentidos tan afinados que, estando a oscuras, casi podía olerlo.

Lo oyó rebuscar. ¿Estaba quitando las mantas de la cama? Sí. Para tapar a la chica, claro.

Ahora estaba usando un móvil. Bale reconoció el timbre peculiar de su voz. El francés de dicción informal, con un leve acento del Atlántico medio. Sabir estaba hablando con un policía. Explicándole lo que creía que había pasado. Hablándole del muerto.

Al parecer, alguien llamado Ojos de Serpiente había escapado. ¿Ojos de Serpiente? Bale sonrió. En fin, tenía sentido, aunque no fuera del todo exacto. Por lo menos dejaba claro que la policía no sabía aún su nombre. Lo cual significaba que la casa de *Madame*, su madre, podía ser todavía un buen lugar donde refugiarse. El único problema era cómo llegar hasta allí.

Sabir volvió hacia la puerta detrás de la que se escondía Bale. Por una décima de segundo, Bale sintió la tentación de estrellársela en la cara. Incluso con un solo brazo podía vencer a un hombre como Sabir.

Pero la hemorragia del cuello le había debilitado. Y el otro gitano, el que había entrado corriendo en la casa unos segundos después de que dejara a la chica colgada del techo, seguía allí. Para eso hacían falta huevos. Si el policía de paisano no le hubiera disparado en el cuello, se habría cargado al gitano veinte metros antes de que alcanzara su objetivo. Aquel tipo debía de tener un puto ángel de la guarda.

Bale esperó a que los pasos de Sabir se alejaran por el pasillo. Sí, como era de esperar, vaciló al acercarse al cuerpo del policía. Luego fue esquivando muebles. No querría pisar la sangre del muerto. A fin de cuentas, era un gringo. Demasiado escrupuloso.

Bale salió al pasillo sin apenas respirar.

En el salón había un resplandor rojizo: el fuego de la chimenea iba creciendo poco a poco. Sabir estaba encendiendo más velas. Bien. Nadie podría distinguirle más allá del eje inmediato de la luz.

Con la espalda pegada a la pared, avanzó de lado hacia las escaleras de atrás. Se agachó. Bien. Eran de piedra, no de madera. No crujirían.

Un goterón de sangre cayó sobre el escalón, a su lado, haciendo *plop*. Buscó a tientas y lo limpió con la manga. Más valía que se diera prisa, si no quería dejar un rastro de sangre que cualquier idiota podría seguir; más aún un policía.

Al llegar al final de la escalera, le pareció que podía arriesgarse a encender su linterna de bolsillo. Protegiendo el haz de luz con los dedos, enfocó el pasillo en desuso y el techo. Buscaba una buhardilla o un altillo.

Nada. Entró en la primera habitación. Trastos viejos por todas partes. ¿Cuánto tiempo llevaba deshabitada la casa? Cualquiera sabía.

Probó de nuevo con el techo. Nada.

Dos habitaciones más allá lo encontró. Una trampilla consistente en un agujero cubierto con una tabla. Pero no había escalerilla.

Bale recorrió la habitación con la luz de la linterna. Había una silla. Un baúl. Una mesa. Una cama con una colcha apolillada y andrajosa. Bastaría con aquello.

Puso la silla bajo el altillo. Anudó la colcha alrededor del respaldo y ató luego el otro extremo a su cinturón.

Comprobó que la silla aguantaba peso.

Se subió a ella y alargó el brazo bueno hacia la puerta del altillo. Había empezado a sudarle la frente. Por un momento sintió que se desmayaba y se caía, pero se negó a contemplar tal posibilidad. Dejó caer el brazo y respiró hondo varias veces hasta que se rehízo.

Era consciente de que tendría que hacer aquello de golpe, o se quedaría sin fuerzas y no conseguiría su objetivo.

Cerró los ojos y, haciendo un esfuerzo de concentración, fue regulando poco a poco su respiración. Empezó diciéndole a su cuerpo que todo iba bien. Que sus lesiones eran triviales. Que no merecía la pena intentar compensarlas debilitándose.

Cuando sintió que su pulso volvía a ser casi normal, alzó los brazos, deslizó hacia la izquierda la tabla y se agarró con el brazo bueno al borde de la trampilla. Usando la silla como punto de apoyo, se balanceó, sosteniendo todo el peso del cuerpo con el brazo. Sólo tendría una oportunidad. Convenía que la aprovechara.

Echó la cabeza hacia atrás, pasando primero una pierna y luego la otra dentro del altillo. Se quedó un momento suspendido, con el brazo herido colgando y las piernas, hasta la rodilla, y el tronco, dentro del hueco. A fuerza de dar patadas hacia delante logró apoyar el muslo izquierdo en el borde.

Colgaba ahora con la colcha sujeta entre el cinturón y la silla. Siguió deslizándose en el interior del hueco trasladando todo el peso del cuerpo a los muslos.

Con un giro final se apartó del hueco y se quedó allí tumbado, maldiciendo entre dientes.

Cuando se hubo dominado lo suficiente, desató la colcha de su cintura y tiró de la silla hacia arriba.

Pensó por un momento, lleno de pánico, que había calculado mal el tamaño de la trampilla y que la silla no iba a pasar. Pero no fue así. La silla desapareció, vista y no vista.

Bale alumbró el suelo con la linterna para ver si había manchas. No. Toda la sangre había caído en la silla. Por la mañana cualquier otra mancha se habría secado y sería prácticamente imposible distinguirla de la mugre que recubría ya las planchas de roble del suelo.

Bale volvió a colocar la tabla en la entrada del altillo, desató la colcha de la silla y se desplomó.

66

Despertó con un dolor horrible en el hombro izquierdo. La luz del día se colaba por las mil grietas invisibles del tejado y brillaba a través de una que le daba de lleno en la cara.

Oía voces fuera de la casa: gritos, órdenes, grandes objetos que eran llevados de acá para allá y motores que arrancaban.

Se apartó de la luz, arrastrando la colcha tras él. Tendría que hacer algo con el hombro. El dolor de su clavícula rota era casi insoportable y no quería desmayarse: corría el riesgo de ponerse a gritar en su delirio y alertar a la policía.

Se buscó un rincón apartado, lejos de cajas y cacharros que pudiera volcar de un puntapié. Cualquier ruido, un solo golpe inesperado, y el enemigo le encontraría.

Se hizo una almohadilla con la colcha, se la metió bajo la axila y se la ató luego alrededor de los omóplatos. Se tendió a continuación sobre la madera del suelo, con las piernas estiradas y los brazos junto a los costados.

Empezó a respirar hondo lentamente, poco a poco, y con cada inhalación dejaba que las palabras «duerme, duerme profundamente» resonaran en el interior de su cabeza. Cuando alcanzó un ritmo satisfactorio, abrió los ojos todo lo que pudo y los volvió hacia atrás, hasta que se encontró mirando un punto del techo mucho más allá de su frente. Con los ojos fijos en aquel lugar, hizo su respiración aún más honda, sin alterar la cadencia de su cántico silencioso.

Cuando sintió que se deslizaba hacia un estado prehipnótico, comenzó a sugerirse ciertas cosas. Cosas como «cuando hayas respirado treinta veces más, te quedarás dormido», y «cuando hayas respirado treinta veces más harás exactamente lo que te diga», y luego, más adelante, «cuando hayas respirado treinta veces más dejarás de sentir dolor», concluyendo con «cuando hayas respirado treinta veces más, tu clavícula empezará a curarse y recuperarás las fuerzas».

Bale era muy consciente de las posibles deficiencias de la autohipnosis. Pero sabía también que era el único modo que tenía a su alcance de dominar su cuerpo y devolverlo a un estado rayano en lo funcional.

Si tenía que aguantar en aquel altillo, sin comida ni atención médica, durante el día o dos que tardaría la policía en completar sus pesquisas, sabía que debía concentrar todos sus recursos en el cultivo y conservación de sus energías esenciales.

Sólo disponía de lo que traía consigo. Y esos activos irían disminuyendo con cada hora que pasara, hasta que una infección, un error o un ruido involuntario acabaran con él.

67

El cuerpo de Gavril estaba exactamente donde había dicho Alexi. Sabir miró tranquilamente hacia los árboles. Sí, allí estaba el ciprés solitario, justo como Alexi se lo había descrito. Pero para lo que le servía en aquel momento, lo mismo hubiera dado que estuviera en Marte.

Calque parecía regodearse echando sal en la herida.

—¿Es así como lo recordaba de ayer por la tarde?

Sabir se preguntó si podría escabullirse preguntando si podía ir a orinar. Pero, dadas las circunstancias, alejarse cincuenta metros en dirección al bosque parecería un poco sospechoso.

Cuando se hizo evidente que Sabir no pensaba responder a sus pullas, Calque probó otra táctica.

—Dígame otra vez cómo perdió Dufontaine las profecías.

—Huyendo de Ojos de Serpiente. En el ferry. Las perdió en el agua. Puede comprobarlo hablando con el piloto y el revisor.

—Lo haré, *mister* Sabir. Puede estar seguro. —Calque pronunció mal el «*mister*», haciendo que sonara como «*miss-tear*», señorita llorona.

Sabir llegó a la conclusión de que pronunciaba mal a propósito, sólo para pincharle. Saltaba a la vista que estaba resentido por que él hubiera roto su acuerdo anterior. Por eso, y por la cuestión menor de la muerte de su ayudante.

—No parece decepcionado en absoluto por haber perdido las profecías. Si yo fuera escritor, estaría muy enfadado con mi amigo por perder una mina de oro como ésa.

Sabir logró encogerse de hombros, dando a entender que la pérdida de un par de millones era cosa de poca monta para él.

—Si no le importa, capitán, me gustaría volver a Saintes-Maries a ver cómo están mis amigos. Y también me vendría bien dormir un poco.

Calque fingió sopesar su petición. En realidad, ya tenía decidido qué iba a hacer.

—Le diré al sargento Spola que le acompañe. No puedo perderlos de vista a Dufontaine y a usted ni por un instante. Todavía no he acabado con ninguno de los dos.

—¿Y *mademoiselle* Samana?

Calque hizo una mueca.

—Ella es libre de hacer lo que quiera. Francamente, me gustaría retenerla a ella también. Pero no tengo en qué basarme. Aunque puede que se me ocurra algo, si Dufontaine y usted les causan alguna dificultad a mis subordinados. Aun así, la señorita Samana no debe salir del pueblo. ¿Ha quedado claro?

—Muy claro.

—¿Estamos de acuerdo, entonces?

—Perfectamente.

Calque le lanzó una mirada reticente. Llamó al sargento Spola.

—Acompañe a *mister* Sabir al pueblo. Luego busque a Dufontaine. Quédese con ellos. No los pierda de vista. Si alguno quiere ir al lavabo, que vayan los dos, y usted quédese fuera, sujetándolos por la mano libre. ¿Entendido?

—Sí, señor.

Calque miró a Sabir con el ceño fruncido. Había algo que seguía inquietándole acerca del papel que había desempeñado Sabir en todo aquello, pero no lograba concretarlo. Pero con Ojos de Serpiente todavía suelto, sus recelos respecto a Sabir podían esperar. Veinte minutos antes, su caballo había aparecido repentinamente a menos de cinco kilómetros de allí, en la carretera de Port-Saint-Louis, frenético y echando espuma por la boca. ¿Era de veras posible que Ojos de Serpiente hubiera escapado tan fácilmente? ¿Y con la bala de Macron todavía dentro?

Calque pidió un teléfono móvil a uno de sus ayudantes con una seña. Mientras marcaba, miró alejarse a Sabir. El americano seguía ocultando algo, eso era evidente. Pero ¿por qué? ¿Para qué? Nadie le acusaba de nada. Y no parecía uno de esos hombres que se dejaban consumir por el deseo de venganza.

—¿Quién encontró el caballo? —Calque ladeó la cabeza hacia el suelo, como si creyera que aquel gesto podía mejorar la cobertura o convertir el teléfono móvil en su primo más eficaz, el teléfono fijo—. Pues pásemelo. —Esperó mientras contemplaba el paisaje en penumbra—. ¿Agente Michelot? ¿Es usted? Quiero que me describa el estado del caballo. Con exactitud. —Calque escuchó atentamente—. ¿Tenía sangre en los flancos? ¿O en la silla? —Inhaló un poco de aire entre los dientes—. ¿Se fijó en alguna otra cosa? ¿En nada? ¿En las riendas, por ejemplo? ¿Estaban rotas, dice usted? ¿Es posible que se rompieran porque las pisara el caballo después de que el jinete las soltara? —Hizo una pausa—. ¿Que cómo va a saberlo? Es muy sencillo. Si las riendas están rotas por su extremo, eso sugiere que el caballo las pisó. Si están rotas más arriba, en un punto débil, digamos, o cerca del bocado, significa que el caballo seguramente se asustó de Ojos de Serpiente y que todavía tenemos a ese cabrón dentro de la red. ¿Lo ha comprobado? ¿No? Pues vaya a verlo ahora mismo.

68

El sargento Spola nunca había estado dentro de una caravana gitana. Y aunque aquélla tenía motor, Spola miraba precavidamente a su alrededor, como si de pronto se hubiera metido en una nave espacial alienígena que viajara a toda velocidad hacia un planeta en el que someterían a experimentos sus partes pudendas.

Alexi estaba tumbado en la cama grande, sin la camisa puesta. De pie, junto a él, el curandero cantaba con un manojo de ramitas encendidas en la mano. El olor de la salvia y el romero quemados impregnaba la habitación.

Spola entornó los ojos para protegerlos del humo acre.

—¿Qué está haciendo?

Yola, que estaba sentada en una silla junto a la cama, se llevó un dedo a los labios.

Spola se encogió de hombros discretamente, con aire de disculpa, y salió.

Sabir se agachó junto a Yola. La miró inquisitivamente, pero ella estaba concentrada en Alexi. Sin mirarle, Yola se señaló un momento la cabeza y señaló luego la del curandero, describiendo un círculo con las manos para abarcarlas a ambas en una sola entidad. Sabir dedujo que quería decir que estaba ayudando al curandero de algún modo, posiblemente mediante telepatía.

Decidió dejarla tranquila. Alexi no tenía buen aspecto y Sabir se dijo que, en cuanto acabara todo aquel lío, presionaría a Yola cuanto pudiera para convencerla de que dejara que Alexi fuera atendido en un hospital.

El curandero dejó sus ramitas encendidas en un platillo y se acercó al cabecero de la cama. Cogió la cabeza de Alexi entre las manos y se quedó callado, con los ojos cerrados, en actitud de intensa concentración.

Sabir, que no estaba acostumbrado a sentarse en cuclillas, sintió que sus muslos empezaban a contraerse. Pero no se atrevía a moverse por miedo a interrumpir el trance del curandero. Miró a Yola con la esperanza de que dedujera qué le pasaba y le diera algún consejo, pero ella seguía con la mirada fija en el curandero.

Al final, se deslizó hacia abajo por la pared de la caravana, hasta que su trasero tocó el suelo y estiró las piernas debajo de la cama. Nadie reparó en él. Empezó a respirar con más calma. Entonces le dio un calambre.

Agarrándose el muslo izquierdo con las dos manos, apretó con todas sus fuerzas y se apartó de la cama con los dientes apretados en una mueca de dolor. Tenía ganas de gritar, pero no se atrevía a perturbar la escena más de lo que lo había hecho.

Como una mecha de plástico que se desenredara, se echó primero hacia delante con una pierna estirada hacia atrás y, cuando volvió a darle el calambre, se tumbó de lado abriendo y cerrando las piernas.

Le importaba ya muy poco lo que pensaran de él, y empezó a arrastrarse como una babosa hacia la puerta, más allá de la cual le esperaba, sin duda, el siempre vigilante sargento Spola.

—Lo siento. No quería interrumpiros. Pero me ha dado un calambre.

Yola se sentó a su lado y empezó a frotarle la pierna. Sabir conocía ya tan bien las costumbres gitanas que miró a su alrededor con expresión culpable, por si alguna amiga de Yola la veía y se escandalizaba por que estuviera contaminando a (o siendo contaminada por, Sabir aún no lo tenía muy claro) un payo.

—No pasa nada. El curandero está muy contento. Te has llevado casi todo el dolor de Alexi.

—¿Yo me he llevado el dolor de Alexi? No hablas en serio.

—Sí. Las manos del curandero hicieron que se te transmitiera el dolor. Debes de sentirte muy unido a Alexi. Yo creía que se me transmitiría a mí.

Sabir estaba todavía demasiado dolorido para echarse a reír.

—¿Cuánto dura la transferencia?

—Unos minutos solamente. Eres un... —titubeó.

—No, no me lo digas. Un conducto.

—¿Qué es eso?

—Una cosa que lleva a otra.

Ella asintió con la cabeza.

—Sí. Eres un conducto. El dolor se habría quedado con Alexi, si no hubiera encontrado otro sitio adonde ir. Por eso vine a ayudar. Pero no tenía que buscarme a mí necesariamente. Podía también encontrar otro blanco que no pudiera afrontarlo. Y entonces habría vuelto mucho más fuerte y quizás Alexi habría muerto. El curandero está muy contento contigo.

—Qué amable.

—No, no te rías, Damo. El curandero es un hombre muy sabio. Es mi maestro. Pero dice que tú también podrías ser curandero. Un chamán. Tienes capacidades. Sólo te falta voluntad.

—Y comprender de qué diablos está hablando.

Yola sonrió. Empezaba a comprender la inseguridad de payo de Sabir y a darle menos importancia que antes.

—Cuando acabe con Alexi, quiere darte una cosa.

—¿Darme una cosa?

—Sí. Le he explicado lo de Ojos de Serpiente y está muy preocupado por nosotros. Sintió la maldad que me había dejado Ojos de Serpiente y me ha dejado limpia de ella.

—¿Cómo? ¿Como estaba limpiando a Alexi?

—Sí. Los españoles lo llaman «una limpia». Un buen lavado. Nosotros no tenemos una palabra para eso, porque a las gitanas no se nos puede limpiar de nuestra capacidad para contaminar a los demás. Pero nos pueden quitar la maldad que otra persona planta en nosotras.

—¿Y Ojos de Serpiente plantó maldad dentro de ti?

—No, pero su maldad era tan fuerte que su vínculo conmigo, la relación que forjó cuando yo estaba de pie en el taburete, esperando a que me ahorcara, fue suficiente para contaminarme.

Sabir sacudió la cabeza, incrédulo.

—Escucha, Damo. Ojos de Serpiente me leyó una historia. La historia de una mujer a la que había torturado la Inquisición. Fue espantoso escucharlo. El horror de esa historia se posó sobre mí como polvo. Notaba cómo se colaba por la bolsa que me tapaba la cabeza y cómo se posaba sobre mis hombros. Sentía que se comía mi alma y la cubría de oscuridad. Si hubiera muerto justo después de oír esa historia, como tenía planeado Ojos de Serpiente, mi *lacha* habría quedado manchada y mi alma se habría presentado enferma ante Dios.

—¿Cómo puede hacerte eso otra persona, Yola? Tu alma es tuya.

—No, Damo, no. Nadie es dueño de su alma. Es un don. Una parte de Dios. Y se la devolvemos cuando morimos, y se la ofrecemos como sacrificio. Luego somos juzgados según su fortaleza. Por eso tenía que limpiarme el curandero. Dios obra a través de él, sin que el curandero sepa cómo ni por qué, o por qué ha sido elegido. Igual que obraba Dios a través del profeta Nostradamus, que fue elegido para ver cosas que otros no podían ver. Lo mismo pasó con tu calambre. Dios te eligió para llevarte el dolor de Alexi. Y ahora Alexi va a ponerse bien. Ya no tienes que preocuparte.

Sabir la vio alejarse hacia la caravana.

Seguramente algún día entendería todo aquello. Algún día recuperaría el candor que había perdido de niño, el candor que aquella gente a la que tanto quería parecía haber conservado a pesar de las muchas trabas que la vida se empeñaba en poner en su camino.

69

El curandero viajaba aún en una caravana tirada por un caballo. Había encontrado un sitio donde acampar en un picadero, a unos dos kilómetros del pueblo, en la margen derecha del Étang des Launes. Su caballo destacaba como un extraño tajo marrón entre el blanco de los potros del corral.

Al acercarse Sabir, el curandero señaló el suelo, delante de los escalones de la caravana. Yola ya estaba allí sentada, con cara de expectación.

Sabir sacudió con vehemencia la cabeza, mirando de reojo al sargento Spola, que acechaba en la cuneta, junto a su coche.

—No voy a ponerme en cuclillas. Te lo aseguro. Nunca me había dado un calambre así. Y no quiero que se repita.

El curandero vaciló, sonriendo como si no entendiera lo que había dicho Sabir. Luego desapareció dentro de la caravana.

—Entiende el francés, ¿verdad? —susurró Sabir.

—Habla sinto, caló, español y romaní cib. El francés es su quinta lengua. —Yola parecía azorada, como si la cuestión de lo que comprendía o no el curandero no viniera a cuento.

—¿Cómo se llama?

—Nunca usamos su nombre. La gente le llama solamente «curandero». Cuando se convirtió en chamán perdió su nombre, su familia y todo lo que le ataba a la tribu.

—Pero creía que habías dicho que era primo de tu padre.

—Es primo de mi padre. Lo era antes de convertirse en curandero. Mi padre está muerto y sigue siendo su primo. En aquel entonces le llamaban Alfego. Alfego Zenavir. Ahora es sólo el curandero.

La aparición del curandero empuñando un taburete salvó a Sabir de caer de nuevo en el estupor.

—Siéntate. Siéntate aquí. Nada de calambres. ¡Ja, ja!

—Sí. Nada de calambres. Los calambres son malos. —Sabir miraba indeciso el taburete.

—¿Malos? No. Son buenos. Tú le quitas el dolor a Alexi. Muy buenos. El calambre no te hace daño. Eres joven. Se te quita pronto.

—Sí. Pronto. —Sabir no parecía muy convencido. Se sentó en el taburete y estiró la pierna con cuidado, como si padeciera de gota.

—¿Estás casado?

Sabir no sabía adónde quería ir a parar el curandero y miró a Yola. Pero ella estaba otra vez concentrada y se negaba tenazmente a atender a las tretas de Sabir para llamar su atención.

—No. No estoy casado. No.

—Bien. Bien. Eso es bueno. Un curandero no debe casarse.

—Pero yo no soy curandero.

—Todavía no. Todavía no. ¡Ja, ja!

Sabir empezaba a preguntarse si a aquel hombre no le faltarían en realidad un par de tornillos, pero el semblante serio de Yola bastó para quitarle la idea.

Después de una breve pausa para rezar, el curandero rebuscó dentro de su camisa y sacó un collar que le puso a Yola alrededor del cuello. La tocó una sola vez con el dedo, a lo largo de la raya del pelo. Sabir se dio cuenta de que le estaba hablando en sinto.

Luego el curandero se acercó a él. Después de otro silencio para rezar, volvió a buscar dentro de su camisa y sacó otro collar. Se lo puso a Sabir alrededor del cuello y tomó luego su cabeza entre las manos. Se quedó así largo rato, con los ojos cerrados, sujetando la cabeza de Sabir. Pasado un tiempo Sabir notó que sus ojos se cerraban y que una oscuridad reconfortante se apoderaba del día.

Sin esfuerzo aparente, Sabir se descubrió de pronto viendo el dorso de sus propios ojos, como si se hubiera colado en un cine y se hallara mirando las imágenes invertidas que se proyectaban en la parte de atrás de la pantalla. Primero, la oscuridad creciente adquirió un tono rosado, como el agua mezclada con sangre. Luego, una cara minúscula pareció cobrar forma muy lejos de él. Mientras miraba, la cara empezó a acercarse lentamente, haciéndose más nítida cada vez, hasta que Sabir distinguió sus propios rasgos claramente grabados en su fisonomía. La cara se acercó aún más, hasta traspasar limpiamente la pantalla delante de él y desaparecer al fondo de su cabeza.

El curandero se apartó de él y asintió, satisfecho.

Sabir abrió los ojos de par en par. Tenía ganas de estirarse como un cormorán que se secara las plumas en una roca, pero por algún motivo se sentía apocado delante del curandero, y se contentó con hacer una serie de movimientos circulares con los hombros.

—He visto mi propia cara acercándose. Luego parecía traspasarme. ¿Es normal?

El curandero asintió otra vez con la cabeza como si lo que Sabir decía no le sorprendiera. Pero no parecía tener ganas de hablar.

—¿Qué es esto? —Sabir señaló el collar que descansaba justo encima de su esternón.

—La hija de Samana te lo dirá. Yo estoy cansado. Me voy a dormir. —El curandero levantó una mano para despedirse y pasó por la puerta de su caravana agachando la cabeza.

Sabir miró a Yola para ver qué efecto había surtido en ella la extraña conducta del curandero. Para su asombro, estaba llorando.

—¿Qué pasa? ¿Qué te ha dicho?

Yola negó con la cabeza. Se pasó el dorso de la mano por los ojos como una niña.

—Vamos. Dímelo, por favor. Estoy completamente perdido. Seguro que se me nota.

Yola suspiró. Respiró hondo.

—El curandero me ha dicho que nunca seré una *shamanka*. Que Dios ha elegido otro camino para mí, un camino más difícil de aceptar, más humillante y sin seguridad de llegar a nada. Que no debo cuestionar ese camino. Que sólo tengo que seguirlo.

—¿Y él qué sabe? ¿Por qué te dice esas cosas? ¿Qué derecho tiene?

Yola le miró con estupor.

—El curandero lo sabe. Un espíritu animal le posee en sueños. Le ha enseñado muchas cosas. Pero no puede cambiar las cosas, sólo preparar a la gente para aceptarlas. Ésa es su función.

Sabir disimuló su perplejidad con otra pregunta.

—¿Por qué te ha tocado así? ¿En la raya del pelo? Parecía que quería decir algo.

—Estaba juntando las dos mitades de mi cuerpo.

—¿Perdona?

—Si quiero tener éxito en lo que se me ha encomendado, las dos mitades de mi cuerpo no deben separarse.

—Lo siento, Yola, pero sigo sin entenderlo.

Yola se levantó. Miró indecisa al sargento Spola y bajó luego la voz.

—Todos estamos hechos de dos mitades, Damo. Cuando Dios nos cocina en su horno, funde las dos partes en un solo molde. Pero cada parte sigue mirando a un lado distinto: una al pasado y otra al futuro. Cuando algo como la enfermedad, por ejemplo, o los actos de un curandero, da la vuelta a las dos partes y vuelve a unirlas, desde ese momento esa persona mira solamente al presente. Vive volcada en el presente. —Yola buscó las palabras adecuadas para expresar lo que quería decir—. Puede servir a los demás. Sí. Eso es. Puede servir a los demás.

Junto a la carretera, el sargento Spola, siempre tan educado, notó que por fin le prestaban atención y levantó los hombros inquisitivamente. Era consciente de que con aquellos gitanos no estaba en su elemento y, a medida que pasaba el tiempo, temía cada vez más la inevitable llamada del capitán Calque preguntando por ellos.

Porque el sargento Spola se había dado cuenta demasiado tarde de que no podría explicar satisfactoriamente cómo se había dejado convencer por la chica para dejar a Alexi postrado en la cama e ir a visitar al curandero. Ni siquiera él se lo explicaba.

Parado junto al coche, ansioso por que los gitanos dejaran lo que estaban haciendo y se dieran prisa en volver, sintió de pronto el impulso de regresar con Alexi, por si acaso alguien se había aprovechado de su bondad y estaba planeando jugársela.

Sabir levantó una mano para tranquilizarle. Luego volvió a fijar su atención en Yola.

—¿Y esto que nos ha puesto al cuello?

—Es para matarnos.

—¿Qué?

—El curandero teme por nuestras vidas si volvemos a enfrentarnos a Ojos de Serpiente. Siente que nos hará daño por simple rabia si caemos en sus manos. Lo que hay dentro de este frasquito es el veneno destilado de la culebra de Montpellier, una serpiente venenosa que vive en el suroeste de Francia. Inyectado, mata en menos de un minuto. Por la garganta...

—¿Por la garganta?

—Tragado. Tomado como un líquido. Bebido. Así tarda quince minutos.

—No puede ser. ¿De verdad me estás diciendo que el curandero nos ha dado un veneno? ¿Como el que se les daba a los espías que se arriesgaban a ser torturados por la Gestapo?

—No sé qué es la Gestapo, Damo, pero dudo mucho que sea peor que Ojos de Serpiente. Si vuelve a cogerme, me lo beberé. Iré ante Dios entera y con mi *lacha* intacta. Tienes que prometerme que tú harás lo mismo.

70

Joris Calque era un hombre profundamente infeliz. Sólo una vez en su vida había tenido que anunciar a unos padres que su único hijo había muerto, y esa vez estaba sustituyendo a un compañero que resultó herido en el mismo enfrentamiento. Él no había tenido culpa de nada. En realidad, era todo lo contrario.

Aquello era algo muy distinto. Su misión era tanto más difícil por la cercanía de Marsella, la ciudad de Macron, y por el hecho de que éste hubiera muerto de forma violenta, a manos de un asesino y hallándose a su cargo. De alguna manera, dar la noticia en persona se había convertido en una prioridad para él.

A media tarde del segundo día quedó claro que Ojos de Serpiente había logrado escapar de la red. Los helicópteros y los aviones de avistamiento habían recorrido de un lado a otro toda la zona que quedaba más allá de la carretera N572, entre Arles y Vauvert, incluida la vasta extensión de monte comprendida en los límites del Parc National Regional de Camargue, sin encontrar nada. Ojos de Serpiente parecía un fantasma. Las unidades de las CRS habían registrado todos los edificios, los apriscos y las ruinas. Habían parado a todos los coches que entraban o salían del Parque Nacional. La zona era fácil de sellar. El mar estaba a un lado y las marismas al otro. Había pocas carreteras, y las que había eran llanas: el tráfico se veía a kilómetros de distancia en todas direcciones. Debería haber sido pan comido. Calque sentía que el puesto de coordinador jefe de la investigación se le escapaba por momentos.

La familia de Macron le estaba esperando en la panadería. Una agente de policía los había reunido sin decirles el motivo exacto de la convocatoria. Era la práctica habitual. De ahí que el miedo impregnara la atmósfera como el éter.

Calque se sorprendió visiblemente al ver que no sólo estaban presentes los padres y la hermana de Macron, sino también un nutrido grupo de tíos, tías, primos, y hasta tres de sus abuelos, o eso parecía. Pensó que el olor a pan recién hecho quedaría ya siempre asociado para él al recuerdo de la muerte de Macron.

—Les agradezco que estén todos aquí. Así les será más fácil sobrellevar lo que tengo que decirles.

—Nuestro hijo. Ha muerto. —Era el padre de Macron. Llevaba aún el traje de panadero y un gorro para cubrirse el pelo. Mientras hablaba se quitó el gorro como si tenerlo puesto fuera una falta de respeto.

—Sí. Murió ayer noche. —Calque hizo una pausa. Necesitaba urgentemente un cigarrillo. Quería inclinarse para encenderlo, y ocultar tras aquel gesto el vasto mar de caras que le miraban con la avidez de la pena que se prevé inmediata—. Le mató un asesino que había tomado como rehén a una mujer. Paul llegó un poco antes que el grueso de los efectivos. La mujer corría peligro inminente. Tenía una cuerda alrededor del cuello, y el secuestrador amenazaba con ahorcarla. Paul sabía que había matado otras veces. A un guardia de seguridad, en Rocamadour. Y a otro hombre. En París. Así que decidió intervenir.

—¿Qué le pasó al asesino? ¿Lo han cogido? —preguntó uno de los primos.

Calque se dio cuenta de que estaba gastando saliva en balde. Era inevitable que los familiares de Macron se hubieran enterado por la radio o la televisión de la posible muerte de un agente de policía y hubieran sacado conclusiones al ser convocados por la Police National. No necesitaban su refrendo. Lo único que podía hacer, dadas las circunstancias, era ofrecerles la información que necesitaran y dejarles luego con su duelo. No podía utilizarlos, desde luego, para limpiar su conciencia.

—No. No lo hemos cogido aún. Pero lo cogeremos pronto. Antes de morir, Paul consiguió hacer dos disparos. No es de dominio público aún, y preferiríamos que no lo difundieran, pero uno de los disparos de Paul hirió gravemente al asesino. Está escondidos en alguna parte del Parc National. Hemos acordonado toda la zona. En este momento hay más de cien policías buscándolo. —Calque intentó ansiosamente apartar la mirada de la escena que tenía delante; concentrarse en las preguntas con que le bombardeaba la familia más lejana. Pero no podía quitarle ojo a la madre de Macron.

La mujer se parecía extrañamente a su hijo. Al oír la confirmación de que Macron había muerto, se había vuelto hacia su marido buscando consuelo, y estaba aferrada a su cintura, llorando en silencio, con la cara encalada por el polvo del delantal del panadero.

Cuando Calque pudo por fin retirarse, uno de los parientes de Macron le siguió a la calle. Calque se volvió para encararse con él, listo a medias para una agresión. El hombre parecía musculoso y en forma. Llevaba la cabeza rapada. Bajo sus mangas asomaban tatuajes indeterminados que se extendían como venas varicosas por el dorso de sus manos.

Calque lamentó que la agente (cuyo uniforme podía haber servido como freno) se hubiera quedado dentro con el resto de la familia.

Pero el hombre no se dirigió a él en actitud agresiva. De hecho, torció el gesto inquisitivamente, y Calque comprendió enseguida que no era la muerte de Macron lo que le preocupaba.

—Paul me llamó ayer. ¿Lo sabía? Pero yo no estaba. Mi madre cogió el recado. Ahora soy carpintero. Tengo mucho trabajo.

—¿Sí? ¿Ahora es carpintero? Una profesión excelente. —Calque no pretendía parecer brusco, pero pese a sus buenas intenciones respondió a la defensiva.

El otro entornó los ojos.

—Dijo que estaban ustedes buscando a un hombre que había estado en la Legión. Un asesino. Que creían que la Legión no iba a darles la información que necesitaban. Que les iban a poner todas las putas trabas burocráticas que suelen poner para proteger a su gente. Eso fue lo que dijo.

Calque asintió, comprendiendo de pronto.

—Paul me habló de usted. Es el primo que estuvo en la Legión. Debería haberme dado cuenta. —Estuvo a punto de decir «porque tienen ustedes un aspecto peculiar, como un trozo de testosterona andante, y porque dicen «puto» cada dos palabras», pero logró refrenarse—. También usted ha estado en prisión, ¿verdad?

El hombre miró calle arriba. Parecía irritado por algo. Pasado un momento se volvió hacia Calque. Se metió las manos en los bolsillos como si la tela pudiera impedir que se rebelara, pero sus manos siguieron pugnando hacia Calque, como si quisieran romper el pantalón y estrangularle.

—Voy a olvidarme de que ha dicho eso. Y de que es un puto policía. No me gusta la puta policía. La mayoría no son mejores que los cabrones a los que meten en la puta cárcel. —Cerró la boca con fuerza. Luego soltó un soplido resignado y miró calle abajo—. Paul era mi primo, aunque fuera un puto guiri. ¿Y dice usted que le mató ese cerdo? Yo estuve veinte años en la puta Legión. Acabé de brigada. ¿Quiere preguntarme algo? ¿O prefiere volver cagando leches a su puta comisaría y mirar primero mi puto historial delictivo?

Calque se decidió inmediatamente.

—Quiero preguntarle algo.

El semblante del hombre cambió: se volvió más luminoso, menos hermético.

—Pues dispare.

—¿Se acuerda usted de un hombre con los ojos raros? ¿Con unos ojos sin blanco?

—Siga.

—Puede que sea francés. Pero es posible también que simulara ser extranjero para entrar en la Legión como soldado y no como mando.

—Cuénteme más.

Calque se encogió de hombros.

—Sé que la gente cambia de nombre cuando entra en la Legión. Pero ese hombre era conde. Se educó en la aristocracia. En una familia con sirvientes y dinero. Puede que su nombre verdadero fuera De Bale. Rocha de Bale. No era fácil que encajara en el papel de un soldado corriente. Tenía que destacar. No sólo por sus ojos, sino también por su actitud. Estaría acostumbrado a mandar, y no a que le mandaran. A dar órdenes, no a recibirlas. —Calque echó la cabeza hacia atrás como una tortuga—. Le conoce usted, ¿no?

El otro asintió.

—Olvídese de Rocha de Bale. Y de que nadie le mandara. Ese cabrón se hacía llamar Achor Bale. Y era un solitario. Pronunciaba su nombre como un inglés. Nunca supimos de dónde era. Estaba loco. Convenía no tocarle las narices. En la Legión somos duros. Es lo normal. Pero él era más duro aún. No pensaba que tendría que volver a acordarme de ese mamón.

—¿A qué se refiere?

—Fue en el Chad. En los años ochenta. El muy cabrón provocó un motín. A propósito, diría yo. Pero las autoridades le dejaron libre porque nadie se atrevía a declarar contra él. Un amigo mío murió en los disturbios. Yo habría declarado. Pero no estaba allí. Estaba en el *baisodrome*, gastándome la paga en carne. ¿Sabe lo que le quiero decir? Así que no me enteré de nada. Esos cabrones no quisieron escucharme. Pero yo lo sabía. Era un mal bicho. No estaba bien de la cabeza. Le interesaban demasiado las armas y la muerte. Hasta para ser un puto soldado.

Calque apartó su libreta.

—¿Y los ojos? ¿Es cierto? ¿Que no tiene blanco en los ojos?

El primo de Macron giró sobre sus talones y volvió a la panadería.

71

Bale se despertó temblando. Había soñado, y en el sueño *Madame*, su madre, le pegaba en los hombros con una percha por algún desaire imaginario.

—¡No, *Madame*, no! —gritaba él, pero ella seguía golpeándole.

Estaba oscuro. No se oía nada dentro de la casa.

Bale se arrastró hacia atrás hasta que pudo apoyarse en una viga. Tenía el puño dolorido de lanzar golpes durante el sueño para intentar defenderse, y notaba el cuello y el hombro irritados, como si se los hubieran escaldado con agua hirviendo y se los hubieran frotado luego con papel de lija.

Encendió la linterna y echó un vistazo al altillo. Quizá pudiera matar una rata o una ardilla y comérsela. Pero no. Ya no era tan rápido.

Sabía que no se atrevía aún a bajar para ver si quedaba algo de comer en la cocina o buscar agua. Quizá los *flics* hubieran dejado un guardia para proteger la escena del crimen de vampiros y buscadores de curiosidades: era reconfortante saber que aquella gente todavía existía, y que no todo en esta vida había caído en la normalización y la mediocridad.

Pero necesitaba agua. Y con urgencia. Se había bebido tres veces ya su propia orina, y había usado la restante para desinfectarse las heridas, pero sabía, por lo que había aprendido en la Legión, que era absurdo volver a hacerlo. Estaría abocándose a una muerte segura.

¿Cuántas horas llevaba allí? ¿Cuántos días? Ya no lo sabía.

¿Por qué estaba allí? Ah, sí. Las profecías. Tenía que encontrar las profecías.

Dejó caer la cabeza sobre el pecho. La manta que había usado como almohadilla para hacer presión se había pegado a su herida, y no se atrevía a quitársela por miedo a que volviera a manar la sangre.

Por primera vez desde hacía muchos años quería irse a casa. Anhelaba la comodidad de su cuarto, y no los hoteles anónimos en los que se veía forzado a vivir desde hacía mucho tiempo. Quería tener el respeto y el apoyo de los hermanos y hermanas con los que había crecido. Y quería que *Madame*, su madre, reconociera públicamente lo que había hecho por el *Corpus Maleficum* y le diera lo que merecía.

Estaba cansado. Necesitaba descanso. Y cuidados para sus heridas. Estaba harto de ser duro y de vivir como un lobo. Harto de que le persiguiera gente que no era digna ni de atarle los zapatos.

Se tumbó boca abajo y se arrastró hacia la trampilla. Si no se movía ya, se moriría. Era así de sencillo.

Porque de pronto había comprendido que estaba delirando. Que aquella impotencia momentánea era otra estrategia del diablo para dejarle sin ánimos. Para debilitarle.

Alargó el brazo hacia la tabla que cubría el hueco y la apartó. Se quedó mirando la habitación vacía.

Era de noche. Las ventanas estaban abiertas y era de noche. No había luz en ninguna parte. La policía se había ido. No había duda.

Intentó oír, entre el susurro de la sangre dentro de su cabeza, algún sonido extraño.

No oyó ninguno.

Pasó las piernas por el hueco. Se quedó sentado en el borde un buen rato, mirando el suelo. Por fin encendió la linterna e intentó calcular el desnivel.

Tres metros. Suficiente para romperse una pierna o torcerse un tobillo.

Pero no tenía fuerzas para bajar la silla. Ni agilidad para descolgarse de la trampilla y buscarla con las piernas.

Apagó la linterna y se la guardó en la camisa.

Luego se giró sobre el brazo bueno y se lanzó al vacío.

72

Yola observaba a los dos policías desde su escondite en el lindero del bosque. Estaban acurrucados al abrigo de la *cabane*, fumando y hablando. *Así que esto es lo que los* flics *llaman una búsqueda*, se dijo. *No me extraña que no hayan encontrado a Ojos de Serpiente.* Cuando se convenció de que no podían verla, se sentó a esperar los veinte minutos, poco más o menos, que quedaban para que anocheciera.

Bouboul la había dejado en el ferry media hora antes y se había ido luego a Arles con Rezso, su yerno, a buscar el Audi de Sabir. Luego, Rezso volvería con el coche a recogerla.

Al principio, Sabir se había negado a permitir que fuera a recoger las profecías. Era demasiado peligroso. Debería hacerlo él. Ahora era el cabeza de familia. Su palabra debía tenerse en cuenta. Pero, al final, la presencia flemática y siempre vigilante del sargento Spola había resuelto la cuestión: era imposible que Sabir fuera a ninguna parte sin su permiso.

Pero de noche sería distinto. El hombre tenía que dormir. Si Sabir conseguía darle esquinazo, Bouboul había aceptado llevarle al *maset*, donde Yola y Reszo irían a su encuentro con las profecías. De ese modo, Sabir tendría tiempo y espacio suficientes para traducirlas.

Antes de que amaneciera, Reszo volvería a recogerle con el coche para llevarle a la caravana, justo a tiempo de encontrarse con el sargento Spola, recién despertado. Ése, al menos, era el plan. Tenía el valor de la simplicidad, dejaba a salvo las profecías y serviría para mantener a la policía al margen.

Yola se había asegurado ya de que la investigación había seguido su curso y de que el *maset* estaría vacío. El sargento Spola era hombre respetuoso de su estómago. Yola le había ofrecido estofado de jabalí con migas para comer, en lugar de su sándwich de pollo de costumbre. Después de aquello, Spola se había mostrado especialmente complaciente. Sobre todo porque el jabalí fue acompañado de cerca de litro y medio de Costières de Nîmes y un coñac de sobremesa. El sargento le había confirmado que, un día y medio después de los hechos, el *maset* estaría precintado con cinta policial y abandonado a todos los efectos hasta que volvieran a necesitarlo. Eran necesarios todos los agentes disponibles para buscar a Ojos de Serpiente. ¿Qué se creía Yola? ¿Qué la policía iba dejando gente desperdigada por el campo, vigilando escenas de crímenes pasados?

Los dos policías de la *cabane* se levantaron para estirarse. Uno anduvo unos metros, se bajó la cremallera y orinó. El otro recorrió el claro con la luz de su linterna, deteniéndose en la cinta que marcaba el lugar en el que habían encontrado a Gavril.

—¿Tú crees que los asesinos vuelven de verdad al sitio donde se han cargado a alguien?

—No, joder. Y menos aún si tienen una bala en el cuerpo, hambre y un montón de perros rastreadores pisándoles los talones. Seguro que ese cabrón está muerto detrás de un arbusto. O se cayó del caballo en una ciénaga y se ahogó. Por eso no lo encuentran. Seguramente se lo habrán comido los jabalís. Pueden comerse a un hombre, con dientes y todo, en menos de una hora. ¿Lo sabías? Lo único que tiene que hacer el asesino es librarse de su propio bazo. No sé por qué, pero esa parte no les gusta.

—Qué tontería.

—Sí. Eso pensaba yo también.

Yola se había acercado por el sendero tal y como Alexi le había indicado, dejando tiras de papel blanco a intervalos de cinco metros para encontrar el camino de vuelta a la carretera cuando se hiciera de noche. Había marcado de memoria la posición del ciprés solitario detrás del cual estaban enterradas las profecías. Pero si los policías se quedaban donde estaban, no podría llegar hasta ellas sin que la vieran, ni siquiera escondiéndose entre los árboles. El ciprés estaba demasiado expuesto.

—¿Nos damos una vuelta por el bosque?

—A la mierda con eso. Mejor volvemos a la *cabane* y encendemos un fuego. Se me han olvidado los guantes y me estoy quedando frío.

Yola vio acercarse sus siluetas. ¿Qué buscaban? ¿Leña? ¿Cómo explicaría su presencia allí si tropezaban con ella? Estarían tan ansiosos por hacer méritos delante de Calque que seguramente se la llevarían en su *poulailler ambulant*, su gallinero móvil. ¿No era así como llamaba Alexi a los furgones de policía? Y Calque no era ningún tonto, desde luego. Enseguida se olería el pastel. No tardaría mucho en deducir que las profecías no se habían perdido, después de todo, y que ella había ido en su busca.

Cuando los policías se acercaron, Yola se pegó al suelo y empezó a rezar.

Uno de ellos se detuvo a tres o cuatro pasos de ella.

—¿Ves algún árbol muerto?

El otro encendió la linterna y describió un arco de luz por encima de sus cabezas. Justo en ese momento sonó su teléfono móvil. Le lanzó la linterna a su compañero y buscó a tientas el teléfono. La linterna pasó cerca de la cabeza de Yola, y ella sintió que su luz le rozaba el cuerpo. Se tensó, segura de que la habían descubierto.

—¿Qué has dicho? ¿Que tenemos que irnos? ¿De qué estás hablando?

El policía escuchaba atentamente la voz del otro lado de la línea. Gruñía de vez en cuando, y Yola casi le sentía mirar a su compañero, que, con la linterna encendida, enfocaba la costura de sus pantalones.

El que había hablado por teléfono cerró el móvil.

—Ese capitán de París que nos han encasquetado cree que ha descubierto dónde vive ese tío. Dice que, si se ha escapado, seguro que se habrá ido allí. Nos necesitan a todos. Esta vez sólo tenemos que acordonar toda la península de Saint-Tropez desde Cavalaire-sur-Mer hasta Port-Grimaud, pasando por La-Croix-Valmer y Cogolin. ¿Te lo puedes creer? Sesenta putos kilómetros.

—Más bien treinta.

—¿Y a ti qué más te da? Esta noche no dormimos.

Cuando por fin se alejaron, Yola se tumbó de espaldas y miró maravillada la primera estrella de la noche.

73

Mientras cruzaba el patio, camino de la casa de la *comtesse* de Bale, Calque se descubrió, con cierta sorpresa, lamentando la falta de Macron. No se consideraba un sentimental, y, a fin de cuentas, Macron había sido en buena medida responsable de su propia muerte, pero había en él algo extraordinariamente irritante, y esa irritación había avivado en Calque la exacerbada conciencia que tenía de sí mismo. El capitán concluyó que Macron actuaba como una especie de contrapunto a su heterodoxia, y que echaba de menos tener una excusa para enfurruñarse.

Recordaba, además, su satisfacción cuando Macron saltó en su defensa al cuestionar la condesa sus conocimientos sobre los pares de Francia y la nobleza francesa. Macron podía ser un intolerante, pero nunca era predecible, eso había que reconocérselo.

Salió a recibirle la secretaria privada, aquella mujer tan preocupada de su apariencia con su traje de *tweed* y cachemira. Esta vez, sin embargo, llevaba un vestido de seda burdeos que la hacía parecer más aristocrática que la propia condesa. Calque buscó su nombre en los archivos de su memoria.

—¿*Madame* Mastigou?

—Capitán Calque. —Sus ojos patinaron sobre sus hombros para clavarse en los ocho policías que iban tras él—. ¿Y su ayudante?

—Muerto, *madame*. Le mató el hijo adoptivo de su jefa.

Madame Mastigou dio involuntariamente un paso atrás.

—Eso no puede ser, estoy segura.

—Yo también confío en que me hayan informado mal. Pero

traigo una orden para registrar la finca y pienso hacer uso de ella inmediatamente. Estos agentes me acompañarán dentro. Obviamente, respetarán las propiedades y la intimidad de *madame la comtesse*. Pero debo pedirle que no los interrumpan mientras cumplen con su deber.

—Tengo que ir a avisar a *madame la comtesse*.

—La acompaño.

Madame Mastigou vaciló.

—¿Puedo ver la orden?

—Por supuesto. —Calque se palpó el bolsillo y le entregó el documento.

—¿Puedo fotocopiarla?

—No, señora. Pondremos una copia a disposición de los abogados de *madame la comtesse*, si lo desean.

—Muy bien, entonces. Venga conmigo, por favor.

Calque hizo una seña con la cabeza a los agentes. Se desplegaron por el patio. Cuatro de ellos aguardaron pacientemente al pie de la escalinata a que Calque y *madame* Mastigou entraran en la casa, antes de subir tras ellos, haciendo ruido, para empezar el registro.

—¿De veras piensa implicar al conde en el asesinato de su ayudante?

—¿Cuándo fue la última vez que vio al conde, *madame*?

Madame Mastigou titubeó.

—Hace ya unos años.

—Entonces puede creerme. Ha cambiado.

—Veo que ha prescindido del cabestrillo, capitán Calque. Y que su nariz se está curando. Una gran mejoría.

—Es usted muy amable por fijarse, condesa.

La condesa se sentó. *Madame* Mastigou cogió una silla y la colocó tras la condesa, un poco hacia un lado; luego se sentó recatadamente, con las rodillas juntas y los tobillos hacia atrás y ligeramente cruzados. *Escuela de señoritas*, pensó Calque. *Suiza, posiblemente. Se sienta igual que la reina de Inglaterra.*

Esta vez, la condesa despidió al lacayo sin molestarse en pedir café.

—Es absurdo, desde luego, sospechar que mi hijo haya podido cometer un acto de violencia.

—No sospecho que su hijo haya cometido un acto de violencia, condesa. Lo acuso formalmente de ello. Tenemos testigos. Yo mismo, de hecho. A fin de cuentas, sus ojos le hacen destacar entre la multitud, ¿no le parece? —La miró ladeando la cabeza en un gesto educado e inquisitivo. Al ver que no respondía, Calque decidió tentar su suerte—. La pregunta que debo hacerle, la pregunta que de verdad me preocupa, no es si ha hecho esas cosas, sino por qué.

—Lo que haya hecho lo habrá hecho con la mejor intención.

Calque se irguió, aguzando las antenas.

—No hablará en serio, *madame*. En París torturó y mató a un gitano. Ha herido gravemente a tres personas: un policía español y dos ciudadanos de a pie. Ha matado a un guardia de seguridad en el santuario de Rocamadour. Ha torturado y asesinado a otro gitano en la Camarga. Y hace dos días le pegó un tiro a mi ayudante en el curso de un asedio en el que amenazaba con ahorcar a la hermana del hombre al que mató en París. Y todo eso por descubrir unas profecías que pueden ser auténticas o no; que quizá sean o no del profeta Nostradamus. Sospecho, *madame*, que sabe usted más sobre los motivos que se ocultan tras esa horrenda cadena de acontecimientos de lo que pretende hacerme creer.

—¿Eso es otra acusación formal, capitán? Si es así, le recuerdo que hay otra persona presente.

—No era una acusación formal, *madame*. Las acusaciones formales son para los tribunales. Yo estoy dirigiendo una investigación. Tengo que detener a su hijo antes de que haga más daño.

—Lo que dice de mi hijo es grotesco. Sus acusaciones carecen por completo de fundamento.

—¿Y usted, *madame* Mastigou? ¿Tiene algo que añadir?

—Nada, capitán. *Madame la comtesse* no se encuentra bien. Considero del peor gusto que continúe con sus pesquisas en tales condiciones.

La condesa se levantó.

—He decidido lo que voy a hacer, Matilde. Voy a telefonear al ministro del Interior. Es primo de mi amiga Babette de Montmorigny. Enseguida arreglaremos esta situación.

Calque también se levantó.

—Haga lo que le parezca conveniente, señora.

Uno de los agentes uniformados irrumpió en la sala.

—Capitán, creo que debería ver esto.

Calque le miró con el ceño fruncido.

—¿Ver qué? Estoy haciendo una entrevista.

—Una habitación, señor. Una habitación secreta. Monceau la ha encontrado por casualidad cuando estaba registrando la biblioteca.

Calque se volvió hacia la condesa con un destello en los ojos.

—No es una habitación secreta, capitán Calque. Todo el mundo en esta casa conoce su existencia. Si me hubiera preguntado, se la habría indicado.

—Por supuesto, condesa. No me cabe duda. —Con las manos firmemente ancladas a la espalda, Calque salió tras su subordinado.

74

Una puerta hecha a medida, magistralmente disimulada entre los estantes de la biblioteca, daba paso a la habitación.

—¿Quién ha descubierto esto?

—Yo, señor.

—¿Cómo se abre?

El agente empujó la puerta. Ésta se cerró ajustándose a los libros. Después se inclinó y presionó el lomo ribeteado de tres volúmenes situados cerca del suelo. La puerta volvió a abrirse.

—¿Cómo sabía qué libros empujar?

—Vi al lacayo, señor. Entró aquí cuando creía que no mirábamos y se puso a toquetear el cierre. Creo que intentaba atrancarlo para que no accionáramos accidentalmente el mecanismo. Al menos, eso es lo que me ha dicho.

—¿Quiere decir que le preocupaba nuestra seguridad? ¿Que la puerta podía abrirse de repente y golpear a alguien?

—Seguramente, señor.

Calque sonrió. Si no se equivocaba respecto al carácter de la condesa, aquel lacayo acababa de meterse en un buen lío. Y siempre convenía tener a mano un empleado descontento. Podía obtenerse información valiosa. Alguien podía recibir alguna puñalada por la espalda.

Calque se asomó a la puerta. Se irguió al entrar en la habitación y soltó luego un suave silbido de admiración.

Una mesa rectangular ocupaba el centro de la estancia. En torno a ella había trece sillas. Detrás de cada silla, en la pared, había un escudo de armas y una serie de blasones. Calque reconoció algunos. Pero no eran los de los doce pares de Francia, como cabía esperar teniendo en cuenta quién era la anfitriona del capitán.

—Esta habitación no se ha abierto desde que murió mi marido. Aquí no hay nada que pueda interesarles.

Calque pasó la mano por la mesa.

—No hay polvo, sin embargo. Aquí tiene que haber entrado alguien mucho después de la muerte de su marido.

—Mi lacayo. Por supuesto. Mantener limpia la habitación forma parte de sus deberes.

—¿Igual que atrancar la puerta si vienen extraños?

La condesa apartó la mirada. *Madame* Mastigou intentó cogerle la mano, pero ella la rechazó.

—Lavigny, quiero que fotografíen esos escudos heráldicos.

—Preferiría que no lo hiciera, capitán. No tienen nada que ver con su investigación.

—Al contrario, *madame*. Yo creo que tienen mucho que ver con ella.

—Ésta es una habitación privada, capitán. La sala de un club. Un lugar donde personas de ideas parecidas acostumbraban a reunirse para debatir asuntos de gran importancia en un entorno discreto y propicio. Como le decía, la habitación no se usa desde la muerte de mi marido. Puede incluso que algunas de las familias a las que pertenecen esos escudos de armas ignoren que sus insignias se encuentran en esta habitación. Le agradecería que las cosas siguieran así.

—No veo mesa de billar. Ni bar. Es un club muy curioso. ¿Qué es esto, por ejemplo? —Calque señaló un cáliz guardado dentro de un sagrario—. ¿Y estas iniciales que tiene grabadas? CM.

A la condesa pareció picarle una víbora.

—¿Señor?

—Sí.

—Aquí hay un rollo de pergamino. Con unos sellos. Pesa mucho. Debe de tener dentro rodillos de madera o algo así.

Calque indicó que extendieran el pergamino sobre la mesa.

—Por favor, no toque eso, capitán. Es muy valioso.

—Tengo una orden de registro, *madame*. Puedo tocar lo que me plazca. Pero me esforzaré por no mancharlo con los dedos. —Calque se inclinó para inspeccionar el documento.

La condesa y *madame* Mastigou permanecieron inmóviles junto a la pared interior de la habitación.

—Lavigny, haga el favor de acompañar fuera a la condesa y a *madame* Mastigou. Puede que esto me lleve algún tiempo. Y tráigame una lupa.

75

Lo primero que hizo Sabir cuando Bouboul le dejó en el *maset* fue encender el fuego para darse ánimos. La noche era fría, y sintió que un escalofrío indefinible se apoderaba de él al mirar por el pasillo, hacia el lugar que había ocupado el cadáver de Macron.

La vieja casa pareció repetir como un eco el ruido de sus pisadas cuando recorrió la habitación, hasta tal punto que se sintió curiosamente incapaz de aventurarse en el pasillo, camino de la cocina. Después de pasar cinco minutos buscando desganadamente, sintió alivio al encontrar tres velas todavía tiradas en el suelo, donde dos noches antes Ojos de Serpiente las había volcado al usar el extintor.

Al encenderlas y ver su propia sombra reflejada en la habitación como la *danse macabre* de una antorcha, Sabir se preguntó, no por primera vez, cómo había permitido que Yola le convenciera para volver al *maset*. La razón era palmaria, desde luego: la policía seguía buscando a Ojos de Serpiente y Saintes-Maries estaba acordonado, de modo que era relativamente fácil salir, pero difícil entrar.

Desde la última vez que había estado allí, sin embargo, el *maset* se había convertido en un lugar aciago. Se sentía ahora incómodo por usar el escenario en el que había sido brutalmente asesinada una persona para lo que muy bien podía acabar siendo un viaje frívolo por una carretera cortada. Aquello, de hecho, le hizo reparar nuevamente en lo distinta que era la visión que de la muerte tenían los *manouches* comparada con la suya, tan sentimental y posvictoriana.

Estaba muy bien quedarse allí sentado, fantaseando sobre el contenido de las profecías. Pero, en realidad, era muy posible que ni siquiera estuvieran en el tubo de caña, y que éste resultara estar lleno de polvo. ¿Y si las habían invadido los gorgojos? Cuatrocientos cincuenta años era mucho tiempo para que algo sobreviviera, especialmente tratándose de pergamino.

Sabir se sentó en el sofá. Pasado un momento, movió el diccionario de francés que había llevado consigo hasta que sus bordes coincidieron con el filo de la mesa. Alineó luego el bolígrafo y el papel junto al diccionario. Bouboul le había prestado un reloj chillón, con la esfera muy grande, y Sabir lo puso sobre la mesa, junto a los demás utensilios. Aquellos gestos rutinarios le proporcionaban cierta sensación de confort.

Miró por encima del hombro, hacia el pasillo. El fuego ardía bien, y empezaba a sentirse un poco más seguro en su aislamiento. Si alguien podía encontrar las profecías era Yola. Cuando llegara al *maset*, él las recogería y la mandaría enseguida de vuelta a Saintes-Maries, con Reszo. Estaba bien allí solo. Tendría el resto de la noche para traducir y copiar las profecías. A partir de ese momento, no las perdería de vista.

Por la mañana mandaría los originales por mensajero a su editor en Nueva York. Luego trabajaría con las transcripciones, hasta extraerles todo su significado. Si entrelazaba con habilidad las profecías y la historia de su descubrimiento, tendría en las manos un *best-seller* seguro. Era fácil que generara dinero suficiente para hacerlos ricos a todos. Alexi podría casarse con Yola y acabar como *bulibasha*, y él podría hacer lo que le viniera en gana.

Veinte minutos más. No podían tardar mucho más. Y luego tendría a su alcance uno de los mayores secretos de la humanidad.

Se oyó un estruendo arriba. Y luego silencio.

Sabir se levantó de un salto. Se le erizó la nuca como a un perro el pelo del lomo. Dios santo, ¿qué había sido eso? Se quedó escuchando, pero sólo oía silencio. Luego, a lo lejos, oyó el zumbido de un coche que se acercaba.

Echando un último vistazo hacia atrás, casi a hurtadillas, Sabir se apresuró a salir. Seguramente sólo era la puerta de algún armario, que se había abierto. O quizá la policía había movido algo (una mosquitera, quizás) y lo que fuera se había quedado allí, tambaleándose, hasta que una racha de viento lo había volcado. Tal vez incluso el ruido procedía de fuera. Del tejado, quizá.

Mientras esperaba a que el Audi llegara por el camino, levantó la mirada hacia la casa. Dios. Otra cosa más: tarde o temprano tendría que explicarle a su amigo John Tone el robo del coche.

Entornó los ojos al ver los faros. Sí, allí, en el asiento del copiloto, estaba la silueta de Yola. Y la del sobrino de Bouboul en el asiento del conductor, a su lado. Alexi se había quedado en Saintes-Maries, bien arropado en su cama, con Sabir al lado, en el jergón de invitados. O eso, al menos, era lo que habían hecho creer al sargento Spola.

Caminó hacia el coche. Sintió que la brisa nocturna le revolvía el pelo. Movió las manos hacia abajo para indicarle a Reszo que apagara las luces. Si no se equivocaba, todavía había policías dispersos por los pantanos, y no quería que nadie se fijara en el *maset*.

—¿Las tienes?

Yola metió la mano dentro de su chaqueta. Su cara parecía pequeña y vulnerable a la luz de la linterna de Sabir. Le dio el tubo de caña. Luego, al mirar hacia la casa, se estremeció.

—¿Has tenido algún problema?

—Dos policías. Se habían refugiado en la *cabane*. Estuvieron a punto de verme. Pero en el último momento recibieron una llamada y les dijeron que se fueran de allí.

—¿Que se fueran?

—Oí a uno hablar por el móvil. El capitán Calque sabe adónde ha escapado Ojos de Serpiente. Está hacia Saint-Tropez. Se han ido todos para allá. Aquí ya no hay nada que les interese.

—Menos mal.

—¿Quieres que me quede contigo?

—No. Tengo el fuego encendido. Y unas velas. Estaré bien.

—Bouboul vendrá a recogerte justo antes de que amanezca. ¿Estás seguro de que no quieres volver con nosotros?

—Es demasiado peligroso. El sargento Spola podría olerse el pastel. No es tan tonto como parece.

—Sí que lo es.

Sabir se rió.

Yola volvió a mirar hacia la casa. Luego montó de nuevo en el coche.

—No me gusta este sitio. Hice mal proponiendo que quedáramos aquí.

—¿Y qué otro sitio íbamos a usar? Éste es mucho más conveniente que cualquier otro.

—Supongo que sí. —Ella levantó una mano, insegura—. ¿Seguro que no vas a cambiar de idea?

Sabir negó con la cabeza.

Reszo dio marcha atrás por el sendero. Cuando estaba cerca de la carretera volvió a encender las luces.

Sabir vio desaparecer su resplandor en el horizonte. Luego regresó a la casa.

76

El capitán Calque se recostó en la silla. El documento desplegado ante él no tenía ni pies ni cabeza. Según se afirmaba en él, había sido redactado por expreso deseo del rey Luis IX de Francia, y estaba, en efecto, fechado en 1228, dos años después de su ascensión al trono a la edad de once años. De modo que Luis sólo podía tener trece o catorce años en el momento en el que se le atribuía su elaboración. Los sellos, no obstante, eran sin duda alguna los del propio san Luis y los de su madre, Blanca de Castilla: en aquellos tiempos, por intentar falsificar un sello real a uno le habrían colgado, arrastrado y descuartizado, y luego habrían usado sus cenizas para hacer jabón.

Bajo los sellos del rey y su madre había otros tres: el de Jean de Joinville, consejero del rey (y, junto con Villehardouin y Froissart, uno de los más grandes historiadores medievales); el de Geoffroy de Beaulieu, confesor del rey; y el de Guillaume de Chartres, capellán real. Calque sacudió la cabeza. Había estudiado la *Histoire de saint Louis*, de Joinville, en la universidad, y tenía la certeza de que Joinville no podía tener más de cuatro años en 1228. En cuanto a los demás, no le costaría mucho averiguar sus edades. Pero, en todo caso, aquello sugería que el documento (que parecía ser una carta de privilegio y jurisdicción otorgada a un conciliábulo llamado *Corpus Maleficum*) había sido fechado, al menos en parte, a posteriori.

Calque se acordó entonces del cáliz guardado en el sagrario, con las iniciales CM. Le pareció improbable que fuera una coincidencia, estando en aquella habitación oculta, cuyas evocaciones remitían a secretos, cábalas y conspiraciones. Miró de nuevo el documento que tenía delante.

Le dio la vuelta y, gruñendo, concentrado, escudriñó su reverso a través de la lente. Sí. Justo lo que sospechaba. Quedaba en el dorso la huella leve de una escritura. Un texto escrito del revés. Como escribiría un zurdo si le pidieran que anotara algo a la manera de los árabes; es decir, de derecha a izquierda. Calque sabía que, en tiempos medievales, el lado izquierdo se consideraba el del Diablo. Aquella noción («siniestra» en connotaciones, así como en el corpus léxico de la lengua latina) tenía su origen en los augures de la antigua Grecia, que creían que las señales vistas por encima del hombro izquierdo presagiaban desgracias.

Calque acercó el documento a la luz. Finalmente, exasperado, lo levantó delante de sí. Nada. Era imposible descifrar la escritura: haría falta un microscopio electrónico para entenderla.

Volvió a recordar lo que había dicho la condesa la primera vez que se entrevistaron. Calque le había preguntado qué habría llevado el decimotercero par de Francia durante la ceremonia de la coronación, y ella había respondido:

—No habría llevado nada, capitán. Habría protegido al rey.

—¿Protegerle? ¿Protegerle de qué?

La condesa le había dedicado una sonrisa elíptica.

—Del Diablo, por supuesto.

Pero ¿cómo podía esperarse que un simple mortal defendiera del Diablo a la corona de Francia?

Calque empezó a intuir poco a poco una posible respuesta. El *Corpus Maleficum*. ¿Qué significaba? Echó mano de su latín del colegio. *Corpus* quería decir «cuerpo». Pero también podía referirse a un grupo de personas consagradas a un mismo fin. ¿Y *Maleficum*? Malicia. Perversidad.

¿Un cuerpo consagrado a la maldad y la perversión? Imposible, no había duda. Y menos aún bajo la égida del santo Luis, un rey tan piadoso que creía haber malgastado el día si no asistía a dos misas completas (con todos los oficios) y que luego se levantaba de madrugada para vestirse para maitines.

Debía de referirse, entonces, a un grupo dedicado a la erradicación de tales cosas. Un cuerpo consagrado a minar al Diablo. Pero ¿cómo se hacía eso? ¿No sería homeopáticamente?

Calque se puso en pie. Era hora de volver a hablar con la condesa.

77

Achor Bale yacía donde había caído. Su herida había vuelto a abrirse, y notaba cómo le corría débilmente la sangre por el cuello. Se movería enseguida. Tenía que haber algo en la cocina con lo que pudiera restañar la herida. Si no, podía salir a las marismas y recoger un poco de musgo de turbera. Entretanto, se quedaría allí, en el suelo, recuperándose. ¿Qué prisa había? Nadie sabía que estaba allí. Nadie le estaba esperando.

Fuera se oyó el ruido y el siseo de un coche.

La policía. Habían mandado a alguien a vigilar, después de todo. Casi seguro que echarían un vistazo a todas las habitaciones antes de acomodarse para pasar la noche. La gente siempre hacía esas cosas. Era una especie de superstición. Como recorrer las lindes. Algo heredado de sus ancestros cavernícolas.

Bale se arrastró rabioso hacia la cama. Se metería debajo. Era probable que, al que le tocara la china y tuviera que subir, se contentara con echar una ojeada a la habitación con la linterna. Seguramente no se molestaría en hacer otra cosa. ¿Para qué? Aquello no era más que la escena de un crimen.

Bale sacó suavemente el Redhawk de su funda. Quizás hubiera sólo uno. En ese caso, le tendería una emboscada y se llevaría su coche. El *maset* estaba tan aislado que nadie oiría el disparo.

Rozó con la mano el teléfono móvil que llevaba en el bolsillo interior. Quizá todavía le quedaba algún jugo, si no se había estropeado al caer. Quizá, después de todo, debiera llamar a *Madame*, su madre. Decirle que iba a ir a casa.

¿O los polis estarían controlando las frecuencias? ¿Podían hacerlo? Creía que no. Y de todas formas no tenían motivos para sospechar de *Madame*, su madre.

No se oía nada abajo. Los polis seguían fuera. Seguramente estarían inspeccionando los alrededores.

Bale marcó el número. Esperó tono. Se estableció la conexión.

—¿Quién es?

—Soy el conde, Milouins. Tengo que hablar con la condesa. Es urgente.

—La policía, señor. Saben quién es usted. Están aquí.

Bale cerró los ojos. ¿Se lo esperaba? Un geniecillo fatalista le susurró al oído que sí.

—¿Le ha dado algún mensaje para mí? ¿Por si llamaba?

—Una palabra, señor. *Fertigmachen*.

—¿*Fertigmachen*?

—La señora dijo que usted lo entendería, señor. Ahora tengo que colgar. Vienen hacia aquí.

78

Después de aquello, Bale durmió un rato. Parecía adormecerse y despertar como un hombre al que no le hubieran dado suficiente éter antes de una operación.

En cierto momento oyó pasos subiendo las escaleras y, apoyado en el lateral de la cama, esperó cinco minutos interminables con la pistola lista. Luego volvió a dormirse.

Le despertó un ruido en la cocina. Esta vez estaba seguro. Era un traqueteo de cacharros. Alguien se estaba preparando un café. Bale casi oía el chisporroteo del butano. Olía los granos.

Tenía que comer. Y beber. El ruido de la cocina ocultaría sus pasos. Si eran dos, tanto peor. Los mataría a ambos. Tenía de su parte el factor sorpresa. Al parecer, los polis creían que iba camino de Cap Camarat, muy cerca de Saint-Tropez. Eso era bueno. Debían de creer que había escapado a su *cordon sanitaire*. Se habrían retirado en manada.

Si se largaba en un coche de la policía, los dejaría pasmados. Podía ponerse uno de sus uniformes. Llevar gafas de sol.

¿En plena noche?

Sacudió la cabeza lentamente. ¿Por qué ya no tenía prisa? ¿Por qué dormía tanto?

Agua. Necesitaba agua. Sin agua, se moriría. La hemorragia sólo había agravado la cuestión.

Se obligó a levantarse. Luego, tambaleándose todavía, con el Redhawk apuntando hacia abajo, se dirigió a la escalera.

79

Sabir sujetó el tubo de caña delante de sí y rompió el sello de cera. Un olor extraño invadió su nariz. Dejó que su mente vagara un momento. Era un olor dulce, cálido y terroso, al mismo tiempo. ¿Incienso? Sí, eso era. Se acercó el tubo a la nariz y aspiró. Increíble. ¿Cómo era posible que el olor se hubiera conservado tanto tiempo allí dentro?

Dio unos golpecitos con el tubo sobre la mesa. Cayó un poco de resina. Sintió un primer alfilerazo de angustia. ¿Se habría usado el incienso como agente conservador? ¿O era el tubo sólo un recipiente para guardar incienso? Un fino rollo de pergamino cayó en su regazo.

Sabir lo desenrolló y lo extendió apresuradamente sobre la mesa. Ocupaba un espacio de unos quince por veinte centímetros. Estaba escrito por ambos lados. En estrofas de cuatro líneas. Eran las cuartetas.

Sabir empezó a contar. Veintiséis cuartetas a un lado. Y otras veintiséis al otro. Sintió crecer la tensión dentro de su pecho.

Se acercó una hoja de papel. Ciñéndose escrupulosamente al texto, copió la primera cuarteta. Luego comenzó una primera traducción provisional.

80

Calque miró a la condesa. Estaban solos en la habitación: la condesa había insistido en ello al solicitar Calque la entrevista.

—Entonces ¿su hijo quiere volver a casa?

La condesa agitó la mano, irritada, como si intentara disipar un mal olor.

—No sé de qué me está hablando.

Calque suspiró.

—Mi gente ha interceptado una conversación telefónica, *madame*. Entre su hijo y Milouins, su lacayo. El mismo al que descubrimos intentando atrancar la entrada a su sala de reuniones secreta. Su hijo llamó a Milouins por su nombre, así que estamos seguros de los datos que tenemos.

—¿Cómo sabe que era mi hijo? Milouins puede recibir llamadas de quien quiera. Soy extremadamente tolerante con mis sirvientes. A diferencia de algunas personas que conozco.

—Su hijo se presentó como el conde.

Los ojos de la condesa quedaron como muertos.

—Nunca he oído nada tan absurdo. Hace años que mi hijo no llama aquí. Ya se lo dije. Se fue para unirse a la Legión. Contra mis órdenes expresas, debo añadir. No entiendo por qué nos acosa usted de esta manera.

—Milouins le dio un mensaje a su hijo.

—No diga tonterías.

—El mensaje consistía en una sola palabra. Una palabra alemana. *Fertigmachen*.

—Yo no hablo alemán. Ni creo que lo hable Milouins.

—*Fertigmachen* significa acabar con algo. O con alguien.

—¿Ah sí?

—Sí. También puede significar matarse.

—¿Me está acusando de pedirle a mi hijo que se mate? Por favor, capitán. Concédame un mínimo de preocupación maternal.

—No. Creo que le estaba pidiendo a su hijo que matara a otra persona. A un hombre llamado Sabir. Que matara a Sabir y pusiera fin al asunto. Le advierto que Sabir está bajo nuestra custodia. Si su hijo intenta asesinarle, lo atraparemos.

—¿Matar a Sabir y poner fin al asunto, dice usted? ¿A qué asunto se refiere?

—Sé lo del *Corpus Maleficum, madame*. He leído el documento que guarda en la habitación secreta.

—Usted no sabe nada sobre el *Corpus Maleficum*, capitán. Y no leyó el documento del que habla. Está cifrado. Intenta manipularme y no pienso consentirlo.

—¿Le preocupan los actos de su hijo?

—Profundamente, capitán. ¿Es eso lo que quiere que le diga? Me preocupan profundamente.

—Los expertos descifrarán pronto el pergamino.

—Yo creo que no.

—Pero ¿sabe usted lo que dice?

—Naturalmente. Mi marido me lo enseñó palabra por palabra cuando nos casamos. Está escrito en una lengua que sólo conoce un círculo de adeptos elegidos. Pero yo ya soy vieja. He olvidado por completo tanto el contenido como esa lengua. Del mismo modo que he olvidado el contenido de esta conversación.

—Creo que es usted una mujer malvada, *madame*. Creo que está detrás de lo que está haciendo su hijo, y que le importa poco entregarle al Diablo si ello conviene a sus intereses o a los de su secta.

—Eso son tonterías, capitán. Y se está metiendo usted en aguas demasiado profundas. Lo que dice es pura especulación. Cualquier jurado se lo tomaría a risa.

Calque se levantó.

Una expresión extraña cruzó el semblante de la condesa.

—Y se equivoca usted también en otra cosa. Yo jamás entregaría a mi hijo al Diablo, capitán. Al Diablo, nunca. Eso se lo aseguro.

81

Al acercarse al último peldaño de la escalera de piedra, aparentemente interminable, que llevaba a la planta baja, Bale resbaló. Cayó contra la pared con tanta fuerza que dejó escapar un gruñido de sorpresa cuando su hombro roto golpeó de refilón la barandilla.

Sabir se irguió en su silla. La policía. Debían de haber dejado a alguien en la casa, después de todo. Tal vez el policía había subido a dormir un rato. Había sido una estupidez por su parte no echar un vistazo a la casa antes de ponerse a trabajar.

Recogió sus papeles y fue a colocarse de espaldas al fuego. No había tiempo de llegar a la puerta. Más valía inventarse algo. Siempre podía decir que había tenido que volver a buscar alguna de sus pertenencias. El diccionario y el manojo de papeles le servirían de coartada.

Bale dobló la esquina del cuarto de estar como una aparición recién salida de la tumba. Estaba mortalmente pálido y, a la luz de las velas, sus ojos cuajados parecían los de un demonio. Tenía manchada de sangre la pechera, y la sangre le cubría también, como una capa aceitosa, el cuello y el hombro. Sostenía una pistola en la mano izquierda y, mientras Sabir le miraba horrorizado, la levantó y le apuntó con ella.

Quizá por primera vez en su vida, Sabir actuó enteramente movido por un impulso. Arrojó el diccionario a Bale y con el mismo ademán se giró, poniéndose de rodillas frente al fuego. Una fracción de segundo antes de que sonara el disparo, arrojó a las llamas el pergamino y su copia en papel.

82

Sabir despertó sin saber dónde estaba. Intentó moverse pero no pudo. Un olor venenoso e inmundo asaltó sus fosas nasales. Intentó desasir los brazos, pero los tenía sumergidos en una especie de lodo. El lodo le llegaba hasta justo encima de la clavícula, dejando la cabeza fuera. Frenético, Sabir intentó salir, pero sólo consiguió hundirse aún más en el cenagal.

—Si fuera tú yo no haría eso.

Sabir levantó la mirada.

Bale estaba agachado sobre él. A quince centímetros por encima de la cabeza de Bale había un pequeño agujero de anchura poco mayor a la de un hombre. Bale sostenía en equilibrio contra su costado la trampilla que normalmente tapaba el agujero. Alumbró la cara de Sabir con su linterna.

—Estás en un pozo negro. Y viejo, además. Está claro que esta casa nunca ha tenido alcantarillado. Me costó un rato encontrarlo. Pero tendrás que admitir que es perfecto en su especie. Hay veinticinco centímetros entre el nivel de la mierda y el techo de la fosa. Más o menos el tamaño de tu cabeza, Sabir, más unos cinco centímetros de propina. Cuando cierre esta trampilla y la atranque, tendrás aire para... ¿media hora? Eso si el monóxido de carbono de la descomposición de los azúcares no te mata primero.

Sabir notó un dolor en la sien derecha. Quiso levantar la mano para tocársela, pero no podía.

—¿Qué me has hecho?

—No te he hecho nada. Aún. Las heridas que tienes en la cara te las has hecho de rebote. La bala dio en la chimenea justo cuando te estabas girando para destruir las profecías. La bala deformada rebotó y te arrancó parte de la oreja. También te dejó inconsciente. Lo siento.

Sabir sintió que la claustrofobia empezaba a apoderarse de él. Intentó respirar con normalidad, pero se descubrió incapaz de dominarse mínimamente. Empezó a jadear como si sufriera un ataque de asma.

Bale le dio un ligero golpe con el cañón de la pistola en el puente de la nariz.

—No te me pongas histérico. Quiero que me escuches. Que me escuches cuidadosamente. Ya eres hombre muerto. Pase lo que pase, voy a matarte. Vas a morir aquí. Y nadie te encontrará.

A Sabir había empezado a sangrarle la nariz. Intentó apartar la cabeza de la pistola, temiendo que Bale volviera a golpearle, pero la mezcla repentina de la sangre y los excrementos le dio náuseas. Tardó varios minutos en dominarse y dejar de tener arcadas. Por fin, cuando se le pasó, levantó la cabeza todo lo que pudo y aspiró aire de arriba, relativamente fresco.

—¿Por qué sigues hablándome? ¿Por qué no haces de una vez lo que tengas pensado hacer?

Bale hizo una mueca.

—Paciencia, Sabir. Paciencia. Te estoy hablando todavía porque tienes una debilidad. Una debilidad fatal que pienso usar contra ti. Estaba presente cuando te metieron en ese cajón de madera, en Samois. Y vi en qué estado te sacaron. La claustrofobia es lo que más temes en este mundo. Así que te la ofrezco. Dentro de sesenta minutos exactos atrancaré este sitio y te dejaré aquí para que te pudras. Pero tienes una oportunidad de salvarle la vida a la chica. A la chica, no a ti mismo. Puedes dictarme todo lo que sabes de las profecías. No. No finjas que no sabes de lo que estoy hablando. Tuviste tiempo de sobra para copiar los versos y traducirlos. Encontré el diccionario que me tiraste. Oí llegar tu coche. He calculado cuánto tiempo estuviste en el cuarto de estar, y fueron horas.

Díctame lo que sabes y te pegaré un tiro en la cabeza. Así no morirás asfixiado. Y te prometo no hacerle daño a la chica.

—Yo no... —A Sabir le costaba hablar—. No...

—Sí que lo hiciste. Tengo el cuaderno en el que te estabas apoyando. Escribiste muchos renglones. Tradujiste muchos versos. Más adelante haré analizar el cuaderno. Pero primero vas a darme lo que quiero. Si no, buscaré a la chica y le haré exactamente lo que le hizo el verdugo de Dreissigacker a la embarazada. Hasta el último latigazo, la última quemadura, el último diente del potro. Te lo contó, ¿verdad?, tu pequeña Yola. El cuento que le leí mientras esperaba su muerte. Veo por tu cara que sí. Inquietante, ¿verdad? Tú puedes ahorrárselo, Sabir. Puedes morir como un héroe. —Bale se puso en pie—. Piénsatelo.

La trampilla se cerró de golpe, dejando la fosa completamente a oscuras.

83

Sabir empezó a gritar. No era un grito racional, surgido del deseo de salir de allí. Era un sonido animal, arrancado de un lugar desahuciado en el fondo de su ser: un lugar en el que la esperanza ya no tenía asidero.

Se oyó ruido arriba: Bale estaba colocando un objeto pesado encima de la trampilla. Sabir se calló como un animal salvaje que sintiera acercarse una partida de batidores. La oscuridad en la que se encontraba era total: tanto, de hecho, que sus ojos desorbitados veían casi púrpura la negrura.

Las náuseas comenzaron otra vez, y sintió que el corazón se le encogía en el pecho cada vez que expectoraba violentamente. Intentó concentrarse en el mundo exterior. Sustraerse al pozo negro, a aquella horrenda oscuridad que amenazaba con engullirle y volverle loco. Pero la oscuridad era tan completa y su miedo tan agudo que ya no podía dominar sus pensamientos.

Intentó levantar los brazos. ¿Los tenía atados? ¿Hasta eso le había hecho Bale?

Con cada movimiento se hundía más aún en el pozo. El lodo le llegaba ya hasta la barbilla y amenazaba con metérsele en la boca. Empezó a gemir, agitando los brazos bajo el líquido viscoso como un pollo sus alas.

Bale volvería. Había dicho que volvería. Volvería para preguntarle por las profecías. Eso le daría a él el punto de apoyo que necesitaba para ejercer presión. Conseguiría que Bale le sacara de la fosa séptica para escribir todo lo que sabía. Luego le atacaría. Por nada del mundo volvería a meterse allí dentro cuando hubiera salido. Moriría, si era preciso. Se mataría.

Fue entonces cuando recordó que Bale tenía inutilizado el brazo izquierdo. Le sería materialmente imposible sacarle de allí. Podía haberle arrastrado hasta el pozo. Podía arrojar a un hombre inconsciente en el sumidero: sólo habría tenido que hacer palanca, sujetar su cuerpo inerte por el cuello de la camisa y dejar que la gravedad hiciera el resto. Pero era imposible que pudiera volver a sacarle.

Los gases de la fosa iban surtiendo poco a poco su efecto. Sabir se sintió izado como por una fuerza exterior. Al principio, le pareció que su cuerpo se apretaba por completo contra la tapa cerrada de la fosa, como un hombre absorbido por la ventanilla de un avión despresurizado. Luego, de pronto, la atravesó y salió al aire con el cuerpo doblado en forma de U por la fuerza centrífuga de la expulsión. Estiró los brazos todo lo que pudo y su cuerpo se dio la vuelta, disparado hacia arriba en forma de C (a la manera de un paracaidista en caída libre), pero sin que la fuerza y la velocidad de su ascensión surtieran efecto visible.

Miró hacia abajo con sublime indiferencia, como si aquel éxodo expulsivo no formara parte de su experiencia en modo alguno.

Luego, inmerso en su alucinación, su cuerpo inició un proceso paulatino de enajenación: primero se le desgajaron los brazos, y los vio alejarse de él arrastrados por una corriente de aire. Y luego las piernas.

Empezó a gemir.

Con un tirón espantoso, la parte inferior de su torso, desde la cintura hasta los muslos, se separó de su cuerpo, arrastrando consigo la vejiga y los intestinos. Le estalló el pecho y su corazón, sus pulmones y sus costillas se desgarraron, separándose de su cuerpo. Intentó asirlos, pero no tenía brazos. Era incapaz de controlar la licuefacción de su cuerpo, y poco después lo único que quedó de él fue su cabeza, como en su sueño chamánico: su cabeza que se aproximaba a él de cara, con los ojos muertos.

Mientras su cabeza se acercaba, su boca se abrió y de ella comenzó a salir una serpiente: una serpiente pitón que iba desenroscándose, gruesa y con escamas como las de un pez, ojos de mirada fija y una boca que parecía desencajarse y hacerse más grande cada vez. La pitón se volvió y se tragó la cabeza de Sabir, y él vio la forma de su cabeza moverse dentro del cuerpo de la serpiente, empujada por los músculos alimentados con miosina.

Luego, la pitón se volvió de nuevo y su cara era la de Sabir. Incluso tenía la oreja destrozada. La cara intentó hablarle, pero Sabir ya no distinguía el sonido de su propia voz. Era como si estuviera al mismo tiempo dentro y fuera del cuerpo de la serpiente. Sentía, sin embargo, que de algún modo su capacidad auditiva procedía de la cabeza interior, que estaba siendo arrastrada como carne de relleno por el cuerpo oblongo de la serpiente.

Es como nacer, se dijo. *Como descender por el canal del parto. Por eso soy claustrofóbico. Por mi nacimiento. Tiene algo que ver con mi nacimiento.*

Ahora veía por los ojos de la serpiente, sentía por la piel de la serpiente. Era la serpiente, y la serpiente era él.

Su mano emergió bruscamente del sumidero junto a su cara. Sintió que se alargaba hacia su cuello como si todavía no formara parte de él.

Seguía siendo la serpiente. No tenía manos.

La mano agarró el collar que le había dado el curandero.

Una serpiente. Había una serpiente en el collar.

Veneno. Había veneno en el collar.

Tenía que tomárselo. Matarse. Sin duda era eso lo que le decía el sueño.

De pronto se halló de nuevo en el pozo negro. Se oía un arañar por encima de él. Un momento después, Bale abriría la trampilla.

Con la mano libre, Sabir se arrancó un trozo de la pechera de la camisa y se lo metió en la boca. Se lo tragó, bloqueando la entrada de su tráquea.

Sintió que las náuseas volvían, pero no hizo caso.

Bale estaba abriendo la trampilla.

Sabir se metió el frasquito de veneno en la boca. Respiraba sólo por la nariz. Sentía el veneno depositado sobre su lengua. Dispersándose por su paladar. Colándose por sus cavidades nasales.

Cuando la trampilla estuvo abierta del todo, Sabir se hizo el muerto. En la fracción de segundo que tardó en alumbrarle la linterna, echó la cabeza hacia delante y apoyó la cara sobre la superficie del lodo para que Bale creyera que se había ahogado.

Bale gruñó, irritado. Alargó el brazo para levantarle la cabeza.

Sabir le agarró del cuello de la camisa con la mano libre. Desequilibrado, Bale empezó a caer.

Sabir aprovechó el impulso de su caída para meterle la cabeza por la trampilla. Clavó los ojos en la herida abierta de su cuello.

Cuando la cabeza de Bale se colocó un instante en paralelo a la suya, Sabir hundió los dientes en la herida, metiendo la lengua en el orificio de bala para difundir el veneno por las venas de Bale.

Luego escupió el resto del veneno en el pozo negro y se preparó para morir.

84

La entrevista de Joris Calque con la condesa acabó siendo el equivalente de un *coitus reservatus*: dicho de otra manera, había retrasado tanto el clímax, que el efecto final había sido apenas más satisfactorio que un sueño húmedo.

Antes de la conversación, se había convencido de que era él quien tenía la sartén por el mango. Sin duda alguna la condesa estaría a la defensiva. Era una mujer mayor. ¿Por qué no sincerarse y acabar de una vez? En Francia ya no había pena capital. De hecho, al conde seguramente le mandarían a un psiquiátrico, donde podría jugar a su antojo a las dinastías con la certeza de que, quince o veinte años después, le devolverían al sistema con la etiqueta de «inofensivo» colgada al cuello.

Calque, sin embargo, se había encontrado frente al equivalente humano de un muro de ladrillo. Rara vez en su carrera se había topado con una persona tan segura de la justificación moral de sus actos. Sabía que la condesa era la fuerza motriz que se hallaba tras la conducta de su hijo; lo sabía, era así de sencillo. Pero no podía probarlo ni remotamente.

—¿Es usted, Spola? —El capitán sostenía el teléfono móvil a quince centímetros de su boca, como si fuera un micrófono—. ¿Dónde están Sabir y Dufontaine?

—Durmiendo, señor. Son las dos de la mañana.

—¿Les ha echado un vistazo últimamente? ¿En la última hora, pongamos?

—No, señor.

—Pues hágalo ahora.

—¿Quiere que le llame?

—No. Llévese el teléfono. Para eso están estas cosas, ¿no?

El sargento Spola se incorporó en el asiento trasero del furgón policial. Se había hecho un nido muy cómodo con un par de mantas prestadas y el cojín de una silla que le había conseguido Yola. ¿Qué mosca le había picado a Calque? Estaban en plena noche. ¿Adónde iban a ir Sabir o el gitano? No estaban acusados de nada. Si Calque le pedía su opinión, le diría que era absurdo desperdiciar el trabajo de un hombre siguiendo por ahí a dos personas de las que no se sospechaba nada, mientras hacían uso de sus legítimos derechos. Él tenía una mujer guapa y cariñosa esperándole en casa. Y una cama calentita y preciosa. Esos constituían sus legítimos derechos. Y, como era de esperar, estaban siendo violados.

—Estoy viendo al gitano. Está profundamente dormido.

—Vaya a ver a Sabir.

—Sí, señor. —Spola abrió la puerta interior de la caravana. Qué idiotez—. Está en la cama. Está... —Se detuvo. Dio un paso más y encendió la luz—. Se ha ido, señor. Han llenado la cama de cojines para que pareciera que estaba dormido. Lo siento, señor.

—¿Dónde está la chica?

—Durmiendo con las mujeres, señor. Al otro lado del camino.

—Vaya a buscarla.

—Pero no puedo, señor. Ya sabe cómo son las gitanas. Si entro ahí...

—Vaya a buscarla. Y póngala al teléfono.

85

Spola miraba pasar los árboles por el parabrisas, forzando los ojos. Había empezado a llover y los faros del coche policial se reflejaban en la carretera; costaba calcular las distancias.

Yola se removía, nerviosa, a su lado, con la cara tensa iluminada por el reflejo de la luz.

Spola puso en marcha los limpiaparabrisas.

—Me ha jugado una mala pasada, ¿sabe? Podría quedarme sin trabajo por esto.

—No deberían haberle encargado que nos vigilara. Es sólo porque somos gitanos. Nos tratan como si fuéramos mierda.

Spola se irguió en el asiento.

—Eso no es verdad. Yo he intentado ser razonable con usted, darle un poco de margen. Hasta dejé que fuera a ver al curandero con Sabir. Por eso me he metido en este lío.

Yola le lanzó una mirada.

—Usted está bien. Son los otros los que me ponen enferma.

—Bueno, sí. Hay gente que tiene prejuicios injustificables. No lo niego. Pero yo no soy uno de ésos. —Alargó el brazo y limpió la cara interna de la luna con la manga—. Si nos dieran coches con aire acondicionado, veríamos por dónde vamos. ¿Falta mucho?

—Es aquí. Tuerza a la izquierda. Y siga por el camino. La casa se verá enseguida.

Spola enfiló el camino lleno de baches. Miró el reloj. Calque tardaría por lo menos una hora en llegar, a no ser que secuestrara un helicóptero policial. Otra noche en vela.

Detuvo el coche delante del *maset*.

—Entonces, ¿aquí fue donde pasó?

Yola salió y corrió hacia la puerta. Su angustia no se basaba en nada concreto, pero la llamada de Calque advirtiéndoles de que Ojos de Serpiente seguía tras Sabir la había trastornado. Creía que Ojos de Serpiente había salido de sus vidas para siempre. Y ahora estaba allí, en plena noche, colaborando con la policía.

—¿Damo? —Recorrió la habitación con la mirada. El fuego casi se había extinguido. Una de las velas parpadeaba y a la otra le faltaban diez minutos escasos para apagarse. La luz no bastaba para ver, cuanto más para transcribir un texto minuciosamente. Se volvió hacia el sargento Spola—. ¿Tiene una linterna?

Él la encendió.

—Puede que esté en la cocina.

Yola negó con la cabeza. A la luz artificial de la linterna, su cara se veía contraída y llena de angustia. Corrió por el pasillo.

—¿Damo? —Vaciló al llegar al sitio donde Macron había sido asesinado—. ¿Damo?

¿Había oído un ruido? Se puso una mano en el corazón y dio un paso adelante.

El sonido de un disparo resonó en la casa vacía. Yola gritó.

El sargento Spola corrió hacia ella.

—¿Qué ha sido eso? ¿Ha oído un disparo?

—Ha sido en el sótano. —Yola tenía la mano en la garganta.

Spola empezó a maldecir y desenfundó su pistola. No era un hombre de acción. Las armas no eran lo suyo. De hecho, en los más de treinta años que llevaba trabajando en la policía, nunca había tenido que usar la violencia—. Quédese aquí, *mademoiselle*. Si oye más disparos, corra al coche y vuelva sola. ¿Me ha oído?

—No sé conducir.

Spola le dio su teléfono móvil.

—He marcado el número del capitán Calque. Dígale lo que está pasando. Dígale que mande una ambulancia. Ahora tengo que irme. —Spola cruzó corriendo la parte trasera de la casa, en dirección al sótano. Su linterna proyectaba fieras sombras en las paredes. Sin pararse a pensar, abrió de golpe la puerta del sótano y bajó estruendosamente, sosteniendo torpemente la pistola en una mano y la linterna en la otra.

Los pies de un hombre asomaban por el borde de lo que parecía ser una vieja cisterna o un pozo negro. Mientras Spola miraba, los pies resbalaron hasta hundirse en el agujero. Del interior del pozo salían ruidos frenéticos. Se quedó un momento clavado en el sitio, presa del espanto y la consternación. Luego se acercó con cautela y alumbró el pozo con la linterna.

Sabir tenía la cabeza echada hacia atrás y la boca abierta en una especie de rictus silencioso. Con la mano libre sujetaba el puño de Bale, con el Redhawk encajado entre los dos. Mientras Spola miraba, la cabeza de Bale emergió de la fosa séptica, con los ojos cuajados vueltos hacia arriba mucho más de lo que parecía posible en un humano. La pistola osciló hacia delante y hubo un fuerte resplandor.

Spola hincó una rodilla. Una especie de entumecimiento se extendió por su pecho y su vientre, hacia sus genitales. Intentó levantar la pistola, pero no pudo. Tosió una vez y luego cayó de lado.

Alguien pasó corriendo junto a él. Spola sintió que le quitaban la pistola de la mano. Y luego la linterna. Se llevó las manos a la tripa. Tuvo una visión repentina y exquisita de su mujer tendida en su cama, esperándole y clavando sus ojos ardientes en él.

El resplandor de los disparos se hizo más intenso, iluminando el sótano como el relampagueo repetido de un ciclón. Spola notó movimiento lejos de él. Muy lejos. Luego, alguien le separó suavemente las manos. ¿Era su mujer? ¿Habían llevado a su mujer para que le cuidara? Spola intentó hablarle, pero la máscara de oxígeno atajó sus palabras.

86

—Le debe la vida a la chica.

—Lo sé. —Sabir giró la cabeza para mirar las copas de los pinos apenas visibles por la ventana de su habitación en el hospital—. Le debo más que eso, a decir verdad.

Calque no prestó atención a su comentario. Estaba pensando en otra cosa.

—¿Cómo sabía ella que había tomado veneno? ¿Cómo sabía que necesitaba un emético?

—¿Qué emético?

—Le hizo tragar agua con mostaza y sal hasta que vomitó lo que quedaba del veneno. También le salvó la vida al sargento Spola. Ojos de Serpiente le pegó un tiro en las tripas. Quienes han recibido un disparo en el vientre se mueren si se quedan dormidos. Ella le mantuvo despierto hablando mientras estaba tumbada en el suelo, con una mano metida en el pozo negro, sujetándole a usted para que no se hundiera. De no ser por ella, se habría ahogado.

—Ya le dije que era una persona especial. Pero usted desconfía de los gitanos, como todo el mundo. Es sencillamente irracional. Debería avergonzarse.

—No he venido aquí a que me suelte un sermón.

—¿Y a qué ha venido, entonces?

Calque se recostó en su sillón. Se palpó los bolsillos buscando un cigarrillo, y luego recordó que estaba en un hospital.

—En busca de respuestas, supongo.

—¿Y qué sé yo? Nos perseguía un loco. El loco ha muerto. Y nosotros tenemos que seguir con nuestras vidas.

—Eso no es suficiente.

—¿Qué quiere decir?

—Quiero saber por qué ha pasado todo esto. Por qué murió Paul Macron. Y los demás. Bale no estaba loco. Estaba más cuerdo que todos nosotros. Sabía exactamente lo que quería y por qué lo quería.

—Pregúntele a su madre.

—Ya lo he hecho. Pero es como dar patadas a un árbol muerto. Lo niega todo. El manuscrito que encontramos en su cámara secreta es indescifrable, y mi jefe considera una pérdida de tiempo seguir investigando. La condesa ha salido indemne. Ella y su aristocrática panda de adoradores del diablo.

—¿Qué quiere de mí, entonces?

—Yola le confesó al sargento Spola que las profecías no se habían perdido. Que usted las había guardado y las estaba traduciendo en el *maset*. Creo que siente debilidad por el sargento Spola.

—¿Y quiere usted saber qué decían las profecías?

—Sí.

—¿Y si fuera a publicarlas?

—Nadie le haría caso. Sería usted como Casandra, la hija del rey Príamo, a la que Apolo, su pretendiente, le concedió el don de la profecía; sólo que cuando Casandra se negó a acostarse con él, Apolo alteró el don de modo que, aunque sus profecías dieran infaliblemente en el clavo, nadie las creyera. —Calque levantó tres dedos para acallar la inevitable réplica de Sabir. Empezó a contar las ideas que quería dejar claras agarrándose cada dedo con la otra mano—. Primero, no tiene los originales. Segundo, no tiene ni siquiera una copia de los originales. Quemó ambas cosas. Encontramos las cenizas en la chimenea. Cenizas que valen cinco millones de dólares. Y tercero, sería sencillamente su palabra contra la del resto del mundo. Cualquiera podría decir que las había encontrado. Lo que tiene no vale nada, Sabir.

—Entonces, ¿para qué lo quiere?

—Porque necesito saberlo.

Sabir cerró los ojos.

—¿Y por qué debería decírselo?

Calque se encogió de hombros.

—Para eso no tengo respuesta. —Se inclinó hacia delante, encorvado—. Pero si yo estuviera en su pellejo, querría contárselo a alguien. No me gustaría llevarme eso a la tumba. Querría sacármelo del pecho.

—¿Y por qué iba a contárselo a usted en particular?

—¡Por el amor de Dios, Sabir! —Calque se levantó del sillón. Luego cambió de idea y volvió a sentarse—. Está en deuda conmigo. Y con Macron. Confié en usted y me tomó el pelo.

—No debió confiar en mí.

Calque esbozó una sombra de sonrisa.

—No lo hice. Había dos dispositivos de seguimiento en el coche. Sabíamos que, si perdíamos uno, podríamos volver a localizarle con el otro. Soy policía, no asistente social, Sabir.

Sabir sacudió la cabeza melancólicamente. Observaba a Calque, y sus ojos resaltaban, oscuros, en contraste con la blanquísima venda que cubría un lado de su cara.

—Me pasó algo allí dentro, capitán.

—Lo sé.

—No. No es lo que se imagina. Es otra cosa. Fue como una transformación. Cambié. Me convertí en otro. El curandero me avisó de que eso es lo que pasa cuando estás a punto de convertirte en chamán. En sanador.

—No sé de qué demonios me habla.

—Yo tampoco.

Calque se reclinó en su sillón.

—¿Se acuerda de algo? ¿O estoy perdiendo el tiempo?

—Me acuerdo de todo.

Calque se tensó como un perdiguero que olfateara su presa.

—No hablará en serio.

—Le digo que he sufrido un cambio. Una transformación. No sé qué era ni por qué pasó, pero recuerdo cada palabra del texto en francés que vi. Como una fotografía. Sólo tengo que cerrar los ojos para recordarlo. Pasé seis horas en esa casa, capitán. Leyendo esas cuartetas una y otra vez. Traduciéndolas. Intentando comprender su significado.

—¿Las ha anotado?

—No me hace falta. Ni quiero hacerlo.

Calque se levantó.

—Está bien. Ha sido una estupidez por mi parte preguntárselo. ¿Por qué iba a decírmelo? ¿Qué puedo hacer yo? Soy un viejo. Debería retirarme. Pero me aferro a la policía, no tengo otra cosa que hacer. En eso se resume todo. Adiós, *mister* Sabir. Me alegro de que ese malnacido no le matara.

Sabir le vio dirigirse hacia la puerta arrastrando los pies. Había algo en el capitán (una especie de integridad, quizá) que le elevaba por encima del común de los mortales. Calque había sido lo más sincero que pudo durante la investigación. Le había dado mucho más margen del que Sabir tenía derecho a esperar. Y no le había culpado por la muerte de Macron ni por las heridas que había sufrido el sargento Spola. No. Esa carga la había echado sobre su propia espalda.

—Espere.

—¿Para qué?

Sabir le sostuvo la mirada.

—Siéntese, capitán. Voy a contarle parte de la historia. La parte que no compromete a terceras personas. ¿Se conformará con eso?

Calque le devolvió la mirada. Luego volvió a acomodarse con cuidado en el sillón.

—Tendré que conformarme, ¿no? Si es lo único que cree que puede darme.

Sabir se encogió de hombros. Después inclinó la cabeza interrogativamente.

—¿Secreto de confesión?

Calque suspiró.

—Secreto de confesión.

87

—Sólo había cincuenta y dos cuartetas en el pergamino que saqué del tubo de caña. Yo pensaba en un principio que habría cincuenta y ocho, porque ése es el número exacto que hace falta para completar las diez centurias originales de Nostradamus. Pero aún faltan seis. Ahora creo que están diseminadas por ahí, como las de Rocamadour y Montserrat, y que fueron ideadas para servir de pistas para llegar al meollo.

—Continúe.

—Por lo que he podido deducir, cada una de las cincuenta y dos cuartetas restantes describe un año concreto. Un año de los previos al Fin de los Tiempos. El Apocalipsis. Ragnarok. El Gran Cambio de los mayas. Como quiera llamarlo.

—¿Qué quiere decir con que describen un año?

—Cada una de ellas actúa como un indicador. Describe algún acontecimiento que tendrá lugar ese año, y cada acontecimiento es significativo en alguna medida.

—Entonces, ¿el fin no tiene fecha?

—No es preciso que la tenga. Ni siquiera Nostradamus sabía la fecha exacta del Armagedón. Sólo sabía lo que la precedería. Así que la fecha se hará evidente a medida que nos acerquemos a ella. Poco a poco.

—Sigo sin entenderlo.

Sabir se sentó más derecho en la cama.

—Es muy sencillo. Nostradamus quiere que la humanidad escape al holocausto final. Cree que, si el mundo cambia de conducta y reconoce la Segunda Venida, rechazando al Tercer Anticristo,

tal vez tengamos una oportunidad remota de salvarnos de la ani-
quilación. Por eso nos ha dado las pistas, año a año y hecho a
hecho. Tenemos que correlacionar las cuartetas con los acontecimientos. Si algo sucede tal y como Nostradamus lo predijo,
aumenta la importancia de las cuartetas y podemos ir tachándolas
de la lista. Cuanto más nos acercamos al Armagedón, más evidentes serán la fecha de inicio y la fecha final, por la simple razón de
que los hechos predichos para los años inmediatamente anteriores al Final de los Tiempos no han sucedido aún. Entonces la
gente empezará a creer. Y tal vez cambie de conducta. Nostradamus nos dio, a todos los efectos, un preaviso de cincuenta y dos
años.

Calque hizo una mueca.

—Mire, la primera clave de la que ahora creo que es la primera cuarteta, dice lo siguiente:

El desierto africano se fundirá en cristal.
Falsas libertades atormentarán a los franceses.
El gran imperio de las islas se encogerá.
Sus manos, pies y codos rehúyen la cabeza.

—Eso no significa nada. No nos lleva a ninguna parte.

—Al contrario. Piénselo. *El desierto africano se fundirá en cristal.* En 1960, los franceses llevaron a cabo su primera prueba nu-
clear, en el suroeste de Argelia. En el desierto del Sáhara. La llamaron *Gerboise Bleu, Jerbo Azul,* porque el jerbo es un roedor que
vive en el Sáhara.

—Eso es un poco forzado, Sabir.

—El verso siguiente, entonces: *Falsas libertades atormentarán*
a los franceses. En 1960, Francia concedió, o se vio obligada a con-
ceder, la independencia al Camerún francés, Togo, Madagascar,
Dahomey, Burkina Faso, Alto Volta, Costa de Marfil, Chad, la
República Centroafricana, Congo Brazzaville, Gabón, Mali, Ní-

ger, Senegal y Mauritania. Pero aún se empeñaban en luchar en Argelia. «Falsa libertad» es cuando das con una mano y quitas con la otra. Ahora, los versos tercero y cuarto: *El gran imperio de las islas se encogerá. Sus manos, pies y codos rehúyen la cabeza.* Gran Bretaña fue siempre «el gran imperio de las islas» para Nostradamus. Utiliza esa imagen en numerosas ocasiones, y siempre referida expresamente a Inglaterra. En 1960, los británicos concedieron la independencia a Chipre. Y también a la Somalia británica. A Ghana. A Nigeria. Ésas eran las extremidades. La reina Isabel II era la cabeza. Al conseguir la independencia, la rehúyen.

—No es suficiente.

—Probemos con la siguiente:

Alemania será estrangulada y África retomada.
Un joven paladín emergerá: conservará su juventud.
Los hombres alzarán los ojos hacia el campo de batalla.
Brillará una estrella que no lo es.

—Sabir, según su teoría, esa cuarteta debería referirse al año 1961. ¿No? Yo no lo veo.

—¿Por qué? Fíjese en la primera mitad del primer verso: *Alemania será estrangulada.* Nostradamus utiliza la expresión *envoyer le cordon*, que quiere decir «tensar la cuerda del arco». En otras palabras, «dar orden de estrangular». ¿Y qué pasó en 1961? Que se cerró la frontera entre Berlín este y Berlín oeste, y se construyó el Muro: un *cordon* de cemento que separaba materialmente Alemania y la asfixiaba. Ahora, la segunda parte del primer verso: *Y África retomada.* El 21 de abril de 1961, los rebeldes del OAS tomaron Argel en un intento de impedir que el general de Gaulle concediera la independencia a Argelia. Se acuerda usted, ¿verdad, Calque? Seguramente todavía era usted un *pandore* novato que se pateaba las calles.

—Bah.

—*Los hombres alzarán los ojos hacia el campo de batalla.* ¿Le dice algo? En 12 de abril de 1961, Yuri Gagarin fue el primer hombre en viajar al espacio, en el *Vostok I*, inaugurando así la carrera espacial y agravando, por tanto, la Guerra Fría entre Estados Unidos, la OTAN y la Unión Soviética. *Brillará una estrella que no lo es.* Es una descripción buenísima de una nave espacial en órbita, ¿no le parece? Sobre todo si se piensa que Nostradamus escribió cuatrocientos cincuenta años antes de que pudiera imaginarse algo así.

—¿Y eso de que emergerá un joven paladín que conservará su juventud? Supongo que va a decirme que se refiere a John F. Kennedy.

—Por supuesto que sí. Kennedy asumió la presidencia de Estados Unidos el 20 de enero de 1961. *Un joven paladín emergerá.* Kennedy se convirtió en líder del mundo occidental al prestar el juramento de fidelidad. Y conservará su juventud porque fue asesinado dos años después, el 22 de noviembre de 1963.

—Supongo que Nostradamus también predijo eso.

—Sí. Dice: *El blanco carruaje del joven rey se vuelve negro.* Y en el segundo verso: *La reina habrá de llorar; la corona del rey se quebrará.* Kennedy recibió un disparo en la cabeza el 22 de noviembre de 1963 en Dallas, Tejas. El doctor Robert McClelland describió la herida en su declaración ante Arlen Specter, el 21 de marzo de 1964, en Parkland. Dijo que el tejido cerebral salió por la coronilla del cráneo del presidente. Mire. He encontrado su declaración en internet y la he imprimido. Permítame leérsela: «Tuve ocasión de examinar muy de cerca la herida de la cabeza, y me fijé en que la parte posterior derecha del cráneo estaba extremadamente dañada. Estaba hecha añicos (...), de tal modo que el hueso parietal protruía atravesando el cuero cabelludo y parecía fracturado en su mitad posterior derecha casi por completo, en sentido longitudinal, además de que parte del hueso occipital estaba fracturado en su mitad lateral, de modo que los huesos de los que he hablado estaban tan abiertos que se veía el interior de la cavidad craneana y era evidente que al menos un tercio, poco más o menos, del tejido cerebral, el tejido del cerebro posterior y parte del tejido del cerebelo habían desaparecido como consecuencia del disparo». A mí me parece que eso concuerda con bastante claridad con lo de que la corona del rey se quebrará. ¿No cree?

—Eso nadie se lo tomará en serio. ¿Se da usted cuenta?

—Nadie va a tener oportunidad de tomárselo en serio, porque no voy a hacer públicas las profecías. Usted mismo ha explicado el motivo poniendo a Casandra como ejemplo. No tengo los originales. Nadie me creerá. Y hay cosas que el *Corpus Maleficum* todavía quiere saber.

—Pero Bale está muerto.

—En efecto.

—Hay algo más, ¿no?

—¿La prueba del nueve, quiere decir? Eso vendrá el año que viene. Y el siguiente. Y el otro.

—¿De qué está hablando?

—Piénselo, Calque. La cuenta atrás empieza en 1960. Eso está claro. Ni siquiera usted puede negarlo. Y a partir de ese año tengo cuarenta y ocho cuartetas que describen un hecho o hechos de los años siguientes que marcan ese año como parte del ciclo. No están todos en orden, pero si se despliegan y se ponen los unos junto a los otros, coinciden. Tengo la derrota de Estados Unidos en Vietnam, la Revolución Cultural china, la Guerra de los Seis Días árabe-israelí, el genocidio en Camboya, el terremoto de Ciudad de México, la primera y la segunda Guerras del Golfo, el 11 de septiembre, la inundación de Nueva Orleáns, el *tsunami* del océano Índico... Y eso sólo es la punta del iceberg. Hay docenas de acontecimientos menores que también parecen coincidir.

—¿Y qué es lo que intenta decirme?

—Intento decirle que los mayas tenían razón. Según el calendario largo maya, el Gran Cambio tendrá lugar en 2012. El 21 de diciembre, para ser exactos. 5.126 años (es decir, trece *baktúns*, compuestos cada uno de ellos por veinte *katúns*) después del inicio del calendario. Lo cual coincide exactamente con el índice cronológico de Nostradamus. Salvo que él empieza en 1960, en el momento exacto del inicio de la Era de Acuario. Y nos da cincuenta y dos cuartetas, y un aviso de cincuenta y dos años. O sea, el 2012. No puede estar más claro.

—¿Y tiene usted las profecías para los años próximos?

—Sí. Las he separado por defecto. Son esas profecías las que tanto deseaba Bale. Una describe al Tercer Anticristo. El que conducirá al mundo al abismo. Otra describe la Segunda Venida. Y otra habla del lugar donde se encuentra un nuevo visionario que confirmará o negará la fecha; una persona capaz de ver el futuro y canalizar la información. Sólo esa persona puede decirnos lo que nos espera: si la regeneración o el Apocalipsis. Pero todo dependerá, en último término, de si estamos preparados para reconocer la Segunda Venida. Para reconocerla universalmente. Dicho de otro modo, para verla como algo que trasciende la religión: como una bendición universal. Nostradamus creía que sólo uniendo al mundo en la adoración a un solo ente podíamos salvarnos.

—No hablará en serio.

—Muy en serio, sí.

—¿Quién es, entonces, el Tercer Anticristo?

Sabir volvió la cara.

—Está entre nosotros. Nació bajo el número siete. Diez, siete, diez, siete. Lleva el nombre de la Gran Ramera. Ya ocupa un puesto importante. Y llegará más alto. Su cifra numerológica es el uno, que indica crueldad y deseo obsesivo de poder. Nostradamus le llama «el escorpión en ascenso». Es lo único que puedo decirle.

—Pero eso no es nada.

—Oh, sí que lo es.

Calque le miró inquisitivamente.

—Entonces, ¿sabe su nombre?

—Sí. Y usted también.

Calque se encogió de hombros. Pero se había puesto pálido bajo su fugaz bronceado camargués.

—No crea que no voy a intentar deducirlo. Soy detective. La numerología no es un concepto completamente desconocido, ni siquiera para mí.

—No esperaba menos.

—¿Y la Segunda Venida?

—Eso no voy a decírselo a nadie. Era el verdadero propósito del legado que Nostradamus le dejó a su hija. Es un secreto por el que muchos hombres y mujeres estarían dispuestos a morir. Un secreto que podría cambiar el mundo. Usted es la única persona que sabe que yo lo tengo. Y me conformo con que siga siendo así. ¿Y usted?

Calque estuvo unos minutos mirando a Sabir en silencio. Por fin se levantó con torpeza. Y asintió con un gesto.

Epílogo

Alexi raptó a Yola cuando el verano estaba en su apogeo. Huyeron a Córcega, y Alexi la desfloró en una playa, cerca de Cargèse. Mientras hacían el amor por primera vez, una bandada de patos pasó sobre ellos, proyectando su sombra sobre la pareja acoplada. Yola se sentó en cuanto él se retiró de su cuerpo, y le dijo que estaba embarazada.

—Es imposible. ¿Cómo lo sabes?

—Lo sé.

Alexi no lo puso en duda. Yola poseía, a sus ojos, una comprensión misteriosa de secretos que a él se le escapaban. Aquello le convenía, porque tenía que haber alguien que entendiera de esas cosas (y llevara su peso) para que él pudiera vivir el presente sin mirar ni atrás ni adelante.

En cuanto se enteró del rapto de Yola, Sabir tomó un avión hacia Europa y esperó a la pareja en el campamento de Samois. Era inconcebible que Yola pudiera casarse sin que él, su flamante hermano y cabeza de familia, estuviera presente y diera su permiso. Sabir sabía que era lo último que tenía que hacer por ella, y que su aparición en la boda la liberaría al fin de la mancha de sangre que la muerte de su hermano había hecho recaer sobre ella.

Yola había guardado la toalla sobre la que se tumbó en la playa de Cargèse y, cuando la toalla fue desplegada ante los invitados a la boda, Sabir reconoció formalmente que Yola era virgen antes de su rapto y que su *lacha* estaba intacta. Aceptó pagarle la dote a Alexi.

Después, cuando acabó la ceremonia, Yola le dijo que estaba embarazada y le preguntó si podía ser el *kirvo* de su hijo.

—¿Sabes que es un niño?

—Después de que Alexi me arrancara los ojos, un perro macho se acercó corriendo por la playa y me lamió la mano.

Sabir sacudió la cabeza.

—Es una locura. Pero te creo.

—Haces bien. El curandero tenía razón. Ahora eres más sabio. Te pasó algo mientras te estabas muriendo. No quiero saber qué fue. Pero siento que a veces puedes ver cosas, igual que puedo verlas yo después de que Ojos de Serpiente me dejara medio muerta dos veces. ¿Ahora eres un chamán?

Sabir negó con la cabeza.

—No soy nada. Nada ha cambiado. Sólo estoy contento de estar aquí y de verte casada. Y claro que seré el *kirvo* de tu hijo.

Yola le miró unos segundos, esperando algo más. Pero luego una súbita comprensión iluminó su rostro.

—Lo sabes, ¿verdad, Damo? ¿Lo que me dijo el curandero sobre mi hijo? ¿Sobre la Parusía? Estaba todo escrito en esas hojas que quemaste. ¿Por eso entregaron el secreto de las profecías a mi familia para que lo guardara? ¿Por eso las quemaste a riesgo de tu vida?

—Sí. Estaba escrito.

Yola se tocó la tripa.

—¿Había algo más escrito? ¿Cosas que deba saber? ¿Cosas que deba temer por mi hijo?

Sabir sonrió.

—No había nada más escrito, Yola. Lo que sea, será. La suerte está echada, y el futuro sólo escrito en las estrellas.

Nota del autor

Nostradamus completó, en efecto, sólo 942 de las mil cuartetas que sumaban las diez centurias de cien cuartetas cada una que se había propuesto escribir. Faltan las restantes cincuenta y ocho cuartetas, que, de momento, no se han encontrado.

El testamento que cito en el libro es el auténtico de Nostradamus (en su original francés, con mi traducción adjunta). Me centro especialmente en el codicilo en el que Nostradamus lega dos baúles secretos a su hija mayor, Madcleine, con la condición de que «nadie salvo ella mire o vea las cosas que ha puesto en ellos». Todo lo cual se encuentra en archivos públicos.

Las tradiciones, léxico, costumbres, nombres, usos y mitos gitanos que se describen en el libro son exactos. Me he limitado a enlazar las costumbres de varias tribus por conveniencia literaria.

No se han encontrado hasta la fecha pruebas definitivas de la existencia del *Corpus Maleficum*. Lo cual no significa que no esté ahí fuera.

Mario Reading, 2009

Visite nuestra web en:

www.umbrieleditores.com